THE RIVER OF DOUBT

THEODORE ROOSEVELT'S DARKEST JOURNEY

大統領の冒険

ルーズベルト、アマゾン奥地への旅

CANDICE MILLARD　KAZUYO FRIEDLANDER

キャンディス・ミラード 著　カズヨ・フリードランダー 訳

A&F

敗退には終わったものの、1912年の第3期大統領選で、共和党を脱党して結成した新党の代表として挑んだルーズベルトは、その磁気的なまでの人間的魅力を駆使し、何百万という民衆に、既存の2党を捨てるようにと力説した。「そのエネルギーたるや、冬眠中の植木も揺り起こさんばかりだった」と、自然科学者のジョン・バローズは語った。

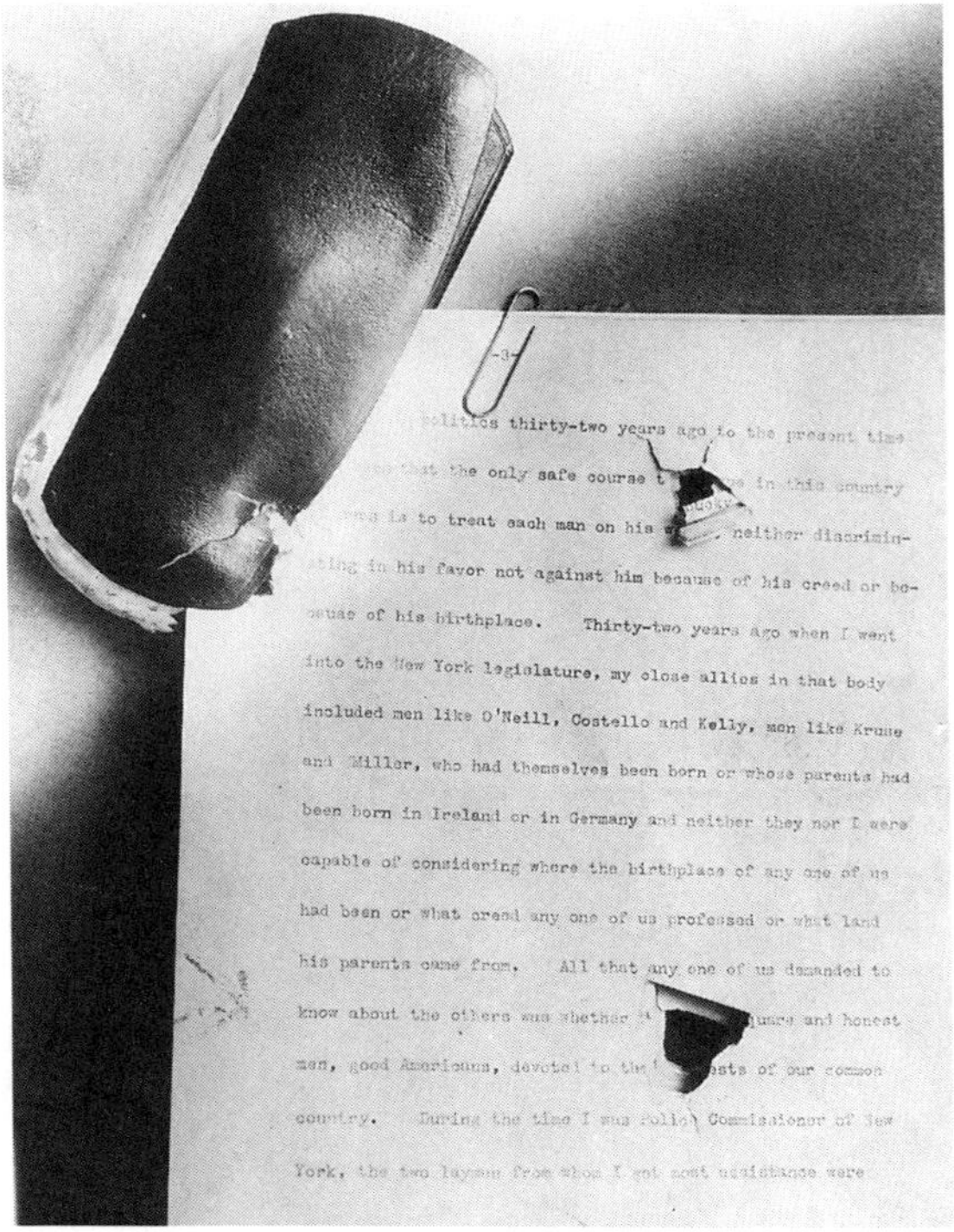

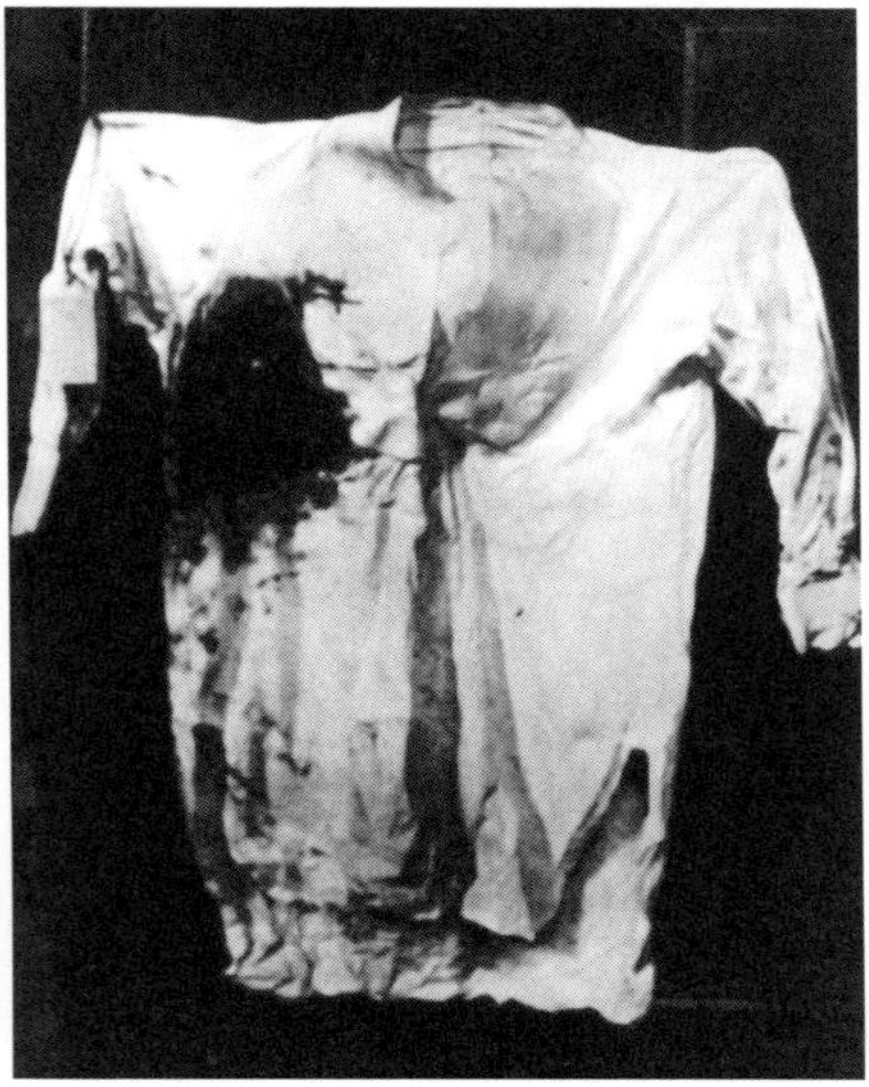

1912年の選挙運動中、暗殺者の銃弾を受けたルーズベルトの命を奇跡的に救ったのは、着用していた重い軍用コートと、折り畳んで胸ポケットにしまっていた50ページもの演説ノート、そして、鉄製のメガネケースだった。「こんなことで暴れ雄ジカが殺せると思うな」と叫んだルーズベルトは、銃弾を胸深くに受け、血に染まったシャツのまま、演説を続けると言い張った。

「小さい時から、カーミットはしかつめらしい子供だった」と、兄のセオドア・ジュニアは振り返る。物静かで思いに耽り、ルーズベルトの6人の子供たちの中で最も内向的であると同時に、最も怖いもの知らずであった。1909年の1年にも及ぶアフリカへの狩猟の旅に、ルーズベルトはカーミットを同行したが、この次男の無鉄砲ぶりに翻弄され、「心臓が喉元まで飛び出しそう」なほど心配した。右は、射止めたライオンの横に立つカーミット。

カーミットの内向的な性格は、彼の父親の唯一人の弟であるエリオット……のちにファーストレディとなるエレノア・ルーズベルトの父親……に、不気味なほど似ていた。若い頃には素晴らしい将来が約束されているかに見えたが、エリオット（右側、1880年にセオドアと）は、後年アルコールとモルヒネ中毒に浸り、34歳で死亡する。

ルーズベルトがアマゾン探検を決断した時、アメリカ自然科学博物館は、2人の優秀な自然科学者を同行させるべく雇い入れた。ジョージ・シェリー（上）と、レオ・ミラー（左）である。

左から、アンソニー・フィアラ、ジョージ・シェリー、ジョン・ザーム神父、セオドア・ルーズベルト、カーミット・ルーズベルト、フランク・ハーパー、そしてレオ・ミラー。「謎の川」の探検に挑もうとした7人のアメリカ人のうち、実際に遂行できたのは、ルーズベルトとカーミットとシェリーだけだった。

探検旅行が始まる寸前に、カーミットは、スペインのアメリカ大使の娘であるベル・ウィラードと婚約した。母エディス・ルーズベルトは、彼女の静かで生真面目な息子が、若く美しいだけの社交界の華と婚約したと聞いて、小さな落胆を隠せなかった。

1913年、12月12日、ルーズベルトは、ブラジル側の司令官であるカンディード・ロンドン大佐とパラグアイ川で初対面し、探検遠征が正式にスタートした。一般にはロンドン任務隊として知られる電信作戦隊の総司令官であるロンドンは、この時すでに、彼の人生の半分である四半世紀を、アマゾンの測量遠征に費やしていた。

「謎の川」に辿《たど》り着く前、仕留めた野生の鹿を掲げ、ロンドンと並んでポーズをとるルーズベルト。大物ハンターとして知られたルーズベルトだったが、「謎の川」では、自分たちが、ハンターというよりは「獲物」であることに気づく。

「謎の川」に向かうまでの1か月にも及ぶ高原の旅では、ルーズベルト（右）とロンドン（左）一行は、ロンドン任務隊が数知れない犠牲者を出してブラジル内陸に1300キロに渡って張り巡らせた電信線の下を、電流の音を聞きながら進んだ。

「謎の川」に辿り着くまでに、重荷と飢えに苦しんだ荷牛たちは、次々と死んでいった。瀕死の状態に陥ると、反り返って積荷を振り落とし、後に隊が川の旅で何より必要とした食料や道具類を置き去りにしていった。

「どうして鼻をすり減らしてしまわないのか、不思議で仕方がない」と、ルーズベルトは、パレチ族原住民が電信局でボール遊びをするのを見て、感心した。パレチ族は、ゴムのボールを頭で受けるために、顔から地面へとスライディングするのだった。

ルーズベルトが「呑気な泥棒で殺し屋だ」と言ったナンビクアラ族は、1909年にロンドンが初めて接触しようとした際、毒矢の一斉射撃を返してきた。しかし、ロンドンは部下に反撃させず、「必要ならば死ね、しかし殺すべからず」という崇高かつ自殺的なモットーに従った。

左から、ザーム神父、ロンドン、カーミット、シェリー、ミラー、ブラジル代表団の4人、ルーズベルト、フィアラ。河口に向かう高原の旅の間、隊員たちは、地面に敷いた2枚の牛皮を囲んで車座になり、夕食を楽しんだ。ルーズベルトは、ロンドンが椅子に座らなければ、自らも椅子には座らなかった。彼は、ロンドンに、「特別扱いは一切お断りだ」と伝えた。「私が座るのを確認して初めて、ルーズベルト氏はおもむろに腰掛けたものだ」と、ロンドンは回顧している。

1914年、2月27日、ルーズベルト・ロンドン自然科学探検隊は、ロンドンの部下が架けた橋から、その7艘の丸太船を未知なる「謎の川」に浮かべた。積荷の指示を下すロンドンにさえ、川が大きく湾曲した先の行く手については、皆目見当がつかないのだった。

ルーズベルト（ヘルメット着用）とシェリー（カヌーに乗ろうとしている）は、最も大きく、しっかりした丸太船を充てがわれた。しかし、ロンドンが河口でナンビクアラ族から買った船はどれも、急流が続出するアマゾンの支流を旅するには適さないものばかりだった。ルーズベルトは、白雪姫の7人の小人になぞらえて、「1艘はチビで、もう1艘はご機嫌が悪く、2艘は年寄りで水漏れし、あとの3艘はまぁまぁだった」と書き込んでいる。

別の探検コースに振り分けられたミラーは、ルーズベルトたちが「謎の川」を下って消え去るのを見送り、「幸運を祈る!」と最後に大声で叫びながら、この写真を撮った。この時の心境を、彼は次のように記している。「この未開の川に架けられた、危なっかしい橋の上に立って、我々はしばらくの間、我々のリーダーとブラジル人の仲間が、黒い川とジャングルに吸い込まれて行くのを見送った。そして、しばし、彼らと生きて再会出来る日が来るのだろうかという不安に包まれたが、そんな気持ちを振り払い、自分たちに託された仕事へと向かった」

重い丸太船に少しでも浮力をつけようと、長いヤシの枝の束を側面に付けたにもかかわらず、船は水面からかろうじて6〜7センチほど浮上しているだけだった。男たちは、恐ろしいピラニアに気味が悪いほど近づきながら、船上にいた。

カマラダたちの人数は、シェリー(写真、左から2人目)のような幹部隊員の約3倍にのぼり、大海の船上で起こるような暴動が、簡単に起こりうる状況だった。なかでもルーズベルトは、人間性が極端に異なるカマラダと乗船していた。3人のうちの2人には、ルーズベルトも深く信頼を置くようになるのだが、3人目は、卑怯者で盗人だったばかりか、殺人まで犯すこととなる。

ルーズベルト(左)とロンドン(右)は、深い敬意を互いに抱いていたものの、探検の窮境のストレスが、その関係を摩耗した。ルーズベルトは生き延びるために全速前進を主張したが、ロンドンは測量を第一に掲げて譲らなかった。

「謎の川」を進むにつれ、カーミットは長い髭を伸ばし、ルーズベルトによれば「まるでカマラダそっくり」な風体になっていった。父を補助するために探検に参加した彼は、どのカマラダも及ばないほど良く働いた。川と格闘して長時間を過ごすうちに、その靴は足から腐り落ちていった。

刺したり噛んだりする虫の猛攻撃から身を守るため、毎晩スクリブナー誌の記事を書くとき、ルーズベルトは長い手袋をはめ、腕を覆い、ヘルメットにはネットをかけて全身を覆った。

「謎の川」の旅で、ロンドンの無二の親友だった愛犬ロボは、隊を常に陰から追いかけていた原住民に、毒矢を打たれて死んでしまう。

シェリーがライフルを渡し掲げて、川幅の狭さを計っているところ。広いところでは100メートル近くにも及ぶ川幅が、1.6キロも行かない間に2メートル弱になってしまうことに驚愕したシェリーは、「どんなカヌーをもってしても、こんな急流は乗り切れないだろう」と書いている。

隊員たちにとって、怒濤の
ような急流の音ほど恐ろし
いものはなかった。隊員1
人の命を奪った激しい激流
で、カーミットもその命を落と
す寸前のところまで来た。

2隻のカヌーを失った後、カマラダたちは、新しい丸太をくりぬいて船を作る作業に丸1日を費やし、さらにロウソクの灯火のもとに夜中まで働き続けた。「熱帯林の中にちらちらするロウソクの火が、働く男たちを浮かび上がらせ、油を塗ったようなオリーブ色や赤銅色や黒色の肌が、その下で踊るしなやかな筋肉で波打つのが見えた」と、ルーズベルトは記録している。

重いカヌーの陸上運搬を余儀なくされた時、カマラダたちは、ジャングルに狭い通路を切り開き、引き綱を自らの体に縛り付けて、馬車馬のように並び、粗雑な丸太の運搬路の上を引きずり動かした。

川の渦巻きや人食い魚の攻撃のリスクはあったものの、隊員たちは、暑さと疲れと汚れのために、川で水浴びすることを余儀なくされた。100キロの巨体を浮かべてシェリーと水浴するルーズベルトは、ロンドンには、「まるで巨大な魚が泳いでいるように」見えた。

男たちは、川が丘陵地隊へ入り込むと、必ず急流や瀑布が待ち受けているということを、すでに承知していた。「眼下に広がる谷には、リオ・ルーズベルトが稲妻の矢のように、遠くの丘陵地帯へ突入しているのが見えた。それは美しい光景だったが、我々には落胆以外の何ものでもなかった」と、シェリーは記している。

救助の手が何週間も届かないところで深手を負ったルーズベルトは、マラリアとバクテリアによる化膿とで、カヌーに座っていることさえできない状態に陥っていた。仕方なく、彼は、缶詰や食料品の上にバランスをとって横たわり、上から仮設のキャンバステントの日よけがかけられた。

仲間をジャングルでの溺死と殺人と遺棄によって失ったカマラダたちは、生き残った13人全員が、厳粛な面持ちで「謎の川」の改名を祝い、記念碑の横に整列した。

1914年5月19日、衰弱し、驚くほど老いた姿を見せながらも、ルーズベルトはニューヨークに勝利の凱旋を果たした。彼のホームタウンであるオイスター・ベイからは、何千人という人々が、ローカル・ヒーローのアマゾンからの帰還を祝って集まった。(中央、車の上に座しているのがルーズベルト)

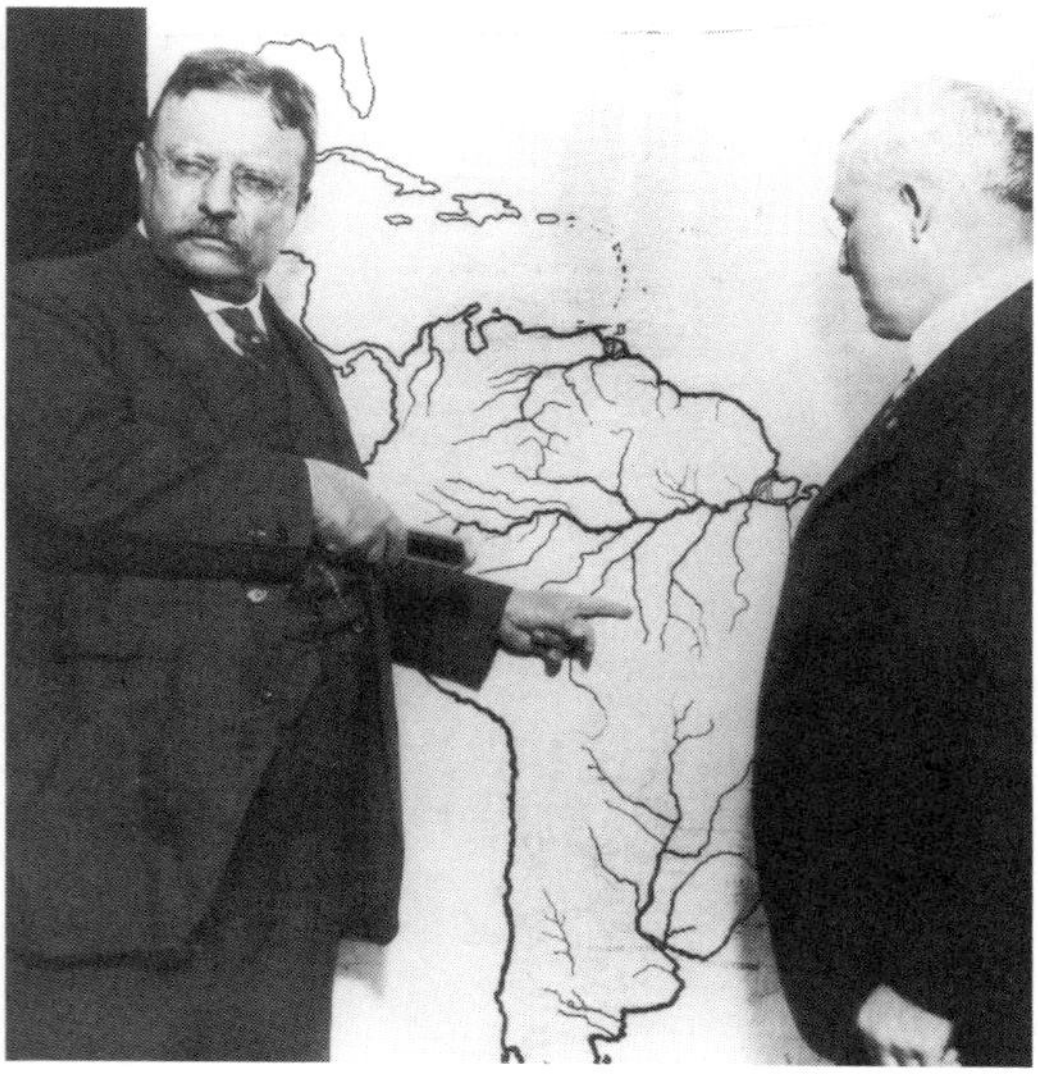

探検の達成が疑惑を持って受け止められたことに怒り、ルーズベルトは、世界で最も権威のある地理学協会で発表演説を行なった。その結果、懐疑心に満ちていた者さえねじ伏せた彼は、1600キロにも渡るアマゾンの支流を南米の地図に明記した事実を、世界に知らしめた。

大統領の冒険

ルーズベルト、アマゾン奥地への旅

目次

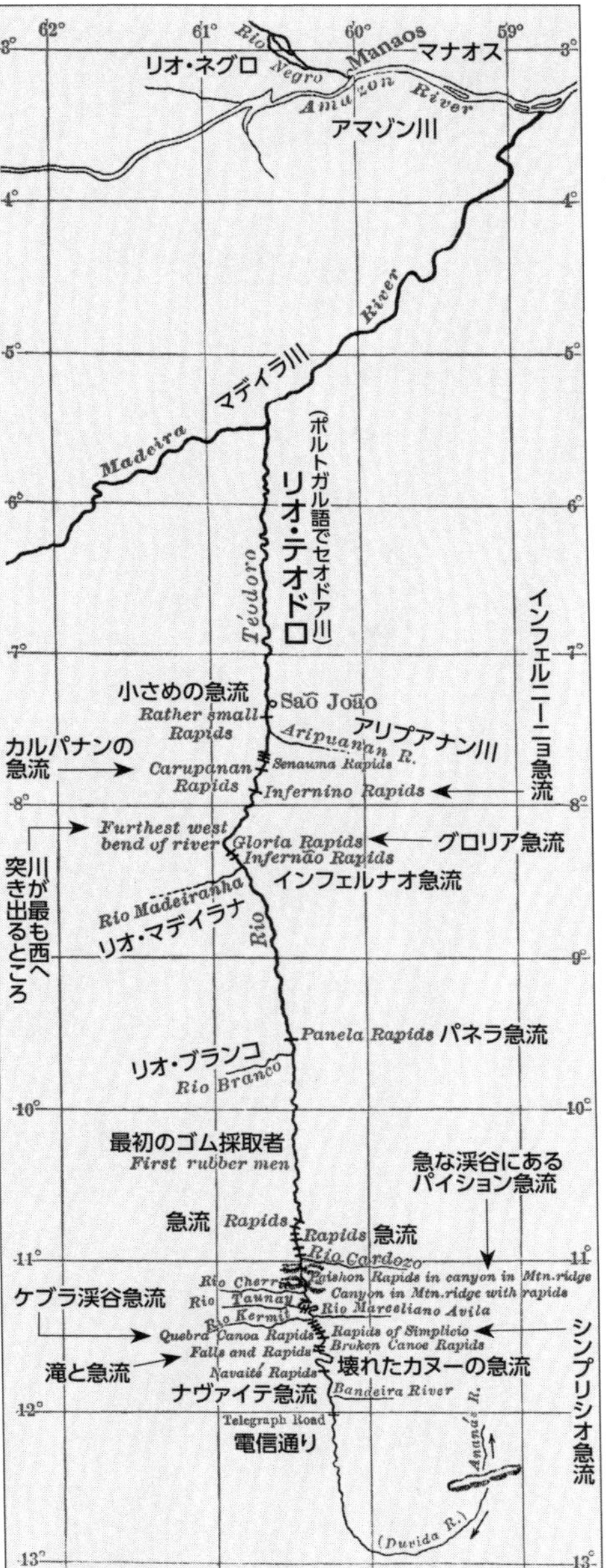

ルーズベルトが、一九一四年に自身でスケッチした地図。
正式には、リオ・ルーズベルトと名付けられたが、発音し易いために、
リオ・テオドロ（セオドア川）と呼ばれることもある。

Caribbean Sea
カリブ海
Atlantic Ocean
大西洋
Pacific Ocean
太平洋
VENEZUELA
COLOMBIA
ECUADOR
PERU
BOLIVIA
BRAZIL
PARAGUAY
URUGUAY
CHILE
ARGENTINA
BRITISH GUIANA (GUYANA)
DUTCH GUIANA (SURINAME)
FRENCH GUIANA
マナオス
Manaos (Manaus)
アマゾン川
Amazon
マデイラ川
Madeira
「謎の川」
(リオ・ルーズベルト)
River of Doubt (Rio Roosevelt)
Juruena ジュルエナ
José Bonifácio
ジョゼ・ボニファシオ
Utiarity (Utiariti) ウティアリティー
Mato Grosso マト・グロッソ
ヴィレナ Vilhena
Tapirapoan (Tapirapuã)
タピラポアン
São Luis de Cáceres (Cáceres)
Corumbá コルンバ
サンパウロ
São Paulo
Rio de Janeiro
リオ・デ・ジャネイロ
Bahia (Salvador)
Asunción
Tucumán
Santiago
Mendoza
Buenos Aires
Montevideo
Valdivia
0 Miles 400 800
0 Kilometers 800
セオドア・ルーズベルトの南米ツアー
1913年10月18日から12月12日まで
「謎の川」への旅
1913年12月12日から1914年2月25日まで
「謎の川」を下る旅
1914年2月27日から4月26日まで
1914年当時の地名。現在名はカッコ内の英字
© 2005 Jeffrey L. Ward

『大統領の冒険』の米国内での成功

本書『大統領の冒険』（日本語版タイトル）は、二〇〇五年に、世界最大の出版社ランダムハウス社の傘下にあるダブルデー社から出版され、ニューヨークタイムス紙のベストセラーとなった本である。ウィリアム・ロックヒル・ネルソン賞を獲得した他にも、主要新聞のブック・オブ・ザ・イヤーに名を連ね、全米の批評欄で高い評価を得て、本書で作家デビューしたキャンディス・ミラード女史の歴史作家としての位置を確固とした。

以下は、初版後の各批評欄からの抜粋である。

『大統領の冒険』は、単なる伝記ではない。著者のキャンディス・ミラードは手堅い歴史家であり、長年ナショナル・ジオグラフィック誌の編集と記事執筆を担当してきた。自然と人間への鋭い観察眼はさすがである。…中略…ルーズベルトの最後の壮大な旅を、彼の桁外れな人格と苛烈なジャングルの掟を描きつつ編んだこの物語は、絶賛に値する。

……………ニューヨーク・タイムス紙

見事な歴史の記録である。…中略…英雄の軌跡をたどって書かれた本は数え切れないほどある中、時間と労力をかけて歴史資料を掘り起こし、迫真迫る物語に編み上げた本は稀で、本書の存在は際立っている。……………………………………………ワシントン・ポスト紙

アマゾンの恐るべき自然の詳細が満載され、補足無用の冒険物語だが、ミラードが静かな語り手に終始徹しているのが見事だ。文章は完璧な正確さとリズムを保ち、歴史的な背景と科学的解説を十分に編み入れながら、読ませるストーリーに仕上げている。……サンフランシスコ・クロニクル紙

一八八八年に初版された自然科学誌の支柱、ナショナル・ジオグラフィック誌の記者／編集者だったミラード女史は、アマゾンの驚くべき自然の科学的背景を巧みに紹介し、手に汗握る歴史冒険小説に織り込むことで、読み応えのある一冊にまとめあげている。ミラード女史の作家としての腕は、大統領としてだけでなく、自然科学者、アウトドアマン、軍人、探検家として活躍したスーパーヒーローのルーズベルトを、良き親であり夫であった一人の人間としても描き得た点に明らかだ。また、「謎の川」探検のブラジル側の司令官であるロンドン大佐の、いかにもルーズベルトとは対照的な生い立ちから人となりの描写が素晴らしい。厚みのある、感動的なストーリー展開だ。

本書は、米国外では、英国版の他に、ポルトガル語、中国語、韓国語に訳されている。

プロローグ

「とても、今晩持ちこたえられるとは思えない」一九一四年の春、ジョージ・シェリーは、その日記に書き込んでいる。二五年のアマゾン探検の経験を持つ、屈強なベテランの自然科学者シェリーは、これまで何度、ジャングルの闇の殺し屋に同僚を失って来たことだろう。ブラジルの原生林の奥深く、死が足音を忍ばせて近づく時、シェリーははっきりとそれを認識することが出来た。今、確かに、それはルーズベルトの上に覆い被《かぶ》さろうとしていた。

ルーズベルトが、アメリカ史上初の第三期大統領選に出馬し、劇的な惨敗を味わってから一八か月足らずの今、薄暗いジャングルの中で、シェリーの前に横たわる汗まみれの彼の姿ほど、過去の栄光からかけ離れたものはなかった。救助の手からは遥か遠く、その苦境を誰に伝えることも出来ず、ルーズベルトは、死の瀬戸際をさまよい苦しみ続けていた。かつて、最年少で大統領の座につき、もっともエネルギッシュな大統領と謳われた彼が、病気と飢えにむしばまれ、高熱のために憑かれたように身体を震わせながら、意識の狭間を行き来している。起き上がることはもちろん、頭を上げることすら出来ない。

生涯を通して、挫折や悲しみを克服するために、常に肉体的極限へ挑戦して来たルーズベルトは、アマゾンへも、同様に過酷な試練を求めてやって来た。最後の大統領選のあと、彼に向けられた批判や裏切りに深く傷つき、その無念さを洗い流すため、我身を無慈悲な大自然の真っただ中に放り出したのである。数人の側近だけを伴い、ルーズベルトが挑戦したのは、アマゾンの奥深く、一〇〇〇マイル近く（約一六〇〇キロほど）にわたって曲がりくねる、インクのように暗黒な未開の支流「謎の川」だった。

ルーズベルトは、その輝かしい栄光に満ちた生涯を、強い意志で貫き、何事にも行動をもって力戦奮闘してこそ人生だ、という信念を実践し続けて生きた。それは、彼の人格をかたちづくり、ひいては国家の骨組みをも築くことになった。幼い頃から、努力を惜しまず邁進し、その自己鍛錬の積み重ねが、人生の悲劇や挫折から彼を救い上げ、歴史的リーダーの座へと導いて行った。壁にぶつかる度に、彼は逆に反発力を養い、より固い決意を持って乗り越えた。自己の弱さに直面しても、周りの同情に癒しを求めるのではなく、孤独で厳しい未知への冒険に飛び込むことで、自ら立ち上がる強さを見出して来た。

「謎の川」の探検に踏み込んだのも、ルーズベルトの不屈の意志と飽くなき冒険心が、彼を限界との戦いへと掻《か》き立てたからだった。異国の自然の荘厳さと未知のジャングルは、ルーズベルトとその隊員を、すぐさま魅了した。「文明人は、まだ誰もこの川に足を踏み入れたことがない。これは、我々にとって、初めて目の当たりにする世界なのだ。ジャングルの地面は落ち葉に深く覆われ、木々は堂々と美しく、複雑に絡まり踊る蔓は果てしないロープのようだ」と、彼はその感動を記している。

しかし、何か月にも渡るジャングルの厳しい自然環境と、「謎の川」の激流との過酷な戦いは、探検隊を恐ろしい状況に追い込む。七艘のカヌーのうち五艘を失い、食料は底をつき、隊員一人の命も失った。この先、何が彼らに襲いかかるのか、誰にも皆目見当がつかない。ルーズベルトと二人三脚で隊長の座を共にし、アマゾン探検では右に並ぶ者のないロンドン大佐でさえ、これからこの真っ黒な川がどこへ彼らを運んで行くのか、まったく分からなかった。

ルーズベルトの隊員にとって、そのリーダーの絶望的な病状は、彼ら自身の生存の危うさと重なって見えた。ルーズベルトの体温が四一℃に達した時、シェリーと、ルーズベルトの次男のカーミットは、かつての大統領の死を覚悟した。「今でも、あの時の情景は鮮明に覚えている」とカーミットは後に語っている。「そびえ立つ巨木に縁取られて荒れ狂う黒い川、足元の湿った土の感触、星空が垣間見えたかと思ったとたん、黒雲に急襲された空から叩《たた》き付けるような雨が降ったことなど……」

高熱に冒された前大統領は、意識と昏睡の間をさまよいながら、サミュエル・テーラー・クーリッジの書いた叙情詩『フビライ・ハン』の最初の出だしを、繰り返し繰り返しつぶやいた。「フビライ・ハンは桃源郷に見事な歓楽宮を建てさせた。フビライ・ハンは桃源郷に見事な歓楽宮を建てさせた。フビライ・ハンは桃源郷に……」

PART 1
離脱

Chapter 1
敗北

一九一二年、一〇月三一日、午後五時を三〇分ほど過ぎたハローウィンの夕暮れ、オレンジ色の秋の陽が沈みかけるニューヨーク市マディソン・スクエア・ガーデンの外に人々の列が出来始めた。革新党の最後の大統領選挙集会への人々の注目と期待は、開門の一時間半前から満場を約束していた。発足したばかりの革新党は、初めての全国選の足固めに奔走していたが、その夜、多くの人々をマディソンスクエアに惹き付けたのは、共和党から脱党して革新党を築いた、この選挙ではたった一人のスターパワー、セオドア・ルーズベルトその人だった。

アメリカ史上、もっとも愛された大統領の一人と言われるルーズベルトは、一九〇四年に共和党大統領として二期目の勝利を収めたあと、二度と大統領選には出馬しないと公言していた。ところがその八年後の今、三期目の出馬を表明したばかりか、共和党を抜け出して第三の新党を擁立し、民主党と怒り狂う共和党の両方を相手に戦いをふっかけたのだ。

彼の共和党脱党と革新党からの出馬は、強烈な批判を巻き起こした。それは、アメリカの二党政治を脅かしたからだけでなく、ルーズベルトが共和党政治家としてほとんど熱狂的とも言える人気を博していたからだ。ルーズベルトは、当時としては平均的なアメリカ人の背丈の一七三センチほどであったが、体重が九〇キロを超える体格で、今しがたヘリウムを飲み込んだような声を発した。その多彩でスケールの大きなパーソナリティーは、人々をたまらなく魅了した。壇上に立つと、聴衆に向かって倒れ込まんばかりに乗り出し、まるで聴く人の胸ぐらを掴まんばかり。おそろしく早口で、拳を固め、腕を振りかざし、熱く演説するルーズベルトに、群衆は電磁波に打たれたように立ちすくんだ。「そのエネルギーとバイタリティーは、草木も時期外れに揺り起こさんばかり。彼が部屋に入って来る時には、強風がドアをぶち抜いたかのようだった」と、自然主義者のジョン・バローズをして語らしめた。

当然のことながら、ルーズベルトは、民主党候補のウッドロー・ウィルソンにとっても、ルーズベルト自身が四年前に後継者として選んだ、当時低迷中の現職共和党大統領、ウィリアム・ハワード・タフトにとっても、危険な競争相手となった。選挙戦は激しい攻防となり、投票日の一週間前に功妙に組まれたこの集会が、票数を一気に稼いでくれることを、ルーズベルトは大いに期待していた。

会場のマディソン・スクエア・ガーデンでは、開門前から一〇万人以上の群衆が歩道に溢《あふ》れ、周りの石畳の路地を埋め尽くしていた。ダフ屋の男や少年たちは、人ごみの中を泳ぐように分け入り、警戒に当たる一〇〇人もの警官の目前で、大胆にもヤミの入場券を売歩いていた。うねるように押し寄せる群集の波は、ダフ屋にはうってつけの仕事場だった。党首であるルーズベルトのニックネーム「暴れ牡鹿」にちなんで、「暴れ牡鹿党」と呼び親しまれた革新党は、とうに入場券の売り切れを発表していたが、ブローカーや街頭のダフ屋は販売を止めなかった。一ドルの入場券はたちまち七ドル（今日の価値にして約一三〇ドル）にまで跳ね上がり、高額な席は当時の金額で一〇〇ドルにまで高騰した。しかし、混乱するブラックマーケットでは、手慣れた詐欺師でも偽の券を掴まされるほど混乱していた。高名な資産家のビンセント・アスターなど、自分のボックス席に、悪名高いブラックウェル牢から出たばかりの男が連れと二人で居座っているのに出くわし、警察が追いやろうとすると、男は「この二席のために一〇ドルも払ったんだ！」と散々ののしったという。

当時、高価なタクシーであった馬車や、人気の新車、フォードのモデルTなどで、群衆を突っ切って門前まで乗りつけようとした人の数は二〇〇〇人を超えた。その中には、ルーズベルトの妹のコリンも含まれていた。コリンはこう回想している。

「どういう訳か、私が受け取った車両用のパスは、その夜、警備の警官たちに拒絶されてしまった。お蔭で、夫と、息子のモンローと、友人のパーソン夫人と一緒に車を降りて、気勢を上げる群衆の中に飛び込むはめになった」

当時作家として知られていたコリンは、こう書き残している。

「人々は手を取り合って歌い、波のように押しては引き、なんと生気と興奮に満ちていたことか。新しい党への思い入れの、何と真摯であったことか。人々と並んでゲート前まで行進したあの一五分のために、自分がそれまでの人生を生きたのだと言われても、私は充分に満足だった」

結局、当時五一歳だったコリンは、火災用の非常階段をよじ登って、会場に至ることになる。

この日、この騒ぎの中心人物であるルーズベルト自身も、妹に劣らない苦労をして、マディソン・スクエア・ガーデンに到達している。警察は、ルーズベルトの車を通すために、27番通りをマディソン街から4番街まで、完全に通行禁止にしていた。しかし、彼の黒塗りのリムジンがマディソン街にさしかかった九時一五分頃、群衆の興奮は一挙にピークを越えてヒステリー状態となった。ニューヨーク・サン紙のある記者は、「ルーズベルトが乗る車に、砂鉄が磁石に吸い付くように押し寄せた人々は、口々に大声で叫び、カメラマンや警官のバリケードを乗り越えようと折り重なり、ひしめき合い、ぶつかって行った」と、その驚くべき狂乱ぶりを語っている。

黒いスーツに身を固めたルーズベルトは、車から降り立つと、群衆に向かって帽子を高く挙げ、警官たちが群衆を押し返しながら必死で開いた通路を、足早に進んだ。「ルーズベルトを取り囲む群衆は、彼が姿を現すや否や、思いつく限りの激励の叫びを浴びせかけた」と、ある記者は綴っている。「彼が壇上に続く扉を開いた途端、会場は興奮と歓声で膨れ上がった。会場の外を取り巻いた群衆は、建物の外壁が、内部の音量でさざ波打つのを見て、思わずあとずさったくらいだ」

＊＊＊

会場の中では、その柔らかく割れた顎といい、長く優雅な首といい、どこから見ても貴族そのもののエディス・ルーズベルト夫人が、夫の入場が巻き起こした大歓声の中、静かにボックス席に座っていた。天井の太い梁から下がる四旗の巨大なアメリカ国旗に迎えられ、白いスポットライトを全身に浴びながら壇上に立った「暴れ牡鹿」は、頭を高く耳を起こして、今にも突撃せんばかりだった。

この時五四歳だったルーズベルトは、まだまだ血気盛んで、左腕を頭上で水車のように振り回して、精力的に歓声に応えていた。ところが、彼の右腕はだらりと脇に垂れ下がり、ぴくりとも動かない。実は、ちょうどこの二週間前、ウィスコンシン州のミルウォーキーで演壇に立った時、ニューヨーク出身のジョン・シュランクという三六歳のバーテンダーに、突然胸を撃たれたからだった。ババリアからの移民だったこの男は、ルーズベルトが三期目の大統領席に就こうとして立候補したために、アメリカにおける専制君主制を狙うものと恐れたのだった。この時、奇跡的にルーズベルトの命を救ったのは、着用していた重い軍用コートと、折り畳んで胸ポケットにしまっていた五〇ページもの演説ノート、そして、鉄製のメガネケースだった。それでも、弾は彼の身体の一二センチもの奥、胸骨のすぐ近くまで突き刺さった。その夜、何がなんでも演説したいという真摯な気持ちからか、エゴイストの大見栄からか、彼は事件に震え上がり立ちすくむ聴衆を前に演説を続けるのだと言ってきかなかった。ボタンを外したコートの下には、血に染まったシャツがあらわで、ことさら高い壇上での演説では、誰もが無惨な二つの銃痕を見ることが出来た。「暴れ牡鹿は、こんなことくらいでは死なない！」ルーズベルトは大声で叫んだ。

マディソン・スクエア・ガーデンでルーズベルトを迎えた割れるような歓声は、実に四一分間も続いたが、この時にも、彼の胸には銃弾のひとつが埋め込まれたままだった。大きなアメリカ国旗が垂れ下がる演壇をこぶしで叩《たた》き、神経質そうに顎を鳴らせて、彼が観衆に静粛を求めたのは、既に一〇時を三分回った時刻だった。マイクロフォンもなく――この翌年に発案されるマイクロフォンは、講演活動に革命をもたらせる――彼は「友よ」という呼びかけでスピーチを始めた。ところが、この声に反応した聴衆は、さらに二分間の大歓声を挙げる。頃合いを逃さず、「友よ」と繰り返し、「おそらく一時代に一度だけ」とまで続けた時に、講堂に押し入らんとする数人を押止めようとする警官の動きに、演壇近くの聴衆が騒ぎ出した。「静かにさせてくれ、静かに！」ルーズベルトは演壇から乗り出して、警官たちに叫んだ。

そして、会場に轟き渡るような声で、セオドア・ルーベルトは、彼の政治活動最後の名演説を打った。

「友よ、おそらく一時代に一度だけ、実に稀に、国民はその尊い人権を守るために、勇気と賢明さを注いで戦う機会を得るものだ」

彼は、当世流の打つようなリズムで、PとBを爆発させるように発音するしゃべり方をしたが、以前見られた激しさや苦々しさは和らいでいた。対立候補である冷ややかで学者風のウィルソンや、生ぬるいタフトを攻撃することもしなかった。その代わりに、広い意味での人格、正義、慈悲、責任感について語った。

「我々が信じるのは、正義と慈悲の心、そして国民のニーズを理解しようとする努力に他ならない。そして、我々の仕事は、断固、不正を叩き潰すことだ」

ルーズベルトの声は、雷のように講堂中に轟いた。

場内の聴衆にとって、そして何百万という国民にとって、ルーズベルトはヒーローであり、リーダーであり、聖像であった。しかし、彼自身、いまこの会場でステージの上に在っても、六日後には選挙にも負け、この目のくらむようなスポットライトも消えてしまうことを知っていたのだ。多くの人々から嫌悪され、そして忘れ去られる……それはルーズベルトにとって、死にも匹敵する苦痛だった。

「アメリカ国民というのはね、」一九一〇年、世間を騒がせたアフリカ・サファリ旅行から戻ったルーズベルトは、予言的に言ったことがある、「戦いから戻ったヒーローに、高々と凱旋門を掲げて迎え、彼がその下を通り過ぎたとたんに、背中に投石の雨を降らせるような人種なのさ」

一九一二年、一一月五日の大統領選挙で、ルーズベルトのその苦い予想は、完全な形で的中した。ウッドロー・ウィルソンは、総数一五〇〇万票中、ルーズベルトに二二〇万票の差を付け、地滑り的大差でホワイトハウスを勝ち取った。しかし、ルーズベルトは一人で負けたのではなかった。共和党の現職大統領のタフトも一緒に引き摺り下ろしてしまった。タフトは、ルーズベルトよりも六〇万票も少ない三五〇万票しか獲得できなかったのである。ウィルソンには三〇〇万票近く及ばなかった訳だ。社会党候補のユージーン・V・デブスは、（事実上二政党政治のアメリカでは）異例の九〇万票強を獲得している。これは、その四年前の大統領選挙に立った際の倍以上の数字である。

敗北には馴染みのないルーズベルトにとっては、共和党のタフトに勝ったというだけでも、冷ややかな慰めだった。彼は、一四〇キロもの巨漢のタフトを、「二流で俗物でナンセンスな男」と呼んで、とうの昔に見限っていた。周囲にも、初めからタフトに勝ち目がないことは明らかだった。共和党大会の前に、野心家で有名だったタフトの妻は、「ルーズベルトと共和党内の大統領指名戦で争って、下手に勝ちでもしたら、あとで彼に散々な目に合わされるわね」と言ったという。

この彼女の予測は、両方当たっていたことになる。ルーズベルトは、最初、共和党候補として立とうとしたが、党幹部がタフト支持を明らかにするや否や、脱党、新党結成によって、本番の大統領選挙での共和党敗退を決定的にしてしまった。事実上、二大政党政治のアメリカで、第三党から立候補しても勝利は期待できないが、確実に掻き回すことは出来る。共和党の後押しを一〇〇％得た過去の選挙戦では、ルーズベルトは楽々と民主党に勝利してきたのだ。ところが、その絶大な人気を楯に古巣の共和党に矛先を向け、結果的に共和党支持者の票を二分して、ウィルソンに勝利を渡すことに成ってしまった。充分に予想された結果だったとはいえ、ルーズベルトに浴びせられた社会的批判は、凄まじいものだった。

「ルーズベルトは、自業自得の敗北を期した」、フィラデルフィア・インクワイヤラー紙は書き立てた。

「底なしの野心と恐るべき権力欲を行使したお蔭で、民主党に政権を渡すことに成って、さぞや満足であろう」

ルーズベルトは、自分の心の痛みを、公にさらそうとはしなかった。公式な声明では、「結果は、正々堂々と受け止めている」と発表した。しかし、プライベートでは、惨めな敗北に驚きおののいていると、側近たちに漏らしていた。友人で、英国軍務官のアーサー・ハミルトン・リーにあてた手紙には、「大敗したことを言い訳したところで仕方がないが、負けることは分かっていたにしろ、もっと好ましい負け方だと思っていた。自分の名誉へのダメージについては、出来るだけ考えないようにしている」と、神妙なトーンで書き送っている。

先頃までルーズベルトの友であり後援者であった共和党の長老たちは、一六年もの間、政権を握れなかった民主党に、ホワイトハウスを明け渡すという惨事に成った責任を、すべて彼になすり付けた。共和党の党大会前、彼らはルーズベルトに、もし今回気持ち良くタフトを二期目の大統領候補として受け入れてくれるなら、四年後の選挙で後押しすることは約束するとまで言っていたのだ。しかし、ルーズベルトの傷つけられたプライドと、国家の大いなる不正と戦いたいという情熱が、彼を走らせてしまった。ルーズベルトの友人で、初期の伝記を書いたウィリアム・ロスコー・サイヤーは、一九一九年に、次のように語っている。

「ルーズベルトが共和党を脱党して新党を立ち上げたのは、彼の共和党に対する復讐だと見たのが大勢だった。自分が君臨できないのなら潰してしまえ、という行動だと取られたし、頭がおかしいのだという説もぶり返した」

＊＊＊

ルーズベルトは、その冬、妻と末娘のエセルと共に、オイスター・ベイにある別荘、サガモア・ヒルで静養した。妻のエディスと一緒に散歩したり、手紙を書いたり、本で埋め尽くされた書斎で静かに過ごしたりした。訪問して来る者はほとんどいなかった。ルーズベルトの若い友人で、後に伝記を書くことに成るハーマン・ヘッジドーンは、当時のことを次のように記している。

「早朝から夜更けまで、ソリの鈴のように鳴り続けていた電話は音も出さず、ことあるごとに馬や立派な馬車でサガモア・ヒルに乗りつけていた隣人たちは、ルーズベルトが敷いたばかりの車道に、その新しいピカピカの自動車を走らせて来ることもなかった。彼は、越えてはならない一線を越えてしまった。同じ階級の友に、武器を向けたのだ」

かつては競ってルーズベルトの注意を惹こうとした友や同僚が、今や彼を拒絶したのだ。ルーズベルトは、彼の妻同様、ニューヨークの最上流階級に生まれついていた。幼少より、周りから尊重され、裕福で高名なルーズベルト家の一員、しかも長男として、羨望の的とされながら育ってきた。ハーバード大学時代は、選りすぐられたエリート集団「ポーセリアン・クラブ」のメンバーでもあった。米西戦争中は、ルーズベルト自身が率いる「ラフ・ライダー」と呼ばれる有名な騎兵隊の大佐として武勇を馳せた。そして、ついにはアメリカ合衆国大統領として、八年近くも権力とステータスの頂上に君臨してきたのである。それがこの時初めて世のつまはじきとなり、彼はその事実を強烈な痛みを持って味わっていた。

かつての、ほとんど忌まわしいばかりの楽観と自信で知られたルーズベルトは、すっかりサガモア・ヒルに引きこもり、家族内で密かにささやかれた「心の傷」を舐める生活に陥った。

「もちろん、ずいぶんと厳しい毎日さ。敗者は、いつの世もその責任の全てをおっ被《かぶ》されるものだからね」と、一二月の初め、彼は息子のカーミットに、落ち込んでいることを認めている。彼の心の病気の深刻さを心配したルーズベルト家の人々は、主治医で、彼の父親の友人でもあったアレキサンダー・ランバート医師に、往診を依頼した。すぐさまドクターバッグに必要なものを詰め、オイスターベイへと駆けつけたランバート医師の手を取ると、ルーズベルトは、胸に溜まったものを吐き出すように言った。

「来てくれてどんなに嬉しいか、言葉がみつからない。なんと言って良いか分からないほど、孤独だった。同僚から拒絶されることが、どれほど辛いことか……」

＊　＊　＊

ルーズベルトにとって、社会からの排撃は未知のものだったかもしれないが、悲しみや失望や苦難には、生まれた時から慣れ親しんでいた。五四歳にして、彼は、すでに桁外《けたはず》れに豊かな人生を歩んでいたのだ。しかし、人生の起伏の激しさそのものよりも、何故それほどまでの起伏が起こりえたかに興味をそそられる点がある。ルーズベルトは、困難や壁にぶつかると、必ずといってよいほどより困難で高い壁にチャレンジすることに癒しを求める性癖を持っていた。そして、自分をギリギリの限界まで追いつめ、乗り越えることによって、事の終結と心の安息を得ようとするのだ。自分の力ではどうすることも出来ない悲しみや不幸に見舞われた時、彼は、本能的にさらに踏み込んだ試練に我身を置き、更なる苦難や危険に挑戦した。これが、結果的にルーズベルトの確固たる人格を形どり、堂々たる業績を残す原動力となった。

苦難に刃向かう衝動は、ルーズベルトの性質の基盤で、幼い頃から培われたものだった。か弱く、病弱で、命さえ危ないと言われたほどの喘息持ちだった彼は、その病弱さを克服するために、過酷な運動療法を自らに課していた。妹のコリンは、ひ弱だが果敢に病気に立ち向かっていた兄が、ニューヨーク市東20番街の家の子供部屋で呼吸に苦しんでいたのを覚えている。しかし、少年セオドアは、思春期に達する頃には、喘息も虚弱体質も、ほぼ克服していた。セオドアが、来る日も来る日も鉄棒体操を繰り返し、重いダンベルを上げたり下げたりする、その絶え間ないリズムを、コリンはよく覚えている。家族からティーディーの愛称で呼ばれていた彼は、徐々に、しかし確実にその胸幅を広げ、腕力をつけ、その精神力に劣らない肉体を養って行った。

それは、もちろん、セオドアの鉄の意志が可能にした変身だったが、種火となったのは父のセオドア・シニアの励ましだった。セオドア・シニアは、ルーズベルト家のどの子供にとっても偉大な存在だったが、とりわけ長男のセオドアにとっては、アイドルであり、ヒーローであり、救世主だった。

「幼い頃、父が苦しんでいる私を腕に抱いて、部屋中を行ったり来たりしてくれたこと、息が出来なくてベッドに起き上がり、ぜいぜい言っている私を、父母が賢明に助けようとしてくれたことを、鮮明に覚えている」と、のちにルーズベルトは書き残している。

彼の父母は、なんとか息子の呼吸を楽にしてやろうと、ありとあらゆる手を尽くした。強いコーヒーを飲ませたり、嘔吐剤を無理に口に流し込んで吐かせたり、嫌がるセオドアに葉巻を吸わせたりまでした。万策尽き果てたとき、セオドア・シニアは息子を座らせ、病気を治せる力を持つのはセオドア自身だけであり、治そうと懸命に努力しなくてはならないと説いた。「セオドア、お前は強い精神を持っているが、身体は弱い」と、父は息子に言った。「身体が強くなければ、せっかくの強い精神も、これ以上育って行かないものなんだよ。だから、自分の力で強い身体を作って行かなければならない。それは骨の折れる仕事だけれど、お前ならきっと出来る」

その時、まだ一一歳くらいの少年だったティーディーは、そのトレードマークの歯を見せてニッコリ笑うと、「分かった、僕、強い身体を作るよ」と大声で誓った。

ルーズベルトは、その約束通り、自らの力で強い身体を作り、生涯それを保つ努力を怠らなかった。それどころか、父との約束のあと、彼は憑かれたようにトレーニングに没頭するようになった。成人してからも、体力の限界を追求することで、精神と肉体の健康を維持しようと努め、それが落ち込みや悲しみを乗り越える最良の手段と考えるようになった。

ハーバード大学に進んでからは、さらに身体を鍛えて体力を養い、ついにその持病の喘息を完治させた。ボクシングでは見習いから叩き上げて、試合に出場できるまでに成った。一八七九年の初旬、ルーズベルトは初めて勝ち試合を納め、学内で大変な人気を博したが、それは単に勝利だけがもたらせたものではなかった。ハーバードの同期生で、高名な作家のウィリアム・R・サイヤーは、その試合の模様を次のように語っている。

「レフェリーがタイム！と叫ぶと、ルーズベルトはすぐさま両手を降ろした。しかし、そのあと、相手のボクサーがルーズベルトの顔にひどいパンチを食らわせた。我々観戦者がファウル、ファウル！と大野次を飛ばすと、ルーズベルトは大声で我々に向かって、『静かにしろ！　彼は聞こえなかったんだ』と制した。その男らしさが、一挙に皆を魅了した」

大学二年生の年に、ルーズベルトが「この世で私の知る最良の人」と崇めた父親が、胃がんにより四七歳の若さで亡くなった。彼は、これまで経験したことのないショックに見舞われ、途方に暮れた。当時の日記には、「考え続けたら、確実に頭がおかしくなってしまう」と書き残している。

父親の葬儀が終わったあと、ルーズベルトは不幸に対して応戦し始めた。学年度が終わるとすぐにオイスター・ベイに戻り、独りで悲しみと怒りに立ち向かった。ルーズベルト家が長年夏を過ごして来た深い森の奥の小さな村で、彼は泳ぎ、歩き、猟をし、愛馬ライトフットが潰れてしまうほど森を駆け巡った。その後、ハーバードに戻ると、ビル・シウォールという熊のような山男と一緒に、メイン州の大自然の中に身を投じた。その旅に途中まで同行した主治医がシウォールに助言した。

「セオドアには気をつけてやってくれ。あいつは身体はそんなに強くない。しかし、根性の塊なんだ。疲れたと認めるくらいなら、死んだ方がマシだと思っている」

ルーズベルトは、もうどんな悲しみにも負けるまいと心に誓って、その夏を乗り越えた。しかし、さらなる悲しみが彼を襲うことになる。彼の父親の死後、事はしばらくよい方向に向かった。ルーズベルトはハーバードを優れた成績で卒業し、アリス・リーという美しいブロンド女性と結婚した。一時は、とても得られないと思えた女性だったが、ルーズベルトが押しに押した末のゴールインだった。二三歳の年には、ニューヨーク州で最も若い州議会議員に選ばれた。しかし、一八八四年、ルーズベルトがわずか二五歳の年、彼は不吉な電報によって家に呼び戻される。なんと、彼の最愛の女性である母と若妻の両方が、息絶えようとしていたのである。二月一四日、バレンタイン・デーの早朝三時、まだ髪も黒々とした四六歳の南部美人の母マーサ・ルーズベルトは、急性腸チフスで息を引き取った。その一一時間後、つい二日前にセオドアの最初の子供を産んだばかりだった妻のアリスが、肝臓疾患で亡くなる。その夜のルーズベルトの日記には、太く大きな「X」が記され、「私の人生から光が消えた」と、ただ一言、書かれていた。

なんとかその悲痛と苦しみを克服しようと、ルーズベルトは、彼の知りうるただひとつの療法に頼ろうとした。それは、身を酷使して危険に晒すことだった。彼は、生まれたばかりの娘を妹のアナに託し、アリスのことを心からかき消してしまえるほどの厳しい肉体労働を求めて、サウスダコタ州の未開地、バッドランズに向かう列車に飛び乗った。この後、彼は、その恐ろしい夜のことも、妻アリスのことも、母親の名を受け継いだ母知らずの娘にさえ、一切語ることはなかったのである。ルーズベルトが、生まれ変わった男となってイーストコーストに戻った時には、それから実に二年の月日が経っていた。アメリカの未開拓地の危険な大自然を生き抜き、自己の意志と体力の限りを尽くして、襲いかかる悲しみと戦ったルーズベルトは、新しいエネルギーと人生観に溢れていた。後に、この頃のことを語った数少ないインタビューの中で、彼はこう語っている。

「悪霊は、速い馬乗りの後ろにはしがみ付いていられないものさ」

しかし、一九〇九年、ルーズベルトがホワイトハウスを去った年、暗い季節は再び訪れる。ルーズベルトが大統領職を務めた七年半のうち、はじめの三年半は、一九〇一年に暗殺されたマッキンレーの後を、当時副大統領だった彼が引き継いだものだったため、もう一度立候補することは充分出来た。しかし、彼はそれを選ばなかった。

それが自分自身の選択だったにもかかわらず、引退後、彼は強い空虚感に苛まれる。その任期中、彼は日露戦争の終結をまとめ、パナマ海峡の建設に尽力するなど、世界レベルでの功績も大きかったが、彼自身の見解では、「偉大な大統領」に成るための「機会」に恵まれなかった。その焦燥感は、一九一〇年の春、イギリスのケンブリッジ大学での演説の中でも伺い知ることが出来る。

「もちろん、人間たるもの、チャンスが来れば掴まなければならないが、来なければ掴めないのは当然だ。戦争がなければ、そこに英雄的な将軍は存在しない。治めるべき世の中がなければ、歴史的な政治家も存在しない。リンカーンが平和な時代の大統領であったなら、誰も彼の名前すら覚えていないだろう」

大統領として、天変地異的な出来事に立ち向かうことが出来なかったのは、ルーズベルトにとっては実に無念なことだった。任期を終える二日前、友人のポール・マーティンに吐き捨てるようにこう言っている。

「私に未来があるなどと、胸くその悪いことは言ってくれるな。私の未来は過去に埋もれてしまったのだから」

ホワイトハウスからの旅立ちは、確かに苦渋に満ちたものだったが、それでも一九一二年の大統領選の敗北がもたらせた苦痛の比ではなかった。幼い頃から、ルーズベルトと兄弟のように育って来た二度目の妻エディスは、彼の苦痛と失望への反動を、目の当たりに見て来た。彼が、再び自らを危険に晒すような暴挙に出るのは時間の問題であり、それは彼女にはどうすることも出来ないのだった。エディスは、孤独を愛し、サガモア・ヒルでの静かな暮らしを、何よりも大切にしていた。しかし、セオドアが、そんな生活だけでは満足できないのは明らかなことだった。彼女は、彼が心身を限界まで追いつめるような冒険を求めて遥かな地の果てへ旅立ち、大変な危険を冒すことを、ひとり恐れていた。

Chapter 2
招待状

一九一三年の二月、ルーズベルトの惨敗の三か月後、サガモア・ヒルに馬車で乗りつけた郵便配達が、アルゼンチンからの封書を届けてきた。それは、ブエノスアイレスのムゼオ・ソシアル博物館のレターヘッドに、丁寧に英語でタイプされた三枚綴りの手紙だったが、世界中から定期的に届く書状の類いは、ルーズベルトにとっては別に珍しいものではなかった。しかし、それから一か月ほどの間に、この手紙こそが、彼が待ちに待った冒険への招待状だったことが明らかになる。

アルゼンチンの未来的思考を持つ政治家やビジネスマンによって設立されたムゼオ・ソシアル博物館は、革新的で知的なプロジェクトに力を注ぐ組織で、前大統領にとっては、ことのほか好ましいタイプのシンクタンクだった。当時、まだ設立二年という若さだったが、「世界の人材と思想を結びつける」という大志をそのゴールに掲げていた。エミリオ・フレールスが代表するこの博物館は、アメリカ前大統領を、是が非でも講師として迎えたがっていた。フレールスは、その手慣れた外交手腕を発揮し、ルーズベルトに花を持たせるため、彼のどんな条件でも飲む用意があると明言した。「閣下の崇高なキャリアと高い思想は、我が国では知らないものはおらず、ご来訪は我が国民にとってこの上もない光栄です」とその手紙は謳い上げた。

フレールスの賛辞は、当時の傷ついたルーズベルトの心には、気持ち良く響いたに違いないが、手紙はさらに、ルーズベルトの講演旅行に対して一万三〇〇〇ドル（今日の通貨にして約二五万ドル）を約束していた。フレールスには知るよしもなかったことだが、実はこの時、ルーズベルトにとって、この収入はかなり有り難いものだった。家族を支える心配をせずして政治の世界に没頭できるだけの財産を相続していたルーズベルトだったが、長い政治キャリアの後、子孫に残せるのはほとんど名声のみとなりつつあったからだ。

＊　＊　＊

金銭上の理由や、民主主義を途上国に啓蒙するという目的以上に、ルーズベルトには、この招待を受け入れたい個人的な理由があった。当時、南アメリカで一年以上も働いていた次男のカーミットに会えるからである。ルーズベルトの六人の子供のうち、三番目で次男のカーミットは、元来もの静かな性格の子供だった。頭脳明晰で我慢強く、スポーツマンだった彼は、身体を張った冒険や遠征への情熱を、そっくり父親から受け継いでいた。

カーミットの人生初の一大アドベンチャーは、父親が大統領任務をおえた一九〇九年、アフリカのサファリ旅行への同行を許されたときだった。当時、カーミットは一八歳で、ハーバードに入学したばかりだった。ルーズベルトはその春、ホワイトハウスから次のような手紙を彼に書き送っている。

「まったくラッキーなヤツめ。どうやらお前は、アフリカ行きの船をひたすら待ち続ける必要はなさそうだ。私がただひとつ心配なのは、この旅にお前を同行させることで、学業の方がおろそかになるのではないかということだ。今度の旅は、大学の学課に臨むのと同じように、くれぐれも全力を投じて臨んでもらいたい。素晴らしい経験なのだから、思い切り楽しむが良い。そして、戻った時には、バックルを締め直して学業に励んで欲しい。何事も懸命に励まなければ、人生の成功は絶対に収められないのだからね」

カーミットは、その父の教えを忠実に守り、帰国後、四年かかるはずの大学を実に二年半で終えた。そして、一九一二年の夏に卒業するとすぐ、単身で新しい大陸の新しい国々への冒険の旅にくり出す。彼の南米での最初の勤め先はブラジル鉄道会社だったが、マネージメントのごたごたの後、アングロ・ブラジリアン製鉄会社に移り、鉄橋を造る仕事に就いた。マラリア熱に悩まされながらも、カーミットは、この見知らぬ国の厳しい生活環境に耐えて良く働き、父親を喜ばせた。「カーミットが健闘しているのは本当に嬉しい。ブラジルでは実に良くやっているようだ」と、義理の妹のエミリーに誇らし気に書き送っている。

カーミットのブラジル行きの決断を、父親は諸手《もろて》を上げて賞賛した。若いカーミットは、すべて単独で計画し行動したばかりか、二〇世紀初頭にはまだまだ未開で危険だと見なされていた地球の僻地、南米大陸を選んだからである。実際、当時は、人の住む大陸の中で、南米の内陸部ほど事情の知られていない未知な場所はなかったのである。

南米の都市を訪ねるというだけでも、普通のアメリカ人にとっては大変ことと見なされた時代に、アマゾンの深いジャングルの中に分け入るなどとは、とんでもない話だった。当時の南米の地図には、一三〇〇キロにも伸びる二本の大河が、かなりかけ離れて記されているだけで、中央部分のほとんどは、ほぼ白紙状態だった。文明未踏のその地域の広さは、ドイツの国がすっぽりと入る大きさで、アマゾンの複雑怪奇なレインフォレストは、この一帯に入り乱れて広がっていた。

このあまりにも隔離された辺境のアマゾンを、最初に切り開こうとした大きな試みは、ちょうどこの前年に開通したマデイラ／マモーレ鉄道の工事で、無惨な失敗に終わっている。ブラジルの西岸、マデイラ川からマモーレ川の下流を結ぶ、わずか三〇〇キロあまりのこの鉄道は、当時珍重されたアマゾン原生林から採れるゴムの木汁を海外に輸出するため、港までの運搬用に設計されたものだった。

ところが、この鉄道に約束されたかに見えた明るい展望は、それを抹消にしても遥かに足りないほどの悲劇と裏返ってしまう。一九一二年、英国の作家、Ｈ・Ｍ・トムリンソンが、彼の有名な著書、〝The Sea and Jungle〟（海とジャングル）の中で、この鉄道建設に関わった労働者と会見した際のことを、次のように書いている。

「彼らは、ロビンソン・クルーソーのように伸び放題のひげを蓄え、極度の貧血症の女のように青白く、全身を虫に喰われていた。大河が広がる場所を除くジャングルは、すべて巨大な樹木に覆われ、陽の照ることがなかったのである」

〝気ちがいマリア〟とその設計者たちから呼ばれるようになったこの鉄道プロジェクトは、なんと五年の月日を費やし、やっと完成の陽の目を見た一九一二年には、南米のゴム業界は既に破綻し、六〇〇〇人もの労働者が、病気や飢えのために無益に命を落としたのである。

ルーズベルトにとって、この南米大陸の未開度こそが、ムゼオ・ソシアルからの招待を受ける決め手となったに違いない。原始的なジャングルや広大なサバンナ、そそり立つ山々や厳しい気候風土など、南米大陸は、ルーズベルトが生涯魅せられてきた未知なる無限のフロンティア（辺境地）を、そっくり提供してくれたのだ。この時、地球上にアマゾン以上に前大統領の心を掴む場所はなかったと言える。それは、アマゾンが、第一級のアドベンチャーを約束していただけでなく、自然科学者の桃源郷でもあったからだった。

＊　＊　＊

大統領であり、騎兵隊長であり、カウボーイでありハーバード出のエリートである前に、ルーズベルトは自然科学者であった。ニューヨークの特権階級の病気がちな子供だった頃から、ルーズベルトは、いつも異常なほどに植物や動物や昆虫の生態に惹かれ、有名な探検家の話に興奮し、先端の科学者たちの本を熱心に読んで、いつか自分も採集や探検の旅に出たいと夢見ていた。少年セオドアのポケットや部屋の中は、クモやネズミや蛇の死骸でいっぱいで、それらを丹念に研究したスケッチに見られる考察力は、年齢を遥かに超えたものだった。政治の世界に入ってからも、彼は、その多忙な生活の合間を縫っては、自然の中に踏み入り、珍しい生物の採集と記録を楽しんだ。そして、ホワイトハウスを住居とするようになった頃には、国の最高指揮者であるばかりか、その知識と経験の豊かさでは、最高峰の自然科学者と成っていたのである。

ルーズベルトは、彼の言葉を借りて言うと、「初めて生物学者としてのキャリアを歩み始めた日」を、はっきりと覚えていた。まだ幼かった頃、市場にイチゴを買いに行くためにマンハッタンのブロードウェイ通りを歩いていた彼は、浜で息絶えたアザラシの死体が、板に乗せられて放置されているのを見つけた。「何故かそのアザラシの死体に、たまらなく想像力と探究心を掻き立てられてしまった」と、後に彼は語っている。腐乱していくアザラシの死体を毎日のように訪ねたセオドア少年は、折りたたみ式の物差しをポケットから出して計ってみたり、あちこちの詳細をスケッチしたりして、その生態を調べた。これがルーズベルトの自然科学入門であった。

探求することのスリルに取り憑かれたセオドアは、従兄弟二人と組んで、「ルーズベルト自然科学博物館」を設立する。場所は、彼の子供部屋だった。しかし、まもなく、悪臭を放つ小動物や昆虫の死体に音を上げたメイドたちが「反逆を起こし、屋敷の高級上官に陳情したため、階上の廊下奥の本棚に移されてしまった」のである。その後セオドアは、わずか一四歳で、一八六九年に父親がその設立に際して融資したニューヨークの自然歴史博物館に、彼の見つけた珍しい生物の標本を寄贈し始めた。アディロンダック山脈に家族旅行をした時に採集したコウモリ一羽、亀一匹、鳥のたまご四種、ネズミ一二匹、そして赤リスの頭骸骨一個が手始めで、それらは、当時まだセントラルパーク東のこじんまりとした武器倉庫に居を構えていた博物館に納められた。

自然科学者になりたいというルーズベルトの志は、ハーバード大学で勉強し始める頃まで爛々と燃えていた。彼は、野や山にくり出して自然界を実習研究する有名な鳥類学者、ジョン・オーデュボンのような学者になることを夢見ていたのだ。ところが、いざハーバードの授業が始まってみると、フィールド実習は軽視されて行われず、ラボ研究にばかり重点を置く教育に、すっかり失望してしまった。「ずさんで不正確な研究方法を避けたいというのは、実にもっともな方針だが、だからといって、ラボ以外の研究やフィールドワークを非科学的で不真面目とする見方には賛同できない」と、その日記で批判し、さらに、自分の自然科学への興味は「まったくちがう方向にあり、顕微鏡にしがみついたり、標本のスライスを繰り返したり、数学者のように計算ばかりすることではない。残念ながら、自然科学者に成ることは、断念するより他ない」と記している。

こうして、科学を捨て、政治を取ったルーズベルトだったが、自然科学への情熱を捨ててしまった訳では決してなかった。それどころか、政治的な地位が高まるにつれ、より広域な実習研究が、彼には可能となって行った。たとえば、ホワイトハウスでの二期目、バージニア州の大統領保養地であるパインノットに、高名な野鳥学者であるジョン・バローズを招き、共に野鳥の観察を楽しんでいる。

バローズには忘れがたい経験となったこの時のことを、彼自身が書き残しているが、これを見てもルーズベルトの知識の幅が計り知れる。

「大統領とフィールドを散策中、全部で二七種の野鳥を確認したが、そのうち大統領は二五種を認識できた。私が認識できたのも二五種だった。ところが、大統領は、その数日前に『リンカーンつばめ』を見つけたと言って、日曜日の礼拝の後、私をその場所に連れ出し、二人して一時間ほど待った。しかし、幸いその鳥は現れなかった。現れていたら、私は彼に負けていたことになる（バローズは、その鳥を知らなかった）。鳥に関しては誰よりも知っていると自負していたし、一生を通して研究してきた私の専門分野である。大統領は、私に勝るとも劣らない知識を持っていたばかりか、その詳細な観察力には、脱帽した。私のまったく知らない政治や経済の世界でも、同じ質量の知識を持っていると思うと、空恐ろしいくらいだった」

ルーズベルトの一九〇九年のアフリカ・サファリ旅行は、単なる狩猟の旅には終わらなかった。数多くの野生物が採集され、ニューヨークの自然歴史博物館やワシントンDCのスミソニアン博物館に納められて、自然科学界全体に大きな恩寵を与えた。当時の自然歴史博物館の館長、ヘンリー・F・オズボーンに言わせると、「これまでのどのアフリカ探検よりも、遥かに素晴らしい成果を収めた遠征」だった。

ルーズベルトが真剣に考慮し始めたムゼオ・ソシアル博物館からの招待は、直接的には、秘境の探検への誘いではなかった。しかし、何らかのアドベンチャーを道程に組み込むことは出来るはずだ。せっかくの南米への招待を、単なる講演旅行に終わらせないで、南米の自然に親しみたい、そして探索や採集をすることで、自然科学界に貢献できるのではないかと考えたのだ。彼は再び、自然歴史博物館の助けを求めることにした。この時点では、ことさら危険で困難な旅を想定していた訳ではないが、初めてのアマゾンを体験する前に、驚きと発見に満ちているに相違ない壮大な南米大陸に対する充分な知識の備えが欲しかった。

ニューヨークの自然歴史博物館にアドバイスを求めることは、即ち、実践科学分野の軌道軸に目を向けることだった。当時、ニューヨークの七七番通りから八一番通りまでの四ブロックを占めるまでに育っていたこの博物館は、自然科学の分野では世界をリードしていた。また、北極からゴビ砂漠、コンゴのジャングルの奥深くまで、数々の探検遠征を、知的にも経済的にも後押しをする組織にまでなっていた。

館内でルーズベルトと最も親しかったのは、これより五年前に科学者として初めて館長に選ばれ、その後二五年もの長期にわたって館長職を努めることになる、若く聡明な恐竜学者のヘンリー・F・オズボーンである。フェアのニックネームで親しまれたオズボーンとルーズベルトとは、実に長い付き合いだった。

ルーズベルトから、アマゾン旅行についてのアドバイスを申し込まれたオズボーンは、非常に喜んだ。「今度の計画に、この博物館が協力できるとすれば、こんなに嬉しいことはない。貴方の父上が当館設立に大きく貢献された訳でもあり、必ずお役に立ちたいと思う」とオズボーンは書き送っている。

ティラノサウルス・レックスの名付け親として歴史に名を残すことになるオズボーンは、彼自身が南米の地理的専門知識を持っていた訳ではなかったが、博物館スタッフの全面的な協力を約束した。そのリーダーとして任命されたのは、同館の鳥類学室長で、ルーズベルト自身もその研究キャリアに一目を置いていたフランク・チャップマンだった。経験豊かな科学者で探検家のチャップマンは、南米にも知識が深く、すぐさまルーズベルトのために館内での昼食会を手配した。

アルゼンチンのムゼオ・ソシアルからの招待状は――追って、ブラジルとチリからも同様な招待状が届いたのだが――、ルーズベルトの多角な嗜好と情熱を、ひとまとめに満たすものではあったが、彼がアマゾン探検を考えたのは、今回が初めてのことではなかった。古くからの知己で、ノートルダム大学で教鞭を取るジョン・オーギュスト・ザーム神父が、かなり前から彼にアマゾンへの旅を提案していたのだ。

小作りで、禿げ上がり、重い瞼の下の青い目と、マグカップの取っ手のような両耳をしたザーム神父は、宗教と科学と政治という、一件結びつけがたい三分野に深い興味を持つ、奇妙な交差点に立つキャラクターだった。わずか一六歳で教会に入り、二三歳で神父になったザームは、周囲もこぞって認める熱心な宗教家で、キリスト教の興隆にも大変熱心だった。ところがそれと同時に、ノートルダム大学で科学と物理を教える彼は、チャールズ・ダーウィンがこれより半世紀前に唱えた「進化論」の賛同者だった。（驚くべきことに、この頃、「進化論」は、まだ多くのアメリカ人に宗教への冒涜だと見なされ、ほとんどのカソリック教徒は一笑に付すほどだった。今日でも、まだこの見解を持つキリスト教徒がアメリカには多い）

ザームは、一八九六年には、カソリックの本山とも言えるるノートルダム大学で教えながら、進化論を支持する本まで出版し、物議をかもした。『進化とドグマ』と題されたこの本は、進化論は、他のセオリーでは実証できない無数の事柄や現象を説明するものであり、宗教の敵ではなく、味方と見なすべきだと唱えた。

しかし、ザーム神父自身が持つ矛盾性には、宗教と科学のそれを越えるものがあった。敬虔な宗教家で、本格的な学者でありながら、彼は禁欲者からは程遠く、贅沢や特権を好んで恥じるところがなかった。ワシントンD.C.のホーリークロス・アカデミー大学で教鞭を取るようになってからは、教養人の派手な社交クラブで、気取ったエリート集団である「コスモスクラブ」のメンバーとして名を連ねた。また、ザームは自分の名声を売り込むことにも長けていた。

「世間に良くしてもらうには、いつも世間の目に自分をさらしておくことが大事だよ」。ザームは、弟のアルバートにそう言いながら、自分と前大統領が刎頸《ふんけい》の友だと、よく自慢していたといわれる。

ザーム神父が、南米の魅力に取り憑《つ》かれたのは、一九〇七年に、ガイドを伴って南米大陸北部を旅したのがきっかけだった。旅の終わりに、アマゾン川を船で東へ下り、大西洋に抜けて帰途についた時、彼は、必ずもう一度仲間を連れて戻って来たいと熱望した。問題はその仲間である。大自然を愛するだけでなく、こんな秘境の旅の孤立や困難に備えのある仲間、そんな人材をどこで見つけられるだろう。しかし、それほど思い悩むこともなく、彼はうってつけの人物に思い当たる。それはセオドア・ルーズベルトだった。「もし彼に時間さえあって、南米遠征に興味を示せば、彼ほど適した人物はこの世にいない」と考えたのである。

一九〇八年、ザームは、大きな期待を胸に、任期最終年を迎えたルーズベルトを南米旅行に誘おうと、ホワイトハウスの楕円執務室（大統領のプライベートな執務室が楕円形であるため、こう呼ばれる）を訪れた。ルーズベルトは、南米旅行に惹かれはしたものの、この時すでに、長年の夢であったアフリカ・サファリの旅に息子のカーミットを同伴して繰り出す準備にかかっていた。そのため、神父の誘いを丁重に断った。がっかりはしたものの、望みはあると踏んだザームは、ルーズベルトにその気が起きるのを待つことにした。

そして彼は待った。ルーズベルトのアフリカ遠征、国中を騒がせた第三期大統領選、そして敗退、それに引き続くオイスターベイでの引きこもりと、ザームは実に辛抱強く待ち続けた。しかし、自らも六二歳という年齢に達し、体力にも衰えを感じて、もうこれ以上待つことは出来ないと思い始めた。

こうしてルーズベルトを諦めたザームは、一九一三年の夏、ルーズベルトがムゼオ・ソシアルからの講演の依頼を受け入れたのと時を同じくして、ついに他の旅仲間を捜し始めた。しかも、幸運なことに、ザームは、ルーズベルトがまさに懇談会を持とうとしていた人物、自然歴史博物館の鳥類学者、フランク・チャップマンに助けを求めたのである。

ザームは、フランク・チャップマンに宛てた手紙で、長年の夢である南米旅行を説明するうち、この旅が実現するメドが立てば、ルーズベルトをサガモアヒルに訪ねて報告するつもりだと伝えた。彼は、ルーズベルトがこの期に及んで遠征に参加するとは思わなかったが、長年にわたって持ちかけた話でもあり、どのような展開になるのか、興味を持つはずだと思ったのである。ところが、チャップマンの返信は、「わざわざオイスターベイまでお出でになるには及びません」というものだった。「明日、ルーズベルト大佐を博物館の昼食会にお呼びしていますから、もし宜しければ、どうぞご同席ください」

喜んだザームは即座に同意し、チャップマンは、ことさらルーズベルトに断りを入れることなく、ザームを会食者リストに連ねた。

＊＊＊

「君も来ていたのかね！」

博物館の昼食会場のドアを開け、多くの科学者たちの間に席を占めているザーム神父を見て、ルーズベルトは驚きの声を上げた。少なからず意表をつかれたものの、そこはベテラン政治家の滑らかさで笑顔を取り戻し、「ちょうど会いたいと思っていたところだ」と、彼を歓迎した。「あの南米旅行の話ね、いよいよ行ける時が来たと、君に手紙で知らせようと思っていた矢先さ」

結局、ザームの出現は、ザーム自身の夢である南米探検への熱意が大きく手伝い、ルーズベルトの希望実現を加速的に進めることになった。年老いた神父は、すぐさま旅の計画を自ら買って出、詳しいルート、交通機関、携帯食品や道具などの準備を整えることを約束した。ルーズベルトは、詳細を任せるにあたっては、全く異存がなかった。

ところが、ここまで本格的な探検遠征となると、ザームの知識は充分とは言いがたいものだった。彼は、最初の南米旅行のあと、南米に関する本を数冊出版していて、南米に関する専門家を気取っていた。しかし、H・J・モーザンズのペンネームで出版した『オリノコ川を上り、マグダレナ川を下って』と『アンデスからアマゾンまで』に対して、当時の少数の南米旅行ファンは、大いに眉をしかめていたのである。「それぞれの地域の歴史的な知識が深い割には、実際の国々の叙述がいかにも少なく、本当に行ったものかどうか、実に疑わしかった」と、のちにチャップマンは語っている。

ルーズベルトが、その奇妙な友の本当の能力について何らかの疑問を持っていたとしても、彼はそれをしいて取沙汰しはしなかった。おそらくこの時点において、元来、単なる講演旅行として招待されたこの旅が、それほど大袈裟なものに発展するとは予想していなかったからだろう。ただ、彼には珍しく、自分の年齢や寿命に言及して、神父に、このような旅にはリスクはつきもので、不心得な計画はひかえるようにと注意した。

「この旅のハードルの高さを、よく掴んでおきたいと思う。自分の命のリスクは心配していないが、私の体力がついて行かないような行動は計画したくない」

Chapter 3
準備

これから始まる南米旅行を、「ほどよいアドベンチャーが組み込まれた楽しい旅行」程度に見なしていたルーズベルトは、出発前のひと月ほどの間、ゆるりとした気持ちで過ごしていた。その証拠に、探検旅行の計画のほとんどを、それほど能力を買っている訳でもないザーム神父に、そっくりゆだねてしまっていた。七月には、下の息子のアーチーとクェンティンを連れて、ニューヨークを離れ、アリゾナにクーガー狩りに出かけている。その前にザーム神父に言い渡した旅の計画へのリクエストは、ありきたりのインカ観光にだけは行きたくないということだけだった。

もう一度南米へ戻って探検の旅に出たいという長年の夢は実現することになったが、ザーム神父は、ルーズベルトの夢を現実にしなければならないという大仕事を担わされてしまった。助けを求めるために、彼は、ニューヨーク市の百貨店、ロジャーズ・ピート&カンパニーのスポーツ用品売り場に出かけ、そこでアンソニー・フィアラというセールスマンと知り合う。フィアラが大いに探検に興味を持っていると見るや、ザームは早々と彼を探検旅行に招待し、この新しい友に、遠征用の食材や道具類を選択する任務を与えて、自分の負わされた重荷を振り落とし、彼に渡してしまう。ザームには、単に肩の荷を降ろす格好の解決法だったに違いないが、この時、フィアラを需品チーフにしたことが、後にこの遠征の大きな呪縛となる。このセールスマンは、確かに探検遠征の経験を持っていた。しかし、その経歴の詳細を知れば、遠征の需品や計画を任せるのに、彼が地球上で最も望ましくない人物だと分かるものだった。百貨店のセールス担当という現職はさておいて、およそ二〇世紀初頭の探検家で、アンソニー・フィアラの名を知らないものはいなかった。事実、彼をめぐって起こった事は、万が一探検が失敗した場合、生き残ってしまった隊長がいかに世間の冷笑を浴び、そのキャリアを断たれるかの教訓そのものだったのだ。

この時から一〇年前に、細身で長身、小さな角張った顔に立派な鼻をしたフィアラは、一級のアドベンチャラーたちと、歴史に残る地理的制覇、北極探検を競い合っていたのである。フィアラの最初の北極への旅は、一九〇一年にボールドウィン／ジーグラー遠征に写真家として同行した時だった。この遠征が失敗に終わり、北極に辿《たど》り着けなかったため、そのリーダーだったイヴリン・ボールドウィンは解雇され、一九〇三年の第二の遠征では、フィアラが写真家から一挙にコマンダーに昇格されてしまう。

フィアラ／ジーグラーと改名されたこの遠征も、結局、八二度線より北に行くことなく終わる。なんと、彼らの船は、浮上してきた氷塊に衝突し、沈んでしまったのである。幸か不幸か、丘に上がって一命をとり止めた隊員は、その後救助を求めることも出来ず、氷に閉ざされた八二度線で、なんと二年間も遭難した。船を失った後、フィアラの命令で大切な食料を氷の上にまとめて貯蔵していたが、ある夜フィアラと三八人の隊員が眠っている間に、今度はその氷が割れて流れ出してしまう。目覚めた時に、食料の半分と石炭の半分を失ったことに気付いた隊員は恐怖におののいた。しばらくして、先に遭難した北極探検隊が残して行った食料や備品を見つけたことで、なんとか全滅を免れたのだった。

ニューヨークに戻った時、フィアラは、仲間の冒険家たちから、リーダーとしての指導能力を厳しく糾弾されることになる。同情などは、まるでなかった。フィアラたちの遭難の詳細を知った、有名なイギリスの自然科学者で探検家のヘンリー・フェルデンなどは、「ずさんな計画、ずさんな統率、ろくな訓練もされていない遠征」とこき下ろし、そのリーダーを「まったくな無能者」と切り捨てた。フィアラは、「氷の上の料理人としてはまぁまぁかもしれないが、人の上に立つ男ではない」とまで書いている。これ以降、アンソニー・フィアラを遠征隊に加えたいと申し出る団体は、どこにもなかったのである。

そしてその一〇年後、ザーム神父が偶然にもロージャーズ・ピート百貨店に現れ、ルーズベルトとの旅に備える備品の調達にアドバイスを求めて来た時、フィアラの心はハガネが外れたように踊った。「アマゾンに同行できるなら、何もかも喜んで打ち捨てる」と彼は言った。もし、ルーズベルトが旅の準備にもう少し目を向けていたなら、たった一度の遠征探検の経験が北極であった男を、北極とは似ても似つかないアマゾン探検の隊員にすることは躊躇した筈だ。ましてや、そのたった一度の遠征で、隊員たちを歴史的なレベルの惨事に追いやったと知れば、尚更《なおさら》のことである。

しかし、ルーズベルトは、ザームの熱烈な推薦に押されるように、彼を雇用することを承認してしまう。しかも、単なる隊員としてではなく、フィアラはこの遠征全体の食料と備品の調達管理を指揮することになったのだ。

＊　＊　＊

ザーム神父は大喜びだった。フィアラが面倒な備品収集を一手に引き受けてくれれば、彼は単に外交をしたり橋渡しをしたりという得意分野に収まっていられる。「フィアラ以上の適役はない」と、ザームは会う人ごとに語った。「おかげで、私の熱帯の旅の経験から、今度の旅にどのような備品が必要かを彼に教える時間も出来て、フィアラは実に迅速で的確に準備に勤しんでくれている」

遠征の当初の計画としては、アルゼンチンのブエノスアイレスから出発し、容易に航海できる河川を船で北上し、アマゾンに入る、これによって、難なくルーズベルトに幅広い自然の景観と動植物の観察をして貰おうというものだった。アマゾンに入ってから、ルーズベルトは、リオ・ネグロ川を北上し、その黒い水がカフェオレ色のアマゾンと混じり合うブラジル中北部の拠点を通過し、幅の広いオリノコ川に入り、ベネズエラを横切って大西洋に出るというルートを考えていた。この計画ならば、遠征部隊は、人里離れた辺境地帯を通るので、南米大陸の大自然や野生動物を存分に観察出来るが、既に地図に書き込まれた河川を通るので、危険は少ないと思われた。

まだ計画が巣立たない段階での、最初の意見の不一致は、南米の川を下るのに、どんな船を持って行けばよいのかという点だった。計画の中心は川を下る旅だと決めても、そのためにはどのような準備をすればよいのか、備品担当者にはほとんどが謎だらけだった。

ザーム神父が南米旅行を過去に経験しているといっても、それは観光に毛が生えた程度で、その他の関係者には、南米に足を踏み入れた者も、その川についての知識を持っている者もいなかったのだ。にもかかわらず、というよりは、そのために、それぞれがまったく違うイメージの船を主張し始めた。

フィアラには、カヌーについて一つのセオリーに入れ込んでいて、それを証明できる機会を楽しみにしていたせいで、北米の原住民が伝統的に作るようなカヌーを、独断で二艘注文してしまった。彼は、これらの軽い北米タイプのカヌーの方が、南米で使われている重く柔軟性のないくりぬき型のカヌーよりも、遥かに川の性格に適していると確信していた。

彼の注文したカヌーは、全長五・八メートルで、アメリカ杉で骨組みが造られ、それをキャンバス地がカバーしていた。川の条件が許す限り、それぞれのカヌーは一トンづつの物資と、三人から四人の隊員を乗せることが出来た。さらに良いことには、それぞれのカヌーの重さは七三キロに満たず、四人の男が（必要とあれば二人で）簡単に持ち上げられるので、川が下りきれない激流になった場合など、容易に運搬できることだった。

ルーズベルトの個人的な秘書で、イギリス生まれのフランク・ハーパーは、ルーズベルトの身の安全を気遣うがあまり、専門知識には欠けているのに、オハイオ州セーラムのW・H・マリンズ社の鉄製の船を押した。

その間、ザーム神父は、三六三キロもの重さの、鉄製ボディーのモーターボートをペアで二艘、ペンシルバニア州エイセンの会社に注文して、小切手まで送りつけてしまった。その上、いつもの調子で、遠征用の船を造らせてやると言わんばかりに恩を売り、特別な改良を会社持ちで施させた。さらに、ザームは、遠征隊の旗を二旗注文し、それぞれに豪華なかざりをつけて、一旗にはルーズベルトのRを、もう一旗にはザームのZをデザインさせた。

遠征用の船についての議論がくり返され、費用がかさんで行く中、フィアラは、他の備品や食料の買い付けに奔走した。必需品リストの量と種類は呆れるほどだったが、何を本当に持参するかは、また別の問題だった。フィアラは、必需品を選ぶのと同じくらいの時間を、贅沢品や、もしものときの備品の選択に費やした。パンケーキ粉、ベーコンのスライス、骨なしチキン、乾燥ポテト、マッチ、石けんなどの他に、パイプ三ダース、タバコ二種類、粉ミルク、チャレンジ社のトイレットペーパー二四巻。亜鉛ばりの重い箱には、粉マスタード、セロリ塩、鶏肉用香辛料、パプリカ、シナモン、ナツメグ、チャツネ、オレンジやグレープフルーツのマーマレード、タバスコ、オリーブ汁など、スパイスやグルメ調理用品が詰め込まれた。とにかく、前大統領が旅行されるのだからと、フィアラは神経を尖らせ、何種類かのお茶の葉をルーズベルトに送りつけて、選ばせたりもした。

「閣下に、お茶を五種類ほど送らせて頂きました」九月の始めに、フィアラはルーズベルトに宛てて書いている。「このたびのジャングルの旅に、どの種類のお茶をご所望か、教えて頂けますと幸いです」

＊＊＊

その頃、自然歴史博物館では、フランク・チャップマンが、今回の遠征先の実際の事情に詳しい人物を探してルーズベルトに同行させるべく、調査を進めていた。チャップマンと館長のヘンリー・F・オズボーンは、ルーズベルトの古い友人としてはもちろんのこと、博物館の責任者としても、ルーズベルトの旅の安全を計る立場にあった。アメリカの前大統領が、博物館の主催によりアマゾンに遠征するのである。もし、遠征が上手《うま》く行かなかった場合、ルーズベルトが負傷したり病気に成ったりした場合、はたまたとんでもない事故で死亡するようなことがあれば、それこそ博物館の名誉は地に落ちる。

ルーズベルトは、このアマゾン遠征を、安全で穏やかな旅だと予想していたが、予想が外れていたとしても全く異存はなかった。ルーズベルトは、命を危険に晒すのは一向に構わないと、いつものように言ったが、オズボーンとしては、この言葉は聞いていて心地の良い筈はなかった。敵意に満ちた原住民に遭遇するかもしれないし、激流河川があるかもしれない、それに悪い病気を運ぶ虫もいるかもしれないと警告されても、ルーズベルトは、こう言い返した。

「この前、ミルウォーキーで撃たれた時にも、『このままスピーチを続けるなんて言い張るのなら、命がどうなっても責任は取れない！』と言った医者どもにも言ってやったさ、『ゲームは勝ってるから、少々のリスクは平気なんだよ』ってね。それと同じ事を言わせてもらうよ」

ところが、博物館の方ではリスクは背負えなかった。チャップマンは、経験豊かな自然科学者で、土地勘もあり、ルーズベルトを生きてアマゾンから連れ戻せる人物を、何がなんでも捜さなければならなかった。彼には、アメリカで最も優秀な科学者や探検家を集める自信はあった。自然歴史博物館の仕事を断る科学者など、そういる訳ではない。しかし、皮肉なもので、チャップマンがこれぞと選んだ、四八歳のベテラン探検家で鳥類学者のジョージ・シェリーだけは、断って来る可能性のある人物だった。

ジョージ・シェリーは、過去二五年間、彼の人生の半分以上を、南米での鳥の採集に費やしていた。ジャガーのように細くしなやかな筋肉をつけ、まるでなめし革を太陽にさらしたような皮膚をしていたが、同時にシェリーは、繊細な骨格の、立派な紳士の風貌を持っていた。髪は短く切られ、白髪まじりで、ハンサムな面立ちには刈り込まれたひげを蓄え、静かで威厳ある表情は誰にも信頼と尊敬の気持ちを抱かせた。アマゾンのジャングルに挑もうというものなら誰もが、シェリーを同伴したいと思うだろう。

チャップマンは、シェリーとは三〇年来の知己で、つい最近もコロンビアへのかなりハードな採集旅行に同行したばかりだった。「彼は、スペイン語を自国語のように話し、荒仕事にも慣れ、それでいて最高の旅の道ずれだ」と、チャップマンはザーム神父に保証した。

シェリーは、むやみに暑い七月のある日、バーモント州にある自分の農場のリンゴの木陰で涼んでいる時に、チャップマンからの手紙を受け取った。ニューヨークと消印にある手紙を、彼の陽に焼けた手で破り開けると、そこには秋に出発するルーズベルトの遠征への招待状が入っていた。シェリーは、読むとすぐに、その旅が春までかかるであろうことが分かった。「ちょうど二五回目の南米旅行から戻ったばかりだったから、正直言って、乗り気はしなかった」と、のちに彼は振り返っている。シェリーの度重なる遠征中、いつも苦労して農場を維持して来た家族を、またしても後にするのはいかにも心苦しかった。そのうえシェリーには、いわゆる「貴族とのキャンプ旅行」に同伴するような嗜好《しこう》はなかったのである。

それでもシェリーは、ニューヨークまで出向いて話だけは聞くことに同意した。シェリーが博物館に到着するやいなや、チャップマンは、一緒に行ったコロンビアへの採集旅行が素晴らしかったこと、今度のアマゾン遠征ではもっと新しい採集が期待できることを語った。さらに、チャップマンは、その当時の平均月給の三倍にあたる、月額一五〇ドルのサラリーを約束した。これは、シェリーの農場からの収益よりも遥かに多いはずだった。

結局、その話し合いのあと、シェリーは、解いたばかりの荷物をつめ直し、家族や農場にまたしても別れを告げて、南米のジャングルへ戻ることを承諾したのだった。

念には念を押し、チャップマンは、もう一人、レオ・ミラーという二六歳の優秀な博物館付き科学者を、ルーズベルトに同行させることにした。ミラーは、すでに、鳥類や動物の採集のために博物館から南米へ派遣されたことがあり、今回のルーズベルト遠征では哺乳動物採集を担当し、シェリーには鳥類を任せることになった。チャップマンは、こうして担当を分けることで、採集の効率を倍にしたいと、オズボーンに報告している。

シェリーとミラーを遠征チームに加えることによって、オズボーンはようやく落ち着き、ルーズベルトが必ず安全に戻るだろうと確信できた。それでも、オズボーンはルーズベルトに、このような険しい旅にはくれぐれも気をつけて賢明に立ち向かってくれるようにと懇願するが、この時点ではルーズベルトには旅が険しいとは思えず、心配する必要も感じられなかった。確かに、オズボーンにも安心できる理由はふたつ出来たわけだ。頑強で経験豊かなシェリーとミラーを付けたこと、そしてもっと大切なのは、今度の遠征ルートが、険しくはあってもほぼ開かれている道程で、予想出来ない危険はないだろうという点だった。

心配することはないのである、ルーズベルトがコースを変えない限りは……

Chapter 4 広い海原へ

一九一三年の一〇月四日、南米への船が出る朝、ルーズベルトは、ニューヨーク市、ブルックリンの港の八番桟橋に到着した。車から降りるとすぐに、ヴァンディック号の大きな姿が見えた。二〇〇〇トンの蒸気船は二歳児で、見送りに来た人たちの頭の向こうに黒く荘厳にそびえ立っていた。その日は、明るく透き通った青空の美しい朝で、船出には最高の日和だった。

「ここから、もう私の登山が始まるんだ」などと冗談を飛ばしながら、ルーズベルトは船へ登る急勾配な階段を上ると、この先二週間半ほどの船旅に備えてつめた荷物を解きに、すぐさま彼のスイートルームへと向かった。彼に見送りの握手を求めて待ち構えていた大勢の者の中には、遠征の成功と無事をひたすら祈って八番桟橋に駆けつけた、南米の各国大使がいた。その頭文字を取り、南米のABCパワーと呼ばれた、アルゼンチン、ブラジル、チリの三国の大使にとって、ルーズベルトの母国への訪問は、大仕事であると同時に沽券《こけん》に関わる出来事だった。

ルーズベルトの任期中、南米諸国ほど彼の政策に翻弄された地域は他になく、任期を終えて四年が経過したとはいえ、南米の人々は、彼の帝王的な政策を忘れてはいなかったからだ。ルーズベルトは、西洋諸国の内政不干渉を唱えるモンロー・ドクトリンの熱狂的な信奉者で、任期中に、さらにこれを強調した改正を加えた。一八二三年に、ジェームス・モンロー大統領によって発せられたこの声明は、南米大陸に植民地開拓の野心を抱くヨーロッパ諸国に強力な圧力をかける目的で執筆され、アメリカ合衆国は、地続きの南米への他国からの干渉や抑圧を、決して指をくわえて黙認しないことを強調した。南米へのいかなる干渉も、アメリカは、アメリカ大陸全体への敵対行為と見なすというのである。

このドクトリンは、一九〇四年、ドイツが借金の返済を要求して、ドミニカ共和国に軍事圧力をかけ始めた時に、行使される瀬戸際にまでで至った。小さなラテンアメリカのドミニカ共和国は、当時、大統領任期の最後の年にあったルーズベルトに助けを求める。この時、ルーズベルトは、モンロードクトリンを遂行したばかりでなく、改正を加えて強化したのである。

モンロードクトリンが、ヨーロッパ諸国の西半球地域に対する干渉を禁止する教書だったのに比べ、ルーズベルトの改正案は、地球上のどこであれ、アメリカが必要と判断した場合は、いつでも干渉を阻止する手段に出るというものだった。「もし、どのような小国でも、社会的政治的秩序を保ち、他国への責任も果たしているのであれば、アメリカは一切干渉するものではない」と、ルーズベルトは一九〇四年一二月六日の閣議で、その改正案を説明している。「しかし、度重なる不正、そして世界の秩序を乱すような行為が続く場合は、渋々ながら、そのような悪質な組織や国に対して、アメリカが世界の警察的圧力を行使することになる」

ルーズベルトは、アメリカが実力行使に出るのは本当に最後の手段だという点を強調したが、南米の国々の怒りを鎮めるには、ほとんど役立たなかった。何故ならば、不正や無秩序と判断するのはアメリカであり、隣国の南米諸国にとっては、これこそが帝国主義的なアメリカの干渉と受け取れたからだ。

ルーズベルトの改正案から一〇年近くの歳月が流れていたこの時点でも、南米諸国は、改正されたモンロードクトリンが暗示する抑圧に強く抵抗していた。南米へ出発する二~三週間前、ルーズベルトは、南米通の友人、レミュエル・クイッグから警告の手紙を受け取っている。クイッグは、記者として南米の取材旅行を重ねたのち、ニューヨーク市議会議員となり、長年ルーズベルトの支援者でもあった。南米の講演会で、モンロードクトリンのことに触れようものなら、たちまち非難の矢面に立たされて、即刻帰りの列車に飛び乗らなくてはならないぞ、との内容だった。

このルーズベルトの改正案をめぐる争乱は、南米旅行出発のひと月ほど前からまたしても煮立ち始める。何故ならば、この改正案が実際に行使されそうな雲行きになって来たからだ。ちょうど遠征チームが旅の準備に余念がない頃、実にメキシコが、ルーズベルトの息子のカーミットに宛てた手紙の言葉を借りると、「熱いフライパンの油がはじけるよう」な具合になっていた。現役のウッドロー・ウィルソン大統領は、致し方なくも、ルーズベルトが敷いた改正案の路を、進軍しなければならない危機に落ち入っていた。

メキシコの革命は、一九〇一年よりメキシコ中を嵐に巻き込んでおり、すでに大統領の一人は辞任の末追放され、もう一人は牢獄に放り込まれ、もう一人は暗殺されるという不穏さだった。アメリカは、メキシコが国境を共有する隣国であることと、沢山のアメリカ人が彼の地に住んでいるという理由も去ることながら、これまでメキシコに多額の投資をして来たことからも、その革命騒動には頭を抱えていた。もし、これが収拾のつかない戦争に発展するようならば、ウィルソンは、南米人が忌み嫌う軍事介入に意を決するしかなかった。

＊＊＊

もし、アメリカがメキシコとの戦争に踏み切るとなら、ルーズベルトは、彼の息子二人が真っ先に名乗りを上げて入隊するであろうことを信じて止まなかった。セオドア・ルーズベルト・ジュニアとカーミットとは、戦争に取り憑かれているといっても過言ではない父親に育てられていたからだ。彼らの祖父は、ルーズベルトが崇めてやまない人物だったが、アメリカの南北戦争の際、貧しい男に代金を支払って戦争に行かせており、それをルーズベルトは生涯理解することが出来なかった。それは、南北戦争時代の富裕層では別に珍しいことではなかったのだが、ルーズベルトの父親の場合は、戦争に行くのが怖かったからではなく、夫人が南部の出身で、その兄弟が南部軍として戦っている事実を鑑み、彼女の苦しい立場を推し量って決断したのだった。

しかし、ルーズベルトには、彼にとっていかにも完全人間の素晴らしい父親が、いかなる理由であれ、国家を期する戦争を避けたことが理解し得なかった。彼自身は、過去のどの戦争にも真っ先に参加し、彼の息子たちも同様だった。「息子たちには、健全な仕事を持って、いつも正直に努力して立ち向かい、いざ国の大事とあれば、何時でも自由な国の人間として、隣人と同じように戦ってもらいたい。それは男の最低限の義務で、出来なければ実に恥ずかしいことだ」と、ルーズベルトは一九一〇年、アフリカサファリの後にヨーロッパを訪ねた際、イギリスの歴史家、ジョージ・オットー・トレヴェリアンに書き送っている。

ブラジルで働き、南米の社会にも溶け込んで、その優秀な仕事ぶりでも信頼を得ていたカーミットにとって、ラテンアメリカの不穏な危機は心配の種だった。細身で色白、ほお骨が高く、奥深い眼差しのカーミットは、ずっしりとした大作りの父親とは似ておらず、ルーズベルトの賑やかで活動的な人格からはほど遠かったが、色々な意味で、ルーズベルトの子供たちの中では、一番父親に似た性格の持ち主だった。たっての冒険好きだった上に、彼は学ぶことがことのほか好きだった。貪るように読書し、言語に関しては飛び抜けた能力を持っていた。彼がその生涯でマスターした言語は、ドイツ語、フランス語、スペイン語の他に、アラビア語、ウルドゥ語、ヒンドゥ語、ロマニー語に至る。ギリシャ語は原語で読むことが出来たし、父親とアフリカサファリに出かけた時には、スワヒリ語を学んで、ポーターに有り難がられた。そして、今、ブラジルでは、ポルトガル語を現地人のように話せるようになっていたのである。

また、カーミットは、彼の姉のエセルの言葉を借りると、「詩人の魂」を持った男だった。彼は、南米へ旅立つ前に、ヨーロッパを周る短い旅行をしているが、イギリスではラディアード・キプリング（「ジャングルブック」を書いた英国の作家で詩人）の家に滞在している。そこから友人に宛てた手紙の中では、キプリングが南米に大変興味を持っていて、いつか是非行きたいと言っている、と伝えている。キプリングは、ルーズベルトが革新党から大統領候補として指名された時には、有名な詩を書き送っており、家族ぐるみのつき合いが続いていた。

既に少年期を脱し、二四歳に届こうとしていたカーミットは、父が思い描いて願望した通りの若者に育っていた。ブラジルでの厳しい環境下で、カーミットは逞しく、自分で糧《かて》を得て生活していたし、石を積み上げるように独立を計っていた。カーミットが、月末には給金が底をついて、あまり良い食事をしていないと聞き、ルーズベルトは、四月頃から、月に二〇〇ドルの小切手を送っていたが、七月には、「もう充分な給料を稼げるようになったので、結婚でもしない限りは、お父さんのお金を頂く理由はない、銀行には、三五〇ドルの貯えも出来た」と断りの手紙を書いている。そして、最初の小切手も、二度目の小切手も破ってしまったと追記している。

カーミットの給料は改善されたのかもしれないが、彼が働く環境は、最初から変らずひどいものだった。彼は幼い頃からの持病のマラリアを頻繁に再発させていた——カーミットが幼い頃過ごしたワシントンD.C.は、沼地の上に建てられた街で、当初、蚊の発生によるマラリア患者が多かったのだ。後に、土壌の水分を流し出すことで、改良された。そして、ブラジルでのカーミットは、遠く人里離れた辺境の地で働き、隣人といえば、白人とは暴力的な衝突以外には関わることもない原住民ばかりだった。

しかし、カーミットは、危険と隣り合って生活することを、別に気にする風もなかった。前年の秋に家族に送った手紙には、彼の働いているブラジル鉄道の列車が週に三回も脱線したと、こともなげに報告している。「二回は大きなボックス車両で、一回はエンジン車が脱線した。そのうち危なかったのは一回だけで、その時は、もう少しでコックを死なせてしまうところだった」と書いている。さらに何週間か後の手紙では、しばらく猟には出かけられないことを伝え、その理由として、「原住民が騒ぎ出して、鉄道技師を何人か、長槍で殺してしまったからだ」と伝えている。

カーミットは、その後、シンドゥ・バレーに鉄橋を架ける仕事に就いたが、これは、鉄道の仕事よりもさらに困難で危ないプロジェクトだった。シンドゥ・バレーは、ブラジルの北東部、五〇〇〇万ヘクタールに渡る地域で、一八八四年までは未開拓のまま放置され、この当時でもまだ、開拓民よりも原住民の数の方が遥かに多かった。この仕事は、支払い額も良く、他の条件面でも父ルーズベルトを喜ばせたが、それなりの犠牲を伴うものだったのだ。その夏、ちょうどカーミットが橋上で働いている時に、突如として橋が崩れ、彼は一一メートル近く下の岩盤の谷底に転落し、危うく命を落とすところだった。「誰の責任でもなく、単にこの手の仕事にはつきものの事故」と、手紙に書きはしたものの、彼自身も、さすがに今度ばかりは危機一髪の命拾いと認めざるを得なかった。「落ちたあと、ボールのように転がり、もうこれは絶対にだめだと思ったし、周りもそう思ったそうだ」というほどである。谷底で度肝《どぎも》を抜かれて見上げるカーミットの上に、巨大な鉄橋とケーブルが、彼をめがけて落ちて来たが、彼にはそれを避ける時間もなかった。生きてこの話を伝えることが出来たのは、鉄塊が彼の横をわずかにズレて落ちたからだった。肋骨を二本折り、歯を二本折って、膝を脱臼しただけで済んだのは、本当に幸運だというほかはない。それ以外には、「頭と手に切り傷を追って、見た目は悪いが、それだけのことだ」と、父親に書き送っている。

カーミットは、タフで怖いもの知らずで独立独歩ではあったが、彼が挫折や傷心には決して強くないことを、両親はよく知っていた。ルーズベルトの子供たちのうちで、最も繊細な神経の持ち主はカーミットだった。ほんの幼い時にも、彼は年齢には珍しく、人を驚かせるほど静かで内向的な性格をしていた。「カーミットは、重厚な感じのする少年だった」と、彼の兄、セオドア・ジュニアは振り返っている。「口数が少ないので、何かしゃべった時には、ずいぶんと考えた挙げ句に口を開いた、という印象を周りに与えた」と。カーミットは、ブラジルの労働環境の難しさや危なさにくじけはしなかったが、家族や友人から隔離された淋しさは、徐々に彼の上に重くのしかかって行った。さすがに、両親の訪問のニュースには、その旅程表を見せられただけでホームシックに落ち入ったと、のちに父親に打ち明けている。

おそらく、カーミットがそれほどよくも知らない相手と恋に落ちたのは、何よりもこの淋しさからだったのだろう。実際、彼は、相手の女性とはもう一年以上も会っていなかった。ベル・ウィラードというその若い女性は、名前にも劣らず美しく（ベルとは、フランス語で「美しい」の意）、金髪で小柄で、ニューヨークタイムス紙には「端正な目鼻立ち」と評された。彼女は、アメリカのスペイン大使、ジョセフ・ウィラードの長女で、かなりの資産を受け継いでいた。

カーミットが初めてベルに出会ったのは、ある夏の日に、姉のエセルがベルをサガモア・ヒルに招待した時だった。ベルは、読書や旅行や狩猟など、たくさんの趣味をカーミットと共有し、互いに惹かれ合って、カーミットが早々とヨーロッパへ旅立ってしまったにもかかわらず、その交友は続いた。その後一年半の間、ベルは実家のあるバージニア州からニューヨーク、そしてヨーロッパと旅し、カーミットはヨーロッパから南米へと旅を重ねたが、手紙を通じた交友は、少しずつだが確実に育って行った。文通を重ねるごとに、若い二人の貴族は温かい気持ちを育み、親愛の情を増し、ついには恋心へと発展した。

カーミットは、彼のブラジルでの放浪者のような生活を楽しんだが、決してベルを忘れることはなかった。それどころか、彼は、ベルの方が彼を忘れるのではないかと、気が気ではなかった。「あまり長く便りがないものだから、てっきり君が誰かと婚約したか、結婚したかと思った。次に手紙をもらう時には、結婚式の案内状だったりしてね」と、その年の三月にブラジルのピラチカバから送られた手紙には、冗談混じりに書かれている。カーミットは、もちろん、父に会うことを楽しみにはしていたが、実は、密かに、出来る限りの休日をベルのために貯め込んでいた。「もし君が来てくれたら、気兼ねせずに休みを取りたいから」と、休みを取らずに働いていることを、ベルへの手紙に書いている。

カーミットは、ブラジル中央のバヒアという美しい海岸の街で、父と合流する予定にしていたが、父のアマゾンへの旅には道行するつもりはなく、ルーズベルトもそんな期待はしていなかった。カーミットは、アフリカのサファリ旅行では、とても良く働き、協力的な素晴らしい旅の友だったが、彼はもう立派に独立した社会人で、今回のような悠長な旅に参加するには、仕事の責任が重過ぎた。それに、ルーズベルトには、今回の旅がカーミットにとってそれほど面白いものだと思えなかった。「アフリカのサファリとは比べられない。獵も冒険もないだろうから、お前を連れて行かなくとも、それほど良心の呵責《かしゃく》は覚えないよ」と、六月にカーミットに書き送っている。

＊＊＊

カーミットに会えることは、ルーズベルトが南米訪問に踏み切るひと押しとなったが、ルーズベルトの妻エディスにとっては、夫に同行することに決断した大きな要因だった。カーミットの転落の事故以来、危険な仕事に挑んでいる息子を、ルーズベルトは心配しながらも誇りに思っていたが、母親の方は、カーミットのいない淋しさを痛感するようになっていた。

カーミットとエディスの絆は、他の兄弟からも羨まれるほど強く深いもので、カーミットがブラジルへ発ってからというもの、母親は彼のいない淋しさと、その精神的な独立に、深い孤独感を覚えていた。娘のエセルには、「私には、お父さんを助けて上げることも出来ないし、カーミットはもう私を必要としなくなった」と、その心境を漏らしている。彼女の息子への思いは、何千キロもの距離を越えて、はるばる南米へ夫について行く決心を固めさせた。彼女は、最初の二月ほどで帰国する予定だったが、それでも、息子とはかなりの時間を一緒に過ごすことが出来ると思った。カーミットは、母に、サンパウロの病院から何度も手紙をよこして、その無事を伝えたが、エディスはじっくりと自分の目でカーミットの健康を確かめたかった。

しかし、エディスが南米へ同行する第一の理由は、夫への想いからだったのである。ルーズベルトにとって、この旅は、ものの見事に崩壊した革新党と彼自身の敗北、そしてそれがもたらせた憂鬱症から逃避できる良い機会だった。ところが彼の妻にとっては、これまでに何度も経験して慣れっこにはなっていても、淋しく長い別れの再来でしかなかった。ルーズベルトとの結婚生活の半分を、エディスは彼を待って過ごして来た。

戦争や選挙運動、狩猟や探検旅行と、ルーズベルトは長い期間、家を空け続けた。今度の選挙の後も、結局はまた旅に出る決心をして、驚きはしなかったが妻は内心傷ついていた。「お父さんには、広い広い場所が必要なの。大統領に成れなければ、せめて家から出て、その広さを感じなければいけないのね」と、娘のエセルに寄せた書簡に記されている。

エディスは、ルーズベルトの健康にも、不安を抱いていた。彼はもう若くはないのである。これまでの長い人生では、あまりにもその肉体を酷使して来た。もっと悪いことには、秘密主義者に成って来たのだ。エディスは、夫が、今回のアマゾン探検について、まるで「スフィンクスのような黙り」を決めてかかっていると、周りにこぼしていた。

もし、ルーズベルトが、黙っていればエディスが心配しないで済むと見ていたとすれば、それは間違いだった。出航の二週間前、エディスがカーミットに送った手紙の中には、「アマゾン旅行の危険な部分の旅程が、もう少ししっかりと計画立てられていれば安心出来るのに」とあり、エディスが旅の内容をよく把握していたことが分かる。

＊＊＊

ヴァンディック号の船上では、ルーズベルトが記者たちの質問に答えたり、南米の大使たちの心配をなだめたりしている間に、ザーム神父とフィアラが、必死になって最後の取りまとめを急いでいた。この期に及んでも、まだギアーや備品や食料の積み込みが終わっておらず、電話や電報で、やっと間に合わせた状態だった。その上、チャップマンが選《え》り抜いた自然科学者、ジョージ・シェリーの姿がどこにも見えず、出航予定時間の午後一時が近づくにつれ、ルーズベルトもだんだん心配になって来た。

さらに混乱を招いたのは、ザーム神父が、土壇場になって、もう一人の人員を雇い入れると言い出したからだ。それは、スイス人の便利屋、ジェイコブ・シッグという男だった。神父は、シッグには会ったばかりでよくは知らなかったが、腕の良い便利屋というのは遠征には役に立つと思ったし、何よりも自分の雑役夫として重宝だと判断した。このシッグの経歴というのが神出鬼没の突飛さで、さすがのザームも全てを信用した訳ではなさそうだった。ザームには、シッグの経歴のひとつひとつを調べて裏付けるような能力も時間もなかったが、その履歴たるや、発電所の技術部長、蒸気機関車の操縦者、ヨーロッパでは配達人、アンデスでは金鉱掘り、ボリビアでは鉄道労働者、そしてインドの王女の通訳にまで至る呆れたものなのである。これに加えて、彼は車やモーターボートが運転出来（この頃には、まだ珍しい技能だった）、スペイン語とポルトガル語を話し、銃を撃つことも出来た。まだこれでも足りないかのように、ザームが熱心に付け加えたのは、シッグが「実に信用の置ける男で、心がけも良く、必要とあらば虫歯も抜けるし、砕けた指を切断することも、壊れた船の錨《いかり》を造ることも出来るほど、あらゆる緊急時に役立つ」男であるという点だった。

こんな調子で、ルーズベルトのチームは、時間が経つごとに膨れ上がり、隊員も色彩豊かになって行ったが、肝心のジョージ・シェリー抜きには如何《いか》にも心細く、不完全な一揃《ひとそろ》えだった。いよいよ一時の鐘が鳴り、渡航者以外は速やかに岸に降りるよう、そうしなければ嫌でもバルバドスまで行ってもらうとの案内が流された。これはもう、あの鳥類学者は間に合わないなと、ルーズベルトが覚悟を決めた時、シェリーが急に岸壁に現れ、船に飛び乗って来た。仲間をさんざん心配させたシェリーは落ち着きはらい、準備も完璧で、ヴァンディック号がニューヨークのイーストリバーを抜けて広い海に出る頃には、その二六度目の南米旅行にすっかり万端の様子だった。

＊＊＊

マンハッタンが水平線に消え入ると同時に、ルーズベルトは生まれ変わった男のようになった。「セオドアは、ちょうどキリスト教徒の巡礼者が肩の大荷物を降ろした時のように感じているのだと思う」と、エディスは義理の妹のバミーに宛てた手紙に書いた。「巡礼者の荷物には罪の意識が詰まっているけれど、彼の場合は、革新党が詰まっていたのね」と。

まだ本当の探検が始まった訳ではなかったが、ルーズベルト特有の治療剤である、冒険と未知へのチャレンジが、すでに効き目を現せていた。彼は、革新党や選挙の敗北をきれいに忘れ去り、これから向かうアマゾンで、なんとか有意義で、歴史に貢献出来ることはないものかと考えをめぐらせていた。「人並みな運さえあれば、何か面白いことを達成出来るのではないかと思う」と、彼は娘のエセルに書き送っている。「その面白いことが何かといわれると、少々困るがね」

それに比べて、抜け目のないザーム神父は、このアマゾン遠征の成功を信じて止まないばかりか、アメリカの誇る自然科学の雑誌である『ナショナル・ジオグラフィック』に、すでに商売の話を持ちかけていた。彼は、彼の弟のアルバートに、ナショナル・ジオグラフィック社の編集長に連絡し、アマゾン探検の珍しい写真は要らないかと持ちかけるように命じていた。「写真と記事は、人類始まって以来の貴重なものだと伝えて、どのくらいの値段が付けられるか、上手く聞き出してくれ。私がそう命じたというのではなく、お前がなんとなく知りたいという風に、さりげなく話を持って行くのだよ」と、いつものように指示していた。

ルーズベルト夫婦のために用意されたBデッキのスイートルームで、エディスは思う存分の休養を楽しんでいた。たいていの日は、午前中は部屋着でゆっくりとくつろぎ、午後になると白い手袋とヴェールを装ってデッキデェアーに座り、旅に付き添ってくれた従姉妹のマーガレット・ルーズベルトが声を出して読む本に聴き入るのが日課だった。マーガレットは、ルーズベルトの従姉妹の娘で、健康で意気の高い、活発な二五歳の娘だった。ゴルフやテニスや乗馬に長《た》け、冒険が大好きなマーガレットは、その頃、エディスの旅の伴侶として一番のお気に入りだった。

セオドアも、この若い姪を気に入っており、妻とマーガレットが好きなように旅を楽しむことを良しとしていた。彼は、娘のエセルに宛てた手紙で、マーガレットがいかに楽しい旅仲間であるかを語り、エディスと彼女のチリから南米の西海岸を北上する旅は、きっと愉快なものになるだろうと予想していた。二人は、ルーズベルトがブラジルの内陸部を旅する間、パナマまで旅行することを計画していた。マーガレットは、その旅をとても楽しみにしていたが、南米に到着するまでのヴァンディック号の船上では、ヘンリー・ハントという同船者に誘われるなど、まったく退屈はしなかった。

ニューヨークのハーバード・クラブで初めて全員が顔合わせをしたルーズベルトのアマゾン採集探検隊は、船上でのほとんどの時間をアマゾンでの計画に費やした。フィアラは六分儀《ろくぶんぎ》と経緯儀《けいいぎ》の上に四六時中覆い被さるようにして過ごし、一〇年前に北極で使ったそれらの測量機の手入れに余念がなかった。シェリーは採集のための道具を入念に準備し、フランク・ハーパーは購入したばかりの、当時アメリカで大流行していた新しいコダック・カメラに熱中していた。

ニューヨークを出発して六日後、ヴァンディック号は、自然科学者のレオ・ミラーをバルバドスで迎え入れた。ミラーが、どのような旅仲間になるかは、まだ分からなかったものの、ルーズベルトはミラーをすぐに気に入り、同様に隊員全員にも満足していた。「今回の旅のスタッフには、とても満足している。特に、シェリーとミラーは、素晴らしい」と、チャップマンに礼状を送っている。そして、それは隊員たちも同じだった。彼らのほとんどは、ルーズベルトを、アメリカ大統領だった男であり、遠く高い存在としてしか知らなかった訳だが、ルーズベルトはすぐさま彼らに溶け込み、グリズリー狩りやライオンの寝込みを襲った話しなどで打ち解け、それぞれの隊員の生活にも真摯な興味を示した。「大佐は、隊員ひとりひとりに話しかけて近親感が持てる上、アマゾン行きに子供のように興奮している様子は、皆を喜ばせ、心をひとつにした」と、シェリーは書き残している。

快晴のバヒアに向かう航海では、いつもの「食べて読書して寝る」日常に飽きて、一同は色々なゲームを楽しんだ。一番人気があったのは枕投げ競争で、水を張った大きなタンクの上に渡した棒に乗った二人が、枕を持って戦う。皆はやんやとはやし立てたが、はっきり勝者が決まる場合はほとんどない。棒の上では足を固定することは許されないので、大抵は、二人して頭から水に突っ込んでしまった。

このほかには綱引き競争があったが、シェリーにいわせると、何よりもルーズベルトの二二〇ポンド（約一〇〇キロ）の巨体が勝敗の決め手になった。

そして、夜にはダンスパーティーを開いた。ある夜など、前大統領はダンスフロアーにふらりと現われ、両腕を前に組んで足を蹴って飛び回り、本物そっくりのホーンパイプ（イギリスの海兵隊の踊り）を披露して大喝采《かっさい》を浴びた。

＊＊＊

ルーズベルトが、実に久しぶりに、ヴァンディック号の上で我を忘れて楽しんでいた時、息子のカーミットは、バヒアで両親と落ち合うべく乗り込んだＳＳヴォルテール号のキャビンで、ひとり消沈していた。彼は、両親に会えることは楽しみだったが、心は全く違ったところで彷徨《さまよ》っていた。ブラジルに長く住めば住むほど淋しく、孤独に苛《さいな》まれ、そのぶんベル・ウィラードがより完璧な女性に思えて来たのである。そして、ついに彼は、彼女なしでは生きられないという結論に達する。心臓ははち切れんばかりに高鳴り、カーミットは、船の便箋を取り出すと、彼の人生で最も重要な手紙を書くために机に向かったのだった。

親愛なるベルへ、

僕は、この手紙を書こうと、ずいぶん長い間考えていて、でも僕にそんなことをする権利はないとも思えたけれど、馬鹿は天使が怖がる所にも飛び込んで行くというし、結局、僕はその馬鹿なんだと思う。こんなことを書けた身分じゃないのは分かっているが、ベル、君のことをとても愛しているから、僕と結婚して欲しい。ベル、君にこの気持ちを言わないまま、いつも手紙を書くのが辛くて、本当に君のことを愛しているから、君にはとても不相応な僕だけど、打ち明けずにはいられなかった。本当は、何を投げ捨ててでも、君に会いに行って伝えたかったけれど、僕は一人前の男に成らなくてはいけないし、君に結婚を申し込むには、一人前に成れそうな仕事がなければ駄目だ。何も理由を言わずに君のところに行ったら、今の仕事を失ってしまうんだ。

ベル、君のためなら何でもする、君がそうして欲しいと言うなら、みんな投げ打ってもいいし、どこへでも行く。でも、君がそんなことを言う訳がないと思った。だって、僕が君にふさわしい人間だと、僕は証明しなくてはならないない、どんな小さな仕事でもやり遂げて、自分にも証《あかし》を立てたい。でも、ベル、もし結婚出来たら、僕たちはどこへでも行けるし、何だって出来る。

もし、僕が間違ったことを言っていたら、本当に、本当に許して欲しい。本当に愛しているから、とても黙っていることが出来なくなって、それに君はこんなに遠くて、会えない時間ばかりが流れて行って……上手く書くことが出来ないので、何度も読んで、僕の言いたいことを分かって欲しい。君が僕を愛してくれることを、どんなにか願い、祈って来たことか。何故か、そんなことはあり得ないとも思えてしまうけれど。

おやすみ、ベル。もし、僕が見当違いだったら、どうぞ許して欲しい。

カーミット

Chapter 5 計画変更

ヴァンディック号が、白い泡のリボンを引きながら、南米西海岸の全長の三分の一である、バルバドスからブラジルのバヒアまでを蒸気船航海するのに、八日間という時間がかかった。大陸北東部の巨大な海岸線が海に向かって大きく突き出しているので、船は、まずずっと東へ回ってから、やっと南へ下って行けるのだった。バヒアに到着する三日前に、蒸気船は赤道を越えた。船客や乗組員たちは、船旅の習わしに則《のっと》って、お互いにいたずらをしたり、デッキでゲームに勤しんだりした。しかし、ルーズベルトとその遠征隊員にとっては、赤道を越えるということは実に画期的な出来事だった。何故なら、彼らが征服したいと願ってやって来た川、アマゾンの河口を通過することすることになるからだ。

ブラジルの海岸線から遠く離れて航海するヴァンディック号のデッキからは、ルーズベルトたちにはアマゾン川そのものを見ることは出来なかった。しかし、沖からも、巨大なアマゾン川が押し出す水の勢いは、充分に目撃することが出来た。なにしろ、地球上の全ての川が海へ流し込む水量の一五％が、アマゾンから流れ出すのである。その河口はとてつもなく広く、真ん中に浮かぶマラジョ島は、ほとんどスイスと同じ面積で、大西洋に運び出されるアマゾンの水は、一六〇キロの沖にまで届く。

ルーズベルトにとって、これほど壮大で、未だ遭遇したことのない自然現象の中へ飛び込んで行けるということは、応えられない喜びだった。また、前大統領は、アマゾンが彼の愛するアフリカに深く繋がった大陸だということにも、明らかに惹《ひ》かれていた。南米の突き出した東海岸に沿って南下しているヴァンディック号のコースを見ても分かるように、その突き出した部分は、その遥か昔、西アフリカの顎の下、ちょうど今日のリベリアからナイジェリアに続く国々のすぐ下辺あたりに、上手くはまりこむ様に繋がっていたのである。

地球の核心部を成すマグマの上に浮かび、地球の表面皮を成している岩盤は、長い歴史の間に、ゆっくりと、弛《たゆ》まず、動き続けて来た。いわゆる「プレートテクトニクス」理論である。何億年もの昔、南米大陸は、パンゲアと呼ばれる、地球を覆うひとつの巨大な大陸の一地域でしかなかった。三畳紀には、パンゲアは分裂し始め、二つの大きな大陸に分かれる。ラウラジアと呼ばれる北の大陸と、ゴンドワナランドと呼ばれる南の大陸である。

約九〇〇〇万年前、今日のアフリカ、オーストラリア、南極、インド半島、南米各大陸から成るこのゴンドワナランドが、さらに分裂を始める。南米大陸は西へ移動し、太平洋の底を成すナズカ岩盤と衝突する。この巨大な岩盤同士の衝突の衝撃が、南米の西側の土壌をナズカ岩盤の上に持ち上げた。その結果出来たのが、今日の南米を南北に走る、石と岩の巨大な山脈、アンデスである。

このアンデスの出現が、南米の降雨サイクルと川の流れを劇的に変えたのだ。アンデスが隆起する前には、アマゾン川は、実に今とは逆方向の北西へ向かって流れ、東側にはだかる険しい岩壁によって大西洋からは遮断されていた。ところが、アンデスが隆起したことで西の太平洋側へのルートも閉ざされ、大陸の川や支流の出口を東西ともに塞《ふさ》いでしまったのだ。こうして出口を失った雨は、大陸の広大な中央部に溢れて行く。

そびえ立つアンデスの誕生は、単に川の流れを変えただけではなく、降雨の場所も変えてしまった。六〇〇〇メートル以上のバリヤーとなったアンデス山脈は、内陸の湿った空気を閉じ込め、大気の上部に雲を押し上げて、山脈の東側から内陸の低地までに、絶え間ないほどの雨を降らせることになった。

このため、何百万年もの間、今のアマゾン川のあたりは広大な内陸の海であった。ところが、氷河期の更新世の時期、約一六〇〇万年前、東側にそそり立っていた岩壁が破れ、内部に溢れていた水を一挙に大西洋に押し出してしまう。これが、地球上で他に類を見ない偉大な河川、アマゾンの誕生であった。巨大な川と支流の領域には、水が履けた海底の肥沃《ひよく》な土地が残され、あらゆる植物や生物の完璧な生息域となって行くのである。

ところが、一九一三年のアマゾンは、そのエキゾチックな魅力と底知れない資源の可能性を秘めながら、近代社会の触手には侵されず、よほどの覚悟を持った冒険家でもない限りは足を踏み入れない処女地であった。アマゾン全流域の三分の二は、ブラジルの国境内に収まっていたが、二〇世紀初頭のブラジル人口は、大陽の降り注ぐ東海岸に集中し、その内陸部にはいっこうに興味を示さず、たとえ知りたくとも知る術《すべ》もない状態だった。

東海岸の都市と未開拓の内陸部との通信はとても困難で、普通人の旅行はほとんど不可能だった。その広さがまず問題であることと、激流が乱れ入る川が問題だった。ブラジルの国土は、八・五五億ヘクタールにも広がり、アメリカ本土（アラスカやハワイを含まない）よりも六四〇〇万ヘクタールも広かった。約六四四〇メートルにも及ぶアマゾン川は、ブラジルの北部を分断して流れ、航行可能な四分の三の長さだけでも、メイン州のバンゴアからカリフォルニア州のサンフランシスコに至る長さなのである。さらに、その何千本もの支流は、まるでタコの足のようにブラジル国土の至る所に侵入し、曲がりくねった、流れの速い野生の川だった。一九世紀の終わり頃まで、内陸地に入り行くには、ロバに乗って道なき道を進み、深いジャングルと果てしない高地を抜けて行くしかなかった。

これほど広大で未開拓な領域を、国の心臓部に所有しているという政治的リスクの大きさは、一八六五年にパラグアイがその南部の国境地帯を侵犯した時に、国王のペドロ二世が、一か月以上も何も知らなかったという事実でも分かる。五歳の時からブラジルを治めて来たペドロ二世は、この事件から二五年後に王権を放棄する前に、彼の軍隊の一部を、ブラジル沿岸から内陸部に電報線を引くという、とてつもない大仕事に就かせた。深いジャングルの中に電線を走らせるというこの仕事は、電信作戦隊のたくさんの兵の命を奪ったが、隊は何万キロという野生の地に進み入り、徐々に北部と南部の高地とアマゾンの低地地帯を、その地図に記して行きつつあった。

しかし、電信作戦隊の努力の成果はあったものの、まだまだブラジルの広い内陸部の地図には白紙地帯が多く残されており、その空白に危険と冒険と発見を見てしまったルーズベルトは、じっとしておられなくなるのである。ザーム神父が作った旅程では、彼らはブラジルの最も知られた五つの川を航行するものだったが、パラナ、パラグアイ、タパジョス、ネグロ、オリノコというこれらの川は、どんな地図にもその詳細が記されていた。

ルーズベルトは、ブラジルに着いて数日と経たないうちに、このザーム神父の旅程を破棄してしまい、もっと「面白い」ルートに変更してしまう。それは、いうまでもなく、遥かに危険なルートだったのである。

＊＊＊

一九一三年、一〇月一八日、ヴァンディック号は、カーミットの待つブラジルのバヒアに入港した。カーミットは、バヒアの市長がアメリカの前大統領を歓迎するために送りつけた旗の垂れ下がる船上で、両親を待っていた。その日は雲ひとつない快晴で、ブラジルの最も美しい古都のひとつといわれるバヒアと初対面しようと、ヴァンディック号の乗客は全員デッキに集まっていた。

何千人というブラジル人たちが、ルーズベルトを歓迎するために待ち受けていたが、彼は街をざっと観光し、市長に会い、カーミットを迎え入れると、すぐに次の目的地へと急いだ。ルーズベルトは、ブラジルの外務大臣であるラウロ・ミューラーとの会合に間に合うよう、当時ブラジルの首都だったリオデジャネイロに、二一日までに到着したかったのだ。この一週間前、ルーズベルトは、ヴァンディック号の船上からこの大臣に書簡を送り、ドン・ドミシオ・ダ・ガマ大使が、彼らのかさ高いボートやトンにものぼる荷物を、ブラジル政府がパラグアイ川から船旅の出発点のタパジョス川まで運搬してくれると申し出てくれたことを、やんわりと確認していた。

さらに、ダ・ガマは、ルーズベルトに非常に優秀なガイドを付けてくれることも約束していた。それは、かの電信作戦隊の英雄的指揮者、カンディード・マリアノ・ダ・シルヴァ・ロンドン大佐だった。四八歳のロンドン大佐は、その人生の約半分をアマゾン探検に費やし、地図に載っていないどころか、原住民以外は誰も足を踏み入れたこともない二万三〇〇〇キロ近くの原野を、歩き続けて来た人物だ。一〇月四日、ちょうどルーズベルトが南米に向かって旅立った日、ロンドン大佐は、電信が届く最南の拠点、バラ・ドス・ブグレスへの偵察の旅を完結していた。ロンドンがその拠点に到達すると、軍のアカデミーの同期生だったミューラー大臣からの電報が待ち受けていた。彼は、リオからは頻繁《ひんぱん》にケーブルを受け取っていたが——彼は、リオのオフィスに、時事ニュースを逐一電信で伝えて来るようにとの指示を与えており、電信の発信者たちはこれを「ロンドン新聞」と読んでいた——、その日の内容には少なからず驚いた。それは、なんと、セオドア・ルーズベルトとアマゾンへ旅行しろという指示だった。

ロンドンは、その指示を受け入れはしたが、シェリー同様、かなりのためらいがあった。彼は、この旅が、真剣な科学的理由に帰来したものであること、そして狩猟目的ではないことを確認しようとした。余興のためのツアーガイドにはなりたくないというわけだった。ロンドンの部下によれば、ルーズベルトがアフリカサファリに行ったことは知られていたから、当然、今回も狩猟がその目的ではないかと、誰もが思ったのだという。

ロンドンは知る由《よし》もなかったが、彼が要求した種類の旅は、なによりルーズベルト自身が強く望むところのものだった。前大統領は、アマゾンへ観光やスポーツを求めて来たのではなく、科学的遠征が目的で、それ以外ではいかにも満足し得ない人間の筆頭だった。「月並みな旅行者は、あらかじめ敷かれた道以外は歩かず、その道でさえ他人に担がれて行き、自分では何もせず、何のリスクも負わないわけだから、それでは運搬されている荷物と何ら変わらない。そんな旅行者は、自分が持っている荷物と、いったいどこが違うというのか。そんな旅行者に褒《ほ》め言葉がやれるとしたら、そのスーツケースにも同じ褒め言葉をやるべきだ」と、皮肉たっぷりに書き残している。

ミューラー大臣は、ルーズベルトに彼自身の官房長官、ジョン・ヘイを連想させたという、非常に洗練されたコスモポリタンで、彼の賓客《ひんきゃく》が旅に求めるのは科学的な発見や歴史的な意味付けのあるもので、ザーム神父が用意した類いのものではないことをすぐさま見抜いた。ミューラーは、実に簡潔な質問を投げかけることで、ルーズベルトにひとつの提案をした。その後の複雑な展開を思えば、驚くほどにシンプルな質問だった。

「ルーズベルト大佐、未開の川を下ってみてはどうです?」

＊＊＊

ミューラーが提案した川は、ブラジルに残された最も神秘的なウィルダネスのひとつだった。南米のどんなに詳細で正確な地図にも書かれておらず、当時の文明にはひたすら未知の川だった。実際、その川は大変な辺境に流れ、神秘以外の何ものでもなかった証拠に、その名を"Rio da Duvida"(謎の川)と呼ばれていたのである。

この川を発見し、名付けたロンドンでさえ、この川の流れや性格について、多くをミューラーに伝えることは出来なかった。ロンドンは、五年前、アマゾンの南に位置する古代からの高地で電報電信線を設置する仕事に就いていた時、偶然、この川の根幹に遭遇し、部下を連れてしばらく川を下ったものの、間もなくこの川の行く手を知るには別途に調査の遠征を組まなければならないことに気付いた。彼は、ルーズベルトの旅の目標が、ウィルダネスの知られざる局面を暴いて行きたいということだと知らされた時、ザームのありきたりなルートの代わりに、五つの候補のひとつとして「謎の川」の探検を自ら提示した。ルーズベルトを知る者なら別に驚きはしないが、その五つの候補のうち、ロンドンが「最も計り知れない困難を含む」と形容した「謎の川」を、彼はすぐさま選んだのである。

当時はまだ、色々な分野の発見がそれほど珍しくなかった時代だが、それでも「謎の川」の探検は大胆な行為だった。その川は地図に記されていないばかりか、その長さや方向も分からず、極めて危険な渦《うず》や激流や滝壺はどこに現れるか知れなかった。しかも、それは、これまでに分け入るものの命を何人も奪った暗く深いジャングルに向かっていたのである。

初期のアマゾン探検家の中では、原住民以外で最初にアマゾンを下ったフランシスコ・デ・オレラーナが、特に辛酸を舐《な》めている。スペインがペルーのインカ族を征服した時に片目を失ったオレラーナは、一五四一年、伝説の王国、エル・ドラドを探し求めて、アマゾンのレインフォレストに突入している。その頃のスペインでは、エル・ドラドの王は全身に金粉を塗り、聖なる川でそれを洗い落としているといわれていた。ところが、間もなく、オレラーナの探検は、黄金の探求から生存の戦いへと変ってしまう。探検に同行して記録を取った修道士によると、探検隊は、アマゾン川に到達するまでに、「革やベルトや靴底を薬草で煮て食べる」というところまで飢えていた。川に辿り着いてからは、遭遇した原住民との戦いが続き、結局一二人を餓死させ、三人を原住民の毒矢に失った。驚くべきことに、オレラーナは生き残ったばかりか、わずか三年後にこの探検を繰り返し、今度は一七二人を飢えと戦いで死なせ、ついには本人も病気で命を失う。一説によれば、無惨な結果に絶望し、傷心のあまりの死だったという。

その一三年後、またしても不運なスペインの探検隊が、三四歳のペドロ・デ・ウルスアに先導され、アマゾンの上流に存在すると噂されたエル・ドラド国を探しに出発する。ウルスアは、それまで、数々の成功を収めて来た男だったが、この遠征で、不幸にも恐ろしく間違った男を雇い入れてしまう。ロペ・デ・アグイレというその男の名前は、この後の南米で、裏切りと残虐さの同義語として使われるようになった。アグイレは、探検隊がアマゾンの上流に達するや否や、謀反《むほん》を起こして、ウルスアの寝込みを襲って殺し、フェルナンド・グズマンという男を隊長に据《す》える。そのグズマンも、またもやアグイレとその部下に寝込みを襲われ、「閣下、どうぞご心配なく」と言われた途端に、真正面から重い火縄銃で撃ち殺される。アグイレは、その後、隊を率い、現在のベネズエラに突入し、村々を強奪し、住民を殺し、家々を焼き払った。怒ったスペインの王族たちは、一五六一年、ついにペルーで彼に追いつく。血なまぐさい銃撃戦の後、アグイレは二人の味方の手によって撃ち殺されている。アグイレは首を落とされ、身体は四つざきにされ、路上に捨てられたと記録されている。

アマゾンでの死と惨劇の物語は、植民勢力の南米撤退と共に去ったわけではなかった。ウィルダネスがその大陸の心臓部に存在する限り、人は命を危険にさらしてでも、その資源や発見を求めてやって来た。ルーズベルトが来る二五年前には、ブラジルの技術者であり軍人のテレス・ピレス大佐が、「謎の川」と同じようにブラジルの高地から流れ出る未開の川を調査に入り、激流で全ての食料を失ってしまう。隊は、やはり飢餓とマラリアに苦しみ、最後に生き残ったのはたったの三人だった。そして、その中にピレス大佐の名はなかった。

ピレス大佐とその部下たちが命を落とした川と酷似する「謎の川」に、セオドア・ルーズベルトが乗り込むという構図を前にして、ミューラー大臣は、彼にコースを変えることを促してしまった自分の刹那的な行動を、すぐさま後悔した。「もちろん、『謎の川』を探検に入って頂くのは大いに結構なのですが、何が起こるか分からない場所でして……」と、忠告し始めた。「あまり楽しくない発見もあるかもしれませんよ」

ルーズベルトのコース変更は、ミューラー大臣の心配も去ることながら、ニューヨークの自然歴史博物館のヘンリー・オズボーン館長にとっては、雷に撃たれたようなショックだった。ルーズベルトから知らせを受けたフランク・チャップマンは、すぐさま館長に伝え、博物館は、館内の警戒アラームが一斉に鳴り出したような騒ぎとなった。激憤したオズボーンは、すぐさまルーズベルトに書簡を送り、変更されたルートが、同意したものからあまりにもかけ離れていること、博物館としては、万が一ルーズベルトが生きて帰還出来なくても、一分の責任も終えないとたたみかけた。

ルーズベルトは、変更した計画が、以前のものより「少しばかり危険」だとは認めたが、フランク・チャップマンは、それは世紀の過小表現だと言って、頭を抱えた。鳥類学者に言わせれば、南米中のどこを見ても、「謎の川」ほど危ないルートは見当たらないという方が正論だった。ルーズベルトは、我身への危険は省みなかったが、他の隊員に同じ態度を強要するつもりはなかった。彼は、同行した自然学者や秘書、そしてザーム神父にも、いつでも除隊しても良いと念を入れた。「彼らに少しでもためらいがあるなら、川の上流までは同行させるが、その後は自分とロンドンと息子だけを連れて行き、残った者はパラグアイまで送らせ、そこからアメリカへ帰らせる」と、チャップマンに書き送った。ところが驚いたことに、最初のルートの起案者だったザーム神父までが、この急激な予定の変更に同意したのである。

ルーズベルトは、当初、「子供になった気分で楽しめる最後の旅」と、この南米旅行を決め込んでいたが、それは突如として、「子供の頃から夢見た探検家に成れる最初のチャンス」と様変わりしてしまった。「兄が、ニューヨークの20番通りの子供部屋で、リビングストンの探検記を熱が出るほど興奮しながら読んでいたのを覚えている」と言う妹のコリーンは、兄のこの遠征に賭けた夢を、次のように語った。

「兄は、大冒険の夢をアフリカのサファリでの実現したし、人生の様々な冒険も達成したけれど、『謎の川』を世界地図にしるしたいという情熱ほど燃え上がったものはなかった」

ルーズベルトが生きたのは、探検や遠征の黄金時代の末尾だった。科学者は男も女も、世界中をかけずり回り、地理的、科学的発見を、驚くほどのスピードで発表して行き、それは国同士の激しい競争をも巻き起こした。

ルーズベルトが生まれた年、イギリス人、ジョン・ハニング・スピークとリチャード・バートンがホワイト・ナイルの源を発見した。一九〇九年、ルーズベルトがホワイトハウスを後にした年、アメリカ人のロバート・ペリーとマシュー・ヘンソンが北極到達のレースに勝つ。フィアラとその部隊が命を落とすぎりぎりのところまで行った例のレースである。その二年後の一九一一年、一二月、ノルウェー人の探検家、ロアルド・アムンゼンが、南極に到達した最初の人となった。イギリスの探検家でヒーローでもあったロバート・スコットは、その一か月後に南極に到達し、イギリスの旗を立てようと思っていた場所に、すでにノルウェーの旗がはためいているのに驚愕する。ショックと失意の中、彼らは船へ戻る長い長い旅で、凍え死にしてしまう。そのまた二年後、ちょうどルーズベルトが南米の旅に出た年、アーネスト・シャクルトンが南極を横断する旅に出るが、彼もまた、危ういところでスコットと同じ死を逃れている。

オズボーン館長には、ルーズベルトの川下りの決断は、ほとんど自殺行為のようなもので、なんとか最初の計画通りのルートに留まるよう、チャップマンに説得させようとした。チャップマンは、説得の手紙に、自然歴史博物館の権威と重みを充分に含めたつもりだったが、届いてみると、それは、レインフォレストにハラハラと落ちる一枚の枯葉よりも重みのないものとなった。長年の夢だった冒険を目の前にして、ルーズベルトにはオズボーンの言うことなど、耳にも入らなかったのだ。チャップマンへのルーズベルトの返信は、呆れるほどに陽気だった。

「オズボーンに伝えてくれ、私はもう九人分の人生を楽しんで来たから、人生の分け前は充分以上に貰っている。南米に骨を埋めるのも、別に悪くないと思っている、と」

＊＊＊

計画変更へのオズボーンの猛反対は、新しいルートがあまりにも辺境で、アマゾン中でも最も未開な場所だという理由だけではなかった。この変更があまりにも急なものだったからだ。この夏の何か月にも渡る準備は、全く質の違う旅への準備だったわけで、それがそう簡単に次の計画に適用され得るはずがない。ルーズベルトでさえ、当初の旅のプランを任せた男は、「謎の川」の探検となれば、もう何の役にも立たないずぶのシロウトだということは分かっていた。「ザーム神父は全く愉しいヤツだが、これから行こうとしている場所の地理的知識もなければ、この手の旅のノウハウも全くない」と、一一月四日に送った手紙に書いている。

当のザームは、すっかり勇みきって、未開の地の未開の川を下るのは重量級の科学的遠征で、気持ちは万端整っていると弟に知らせているが、内心では、この大幅な計画変更に失望していたに違いない。南米について一週間あまりで、彼は、長年待ち続けて入念に計画した旅を、すっかり手放さざるを得なかったからだ。この時点で、ザーム牧師は、彼の役割が大きく縮小されたことを知らされたのである。

この頃、ルーズベルトの探検隊員は、自分たちが持参したギアーの多くが、アマゾンでは用をなさないものであることに気付き始める。第一の必需品は船だが、ことにザーム牧師が注文したモーターボートは、計画が変更にならなかったとしても使えなかった。ブラジル人たちは、その巨大な船体を一目見ただけで、こんなものをジャングルの中に持ち運ぶのは不可能だと、ルーズベルトに言い放っている。

また、フィアラが賢明に選んで詰めた食料品の山は、隊員たちの目にも、必需品というよりも負担の塊に見えた。ルーズベルトの部隊がヴァンディック号でブエノス・アイレスに到着した時、船から降ろされる果てしない荷物の量に、人々は目を疑った。銃、弾薬、椅子、机、テント、寝台、採集道具と保存器具、測量機、調理道具などを詰めた木箱が、岸壁に山のように積み上げられた。汗まみれになったポーターが、最後の木箱を運び出したとき、税関の役人が、これで全部かと念を入れたところ、彼は眉からしたたる汗を拭《ぬぐ》いながら、「ピアノ以外は全部揃《そろ》ってます!」と答えて、周りを爆笑させたという。

フィアラとシッグにとっては、さらに悪かった。彼らは二人だけで、このバッグやカートンや木箱の山の管理を押し付けられてしまったのだ。ミラーとシェリーは、採集を始めなければならないと言って、さっさとパラグアイのアスンシオンへ行ってしまい、ミラーの言うところの「凄まじい量の荷物」は、呆然《ぼうぜん》とするフィアラたちの手に任《まか》された。

＊＊＊

ルーズベルト自身は、遠征の修正を助けたくとも、その時間が全くなかった。南米に足を踏み入れた途端、彼は、課せられた義務に日夜追い回されることになった。講演のスケジュールは、ブラジルからウルグアイ、アルゼンチンと、釣り針の形の様に大西洋側を下ってから西側のチリへと上がり、その後、陸路ブラジルのアマゾンへ引き返すという段取りだった。

正直なところ、ルーズベルトは、このような講演旅行を楽しみにはしていなかった。外交と講演の旅は大嫌いだと、一二月に娘のエセルに宛てた手紙で告白している。

「アマゾン探検は決して楽ではないことは分かっているが、こんな大宴会やシャンペンの連続よりはヘルシーに決まっている」

これに反してザーム神父は、宴会も夕食会も大歓迎で、何よりもルーズベルトのスターパワーの恩恵を楽しんでいた。彼は、弟に、ルーズベルトの一行が引き起こしたニュースを伝える新聞を送り、前大統領のお陰でどれほど歓迎され、華々しく接待されているかを、上機嫌で知らせた。

「私がもっと若ければ、こんなに甘やかされてしまっては、どうしようもない人間になっていたところだ」

嫌われているはずの南米諸国で、ルーズベルトはどこへ行っても興奮と歓迎の渦を巻き起こしたが、これは彼の伝説的とも言える人間的魅力の証《あかし》だった。しかし、段々と講演を続けるうちに、皆が皆、彼の賛同者ではなく、彼に反論するものは、賛同者と同じくらいの信念と真剣さを持っていることに、ルーズベルトは気付かされる。ザーム神父は、この講演旅行を「喝采《かっさい》の連続だった」と語っているが、チリだけはそうではなかった。サンチアゴ大学での講演では、学生たちが数点において意見の違いに声を高くし、その最たる事項はパナマ運河事件だった。

ルーズベルトは、パナマ運河のもたらせた世界的変革と設計の脅威を、彼の大統領職務の誇れる功績のひとつだと自負しており、それを現実化するために、中南米の小さな革命運動を水面下で支持したことは、充分に正当化され得るものと確信していた。一九〇三年、ルーズベルトの就任三年目、ホワイトハウスは、長い討論の末、中南米に大西洋と太平洋の航海路を開く地点は、ニカラグアよりもパナマが最適だと決議する。

当時、パナマはコロンビアの一州に過ぎなかったので、ルーズベルトはコロンビアに一二〇〇万ドルを運河の建設権として提示した。ところが、これに対して、コロンビア政府が足元を見た条約案や金額を要求して来たので、彼は苛立《いらだ》ち憤慨してしまった。「南米の野ウサギどもに、世界の未来に架け渡すハイウェイ工事の邪魔をされてたまるか」と、ルーズベルトは、当時くすぶり続けていたパナマ独立運動を密かに支援する対策に出た。

一九〇三年、一一月三日、アメリカの海軍船の列が見守る中、パナマは独立を宣言。一五日後、国務長官ジョン・ヘイと、フランス人で運河の主任設計者のフィリップ・ブノー・バリラが、ヘイ／ブノー・バリラ条約を結び、運河と運河の両岸八キロの土地がアメリカの統括地域となった。その一〇年後、コロンビア人たちは今だに怒りに燃えていた。ブラジル政府の官人に、どうしてコロンビアを講演旅程から外したのかと聞かれて、ルーズベルトは答えた。

「え、コロンビアで、私が〝Persona grata〟（スペイン語で『招かれざる客』）だということを知らないの？」

彼は、コロンビアを旅程から外すことで、その災いは逃れたものの、チリの学生たちの敵対的な抗議デモを避けることは出来なかった。一一月の末頃、彼を乗せた列車がチリの首都サンチアゴに乗り入れた時、待ち構えていた群衆は、一見、ブラジルやウルグアイやアルゼンチンの友好的な群衆と変わりなく見えた。ところが、アメリカとチリの国歌が鳴り響く中、ルーズベルトが一歩列車からプラットフォームに降り立つと、友好的に見えた群衆が、一変して怒れるデモ集団と化してしまった。「人々は、敵意を露《あら》わにして、口々に〝メキシコとコロンビアに万歳、ヤンキーの帝国主義は地に落ちろ!〟と、声を限りに叫んでいた」と、リマの新聞は誇らし気に報じた。

チリ政府は、賢明にルーズベルトを抗議デモから守ろうと努力し、反ルーズベルトの見解を持つ新聞を買い占めたり、廃棄したりまでしたが、当のルーズベルトは、彼や彼の国への攻撃を、別段気にする風でもなかった。それどころか、機会あるごとに、反論をぶつけようとする相手に正面から向かい、どうして彼自身が正しくて相手が間違っているかを、断固として訴えた。チリが主催した彼の歓迎レセプションでは、前中米大使だったマルシアル・マルティネズと、モンロー声明の継続の適正を熱心に討論した。数日後、彼は、パナマ運河建設の信念を、露《つゆ》ほども悪びれることなく、熱烈に演説した。

それはチリでの最後の講演だったが、聴衆は、その正当性に納得しなくとも、彼の信念には感銘を受けざるを得なかった。「彼がその主題に入るとすぐに、聴衆全員が注意を集中し、その静けさたるや、辛《つら》いほどだった」と、ザーム神父は追憶している。「ルーズベルトが演説する講堂は、電撃に撃たれたようで、皆が電気ショックか爆発でも待ち受けているかのようだった。会場も、講演者も、主題も、その歴史的要素も、全てが劇的で、会場中が飲み込まれていた」

劇的な存在感を示すのはルーズベルトの常だったが、パナマ運河については、彼は特にその感情を高ぶらせた。彼が話し始めた時に、どれほどの敵対心を聴衆が胸にしていたかは計りようもないが、彼が扉を出て行った時には、彼は聴衆を完全にその手中に収めていた。「私は平和を愛する者だ。しかし、それは正義を愛するからであって、戦いを恐れるからではない」と、呆然とするチリ人たちに向かって言い放った。

「私がパナマでとった処置は、そうしなければ卑怯で不正だったからだ。どんなに強大な相手と立ち向かっていたとしても、私は同じ行動をとったろう。私の決断は、世界の人民のため、特にチリや南米の人民のために下したものだ。全ては、かげりのない正義のもとに采配した。また同じ状況に立てば、一分の違いもなく同じことをするだろう」

この言葉が講堂中に響き渡るや否や、人々は一斉に立ち上がり、このヤンキーに拍手と喝采を送ったのだった。

＊　＊　＊

ルーズベルトが講演で南米中をかけずり回っている間に、彼の息子とその従姉妹は、違う種類の愛の世界に浸りきっていた。マーガレットは、ブエノスアイレスに滞在中、ヴァンディック号で知り合ったヘンリー・ハントから、毎日白いバラの花束を受け取った。

それに対してカーミットは、一か月前にベルに送った結婚申込書への返事を、惨めな思いで待ち続けていた。カーミットは自信のない若者ではなかったが、ベルはいつも思わせぶりなばかりではっきりしないので、彼には彼女が結婚してくれる確信がなかった。彼は、彼女から大陸を隔てた遠い国にいるのだし、第一、彼女にはもう一年以上も会っていないのだ。その上、彼は、ベルのような女性が憧れるような場所には住んでいなかった。鉄道の仕事をしている間は、カーミットは廃車になった貨物車に寝泊まりしていて、そこは、わずかな身の回り品だけで身動きが取れなくなるような部屋だった。それどころか、彼の住んでいるブラジルの田舎は、常に熱病の感染の危険に晒されていた。

カーミットは、ブラジルに来てからというもの、あまりにも頻繁にマラリアに冒されて来たので、もう気にも留めなくなっていた。しかし、ベルや彼の両親にとっては、それは尋常なことではない。ルーズベルトは、バヒアで最初にカーミットと再会した時、彼の明らかに健康的ではない姿を見て、とても心配した。しかし、カーミットが仕事に打ち込んでいて、年間二五〇〇ドルほどの報酬を稼ぐようになり（今日の額にすれば約四万五〇〇〇ドルほど）、将来が明るいことには、ことのほか喜んだ。

カーミット自身、出来るだけ確固たる将来を築いてベルを感心させたかったが、果たして上手く行くかどうかは定かではなかった。ベルは美しく、富裕な娘で、アメリカやヨーロッパの名だたる独身男性に囲まれていた。彼女ならば、思い通りの結婚相手を選ぶことが出来る。問題は、ベルが彼を思ってくれているかどうかだった。一一月一四日、ついにカーミットは、ベルからの返事を受け取った。

親愛なるカーミットへ、

お手紙、本当にありがとう。とても嬉しかった。私も貴方をとても愛していますから、お申し出をお受けしたいと思います。どうして私がこんな幸運に恵まれるのか分からないけれど、私も思い悩み、お祈りしたからか、今は幸せな気持ちでいっぱいです。どうしてこの世で、私などが選ばれたのか分からないけれど、神が私を貴方の愛にふさわしくしてくださることでしょう。神よ、貴方をお守りください。愛を込めて、カーミット、愛を込めて。

ベル

ベルからのこの手紙を受け取り、カーミットの何週間もの焦燥と心配は、一度に吹き飛んでしまった。その日、フォーマルな昼食会と大規模な夜会に出席しなくてはならなかった彼は、どちらの会でも、まるで雲の上に浮かんでいるように上機嫌だった。

「誰に何を言ったか何も覚えていないが、ずっと君のことを考えていたことだけは覚えている。夢のようだ。夢だとしたら、そのままずっと見ていたいから、覚めないで欲しい」

ルーズベルトは、息子の幸せをとても喜んだ。「カーミットは恋の真っ最中で、本当に幸せそうだ。彼が結婚するのは、私も本当に嬉しい。それにベルはとても素晴らしい娘だ」と、嫁のエレノアに書き送っている。ところが、エディスは、この縁談にはそれほど嬉しい顔をしなかった。カーミットがブラジルに立つ前の夏に、彼女自身、ベルに会ったことは覚えていたが、金髪の巻き毛の美しい娘という印象以外に何もない社交界の花と、自分の静かで生真面目な息子との結婚には、気が晴れないものがあった。

しかし、カーミットは、母の心配をよそに、幸せそのものだった。彼は、すぐにでも船に乗ってヨーロッパに行き、フィアンセに会いたかった。ところが、このときすでに、彼は父親のアマゾン探検に同行することを余儀なくされていた。まだバヒアに滞在中、父の安否を気遣う母に、仕事の休みを取って父に同行するよう、懇願されてしまったのである。彼はアマゾンには何の興味もなかったが、この時ばかりは、自分には他の選択がないように思われた。母の心配も去ることながら、彼自身、父の身の安全や健康が心配だったのだ。

ルーズベルトは、彼の子供たちには不死身に見えたし、その分厚い胸の内の心臓は、永久に止まることがないように思えた。しかし、一九一二年の暗殺未遂（キャンペーン中に撃たれた事件）は、彼らのそんな安心感を根こそぎ取り去ってしまった。その時、すでにブラジルに移り住んでいたカーミットは、その中でも一番ショックを受けた一人で、このとき父の不死身ならざることを思い知った。「これほど遠くにいることを恨めしく思ったことはない」と、彼はベルへの手紙の中で、凶報を受け取った時の模様を書いている。「そもそも、ニュースをもたらせた相手が悪かった。そいつは、強そうな労働者だったが、心配そうな顔で、言いにくそうにしながら、『ルーズベルトが撃たれたってさ』とだけ言って、それ以上はどうしたって聞き出せないんだ。まるで、ニュースだよ、と人ごとのように知らされて、それが自分の父親のことだったからたまらなかった」

ルーズベルトは、はじめはカーミットの探検同行を歓迎したが、彼の婚約のニュースを聞いて、ためらい始めた。カーミットの許嫁《いいなずけ》が彼と会えるのを待ちわびているというのに、ことさら危ない旅に息子を連れ出すことに、気が進まなくなったのだ。嫁のエレノアに宛てた手紙の中にも、カーミットの同行には気乗りがしないこと、それでも彼が、この手の探検が正に彼の得意分野だと言って聞かないのだと、書き送っている。

ところが、カーミットのベルに宛てた手紙では、打って変わった本心が吐露《とろ》され、この旅がひとえに父のためであること、一日でも早く終わることを指折り数えて待つだろうことを打ち明けている。

「君に会えなくて、この僕がどれだけ持つか分からないが、きっと君も僕と同じように考えてくれることと信じている。昨日、また母に呼ばれて、父をよろしく頼むと念を押されてしまった。母はとても心配している。僕には、もう行く以外に手はないようだ」

一一月二六日、母と従姉妹がチリの太平洋岸の街、ヴァルパライソからパナマに向かって立つのを見送りながら、父と残されたカーミットは、いよいよ腹をくくった。ベルに会えない数か月を思うと、実に惨めな気持ちだった。それでも彼は父のそばに静かに立ち、エディスとマーガレットの乗る船が遠く消え行くのを見つめた。

「君もきっと、僕が父と行くことを勧めてくれると思う。父を助けられる機会が来れば、喜んで助けたいと思うべきだし、一生そう思える人間でいたい」と、その夜、彼はベルに書き送った。

PART 2

いざウィルダネスへ

Chapter 6

未開の向こう側

一九一三年、一二月一二日の朝、一六〇センチの小柄で、褐色の肌、濃い黒髪に白髪が混じり始めた、竹のように真っ直ぐな姿勢のカンディード・ロンドン大佐は、ノリの利いた白い軍服を着こなし、ブラジルの南端でパラグアイとアパ川が結びつく場所に錨《いかり》を降ろした小さな蒸気船ニアック号の上で、落ち着きなく歩き回っていた。彼は、遠くを見つめては、立ち上《のぼ》る煙とか、高い鉄製のマストとか、何かリキエルメ号の片鱗を見つけようと待ち受けていた。それは、パラグアイの大統領のヨットで、セオドア・ルーズベルトをロンドンにひき会わせるために用意された船だった。

ほとんど二か月にも渡る南米での講演を終えて、ルーズベルトは、ついに、待ちに待ったアマゾン探検の旅に身を投じることができるのだった。彼が探検先に選んだ「謎の川」は、その上流に到達するだけでも、船とラバに乗って二か月はかかる辺境の地に在った。

川幅の広いパラグアイ川をのぼってブラジルに入り、ルーズベルトとその隊員は、そのまま出来る限り上流に上り、タピラポアンという辺境地の電信局で下船する予定だった。そこからさらに六五〇キロ近くの高地を通り抜けるのだが、そこは草原あり、低木林あり、荒れ地あり、ジャングルありの徒歩とラバの行程であって、次に船を川に降ろして流れの速い川を下る計画だった。

この旅は、行けば行くほど文明から遠ざかり、未開地へと踏み入って行く旅であった。はじめの船旅こそ比較的安全で楽に過ごせる時間だったが、そのあとの高地を進む旅は、人家を遥かに通り過ぎ、危険なウィルダネスと敵対的な未開人の部落へと入って行くルートで、軍の電信局も、つい最近、初めて設置されたばかりだった。

かなり向こう見ずなブラジル人の開拓民でさえ、これからルーズベルトが行こうとしている地域は、住み着くのはもちろんのこと、踏み入るのも危ない場所と見なしている未開拓地域だった。実際、原住の部族以外で「謎の川」の上流まで辿《たど》り着いた人間は、ブラジルの歴史上ほんの一握りしかおらず、それは、ロンドン大佐が率いた軍人と労働者のみだったのだ。

＊＊＊

ブラジルの西、マト・グロッソ州の辺境地で、州都のクィアバから三二キロほど離れたミモソ村で生まれたロンドンは、他のブラジル社会からほとんど隔離された、厳しい環境の中で育った。

彼のミモソ村での最初の記憶は、戦争と孤立だった。「カボクロ」と呼ばれる、ヨーロッパ人と原住民の混血であった父、カンディード・マリアノ・ダ・シルバは、ロンドンが生まれる六か月前に、ヨーロッパ人が持ち込んだ伝染病、天然痘で死亡していた。その数日後、パラグアイの独裁者フランシスコ・ソラノ・ロペスは、ブラジルのウルグアイ内戦干渉への報復として、マト・グロッソを侵犯したのだ。当時、マト・グロッソはブラジルの首都との連絡のツテがなく、辺境に在って貧しさに苦しんでいた。村の人々は、政府から何の助けも得る事が出来なかった。パラグアイ一国に対して、ブラジルとブラジルに操られるウルグアイ、そしてアルゼンチンの三国が同盟を結んで戦った五年間の血なまぐさい戦争は、一八六五年、ロンドンが生まれた年に、こうして始まったのである。

　絶え間ない戦火に晒されたマト・グロッソの人々は、州都のクィアバへ保護を求めて逃れて行った。四分の一がテレナ族で、四分の一がボロロ族のインディアンだったロンドンの母親は、生まれたばかりの息子を抱いて逃げた。しかし、首都のクィアバで彼女が遭遇したものは、保護ではなく、夫を殺したのと同じ天然痘だった。一八六七年、クィアバに逃げた難民の半数、約六〇〇〇人が、天然痘で命を失っている。飢餓と伝染病と戦火のなか、ロンドンは奇跡的に生き伸びたが、彼の母は命を落とした。

　こうしてロンドンは、逆境に逆らって生き延びることが、まるで彼の刻印であるかのような人生を送るのだが、それと同時に、彼には淋しさと孤立が常につきまとっていた。二歳で孤児となった彼は、祖父母に育てられるが、その祖父母も彼がまだ幼少時に他界してしまう。その後、母の兄の養子となり、その名字を受け継いで一六歳になるまで教育を受けるが、その後は独立して一人でリオ・デ・ジャネイロへ出て行く。この大都会は、遠い辺境の地に育ったロンドンには、まるっきり違う惑星のようだった。彼がリオの軍事学校へ入学したのも、戦争や軍事に関わることくらいしか、生い立ちとの接点が見つけられそうになかったからだ。

しかし、この軍事学校でも、彼は他の学生とは全く違っていて、一年も経ってようやく慣れ始めた状態だった。一〇代の頃から、ロンドンは真面目で努力家だったが、同時に、他の者には想像出来ないほど貧乏だった。彼は、毎朝四時に起きると、海でひと泳ぎしてから五時には暗い部屋に戻り、クジラ油のかすかな灯で勉強した。毎夜、街へ繰り出して遊んでいる他の学生は、完全に熟睡している時間である。

厳しい自己鍛錬でも他からかけ離れていたロンドンは、極端な貧困と辺境での育ちも他のブラジル人から理解されず、常にひとりぼっちで過ごした。教科書も買えないほど貧しいので、もちろん週末に出かけるなどということもなく、皆から「毛深い獣男《けものおとこ》」と呼ばれて、社交性などまるでなかった。

彼はあまりにも他の学生との交渉がなかったため、食べる物もなく飢えているということさえ、周りの誰も気付かなかったのだ。毎日、少しの米と豆の貧しい食事だけで、本来二年間の教育を一年で終えられるよう、日夜アルバイトと勉強に励んでいた彼は、極度の栄養失調に落ち入り、ついに、ある日、数学のクラスに向かうために階段を降りていた時、崩れるように倒れてしまう。

ロンドンは一年間の休学を余儀なくされるが、その間も他の学生の家庭教師をするなどして働き、軍人になる夢は捨てなかった。翌年、学校に戻った彼は、数学、生理学、自然科学の学士号を取り、二〇代の初めには、軍のエンジニアにまで昇格する。これは、リオ・デ・ジャネイロの軍の司令部で、終身の教官の座、または尊厳ある司令官の仕事を約束されることだった。多くのブラジル人男性にとっても大変な栄進だったが、ましてやマト・グロッソなどという辺境から来た貧しい「カボクロ」にとっては、信じがたい出世だったのである。

ところが、ロンドンには他に目的があった。彼は、国のために働きたいだけではなく、取り残されて危険に晒されている原住民たちを救いたかったのである。「私は、私が手にすることが出来た文明というものを、マト・グロッソやアマゾニアの人々にも手渡したかった。ジャングルや部落にも持ち込みたかった」と言うように、原住民を保護したい、彼らをブラジルの国に本当の意味で融合させたい、というロンドンの思いは、彼の他の情熱を次第にしのいで行く。しかしそれは、単に彼自身が原住民の血を受け継ぐからという理由よりも、彼の哲学的な信念から湧き出た気持ちだった。

ロンドンは、フランスでオーギュスト・コントが一九世紀半ばに築いた「実証哲学」に傾倒し、ブラジルでの実証主義運動に参加していた。この実証主義というのは、宗教や王制などに盲目的に服従するのではなく、人間の自然界に置ける役割と権利を重視したヒューマニズムに通じる考え方で、科学知識やそれに至る研究を重んじ、ダーウィンの進化論に集約されるような実践科学の見地を取ったものの考え方をいう。ロンドンは単なる軍人や愛国者ではなく、ヒューマニストだったのである。

ロンドンがこの実証主義の考え方を知ったのは、彼が軍事学校の生徒だった時であった。数学の普遍性を考えては、周りを無視して何時間も夢想にふけるという奇癖のために、「数学の夢遊病者」とあだ名を付けられたベンジャミン・コンスタントという数学教授が、この実証主義運動の熱心なメンバーで、生徒にも盛んにその考え方を説いたのだ。

コンスタントは、皇帝ペドロ二世の個人的な友人だったにもかかわらず、一八八九年一一月の軍のクーデターの中心的役割を果たし、王制を排してブラジル協和連邦国を建てる立役者となった。クーデターはそれほどの流血も見ずに終わり（ペドロ二世は、他の多くの排された専制君主の例に漏れず、パリに流浪先を求めて行った）、新政府のリーダーたちは新しいブラジルの国旗を制作したが、それは明るい青の球体が金色のダイヤのデザインの上に載った緑地の旗だった。その球体の周りには、ブラジルの新しい二七州を代表する星が、州の数だけあしらわれ、球体を取り巻く白いリボンには、今日でも実証主義のモットーである〝Ordem e Progresso〟「秩序と進歩」という言葉が誇らしく書き込まれている。これは、ブラジル人のみならず、広く多部族の原住民にも約束された言葉だった。

共和国が確立されてから半年も経たないうちに、ロンドンは、アマゾンの原住民たちのために働くという彼の哲学が実践出来る機会を、思いがけなく国から与えられる。それは、後にロンドン任務とも呼ばれるようになる国の構造的な電報通信工事で、アマゾンに住む最も隔離された原住民たちと直接交渉を必要とする仕事だった。ロンドンはこの仕事を受け、一八九〇年に、土地のヒーローとなって、マト・グロッソに帰省する。彼はまだ二五歳にも満たず、クィアバを発ってわずか八年で一部隊の司令官となり、新政府の最も困難な仕事を任せられたのである。

ロンドン任務隊のブラジル内陸部への旅は、知る人ぞ知る過酷さだった。どれほど良く表現しようとしても、それは長く、苦しく、淋しいジャングルの旅だった。悪くいえば、それは恐怖に満ちた逃げ場のない行軍で、兵は病気や飢えや原住民の絶え間ない攻撃に晒された。ロンドンは、当初一〇〇人から一五〇人の部隊を約束されていたが、ほとんどの場合それ以下の人数しか集めることが出来なかった。一九〇〇年、ロンドンは、八一人の兵を率いて、その最初の行軍を始めるが、その年の終わりに残った兵は、なんと三〇人のみだった。減った人数のうち、一七人は逃走し、残りは病院に担ぎ込まれたか死亡したかのどちらかだった。時間とともに、ロンドンは確実に経験を積んで行ったが、兵の置かれた厳しい条件に改善は見られなかった。一九〇三年、一〇〇人でスタートした行軍は、戻った時には五五人になっていた。次第に、怠惰な兵、乱暴な兵、もしくはその両面を持つ者が、処罰としてロンドンの部隊に送り込まれるという風になって行った。さらに、リオ・デ・ジャネイロの牢獄から直接送られて来る兵も増えて行った。ロンドンの部隊の仕事と行軍の過酷さを知っていたなら、牢に残らせてくれと懇願したに違いない連中ばかりだった。

しかし、その中でも最も悲惨な遠征を強いられたのは、ロンドンが「謎の川」を発見した一九〇九年の部隊だった。この年の六月、彼は、ルーズベルトの部隊がその陸上出発地点としたのと同じタピラポアンから、四二人の兵と二人の原住民のガイドを連れて出発した。物資を積んだ五〇〇頭の雄牛と一六〇頭のラバが、次の電信局であるジュルエナで合流する予定だったが、そのうち生きて辿り着いたのはたったの四〇頭だった。

その二～三日後、隊の地質学者と薬剤師、そして何人かの兵と民間の労働者が、行軍を続けられる状態ではないと判断されて、送り返されることになった。ロンドン自身、マラリアで高熱を出しており、ついに軍医は彼を無理やり雄牛に乗せた。しかし、四〇〇メートルも行かないうちに、ロンドンは雄牛から降りて、他の兵と同じように歩きたいと主張した。何故だという医師の問いに、一歩進むごとに、自尊心がすり減るように思えたからだと答えたという。

八月の初旬、ロンドンの言うところの「化け物のように肥沃《ひよく》な」ジャングルで、絡み付く植物をかき分けながら進んでいた彼の部隊は、奇妙に曲がりくねる川にさしかかった。川は、ある場所では地中に消え、他の場所では一二メートルにもなる川幅に広がっていた。北、もしくは北西の方角に流れているように見えたが、あまりにもくねくねと曲がりながら進んでいるので、最終的にどこへ向かっているかは定かではなかった。ロンドンの部隊は、しばらくこの川を追って進んだが、食料の消費が心配で、進軍を諦めた。その時、彼らにはそれ以上の調査をする体力も時間もなかった訳で、ロンドンは、その川をリオ・ダ・ドゥヴィダ、つまり「謎の川」と名付け、引き上げたのだった。

日ごとに深くなるジャングルを、鉈《なた》で切り裂くようにして進むにつれ、ロンドン部隊の境遇はますます深刻なものとなっていった。八月の終わり頃には、彼らはほとんど全ての物資を使い果たし、ブラジル豆とヤシの実、野生のハチミツ、そして、稀に釣れる魚などで命をつないでいた。ピラニアが繁殖する川では、釣り糸も釣り針もその鋭い歯で切られるので、ろくに魚を釣ることが出来ない。死に物狂いになったピリネウスという隊員は、ある日、ダイナマイトを滝の上に投げ込んだ。そしてありったけの魚を掴もうと、水に入り、手に持ちきれなくなった魚を口にくわえたところ、それがピラニアだったのだ。ピラニアは、はじめはダイナマイトのショックで死んだようになっていたが、しばらくして正気に戻ると、すぐさま攻撃し始めた。ピリネウスが気がついた時には、魚は彼の舌の一部を咬《か》みちぎっていた。軍医が近くにいて、苔《こけ》で止血をしなかったら、彼は出血多量で命を落とすところだった。

一九〇九年の一二月、部隊がとうとうジャングルから脱出できた時には、生き残った隊員は衰弱で歩くことも出来ず、這《は》うのがやっとだった。全員の身体には、寄生虫が肌の下に入り込んでうごめいていた。素っ裸でなければ、かろうじてボロをまとっている者ばかりで、全員が栄養失調にかかっていた。しかし、この二三七日間の遠征で、九六六キロにも及ぶ未開地を地図にしるすことが出来、ロンドンは、彼の部隊が、ブラジル内陸部の地理的解明にここまで貢献出来たことに、大いに満足だった。そして彼は、すぐさま次の遠征の計画にとりかかった。

＊＊＊

ロンドンは、午前一一時三〇分、ついにルーズベルトを乗せて近づいて来たアドルフォ・リクィエルメ号に、隊の者を引き連れて挨拶に乗り込んだが、彼の神経は少なからず高ぶっていた。なにしろ、ロンドンは過去二五年間の大半をジャングルの中で過ごし、西欧諸国からの来賓と関わる機会などほとんどなかったのだ。貴賓客といえば、原住民の頭領格との会合ぐらいで、「その方面のエチケット」だけは充分に心得ているつもりだった。例えば、ボロロ族との公式な会合では、彼らの裸体に塗りたくられたアマゾンハーブの卒倒しそうな匂いにも、ひるむことはなかった。そして、未知の原住民に行き当たった場合には、親愛と礼節のジェスチャーに、すべてを賭けるしかないことも熟知していた。

ルーズベルトとロンドンは、この遠征隊の正式な共同指揮官となったが、彼らの共通の言葉は、かろうじてフランス語のみだった。ルーズベルトの知っているポルトガル語と言えば、mais canja（スープをもっとください、の意味）の二語だけで、ロンドンの方は、一〇種の原住民語を知っていても、英語は話せない。カーミットが近くにいれば通訳をして貰えるが、そうでもなければフランス語に頼るほかなかった。

ルーズベルトのフランス語は、彼も認めるように、未来形も過去形もなく、単語の性別もあやふやなものだったが、この二人には、言葉の壁は大した問題ではなかった。合流したチームが、川沿いの街コルンバに一二月一五日に到着するまでには、二人は互いへの深い理解と尊敬の気持ちを固めていた。

ロンドンは、ルーズベルトにとって、彼が最も敬意を抱く類いの人間だった。心身ともに鍛えられ、肉体的な困難やチャレンジをものともせず、何事も強力な意志の力でやり遂げる。彼のロンドン評価がいかに高いものだったかは、後年、当時の最高峰四人の探検家として、ロアルド・アムンゼン、リチャード・バード、ロバート・ペリーに並べ、ロンドンを挙げていることでも分かる。

二人が対称的に違ったところは、経験から引き出したそれぞれの哲学だった。ルーズベルトにとって、自然と人間の歴史から得た教訓とは、決断力のある行動を持って、物事の本質を立証していくべきだということだ。たとえその行動が少々の負傷や衝突を招いたとしても。そして、その行動を重んじる情熱には、政治家の合理主義的な面も加わり、目的に達するための方法論よりも、結果を出すことが何より重要だと考えた。

これに引き換え、ロンドンは、ブラジルの辺境での貧しく苦しい生活経験から、結果を尊重する考え方に強く反発し、どんな場合にも彼自身の信じる法や正義のもとに行動しようとした。実践主義の思想に沿って対立を好まず、あらゆる手を尽くして対立を避けようとした。軍人であるにもかかわらず、彼は平和主義者の理想を掲げながらその職務に就いた。ロンドンの平和主義の信念は、彼をブラジルが誇る探検家の地位に導いただけでなく、草分け的な社会思想家としても位置付けたのだった。

ルーズベルトもロンドンも、それぞれの主義への忠実さでは伝説的だった。どちらも、自らの人生経験と深い思考からその信念を築き、情熱を持って実行に移したことで、歴史に名を残した。ルーズベルト・ロンドン隊の遠征では、はじめから、この二人の指揮者の対照的な構えと人生観が、遠征のリーダーシップに現れるであろうことは明確だった。その意味では、彼らの人生哲学が、

「謎の川」にて試される機会を得たということになる。

＊＊＊

ミラー、シェリー、フィアラ、シッグの四人が、ルーズベルトを待ちながら三週間過ごしたコルンバという町は、パラグアイ川沿いの町では大きな方だった。シェリーは、この町にとても良い第一印象を抱いた。日記にも、その白い壁と赤い屋根の家並みは美しく、バナナやヤシの木の緑とのコントラストが素敵だと書かれている。しかし、好印象も長続きはしなかったようだ。一七七八年に軍の駐屯地として作られたコルンバの町は、人口が一万人にもなっていたが、市電もなければ雇える車もなかった。数日後のシェリーの日記には、「この町では、二人の男がかつぐ棒にハンモックが吊るされているのを、救急車と呼ぶらしい」と書かれている。

ルーズベルトはシェリーたちと合流後、コルンバ近くの平原にジャガーを撃ちに出かけただけで、一九一三年のクリスマスの朝、早々にニアック号で次の目的地へと旅発った。それは、太陽がさんさんと降り注ぐ快晴の日だった。ルーズベルトの日記から、このクリスマスの日の船上の様子が、よく窺える。

「私たちは、前方のデッキに座って、川岸の瑞々しい緑の草木や、沼地に茂る水草や、水鳥の親子の群れを鑑賞していた。舵取りは、白人が一人と黒人が一人。ロンドン大佐はトーマス・ア・ケンピス（一八世紀のドイツの宗教家）を読み、シェリーとミラーは、しゃがみ込んでジャガーの毛皮に処置を施していた。フィアラは、物資の点検に余念がなかった。この先きっと困難が待ち受けているだろう。しかし、この日、天は私たちに優しかった。実に気持ちの良い日だった」

ロンドンは、苦労して、なんとかクリスマスの雰囲気を盛り上げようと、デコレーション用の緑の葉や花を岸から隊員に採って来させたりまでした。しかし、彼のアメリカからの客たちは、クリスマスが近づくにつれて、ホームシックになって来るのを抑えることが出来なかった。その前日のシェリーの日記には、彼の思いが吐露されている。

「なんてクリスマスイヴなんだ。これ以上クリスマスらしくないところがあるだろうか。ああ、今夜だけは家で過ごしたかったなぁ」

カーミットも、ベルへの手紙の中で、まったくクリスマスという気がしないと、こぼしている。彼はベルに会いたかった。文明国に戻りたかった。それに、彼は、父がザーム神父の口車に乗せられて、とんでもないことに頭を突っ込んでしまったのではないかと、心配になっていた。「神父は、悪気はないのだろうが、調子のいい人間で、南米の間違った情報を父に流していたと思う。彼自身、自分では原野に足を踏み入れたことはなく、ガラス戸の中から眺めていただけに違いない」と、ベルに宛てた手紙に、その疑念を漏らしている。

ニアック号は、のろのろと遅いペースで進み、乗員は犬や荷物の山に囲まれて、この先二週間ほどの窮屈な蒸気船の旅を、交友を深めながら過ごすしかなかった。カーミット以外の者は、言うまでもなく、前大統領に興味を集中させていた。ルーズベルトは温かく気軽に隊員たちと接し、自分のことよりも相手の話に耳を傾けるその態度は大いに皆を驚かせ、打ち解けさせていた。大統領時代、精力的なアウトドアマンとして有名だったこの人物が、五五歳という年齢で、どこまでその体力が続くものか、彼らは密かに興味津々《しんしん》だったのだ。そして間もなく、彼らはその答えを知ることになる。

かつて、ルーズベルトがあまりにも野外や運動を好むので、一緒に仕事をする者は閉口して根をあげるほどだった。ホワイトハウスでは、内閣との微《び》に入り細《さい》を穿《うが》つ話し合いは、ワシントンD.C.の広大なロック・クリーク公園を突き切って歩きながら行われたものだった。その早足の散歩会議は、早朝から夜半まで時間を問わず、天候もお構いなしに決行された。春先に、まだ氷塊の浮くロック・クリーク川を泳がされての話し合いも数回あった。ポトマック川を泳がされる時には、全員服を脱いだ。ルーズベルトには、そんな会合のときの面白い思い出がある。

「フランスのジュセロン大使が参加していて、いざ飛び込もうという時に『大使閣下、まだ手袋を付けておられますよ』と誰かが注意したら、『あ、手袋ははめておく。ご婦人に出会うかもしれないからね』と言いやがった」

ホワイトハウスを後にして五年後、ルーズベルトは、その半分の年齢の若者が持つ体力を維持していた。それは、一九一四年の正月に、ニアック号の乗員の知るところとなる。朝の五時に、サーディンにハム、コーヒーに堅パンの朝食を済ませると、ルーズベルトとカーミットと何人かのブラジル人兵は、数人のカマラダ（ポルトガル語で、貧しい労働者を指す言葉）を連れて、ニアック号がその前日に錨を降ろしたサン・ロレンソ川近くのジャングルへ、ジャガー狩りに入っていった。

　このルーズベルトの二度目のジャガー狩りは、ニアック号のブラジル人たちに、ルーズベルトの体力のほどを思い知らせることになった。

　アンソニー・フィアラは、ベースキャンプにて、猟に付き合った連中の凄まじい疲労ぶりを目《ま》の当たりにし、後にニューヨークタイムス紙のレポーターに次のように語った。


　午後遅くなるまで、猟に出た連中は誰も戻らなかったが、急に一人の大柄な原住民の男が飛び込んで来て、「ブルウ～、グラハル～」（ポルトガル語で、大仕事だ、疲れた～の意味）と叫んだかと思うと、隅に倒れて寝入ってしまった。二〇分ほどして、もう一人の原住民が疲れきった様子で戻って来た。彼は、一言、「グラハルー」と言うと、眠ってしまった。三人目の原住民は、戻ると同時に両方の手を挙げて「ハル～」と言ったかと思うと、呆然《ぼうぜん》と座り込んでしまった。これを見て、大佐とカーミットのことが心配になり、陽も沈んで来たことだし、我々は彼らを捜しに行った。林に入って間もなくの空き地に、今度はブラジル人兵が死んだように倒れ込んでいた。衣服はあちこち破れ、顔と首は汚れきっている上に血をにじませていた。

　三人の原住民にその兵を担がせてキャンプに戻らせると、さらに急いで林の奥へと進んだ。すると、ルーズベルト大佐とカーミットがもう一人のブラジル人兵を引きずってジャングルから出て来るのに出くわした。汚れと汗と傷にまみれ、ジャングルの木もれ日の中に浮び出た、その時の大佐の剛猛な姿は今でも忘れない。衣服は破れてボロボロで、カーミットも同じ状態だったが、父親の戦士のような表情は彼にはなかった。

「大丈夫ですか、大佐！」と呼びかけたら、「面白かったぞ」と、ボロぎれのようになった兵を引きずりながら、キャンプに戻って行った。その翌日、大佐とカーミットは何も起こらなかったかのように、当たり前の日課をこなしていたが、同行したブラジル人兵は、その後二日間はくたばっていた。

原住民たちの大佐を見る目は、その日から変った。

Chapter 7
混乱と悲劇

一月一六日の正午前、ニアック号がタピラポアンに入港した時、ルーズベルトは、隊の重い荷物を運ぶための雄牛とラバが、列をなして待ち構えているものと信じていた。ところが、嘆かわしいことに、この川沿いの村で彼を待ち受けていたのは、整然とした軍備ではないどころか、とんでもない混沌だった。

川沿いの低木林のすそに在るタピラポアンは、土壁の小屋が建ち並ぶ一帯と、ロンドンが建てた電信局が在るだけの小さな村だった。村中が、色とりどりの北米と南米の国々の旗で取り巻かれ、中国製の紙ランタンまでが用意されて、ルーズベルト一行の到着を歓迎するかに見えたが、実は、用意が整っていないことをカバーアップするための偽装に過ぎないことは明らかだった。荷車や木枠や電信局のトラックが散乱し、雄牛から乳牛や肉牛まで、ありとあらゆる家畜がウロウロと思うままに歩き回っていた。

ロンドンは、一一〇頭のラバと七〇頭の雄牛を、高原の旅のために前もって用意させていた。さらに、ロンドンの電信隊遠征に何度か同行し、彼が信頼する友人でもあるアミルカー・ボテロ・マガラエスを、使役動物の担当として任命していた。問題は、アメリカ人たちが、ロンドンが予想したよりも遥かに膨大な荷物を積んで来たことだった。それをアメリカ人たちに説明して恥をかくよりも、ロンドンは追加の使役動物を慌てて集めようとしたのだ。

追加の動物たちはなんとか見つけられたものの、どれも飼い馴らされていない野生動物ばかりだった。アミルカーは、使役動物の操縦は手慣れたものだったが、このような野生の群れには手が施せなかった。ほとんどの動物は捕らえられたばかりで、まったく馴らされていなかった。牧場は、西部劇にでも出て来そうな様相を呈していた。カウボーイたちは、房のついた革製のエプロンをつけ、鋭いナイフをベルトに下げて、二〜三か国語で流暢に罵声を上げ、逃げ回る動物たちに鞭を打って目隠しをし、その背に積み荷を縛り付けた。目隠しを取ると、動物たちは鼻息を荒くして牧場を駆け回り、何度かウサギのような飛び方をして、荷物も鞍《くら》もあたり構わず放り投げた。

ルーズベルトとその隊員は、タピラポアンには、ほんの一〜二日の滞在のつもりでいたが、この様子を見るや、そう簡単には出発出来ないことが分かった。ミラーとシェリーは、ここでも植物や昆虫の採集が出来るので、遅延はそれほど気にならなかった。ザーム神父も、行く先々で楽しいことを見つけるので、程よくご機嫌だった。ところが、カーミットは、下らないことでどんどんベルに会える日が延び延びになるのが、たまらなく腹立たしかった。カマラダたちが、動物を馴らすのに苦労しているさまを眺めながら、彼はうんざりした。彼はベルへの手紙で、その不満をぶちまけている。

「雄牛たちは、まったく荷物を背負う気はなく、いくら鞍を乗せて荷物を据え付けようが、暴れて蹴《け》り回り、そこら中に投げ出すばかりだ。まったく僕はもう、動物も連中もみんな殺してしまいたいくらいだ」

家に早く帰り着きたいから、どんどん先へ進みたいという焦《あせ》りに駆られているのは、カーミットばかりではなく、実はルーズベルトも同じだった。リオ・デ・ジャネイロで「謎の川」下りを思いついた時には、いかにも心躍《おど》る計画に興奮したものの、今、世界のステージで起ころうとしていることに比べれば、霞《かす》んで見えてきた。メキシコ革命が本格的になる中、ウッドロー・ウィルソンがアメリカの立場を決めなければならない瀬戸際に立たされている時に、ルーズベルトは、彼の意見をまるで発することが出来ないジャングルの奥深くに、自ら入り込もうとしているのだ。

ウィルソン大統領は、ホワイトハウスに入って以来、メキシコの騒動には、出来るだけ関わらないように努力して来たが、それは簡単なことではなかった。かつて将軍として軍の実権を握り、当時はメキシコの大統領に成なっていたヴィットリアーノ・ウエルタは、一年前に前大統領のフランシスコ・マデーロを逮捕し殺害することによって、今の地位を獲得していた。ウエルタの残虐で弾圧的な統治を嫌ったウィルソンは、ウエルタの権力から引きずり下ろす手伝いを、外交的ルートを使って実行する決意をした。「介入は、どうしても必要になるまでは絶対に避けなければならない」と、この頃、彼は妻にも語っている。

ウィルソンは、ウエルタに権力の座を降りるように促す外交メッセンジャーを二度送ったが、どちらも失敗に終わった後、アメリカはメキシコ危機を「注目しながら待機する」姿勢だという声明を出した。

このような消極的な政策は、体質的に「注目しながら待機する」などということの出来ないルーズベルトには、まったく呪わしいとしか思えなかった。一九一二年のマディソン・スクエアー・ガーデンでの演説でも明らかにした通り、彼の信条――政治的というよりも人格的な信条――は、「不正を断固として打ち砕く」ことであった。メキシコの政局が荒立つに連れて、ルーズベルトがタピラポアンの村を上の空で歩き回っているのに、ロンドンは気付いた。「謎の川」の大探検をすぐ前にして、ルーズベルトは、彼の手の届かない、何千キロも離れた場所の政局に苛立《いらだ》っていたのである。

その彼の苛立ちに拍車をかけるように、遠征準備はすっかり停滞してしまった。動物たちの野生度も然ることながら、三六〇個にも及ぶ巨大な荷物の上に、ブラジル政府から探検隊への華美であって何の実用性もない贈り物の数々が、タピラポアンに山と積まれていたのである。ルーズベルトのロンドンへの提案は、二〇〇頭にも上《のぼ》る使役動物を二部隊に分け、ルーズベルトとロンドンがラバの部隊を引き連れ、アミルカーが大物の荷物を運ぶ雄牛とラバの部隊を引き連れて行くというものので、ロンドンはこれを受け入れ、やっと部隊は動き出すことが出来た。

一月一九日、ついに、遠征隊の荷物を背に乗せた動物たちと、ロンドンが荷物運びと舟漕《こ》ぎに雇ったカマラダたちの行列は、ブラジル高原を横切る旅に出発した。アミルカーが率いるこの分隊がほとんどの荷物の輸送を担当し、フィアラがカナダから注文したカヌーは六頭の牡牛に曳かれ、同じく彼がニューヨークで詰めた食料のすべても含まれていた。アミルカーの重くて遅い荷物隊が先に出発することによって、後から出る明らかにペースの速いラバの列との調整が取れて、時間の節約になった。ロンドンは、また、先を行くアミルカーに道の障害物を取り除かさせ、電信線の整備と橋の補強なども施して、後から来るルーズベルトとラバ隊の足場を整えさせた。

ラバに乗った遠征隊のルートは、荷物隊を追って北へ進み、ウティアリティーという電信局で合流し、そこから西へと行路を変え、黒い蛇のような「謎の川」の上流に達するまで、さらに一か月間の旅を続けるというものだった。彼らは、まだマト・グロッソ州内にいたが、この時、ブラジル高原として知られる古代の平原地帯に入り込もうとしていた。

このブラジル高原は、一五〇〇万平方キロ余にも及び、テキサス州が二つは入る大きさだが、かつてはさらに大きかった。何百万年もの間、ブラジル高原は、北のギアナ高原と繋がっていて、一二〇〇万年前にアマゾン川が出来て初めて、その巨大な高原が北と南に分断された。こうして結晶した中央山塊は、世界でも最古の岩層で、何十億年も前の先カンブリア時代にまでさかのぼると言われる。ブラジル高原は、気が遠くなるような長い年月の間に相当な浸食を負い、最も標高の高いところでも、地質学的には若いアンデス山脈の半分の、標高三〇〇〇メートルほどである。そして、その荒々しい広がりには、急な崖や峡谷となだらかに広がる高原が連続している。

高原は、その広さも然ることながら、様相の多様さにも富んでいることに、ルーズベルトは先ず驚く。タピラポアンから出発した初日は、隊は木もまばらな広い原野を進んだ。しかし、二日目には、いきなり深い熱帯ジャングルに突入したのだ。「初日の踏みならされた道が終わると、今度は、一歩一歩を鉈《なた》で切り開かなければならなくなり、絡みついた低木や刺々しい藪《やぶ》やツタをはらって進んだ」と、ルーズベルトは記録している。

とはいえ、翌朝には、ラバたちは急勾配の崖を上がり、標高六〇〇〇メートルほどの涼しく乾燥した高地に出た。ブラジル人たちがチャパダオ（テーブルの上）と呼ぶ平野である。隊員たちは、チャパダオの無味乾燥な風景に驚いた。蚊一匹いない不毛の地で、夜は急激に温度が下がり、この旅では初めて、皆が毛布にくるまって就寝した。

二〇世紀の初頭、名だたる製図家によって描かれたブラジル高原の地図は、驚くほど不正確だった。ロンドンの電信作戦隊の遠征時の発見を元に、そのすべてが製図し直されなければならなかったと、外部大臣のミューラーはルーズベルトに打ち明けた。ロンドンが雄牛を全頭失い、隊員全員も飢えで全滅しかけた悪名高き遠征だった。ロンドンは、その高原を熟知していたが、だからといって、今度の旅が前回よりも楽になった訳ではなかった。逆に、知っていたからこそ、ルーズベルトたちを引き連れた今度の旅がどれほど難しいものになるかを軽視してしまった感があった。

＊＊＊

タピラポアンを出て数日で、ルーズベルトとその隊員たちは、これから展開する探検の旅がいかに困難なものかを、明らかに理解することが出来た。彼らは、未だ「謎の川」からは何百キロと離れた地点にいたが、すでに探検路の入り口に大きく一歩を踏み出していた。

隊員たちは、この時点ですでに、その食習慣をずっと簡素なものに変えざるを得なかった。タピラポアンまでは、充分な食料が準備され、種類にも富んだものだったが、高原を突破する厳しい環境下では、食事の回数さえ減らさざるを得なかった。「ロンドン大佐は、アメリカからの客人たちに、出来る限りの豊かな食事を用意したいと主張したのだが……」と、隊医は記録している。

食事には通常、雄牛の肉、黒豆の煮つけ、ライス、ソーダパンとコーヒーなどが用意されていたが、食料と時間を節約するために、昼食はまるっきり取り除かれた。朝食は六時から八時の間に出されたが、その後、隊員たちは夜の八時まで食事をとらず、ひどい時には、一一時まで食べられないこともあった。行軍を続ける隊員たちにとって、時に一七時間にも及ぶ飲まず食わずの行軍は、厳しいものだった。探検の旅には慣れきっているはずのシェリーでさえ、ある夜、一〇時まで食事が出来なかった時、「ほとんど飢餓の状態だった」と、日記中で極度の空腹を訴えている。

隊員たちの空腹と疲労よりも、目に見えて深刻度を増して来たのは、雄牛とラバの衰弱だった。どこまでも広がる砂地は、動物たちにはことさら過酷な環境だった。ザーム神父は、この時の模様をつぎのように回想している。

「この地帯では、五～六〇センチ以上に高い木はほとんどなく、それもまばらに点在するだけで、ある地域など、ニューメキシコやアリゾナのような砂漠だった。初めてこの砂漠に乗り入れた時には、三二キロほどの間、一滴の水も見つけられなかった」

動物たちは、この状況下では重い穀類を運ぶ力もなくなり、仕方なく夜間は放し飼いにして、自由に食料の草や水を探しに行かせたが、そんなに簡単に水や食料がみつかるものでもなかった。そうこうしているうちに、雨期が訪れ、ぶちまけるような雨がまたたく間に砂地を泥と化し、動物たちの足を取って、行軍をますます難しいものにした。

さらなる困難は、まだ続いた。ラバに乗って進む隊員たちは、白骨化した牡牛やラバの死体に差しかかったのである。おそらく、これらは、前回のロンドン遠征の時に餓死したか食料にされた動物の残骸であろう。強い太陽に晒されて、漂白されたように不気味な白を呈しているからには、もうかなりの月日が経過しているのは明白だったが、そうは思っても、荷物を背によろめきながら従う動物群を後ろに従えるルーズベルトたちには、ぞっと背筋が冷たくなる光景だった。その頃、衰弱しきって群れについて行けなくなった不運な動物は、放置されて独り死を迎えるしかなくなっていた。

次にルーズベルトたちの目に入ったものには、度肝《どぎも》を抜かれるほかなかった。泥に埋まってあちこちに現れ始めたのは、封じられたままの木枠の箱で、「ルーズベルト南米探検」とはっきりしるされていた。前を行く重い積み荷を背負ったアミルカー隊長の雄牛たちが、あまりの疲労に、その積み荷を振り落として行ったのである。

隊員たちは、ラバの上からそれらの木箱を眺めながら通り過ぎ、いったいこれからの探検に必要な物のどれだけが詰め込まれているのだろうと、疲れきった頭で想像することしか出来なかった。フィアラが念には念を入れて選んだ道具や食料、そして南米までの何千キロという遠い道のりを苦労して引きずって来た木箱ばかりである。彼らの動物たちは、すでに科された荷物以上を運ぶことは論外の状態だった。

極度の過労は、動物たちだけではなく、人間にも影響を及ぼした。ブラジル人の隊医と中尉、そして植物学者が、探検隊のがさつな計画や陣営管理を責めて、失望したと言って除隊してしまった。不平不満を漏らす隊員たちよりも悪質だったのは、タピラポアンでアミルカーの積み荷隊に配布された、乱暴なカマラダだった。フリオ・デ・リマと名乗るこの男は、バヒアから来た純血のポルトガル人で、もう一人のカマラダをナイフで襲おうとし、すんでの所でアミルカーともう一人の中尉が差し押さえ、ナイフを奪い取って殺傷沙汰を鎮めた。アミルカーは、このカマラダを厳しく罰した。高原の行軍では、隊員を罰したのはこの時だけだったが、彼は、この先、手に負えないカマラダの暴力沙汰が起こるのではないかという嫌な予感に苛《さいな》まれた。

＊　＊　＊

それでも、旅の苦難を分かち合うに連れ、隊員たちはお互いの距離を急速に縮めて、友好を深めて行った。一日を通して馬上の旅を共にし、夜はテントを友にして、雨期に入ってからは、時を構わずバケツの底を抜いたように降る雨が止むのを一緒に待ち、すべての食事も共にした。毎夜、テントを張ると、荷物を整理し、雨がしたたる衣服を剥《は》ぎ取ると、男たちは、雨に湿った地面に広げた二枚の雄牛の毛皮の上に車座になり、その日の糧《かて》であるライスや豆、豚肉や牛肉を分かち合った。ロンドンの日記が、この模様を実に鮮明に記録している。

「トーキョー風というのか、エド風というのか、そんな風にしゃがみ込み、ある者はそれなりにエレガントに、ある者はぎこちなく輪になって、毎夜の食事をした。終日、処女林が作り出す酸素を吸い込み、透き通る川の水を飲みながら、長く厳しい一日の旅を終えてこそ貯め込むことのできた陽気さを、食事と一緒に皆で分かち合った」

そんな夕食やその後のくつろぎを通して、男たちは、明るい南半球の星空の下で、長いキャンプをを共にする仲間特有の友情を深め、言葉がよく通じない者同士でさえも、互いへの尊敬と理解を育んだ。彼らには、身振り手振りや、表情や、あらゆる国の言葉がごちゃ混ぜになった表現で、たいていの用は足りた。「英語、ポルトガル語、めちゃくちゃなフランス語、そして片言のドイツ語」がコミュニケーションのツテだったと、ルーズベルトは回想している。彼らの会話は、自然と、これから下る川のこと、とくにその長さや性質、流れて行く先、そして何時その執着地点に辿り着けるのかに集中した。しかし、この頃、まだ「謎の川」は果てしなく遠く、それぞれが残して来た生活や思い出が、より鮮明に心を占めるようになった。

男たちは、徐々に、その過去の遠征や探検の話をし合うようになった。それは南米の他の地帯や、北米、アフリカ、南極と、実に様々だった。ルーズベルトは、語りの上手さで際立っていたものの、旅好きで冒険心に満ち、揃って勇気ある男たちの経験談には、どれも感嘆すべきものがあった。ロンドンは、地図なき土地を果て知れず旅した思い出話を披露して、聴き手を虜《とりこ》にした。

ルーズベルトとカーミットは、その一年に渡るアフリカ・サファリの旅で、ルーズベルトが大ボスという意味の「ブアナ・マクバ」、カーミットがしゃれ者のボスという意味の「ブアナ・マルダティ」と呼ばれたことを話して、皆を笑わせた。ミラーは、コロンビアの深いジャングルの中で遭遇した、遠い昔に栄えて跡形もなく滅んだ文明のものと思われる、石の神仏や祭壇や神社の話をして、皆を想像の世界へ呼び込んだ。

その場に集まった誰よりも広い経験を積んでいたであろうシェリーは、比較的静かに聞き役に回っていたが、ある夜、騎兵戦のことに話題が及んだ時、初めてその口を開いた。あの物静かなシェリーが、騎兵に鋭い槍を向けられた恐怖を経験したというのである。隊員たちは、こぞって彼に向き直り、話の続きを催促した。

シェリーは、南米で、当時のベネズエラの暴君、チプリアノ・カストロを撃つ地下組織の運動に巻き込まれたことがあった。彼は五人の冷静で銃に長《た》けたベネズエラ人たちと一緒だったが、馬を持たず、武装して歩いていた。隠れるところのない平原にさしかかった時、槍を持った二〇人ほどの騎兵隊が、二〜三〇〇メートル後方から奇声を上げて襲いかかって来たのだ。このベネズエラの内戦は、両方が一歩たりとも譲らず、負傷者や捕虜は無惨に殺されるという惨《むご》たらしい争いだった。この時、槍の鋭い刃を光らせ、戦士たちが凄まじいスピードでチャージして来る様は、シェリーの胸に消えがたい恐怖を刻んだ。もし彼らを近づけたら、それは彼らにとって死を意味することは明らかだった。咄嗟《とっさ》に六人は狙いを定めて銃を撃った。一〇人ほどが倒れたが、その一人はすでに五〇メートル以内に迫っていたと言いう。

「銃が使えて、頭の覚めてる男に、怖いものはないさ」と、ルーズベルトはハンターらしく言った。

しかし、どんな探検や戦いの逸話も、アンソニー・フィアラの二年間に渡る氷に閉ざされた北極での遭難に比べると、生彩を失ってしまった。来るはずだった物資補給船はとうとう現れず、アシカの脂身《あぶらみ》やシロクマ、そして依然遭難した探検隊が残して行った食物を見つけられなければ、彼らは確実に餓死していたのである。

フィアラの北極での瀕死の遭難劇に聴き入りながら、彼らの探検の必需品を預かるのは、その恐ろしい遭難に導いた隊長なのだということを思わずにはいられなかった。アマゾンへ彼らをリードするのはフィアラではなかったが、この先何か月も、彼らが命の糧とする食物を選んで詰めたのは、彼以外の誰でもなかった。

＊＊＊

一月二五日、三台の巨大な貨物自動車が、ルーズベルトのキャンプに乗り入れて来た。これは、ロンドンの電信作戦隊に所属する新しい貨物車で、両側の車輪に太いベルトが前後に巻き付けられ、ちょうどこの後に起こる第一次世界大戦で発明されて大活躍する、戦車の前身ともいうべき代物《しろもの》だった。ザーム神父がオートバンと呼んだこれらの車は、それぞれ二トンづつの貨物を積んで、ルーズベルトたちの次の拠点であるウティアリティーまで行く途中だった。重い積み荷を積んでいても、深い泥の上を、時速五〇キロの速さ進んで行くのを見て、ミラーも「まるで果てることのないタイヤのようだ」と驚嘆した。それまでの苦労に充ちた行軍を思えば、信じられないほどの贅沢な旅行方法だった。

この贅沢を、ザーム神父ほど喜んだ者はいなかった。翌朝、さっそく自分と、自分の個人的なアシスタントに勝手に任命したスイス人シッグの席を獲得し、ウティアリティーまで便乗して行くことにした。シェリーとミラーも、採集の時間が欲しかったので、皆より一足先に出ることを希望した。

ところが、ザーム神父は、この車の旅が、結果的にはたいそう不満だった。ロンドンによると、黒人の運転手の隣りに座らされたことが、許せない侮辱だったらしいのだ。バヒアでは、ザーム神父は、ブラジル人たちの人種間の仲睦まじさに感心していた筈《はず》だった。ブラジルにおける、ヨーロッパ人とアフリカ人との人種的結合は、実に好ましいものと語り、国の誇れる紳士の中にも黒人の血を引くものがいると、好意的に記録していた。しかし、人種統合への彼の論理的、知的な意見はどうであったにせよ、彼は、明らかに、アメリカには適さない考え方だと信じており、ましてや自分に関しては論外だと考えていた。

ザームの手記にはこうある。「ブラジルでは、白人、原住民、そしてニグロたちが、アメリカでは考えられないような親睦関係を持っている。もし、バージニア州の農園主が見たら、到底口にすることも出来ない忌まわしさだと、非難することだろう」それでいて、一方では、ロンドンの顔を立てるために、親切にもザームをウティアリティーまで送ってくれた運転手を、「無知で粗雑なニグロ」と、口汚くののしっている。ザームは、それ以降、遠征がいかに辛いものであったかを話す度に、このトラックの旅を持ち出すようになり、ロンドンを呆《あき》れさせた。

ザーム神父がロンドンの部下に差別的な言葉を使うことほど、ロンドンを彼から遠ざけたものはなかった。ロンドンは自分の部隊を非常に誇りに思っていたばかりか、彼はヒューマニストであり、少数民族の保護者だったからである。そして、彼自身、人種差別の被害者であり、その後も、彼の大きな功績にもかかわらず、常に被害者であり続けた。この四年後、あるブラジル人の記者は、ロンドンを「野蛮な癇癪《かんしゃく》持ち」と書き立て、「文明社会にはそぐわない」人間であること、何故なら、それは、彼に「高い比率の原住民の血が流れている上に、ブラジル社会の最悪の習慣が根づいているからだ」と書きたてている。

ザーム神父は、ロンドンの哲学的な信念とブラジルの原住民への公平な扱いを、おおっぴらに非難した。ザームの出版した、前述の「進化とドグマ」の序章で、彼は（ロンドンの傾倒する）実践主義は危険で、社会に対して破壊的だと述べている。「自然主義や実践主義などと云うものは、神学が及ばなかったところにだけ蔓延《はびこ》るものに過ぎない」

神父は、行く先々で移住者や原住民に洗礼を施して、キリスト教に入会させるのも忘れなかった。パラグアイ川やウティアリティーに続くセポチュバ川沿いの村、そして高原の部落でも同じことだった。野蛮人を救ってやるのだと言わんばかりのザームの態度にも、ロンドンは何も言わずに耐えた。「原住民保護法は、彼らの精神の自由を尊重し、彼らに教典を押し付けるものではなかったが、同時に、彼らが原住民を他の信仰へと招き入れようとするのを止めるものでもなかった」と、ロンドンは書き残している。

＊＊＊

厳しい自然環境と貧しい食事、そして性格の違いから来る衝突は、徐々に摩擦を激しくして、事故や病気の引き金を引くものである。一月のはじめ、隊がパラグアイ川沿いの小さな街、サン・ルイ・デ・カセレスに到着した時、ロンドンは彼が駐屯させていた兵のうち、四人が死亡したことを知らされた。三人は、マト・グロッソ州の西を八〇〇キロほどに渡って流れる、ジィ・パラナ川を上ろうとしていて溺死した。もう一人のカルドソ隊長は、チアミン不足によって発病するベリベリ病によって、これからルーズベルトたちが進もうとする同じルート沿いで亡くなった。

その二〜三週間ほど後、タピラポアンで、ルーズベルトは、彼の右腕である秘書のフランク・ハーパーの同行を、病気のために諦めざるを得なくなる。ハーパーは、この探検遠征の企画段階から、ルーズベルトのマネージャーとして事を運び、準備作業にも力を注いで来た。彼は、何事も前大統領の利になるようにとお膳《ぜん》立てして来ただけでなく、この段階で、フィアラとザーム牧師を除けば、準備したそれぞれの携帯品がどの箱に納められているのかを知っているただ一人の人物だった。ハーパーは、旅のはじめ頃にマラリアを発病し、以来ずっと楽ではない旅を続けて来た。蚊を媒介として広がるこの病気にかかったのは彼ひとりではなかったが、これから始まる「謎の川」で、さらに彼のマラリアが進行することが充分予想されたので、除隊が決断された。彼は、他のメンバーが高原の旅に出発する三日前に、帰国する旨を皆に知らせた。

ハーパーの離脱がルーズベルトに与えた不安は、単に物流や身辺の不便だけではなく、今後、病人やけが人が出た場合の処置についてだった。ハーパーのマラリアはかなり重いものだったとはいえ、タピラポアンからならば、比較的迅速に最寄りの病院まで戻ることが出来た。しかし、いったん高原の旅に出てしまうと、ルーズベルトとその隊員たちにはそんな選択はなく、文明圏では大したことのない病気やケガでも、今後は命に関わる危険もあるのだった。

もちろん、隊には隊医がいた。カジャゼイラというこの医者は、ロンドンがコルンバの街で雇い入れた、頑強で真面目で非常に優れた軍医だった。しかし、ロンドンもルーズベルトも、アマゾンの計り知れない危険に対して、ドクター・カジャゼイラはか細い防衛線でしかないことがよく分かっていた。「優れた医者を同行するのは、このような旅で隊員の寿命を思えば絶対必須条件だ。それでも、事故や病気の危険は甚だしく高く、どんなに用心して警戒網を張っても、命の保障は得られない」と、ルーズベルトは書いている。

ルーズベルトとカーミット以外の隊員は知らないことだったが、ルーズベルトには医者を同行させる理由があった。その一〇年以上も前に、ルーズベルトがマサチューセッツのピッツフィールドで選挙運動中、彼の乗った馬車に脱線した市電が衝突した。シークレット・サービスの一人が即死し、ルーズベルトは九メートルも先に投げ出された。この事故で、彼は何本かの歯を傷め、頬と目の周りを打撲したが、最もひどかったのは左足のケガだった。傷が化膿し、まだ抗生物質のなかった時代ゆえに致命傷の血液中毒を引き起こしかけた。その治療で、向こうずねの骨まで削らなくてはならなかったルーズベルトは、ホワイトハウスに入ってからも、長く後遺症に悩まされた。永久に完治しないとされた彼の骨の状態は、常に注意が必要だったのだ。

その頃、まだ少年だったカーミットには、その事故でほとんど父親を失いかけた時のトラウマが深く埋め込まれた。その後はいつも、父を危険から守るのだと言ってきかなかった。実際、その事故とそのために父が負った症状が、カーミットのアマゾン同行を決断させた第一要因だった。ベルへの手紙にも、「乗っていた馬車が市電に激突された事故で、お父さんにはひどい後遺症が残ってしまったから、誰かがちゃんと手当をしてあげないといけないんだ」と説明している。

しかしその頃、手当が必要だったのは、ルーズベルトではなくカーミットだった。彼は、ハーパーがマラリアに倒れる前に、すでに悪性のマラリアにかかっており、ルーズベルトをとても心配させた。父が心配を募《つの》らせて見守る中、カーミットは高熱と寒気に苦しみ、時にはハンモックから起き上がることも出来なかった。それでも、彼は、熱帯の病気にはとうに慣れているのだと言い張って、マラリアに屈しようとはせず、どうしてもハーパーに続いて帰ろうとはしなかった。しかし、息子の苦痛を看ながら、度重《たびかさ》なって行く探検隊内の問題を抱えて、「謎の川」を下ることで、いったいどれだけの犠牲を払わなければならないのかを、ルーズベルトは考え込んでしまった。

＊＊＊

一月の終わり、この探検のオフィシャルな出発地点とされた、ロンドンの電信局のあるウティアリティーに到着した時、ルーズベルトは、熱帯の病気への不安が悲しくも的中してしまったことを知った。何千キロも離れたニューヨークで、この旅の最初の犠牲者が出たのである。それは、エディスと一緒にアメリカに戻っていたマーガレット・ルーズベルトだった。

ウティアリティーの寂しい電信局でルーズベルトを待っていたのは、マーガレットが南米で感染した腸チフス菌により三週間前に亡くなったという、短くも衝撃的な電報だった。それは、三〇年前、ルーズベルトの母親を殺したのと同じ病気だった。マーガレットは、エディスとパナマを出奔してから二～三日後に、病気の最初の兆候を見せ始めた。

マーガレットは生水も飲まず、サラダも食べなかったのにと、エディスは混乱して訴えたが、時すでに遅しだった。彼女は、マーガレットの死の二日後に出された葬儀に参列した。「可哀想なヘンリー・ハント」と、その夜の日記にエディスは書いている。「ヴァンディック号でマーガレットと恋に落ち、一緒になることも出来ないうちに、彼女を失ってしまうなんて」

ニューヨークから地球を半周したブラジルの奥地で、遅れて届いたマーガレットの死の知らせは、隊員たちに異常なほど強烈で恐ろしい衝撃を与えた。つい三か月ほど前には若々しい生気に溢《あふ》れていた女性を思って、隊員たちの心には暗いとばりが降りるようだった。

ウティアリーは、川に降りる前の最後の文明との接点だと、皆はちょっとしたお祝いを楽しみにして来たのだったが、そんな考えは一度に吹き飛んでしまった。ルーズベルト・ロンドン自然科学探検隊の男たちは、静かにそれぞれの想いを、これから始まる仕事に向けた。自分たちが行なおうとしている、命の危険を伴う冒険旅行について、省みないわけにはいかなかったのだ。

Chapter 8 難しい選択

ルーズベルトがウティアリティーに到着した翌日、垂れ下がるシーツのような大雨が、土壁の村と村人に降り注いだ。探検隊のラバや雄牛の行列も揃《そろ》って到着し、村はいつもの倍以上の人や動物で膨れ上がっていた。その日、こんな激しいスコールにも関わらず、村人たちはルーズベルトを歓迎する宴《うたげ》を張ってくれた。

周りを森に囲まれた原っぱのようなウティアリティーの村は、二つの区域に分かれていた。片方にはロンドン部隊の建物が建ち、もう片方にはパレチ族と呼ばれる原住民の住居が建ち並んでいたが、一ダースほどしかない長方形の建物は、四方に立てた木の棒の上にヤシの葉を葺いた簡素なものだった。これらの家々は、実は二年ほど前に、ロンドン隊の兵が電信局を建てたとき、一緒にパレチ族のために建ててやったのだが、いかにも臨時の掘っ立て小屋だった。実際、周りに迫っているジャングルは、いつ何時これらの建物を飲み込んでしまうか分からないほど深く茂り、石ころだらけの殺風景なウティアリティー村は、不自然にも人工的に見えた。

パレチ族は、何年か前にロンドンと友好関係を結び、ジャングルの村を捨ててウティアリティーに移り住み、電信局を守っているのだった。彼らは、そのたまらない蒸し暑さや土砂《どしゃ》降りの雨にはまるで慣れきっていて、せっかくの探検隊の到着を祝うパーティーを、雨くらいで止めるつもりは毛頭なかった。スコールが少しでも上がると、彼らはすぐさま村の広場に集まり、ボール遊びに熱中した。

ボールは彼らの手作りで、空洞で直径が二〇センチほどの軽いゴム製だった。八人から一〇人が1チームを成し、それぞれ列に並んで向き合い、ボールがその真ん中に置かれた。すると、突然、どちらかのチームの一人が躍《おど》り出て、ボールめがけて頭からスライディングし、思い切り頭でボールを衝いて相手の陣地へ飛ばす。それを相手チームのメンバーがヘディングで受けて、今度は相手の頭上高くに飛ばすが、それをまた実に巧妙に頭で受け止めるのである。

ルーズベルトは、すっかり感心してしまった。「その逞《たくま》しい首を勢い良く振り回し、信じられないような正確さでボールをさばく様は、まるでフットボールのドロップ・キックのようだ」と記している。

ゲームは、どちらかのチームがボールを上手《うま》い位置で受け止めて、相手の頭上を越して返そうとする。ゴールで点が入った時には、勝者の凄まじい歓声が上がり、観客を喜ばせた。アメリカ人たちは、そのヘディングのテクニックと器用さに感嘆したが、石ころだらけの土の上に、頭から突っ込む勢いには呆《あき》れた。ルーズベルトには、どうして「鼻の先が削《そが》れてしまわないのか」不思議でたまらなかった。

＊＊＊

村人たちの歓迎は嬉しく、ゲームも気を紛《まぎ》らわせてくれはしたが、これからの川の旅を按《あん》ずる隊員の心は、晴れるどころか翳《かげ》るばかりだった。日が過ぎるごとに、ルーズベルトの目には、「謎の川」から生きて戻るためには、探検隊内の思い切った再配置が必須だと思えた。すでにタピラポアンに達する以前に、隊員たちの話し合いでは、必ずしも全員が川を下れる訳ではないという合意があった。ブラジル高原を旅して来た間に、必要に迫られて、彼らは徐々に現地人の助っ人を増やして来た。タピラポアンにおいてだけでも、一一人の隊員に対して、なんと一四八人ものカマラダを雇い込んでいた。

その中で最も不可欠な雇用人員は、カジャゼイラ医師の他に、ジョア・サルスティアノ・リラと呼ばれる中尉だった。彼は軍のエンジニアで、優れた測量師でもあり、過去にロンドンの探検に三回同行しているが、一九〇九年に「謎の川」を見つけてアマゾンの広域に渡った地図を引くことが出来た旅にも参加していた人物だ。彼は、ロンドンとの探検旅行で何度か命を落としそうになったにもかかわらず、アマゾンに戻って行くことに何ら躊躇しない男だった。

隊員の削減は、どう考えてもアメリカ側のチームから選ぶべきなのは、誰の目にも明らかだった。最初の難しい選択は、自然科学者のシェリーとミラーだった。どちらも経験豊かで労力を惜しまない探検家だったが、二人の経歴は大きく重なっており、自然科学者を二人組み入れることは、この遠征隊には担いきれない贅沢となっていた。一人は隊に残り、もう一人はロンドンが既に地図を作っているジー・パラナ川を下り、採集を続けると言う案が出された。後者は危険も少なめで（とはいっても、一月のはじめには、ロンドンの隊員二人の命を奪った川だが）、ロンドンが調達したバテラオと呼ばれる丸太のカヌーで下ることが出来る。しかし、科学的には、未知で野性の「謎の川」を下るよりも遥かに重要性が低く、百戦錬磨の探検家のシェリーも、若く野心的なミラーにしても、あまり興味の持てないルートだった。

この二人の優れた科学者から一人の適任者を選ぶよりも、ルーズベルトは、二人にくじを引かせるとか、何か他の方法で独自に決めさせることにした。しかし、二人によく状況を考える時間を与えた結果、ミラーは潔く自分から降りることを伝えて来た。シェリーが年齢も経験も積んだ科学者であることを鑑《かんが》み、彼の方がこの難しい旅でルーズベルトを支援するにより適した科学者だと思うという理由だった。

ルーズベルトは、ミラーの決断を受け入れたが、なんとかこの若者の失望を癒してやりたいと考えた。彼は、ミラーの上司である自然歴史博物館長のオズボーンに手紙を書き、ミラーのもうひとつのプロジェクトである「ドウィダ山」への遠征経費を援助したいと申し出た。「遠征には五〇〇〇ドルが必要だとのことだが、まず、私が一〇〇〇ドルを出し、残りは私が責任を持って募らせよう。これでミラーの残念な気持ちが少しでも晴れると嬉しい」

また、ルーズベルトは、彼の友人のザーム神父が、この地図なき野性の川の危険な行軍には不向きであるとの結論を出した。ザームは、ミラーと同じように、「謎の川」の入り口までは行動を共にするが、その地点から分かれて、ジー・パラナ川を下ることになった。

そもそもこの南米の旅の発案者はザーム神父であり、彼の年齢と健康状態を考えれば、この後アマゾンを再訪できる可能性は極めて少なかったけれども、隊員たちの中で彼を気の毒に思うものは誰もいなかった。ルーズベルトの考えは、こうだった。

「個は公のため、公は個のため、という考えは素晴らしい。しかし、それは、個が全力を尽くして他の者の負担にならないよう努力する場合に限る」

カーミットも、まったくザーム神父の離脱を惜しむ者ではなかった。彼は、神父がこのような旅にはおよそ不向きだと、バヒアで初めて会った時から感じていたが、その印象は、遠征が進めば進むほど確信へと変るばかりだった。彼は、ザームの人格に浅はかさを見ていた。ルーズベルト自身でさえ、旅を共にするに連れて古い友への敬意を失いつつあった。エディスに宛てた手紙の中にも、「隊員は皆よく働くが、ザーム神父だけは別だ」と書いている。

しかし、ルーズベルトは、一九一二年の選挙の敗北後、神父が数少ない忠節な友でいてくれたことを忘れず、彼の非は認めても、日頃は常に親切で丁重に接した。ザームは、ルーズベルトの選挙運動中もカソリック教徒の支持の動向を細かく調べて協力し、選挙後、誰もがルーズベルトを見捨てた時にも、変らない友情とサポートを約束してくれた。「選挙では、勝っても負けても友情が試されるものだが、神父との友情はしっかりと残ったもののひとつだ」と、その頃にザームへ送った手紙で感謝の気持ちを伝えている。

ルーズベルトと共に遠征を代表するつもりで南米まで来たザーム神父としては、隊から外されたことで、大いに自尊心を傷つけられたに違いない。しかし、性格的に立ち直りの早い彼は、致し方のない状況を飲み込み、隊を離れるのは彼自身の計画でもあったと周りに布令《ふれ》て回った。それどころか、「謎の川」の入り口、マナオスに到着したら、新しい探検の旅に出る予定だと言い出した。それは、パタゴニアからカリビアンに抜けるルートで、未だ誰も通ったことのないルートだから実に画期的だというのである。弟のアルバートに宛てた手紙には、「このルートは、未だ誰も考えたことすらなく、もし成功の暁《あかつき》には、どの南米探検よりも、南米を世界に知らしめることになるだろう。私は、世の中に大きく貢献することになり、南米人からは聖人のように慕われることは間違いない」と書き送っている。

しかし、ザーム神父のこの雄大な計画は、他の隊員との不仲や、彼自身の怠け癖のせいで、間もなく跡形《あとかた》もなく崩れ去ってしまう。どうしても楽をしながら旅を続けたかった神父は、この時になっても、まだ新しい要求をロンドンに持ち込んで来たのだ。マナオスまでの困難な旅のために、原住民に四方を担がせられるような椅子を用意して欲しいと言うのである。彼にとっては、いかにも合理的で、当然の処置であると言わんばかりの様子だ。これを聞いて、ロンドンとルーズベルトは、ザーム神父が、重さに背を曲げた奴隷たちに担がれて高原を行く王様になったような姿を思い浮かべて、ほとんど声も出ないほど驚愕した。それでもロンドンは、その伸ばした背筋を崩すことなく、パレチ族は、そのような下劣で卑屈な仕事には絶対に就かないと明言したのだった。

ロンドンの拒絶に驚いたザーム神父は、ベルーでは、カソリック司教をそのような台座に乗せて運ぶことは、運ぶ側にとって大変名誉なことで、人は争ってその役を買って出るものだと豪語した。ロンドンは、ザームの救いがたい人種偏見を軽蔑しながらも、その無神経な発言にひるむことなく、ブラジルでの原住民教育は、彼らをブラジル社会に溶け込ませるためのものであり、奴隷を養育するためのものではないと、静かに答えた。博愛の旗を掲げながら、原住民をそのような卑屈な仕事に就かせる陰湿なカソリックの教えを、彼は心から侮蔑していた。

ザームは、ロンドンが全く折れる様子がないので、今度はルーズベルトに訴えた。原住民はカソリック司教を運ぶためにいるのだし、過去に何度も運んでもらったことがある、というのである。ロンドンが原住民の血を引き、実践主義者であることを熟知し、自らもダコタで過ごした二年間にアメリカ・インディアンの不当な迫害の現実を見て来たルーズベルトは、ザーム神父に答える言葉を注意深く選ぼうとした。「ロンドン大佐の信念に挑《いど》みかかるようなことは、貴方もしたくないだろう」と、慎重なまなざしを神父に向けた。

ブラジルとパラグアイの国境で初めてロンドン大佐に遭ってからと云うもの、ルーズベルトは、ロンドンの輝かしい経歴や階位、そして何よりもその真っ直ぐな性格を尊重し、出来る限りの礼節と敬意を持って接して来た。ロンドンの探検家としての業績もさることながら、ルーズベルトは、彼の哲学的な信条を尊敬していた。ロンドンにとっての実践主義とは、ヒューマニティーの信仰であることを理解していたのである。「彼は、周りの人間に対して公正で友愛的であり、いつでも惜しみなく手を差し伸べる。死を恐れることなく、勇敢に生き、自分の信念を誰に押し付けることもなく、どんなことが起ころうとも対処出来る自信に満ちている」と、その人となりを褒《ほ》め称《たた》えている。

ルーズベルトは、また、ロンドンと彼とが、全面的に同等であることを強く主張した。高原の旅を続けていたある夜、雄牛の革の上に並べた夕食を囲んで全員が湿った土の上に座ろうとした時、ロンドンは椅子を二つだけ用意して、ルーズベルトとザームに勧めた。ザームはこの小さな贅沢を喜んで受け入れたが、ルーズベルトは、ロンドンが座らない限りは自分も座らないと断った。「ルーズベルト氏は、ウィルダネスにある限りは、特別扱いは一切受け付けない、と私に宣告した。そして、私が椅子に座るのを見届けて、初めて彼も腰を下ろした」と、ロンドンは回想している。

ザーム神父はといえば、特別扱いを要求するのに、良心の呵《か》責《しゃく》などまるでなかった。神父を台座に乗せて原住民に運ばせる行為については、論争が起きたまま終わらず、ルーズベルトはついに神父を自分のテントに呼んで話し合うに至った。二人がテントから姿を現せた時には、ザーム神父の即刻帰還が決まっていた。神父は馬に乗れなかったため、彼はシッグを伴ってタピラポアンまで戻ることになった。

この決断は全員を少なからず喜ばせたが、中でも、ザームの自分勝手さにホトホト愛想が尽きていたカーミットは、ことのほか喜んだ。ベルに宛てた手紙の中でも、いかに神父がこのような探検旅行には不向きな人間であるかを訴え、つくづく安堵したことがあからさまに書かれている。

翌日、ルーズベルトは、一枚の白紙を前に、ザーム神父が先にアメリカへ帰国することに備えて、彼の除隊の理由を記した、異例の署名証書を書こうとしていた。それは次のようなものだった。

ウティアリティーにて、二月一日、一九一四年

すべての隊員が、探検遠征の成功のためには、ザーム神父がすぐさま除隊し、帰途につくことが必要だと私に伝えて来た。彼らは、ここにそれを署名するものである。

セオドア・ルーズベルト

右記は、正しい証言である。
カンディード・M・ロンドン
レオ・E・ミラー
J・S・リラ
G・K・シェリー

ホゼ・A・カジャゼイラ
ジェイコブ・シッグ
エウゼビオ・ポール
L・オリヴェイラ
アンソニー・フィアラ
カーミット・ルーズベルト

ザームの片腕で、この時同時に帰途につくことになったシッグまでが、自らこの証書に署名しているのである。

＊　＊　＊

ウティアリティーを後にして、一列に並んだラバの行列は、ロンドン電信作戦隊が電信線を支える電柱を立てる厳しい作業をしながら進むのに足並みを揃え、「謎の川」の入り口へ向かって進んだ。電柱を立てる作業は、途方もない苦労と尽力を要するものだった。まず、二〇人ほどの労働者が地図を引くために土地を測量し、出来るだけ真っ直ぐな木を見つけて、すべての枝を切り払う。それを雄牛の引く荷車に乗せて電信を立てる場所に運び、今度は八人の男が組になって、これを立てるのである。二人はロープを木にまわして手前に引くのだが、残りの六人は反対側からこれ持ち上げて立たせる。この作業を、熱帯の湿度と灼熱の中、時には叩《たた》き付ける雷雨の中、飢えに苦しむ男たちが、泥と汗にまみれて遂行するのだった。

電信作戦隊の危険で凄まじい重労働をルーズベルトたちは免れたものの、膨大な荷物を運びながらの熱帯の旅は堪え難いほどに長く、のろのろと遅いものだった。彼らは、厳しいことで知られるロンドン隊の軍規に則って、毎日の労働と行軍をこなして行った。朝は、けたたましいラッパの音で深い眠りから叩き起こされる　皆が身支度を整え始めると、背が高く頑丈だが心が広くて親切なホゼというカマラダが、それぞれのテントにコーヒーの入ったポットを持って現れ、蒸気の立つ黒い液体をアルミのコップに注《そそ》いでくれた。朝の優しい光の中、他のカマラダたちは、ラバに鞍《くら》を乗せて用意を整え、兵と隊員たちが朝食を終えるとすぐに出発出来るように準備してくれる。

ルーズベルトは皆から少し離れて、長い一日が始まる前のこの時間に書き物を済ませていた。彼はスクリブナーと云う雑誌に評論を書いていたが、この時間以外に仕事を済ませる暇がみつけられなかった。隊員たちは、一旦ラバにまたがると午後遅くまで止まらず行軍し、その後四～五時間も、荷物を積んだラバたちが到着するのを待たなければならなかった。

毎朝、キャンプを出発する前に、ロンドンはその日、何キロの道のりをこなすかを発表した。一キロにつき一一本の電柱が建てられ、電柱には続き番号が掘り込まれているので、全員が、あとどのくらいでその夜のキャンプに辿り着けるかを知ることが出来た。比較的短い行軍の時でも、それは堪え難いほど長い時間に感じられた。カーミットなどは、太ももが腫れて炎症を起こしたため、ラバのあぶみに足を掛けたまま、一日中真っ直ぐに立って乗らなければならなかった。高原の旅のはじめの頃には、植物のとげがシェリーの足に刺さり、先端が筋肉に深く刺さったままになって足の先までがしびれてしまった。全員が、際限なく襲いかかるブヨや蚊やハエや蜂の犠牲者だった。中でも、ブラジル人たちが「ランベ・オルス」(目を舐《な》める、の意)と呼ぶ小さな蜂は、刺しはしないが、執拗に顔や手の周りに群がり、特に目と口の周りをしつこく攻めて来る。どんなに叩こうとも、全く効果がない。前述の探検家で作家のH・M・トムリンソンが一九〇九年から一九一〇年にかけて南米を旅行した時、やはりこの蜂に苛《さいな》まれ、「目と口に群がる悦楽を失うよりは、死を選ぶ」タイプの蜂だと、その信じがたい執拗さを形容している。

しかし、何よりも隊員たちを苦しめたのは、雨だった。高原の旅の最初の頃はまだ降り方も穏やかだったが、雨期が本格的になるに連れ、飽きることを知らないかのごとく降り続いた。来る日も来る日も、時にはしとしとと、時には滝のように降って降って降り続いた。ラバは泥の中で足を滑らせ、植物や昆虫の採集はほとんど不可能に近くなっていた。叩き付けるように降る激しい雨の中、何のさえぎるものもない高原で、何時間もラバの貨物隊を待たなければならなかったこともあった。「何もかもにカビが生えた。カビの生えないものは錆びたものだけだった」と、ルーズベルトは書き残している。

カーミットのマラリアは悪くなる一方だった。時には三九度くらいまで熱が上がることがあり、この悪天候で、ルーズベルトの心配は募るばかりである。次男坊を案じるルーズベルトの心痛は、彼を誇りに思う気持ちと平行するように、エスカレートして行った。息子の体力と真面目な仕事ぶりには日々感心していたものの、いつか無理をし過ぎて取り返しのつかないことになるのではないかと、父親は不安になるのだった。アフリカでも、彼は、カーミットの向こう見ずな勇敢さに危険を感じていた。「四年前の、どちらかと言うと引っ込み思案な少年を思い出すと、今の胆《きも》の座った、怖いもの知らずの男と同一人物とは思えないくらいだ」と、ルーズベルトはアフリカから長男のテディー・ジュニアに書き送っている。

「実際、カーミットは少し向こう見ず過ぎて、こちらは見ていてハラハラする。彼は決して射撃は上手《うま》い方ではないし、私よりもひどいくらいだ。上手くない私よりさらに下手なのだから、程度が分かるだろう。しかし、カーミットは優れた馬乗りで、冷静で勇敢で働き者だ。一人でキリンもしとめたし、ハイエナもやった。一昨日などは、全速力でかかって来たレパードを六メートルの近距離で撃ち殺した。しかも、その同じレパードがポーターを襲った後にだ」

この時、文明から遠く離れたブラジルの内陸地で、ルーズベルトの心配は、カーミットの射撃の腕よりもその健康状態だった。果たして彼に、アマゾンの恐ろしい疫病に打ち勝つ力があるだろうか。カーミットにもしやのことがあれば、ルーズベルトはエディスやベルに会わせる顔がなかった。カーミットは、父親を守りたいばかりに探検隊に参加したが、今や父親の方が息子の安否に心を痛めていた。

＊＊＊

これまでの道のりで、かなりの食料や必需品を失ったこと、過去のロンドン隊員たちの墓を見てしまったこと、そしてマーガレットの死を知り、今やカーミットのマラリアを目の前にして、ルーズベルトは、「謎の川」での厳しい日々にいかに備えるべきかを、今一度考えざるを得なかった。そして、二月四日、彼は、この探検を成功させるためには、さらにもう一人の人員を削ることが必須だという結論に達した。残念なことに、その「もう一人」は、長年の汚名を晴らす望みを託して、誰よりもこのアマゾンの旅にかけていた人物だった。

隊はブリティー川沿いにキャンプを張り、深く流れも速い川で全員が待望の入浴を果たした後、ルーズベルトはアンソニー・フィアラを自分のテントに呼んだ。そして、フィアラに深く同情しながらも、彼が他の隊員たちと「謎の川」に入ることが出来ないことを宣告した。フィアラは最善の努力を尽くしたが、彼の北極探検の経験や、その失敗による鍛錬が、アマゾン探検には役立てることが出来なかったのである。

ミラーは、はじめからフィアラには失望していた。博物館の上司であるチャップマンに、いかに隊の需品係が頼りにならない男であるかを、最初の手紙で報告している。これには、シェリーも間髪入れず同意しており、その日記の中にも、いかに準備のずさんな探検隊であるかが切々と書かれている。たとえば、一一月二五日、まだ彼らがコルンバにいるときに書かれた日記には、「隊のチーフがはっきりしないのだが、備品係を最初から務めて計画して来たフィアラが、とりあえずのチーフと見なされている。しかし、彼は熱帯での探検の経験もなく、原住民にどう対処すれば良いかも分からず、何よりも言葉が話せないのだから、全く使い物にならない」と嘆いている。

結局、ルーズベルトが「探検好きな三銃士」と呼んでいた三人のアメリカ人、シェリーとミラーとフィアラのうち、シェリーだけしか本番の探検に同行しない結果となってしまった。ルーズベルトは、ミラーにしたのと同じように、フィアラにも、せめてこれまでの何か月にも渡る努力をねぎらう為に、他の川を下る探検の旅を用意した。それは、上流と河口だけが知られていて、そのほとんどはまだ地図にないパパガイオ川を、写真家として下る旅だった。フィアラはその条件を受け入れたが、彼の明らかな失望は隠せなかった。

ザーム神父を気の毒がる者はいなかったものの、探検家としての名誉回復を賭けて、及ばずながらも努力していたフィアラには、さすがに皆が同情した。彼の夢はこれで消えてしまったのである。

その夜のシェリーの日記からは、残された隊員たちの気持ちが窺い知れる。

「フィアラは、午後一〇時に、ウティアリティーに向かって戻って行った。彼の旅立ちには、全員が悲しい気持ちでいっぱいになった。フィアラ自身といえば、ほとんど泣き出さんばかりだった」

Chapter 9

死者からの警告

「雄牛たちが、くたばってしまった」

一九一四年二月六日、カーミットは、レッツ・オブ・ロンドン社製の日記帳のきれいなクリーム色のページに、ただその一言だけを書き込んだ。ルーズベルトのあれほど大胆な人員整理と荷物の整理さえ、どうやら充分ではなかったようなのだ。またしても、遠征隊の足はつまづいた。雄牛たちが疲労で倒れ始めたばかりか、ラバの死亡率も急激に上がって来たのだ。

遠征隊は、タピラポアンを出た時点で、九八頭いたラバのうち半数を失い、しかも生きているうちの一〇頭は、ほとんど歩くことさえ出来ない状態だった。「謎の川」の入り口まで辿り着くには、さらなる物資のカットは避けられなかった。ここで捨てて行く備品や食料が、後々、生死を左右することになるかもしれないが、今は、運を天に任せるギャンブルに出るしか仕方がなかった。

タピラポアンで、ブラジル政府から出発を祝って贈られた品々の中に、豪華な細工の施された立派なテントが幾張りかあったが、それらは呆《あき》れるほど重く、受け取ったアメリカ人隊員たちは、シヨックを隠せないほどだった。ルーズベルトは、出発前に、どう考えても探検向きではないこれらのテントのうち、なんとか半分を置いて行くようにロンドンを説得した。ところが今、また残りの半分も捨てざるを得ない状況となったが、これらのテントを宝物のように崇めているロンドンにとっては、心が痛むほどに辛い作業となった。それでも、重さにうめいていた雄牛たちは、これらのテントを乗せていた二台の荷車から解放された。

さらに、ミラーとシェリーがこれまでに博物館のために採集し梱包した動植物の標本の木箱が二箱、同時に廃棄されることになった。彼らは、その採集道具のほとんどを、一緒に捨てて行かなければならなかったのである。

また、ルーズベルトは、それぞれの隊員に、持ち物を最低限の必需品に絞り、半分以下の量に削るよう命令を下した。カーミットも神妙に命令に従ったが、彼の必需品の中には、ベルからの手紙の束《たば》と、シャツの胸ポケットの中で何度もずぶ濡れになり、見分けのつかなくなったベルの写真も含まれていた。その他には、重量はあるが、どうしても手元に置いておきたい本も数冊含まれていた。元来、読書家のカーミットには、時々独りになって詩や小説を読むことが、正気を保つ大切なひとときだったのだ。フランス語と英語の詩の本の他には、ポルトガル語の本とギリシャ語の言語で書かれたイリヤッドとオディッセーが含まれていた。

動物たちの背負う荷物を減らせるといっても、その中の多くの物資は、これからの旅に欠かせないものが多かった。むやみに、ここまで苦労して運んで来たものを投げ出す前に、ルーズベルトは、ロンドンのプライドを傷つけないように気を遣いながらも、「謎の川」を下る準備に関して、どれほどの確信があるのかを確かめようとした。もし、今、投げ捨てようとしている荷物の中に、生存に不可欠なものがある可能性があるのなら、全員がラバから降りてでも、出来る限りの荷物を運んだ方が良いのではないかと、疑問を投げかけたのである。

ロンドンは、徒歩で進むという労力をまったく惜しむものではなかったが、古風で誇り高い彼は、アメリカからの大切な客人たちを、彼なりのスタイルと礼を持って導きたかった。彼は、ルーズベルトに、そのような極端な手段に出る必要はなく、ここで物資を削ったにせよ、生存を左右するような欠乏には落ち入らないと力説した。

二月八日、隊は、ロンドンの置いた電信局のひとつであるジュルエナ川拠点に到達した。小高い丘の上からは、彼らが旅して来た何百キロにも起伏を続ける低木の覆い茂った道のりを見渡すことが出来た。遥か北側には、九六〇キロにも及ぶジュルエナ川が大きく川幅を広げているのが眺められたが、この比較的川幅の狭い南端の地点でも、歩いて渡るには距離も深さもありすぎた。ラバたちは、三台のくりぬきカヌーに引かせたイカダに乗せて、向こう岸まで運んだ。隊員たちも、川に渡らせた滑車付きのロープを引きながら、流されないように川を渡った。こうして辿り着いたロンドンの電信局は、いつものように粗末な掘っ立て小屋ではあったが、隊員たちには、ホッと一息つける拠点だった。寝床のある小屋は、枝と漆喰《しっくい》で固められ、隙間だらけで、蚊やハエも自在に出入りして、彼らを大いに悩ませたが、雨を吸いきったテントの中での惨めな夜よりは、遥かに贅沢なものだった。

しかし、ウティアリティーの時と同じように、ここでも悪いニュースが待ち受けていた。それは、フィアラのその後だった。電報によると、フィアラのパパガイオ川下りの初日は、危うく彼の最後の日となるところだったというのである。フィアラは、ロンドンが付けた兵と共に、その二日前にパパガイオ川に到達し、丸太をくりぬいたブラジル型のカヌー三艘で出発した。ところが、出発後間もなく、三艘中、フィアラも乗っていた船を含む二艘が、アマゾンで「悪魔の渦巻き」と呼ばれる急流のポケットに落ち込み、アッという間に転覆してしまった。落ちた九人の兵は、なんとか自力で岸まで泳ぎついたが、フィアラだけは、隊のほとんどの食料と備品とともに、どんどん流されて行ってしまった。

ずっと後に、ニューヨーク・タイムス紙のインタビューで、「川に押し出していた枝に、やっとのことでつかまり、九メートルほどを自力でつたって岸まで辿り着いた」と、話している。しかし、同伴したフラジル人たちがロンドンに報告した内容は、まったく違ったものだった。転覆したのは確かだが、フィアラは自力で生き延びたのではなく、助けるために飛び込んだ兵の一人をほとんど溺死させるようにして、一命を取り留めたのだというのである。

こうしてフィアラは、またしても彼の探検隊を死の淵に立たせたことになり、再度そのリーダーシップが問われることになったが、それでも、この不運な星を背負った探検家は、ある一点については正しかったことが、このパパガイオ下りで証明された。それは、北米で使われていた軽量なカヌーの方が、アマゾンの急流を下るためにはより適しているという、彼の主張だった。フィアラは、彼らの転覆を、重く小回りの利かないブラジル型のくりぬきカヌーのせいだとした。初日の瀕死の転覆の後、彼は、くりぬきカヌーに乗ることを拒否し、ウティアリティーまで引き返して、ルーズベルト隊が荷を軽くするために捨て置いた、彼自身が選んだ北米製の軽いカヌーを運んで来た。

ブラジル人たちは、最初、彼らの司令官は頭がおかしくなったのだと思い、軽々しくひ弱に見えるそれらのカヌーに乗ることを拒んだ。彼らは、自身の安全も然ることながら、フィアラを守るという使命をロンドンから受けていたからである。ところが、それらのカヌーがいかにも軽快に急流を渡るのを見るや、すっかり喜んでしまった。くりぬき型の重いカヌーならば、激突しながら進む岩の周りも、パドル使いだけで岩に接触することもなくすり抜ける北米型のカヌーは、フィアラの考え通り、アマゾンの急流には最適だったのである。

すでに何十キロも離れて「謎の川」に向かっていたルーズベルトは、そんなこととは知る由もなく、たとえ知ったとしても、もはやどうすることも出来ないわけだった。

＊　＊　＊

ジュルエナ電信局を後にしたルーズベルト隊は、緊急の事故や、ラバの過労死、食料の減少などに加えて、新たなる不安に直面していた。それは、外敵の攻撃である。もうこの頃には慣れっこになっていた電信線の絶え間ない音の他には、ラバの蹄《ひづめ》が泥路を行くパカパカという音だけが、かろうじて文明を思い出させ、あとは不気味な静寂の中に広がる高原である。まるで違う星の知られざる荒野を行くようなものだ。

しかし、彼らは、夜昼となく、常に誰かに監視されている気配を感じていた。ルーズベルトがその探検日誌に記録しているように、彼らは今や、「素っ裸の原住民、ナンビクワラの領土」にさしかかっていた。ロンドンが、奥アマゾンでも最も原始的なこの部族と初めて接したのは、わずか六年前のことだった。その時の歓迎のしるしは、毒矢の一斉射撃だった。ロンドンは、明らかな友好的態度を見せようと、リラを含む三人の兵を従えただけで、ラバには贈り物を山と積んで、ナンビクワラの居住区を訪れようとしていた時のことだった。

途中、彼は何かが彼の顔の横を横切ったように感じたが、あまりにも軽くて速い動きだったので、鳥か何かかと思った。と、その瞬間、それが弓矢であることに気付くや否や、二本目の矢が彼のヘルメットに当たった。三本目は、見事、彼の胸の分厚い革の銃弾帯に突き刺さった。

彼は、部下に反撃しないように命令すると、落ち着いて馬のきびすを返し、胸に直角に矢を突き刺したまま、キャンプに引き返した。その矢というのは、一メートル五〇センチの全長に、尾には三〇センチ近いコンゴウインコの羽が二つに裂かれて付き、ギザギザした先端には、植物の毒薬が塗られていた。

その後何週間も、ナンビクワラたちは、夜になるとロンドン隊を襲い続けた。兵たちは恐怖におののき、彼らに見つけられるのを恐れて、日が暮れても、キャンプファイヤーさえ焚きたがらなくなった。それでもロンドンは、贈り物を各所に置き据えたり、ワーグナーの美しいオペラを蓄音機でジャングル中に響かせたりして、徐々にナンビクアラたちの気を惹いて行った。毒矢や夜襲に、親切と親愛と忍耐で報いるのは容易ではなかったが、それは次第に功を奏し、部族の一部と当座の友好的な関係を持つに至った。

隊が去ったあと、電信局に駐屯して電柱の修理などに携わる兵たちにとっては、ナンビクワラは依然として脅威だった。一般的に、原住民と電信局の兵の長期に渡る平和は、実に稀である。ロンドンは部下に、原住民には親切に接し、彼らの内輪もめには決して首を突っ込まず、惜しみなく贈り物をせよと教育したが、最初は良い関係を持てたとしても、ほとんどの場合は恨みや不信を買ってしまうのだった。しかも、電信局を守る兵は少数で孤立しており、危険に際しても誰の援護を受けることも出来ず、文明の武器や工具類を保管していることも狙われる原因となった。一九三〇年になって、フランスの文化人類学者、クロード・レヴィ・ストロースが、ロンドンの電信局沿いにアマゾンを旅した時、ナンビクワラによる駐屯兵の惨殺の逸話を、行く先々で聞かされたと言う。彼の古典となった著書、〝Tristes Tropiques〟(『悲しき熱帯』)には、地面に垂直に埋められ、突き出た上半身に矢を射たれて、頭上には援助を求めるためのモールス信号機が載せられていた、などと云う残酷な記録がある。

神に命を預けて、原住民を守る目的で辺境へ赴く伝道師たちも、ナンビクワラの領地で生き延びるのは難しかった。ちょっとした誤解が、伝導教会の全員を無惨な死に追いやることも度々だった。

レヴィ・ストロースの本には、ルーズベルトが駐屯した、正にその地で起こった伝道師たちの虐殺事件が、まざまざと記録されている。

「あるプロテスタントの伝道師団が、ジュルエナの電信局からさほど遠くない場所に定住した。ナンビクワラ族の原住民は、教会の建物の建設や庭づくりを手伝ったが、それに対する礼が充分ではなかったという理由で、彼らの関係は悪化して行った。何か月か経った時、ある原住民の男が、熱があるからと教会に助けを求めて来た。伝道師は彼にアスピリンを飲ませて帰したが、そのすぐ後、男が川で水浴した際、肺の鬱血を起こして死亡してしまう。

毒殺を得意とするナンビクワラ族は、死んだ男は毒殺されたものと信じ込んだ。復讐の攻撃を受けて、二歳の子供を含む六人の伝道師たちが、惨たらしく殺された。クイアバから送り込まれた救助隊によって見つけられた生存者は、女性が一人だけだった」

＊＊＊

原住民との関係は、たとえしっかりと基《もとい》を築いたかのように見えても、いつ何時とんでもなく悪い方向に行くか、分からないものだった。ロンドンは、電信局の周りに居住していた原住民を、出来る限り文明化しようと、懸命に努力した。それは、後年、批判を受ける原因となるのだが、彼は原住民をコントロールしようとは絶対にしなかった。

ウティアリティーでは、原住民の中では最も文明度が高く、平和を愛するパレチ族に、よりしっかりした住居を建てる方法を教えたり、ジャガイモやトウモロコシの育てる手助けを施し、衣服を与えたりした。さらに、彼らを電信局の労働者として雇い、一時間に六六セントを支払い、優れた者には一ドル、チーフには一ドル六六セントを支払った。

ところがナンビクワラ族には、ロンドンの差し伸べた手は、まったく無意味であることが分かった。彼らは狩猟で糧を得る遊牧民で、ひとところに落ち着くのは雨期の間だけだった。彼らの住居は、小ぶりのヤシの木をタテに半分か四分の一に割ったものを砂地に掘った穴に突き立てるだけで、これで大陽や雨風をしのごうとするのだが、一晩寝ると片付けてしまって、翌日には新しいヤシの木を地に突き刺した。また、隣接する部族はハンモックに寝るが、ナンビクアラたちは地面に直接寝た。パレチたちは、このことを一番忌み嫌って、ナンビクワラを軽蔑した。

ナンビクアラは、衣服に一切興味を示さなかった。電信局で働くパレチ族の中には、シャツやパンツを身に着けるものも多かったが、ナンビクワラの男たちは、腰に紐《ひも》を巻いただけで、たまに枯れ草や布切れを付ける時もあるが、飾り以外の役目は果たしていなかった。女たちに至っては、それさえも身につけなかった。ナンビクアラの徹底した裸体主義は、絶えずロンドンを不安にした。彼の兵が、裸体の原住民の女性に手を出さないとも限らず、もしそんなことにでもなれば、その兵は、自らの命を持って支払わなければならないことが分かっていたからだ。

さらに危険なのは、部族間の戦いに巻き込まれることだった。そんなことになれば、当地のロンドン隊に危険が及ぶばかりか、これまで原住民との間に築いた関係が、すべて崩壊してしまう。ロンドンは、部下たちに、どんなに部族同士の争いが残酷で不正だと思っても、片方に加担することを全面的に禁じた。ところが、ちょうどこの頃、ウティアリティーで、一人の兵がロンドンの命令に背き、恐ろしい結果を招きかねない事件を起こしている。ルーズベルト隊がウティアリティーの到達する直前に、ナンビクワラ族の一軍が、パレチ族の男たちが出払った機を狙って、パレチの村に攻撃をかけて来たのである。妻や母親の叫び声を聞いて、パレチの男たちはすぐさま村に引き返し、電信局の前で激しい戦いが始まった。ナンビクワラたちは、パレチよりも戦いに関しては優れていたが、パレチには強い味方がいた。この地でただ一人銃を持っている、電信局員である。パレチ族に友情を感じていたこの兵は、これまでに何度もナンビクワラがパレチを襲うのを目撃して来て、たまらなくなり、ついに銃を取ってナンビクワラの兵士を撃ち殺してしまったのだ。ロンドンはこれに激憤し、これまでの平和への長い努力を叩き潰すものだと糾弾した。

原住民への暴力は、いかなる理由があったとしても認めない、というロンドンの方針は、実に揺るぎないものだった。彼は、彼自身や彼の兵の命よりも、アマゾン原住民の命を上に置いた。それは、ロンドンが電信隊の行動の基本とした指令、「余儀なくば死ね、しかし殺すべからず」に明らかに表れている。ロンドンのアマゾンでの成功の如何は、この指針にかかっていたのである。原住民は、この原則があってこそ、ロンドンを信用するようになって行ったのだ。

アメリカ合衆国の場合と同じように、ブラジルの原住民も何世紀にも渡って搾取され、奴隷化され、殺戮されて来た。それは、一五〇〇年にポルトガル人の探検家、ペドロ・アルヴァレス・カブラルがこの地を発見して以来だといわれる。一九〇八年、サンパウロ博物館長で、ドイツ生まれのハーマン・ヴォン・イエリングは、ブラジルの前途を思えば残念なことだけれども、原住民文化は生き延びることはないだろうし、生き延びてブラジルの行く手を阻むものであってはならないと、次のように発言している。

「人間としては、彼らに同情する。しかし、文明国民としては、彼らの毒矢に我々の前進を阻まれることを傍観することは出来ない。そして、我らの開拓者や植民者の命の方が、野蛮人の命よりも重いことは明瞭である。原住民の将来は見えている。多くは、我々の文明を受け入れるだろう。そして残りは、敵であり続けることによって、いつかは滅びて消え去るだろう」

ヴォン・イエリングの書いた記事には、かのアメリカ人将軍、カスターの有名な言葉、「良きインディアンというのは、死んでいるインディアンだけである」の文句まで引用されていた。ところが彼は、思いがけずも、ブラジルの原住民保護を何よりも前進させる火付け役を果たすことになるのである。それは、ロンドンが、原住民を蔑んだヴォン・イエリングの傲慢な発言に激怒し、一九一〇年、彼を公前のディベートに引きずり出し、それが発端となってブラジルの原住民保護局が発足することになったのだ。ＳＰＩと呼ばれる国営局は、ブラジルで初めて原住民保護に力を注いだ団体で、ロンドンがその最初の局長に任命された。

ロンドンの勇気ある原住民保護の主張は、彼がその生涯で成しとげた最も重要な仕事だった。おそらく、探検家としての偉業よりも、さらに大切な大切な遺産をブラジルに残したといえる。しかし、彼の哲学の価値如何は別として、崇高な目的を達成するために彼が兵に課した仕事は、想像を超える厳しいものだった。ロンドン隊の危険と激務は有名で、ロンドンは兵たちに通常の七倍もの給料を払わなくてはならなかった。ニアック号の料理長でさえ、ロンドンの兵の生存率の低さを聞き及んでおり、ロンドンに「謎の川」へ同行しないかと打診された時には、恐怖に顔を引きつらせ、「閣下、何故に私がそのような罰を受けなければいけないのですか！」と叫んだという。

ロンドンは、彼らが攻撃された場合でも復讐することを拒んだ。時には、原住民に襲われた仲間が、無惨な死に方をするのを黙って見ていなければならない場合もあったという。「泣こうではないか」と、ロンドンは兵たちに言った。

「私のために死んでしまったこの兵を、私は心から大切に思っていたのだ。だから、お前たちも彼に見習うのだ。絶対に撃ってはならない」

ロンドンは、彼の使命は原住民を守り、落ち着かせることだと信じ、それは彼自身や隊のものの命よりも大切な任務だと理解していた。彼は、その信条を捨てるくらいなら死んだ方がましだと思っていたし、兵にも同じ信念を求めたのである。

＊＊＊

一方、ルーズベルトはというと、ロンドンの理想に沿うために彼の隊員の命を捧げる気などは、さらさらなかった。ルーズベルトは、若かりし日にダコタ州で農場主をしていた頃、「良いインディアンは、死んでいるインディアンだけだとまでは言わないが、一〇人中九人はそういう輩《やから》で、一〇人目も怪しいものだ」と言い放っていた。しかし、年を経て、大統領になってからは考えも和らぎ、ロンドンと同じように、最良の方法はインディアンたちを文明社会に溶け込ませることだと考えるようになっていた。

ところが、ルーズベルトがインディアン対策局長に任じたフランシス・リュップは、インディアンたちがアメリカ社会に溶け込むことなど不可能だという考えを隠そうともせず、それどころか、彼らに米国の市民権を与えるべきではないという立場を取った。「インディアンには市民の義務が果たせないし、市民であることの特権も理解出来ないだろう」というのが、彼の意見だった。

ルーズベルトは、彼が育ったアメリカの西部開拓者精神を、完全には拭《ぬぐ》いきれないでいた。彼がダコタ州にいた二〇代の時でさえ、インディアンと開拓者との戦いは、終盤に差しかかったばかりだった。「まだ、突発的なインディアンとの衝突はあった。人口もまばらな地域では、若い勇敢なインディアンが植民した市民の脅威となっていた。しかし、白人の方にも相当なならず者がいて、残酷な仕打ちをしたから、インディアンが怒るのも当然だといえることもあった」と、ルーズベルトはその頃の状況を語っていた。

ルーズベルトは、南米と北米のインディアンたちに同情したし、白人社会が彼らに強いた不公正や惨《みじ》めさを理解してはいたが、ロンドンのような不戦主義の理想は、彼にはまったく異質な考え方だった。やられる危険があるならば先に征服する、というのがルーズベルトの本能だった。

この頃、隊の足が進むに連れて、危険は増して行った。ナンビクワラの領地に深く入り込めば入り込むほど、彼らの隊への接触は大胆になって行った。彼らは、ロンドンを良く知っていたので、最初の応対は友好的だったが、もしもほんのわずかでも彼らの尊厳を傷つけたり、ケガをさせたりすれば、一挙に攻撃に出るだろうことは隊員たちにも充分理解出来た。

ナンビクワラたちは、ジャングルの法に従って生きていた。それは、ルーズベルトが的確に説明しているように、「存在をはっきり提示してやって来るのは味方で、静かに音もなく来るのは敵だ」ということである。戦いでは、ナンビクワラは奇襲の名人だった。スミソニアン博物館の文化人類学者、カルヴェロ・オベルグは、一九四〇年中期にこの部族を研究し、以下のような興味深い観察結果を発表している。

「戦いの前に、ナンビクワラの酋長は、男たちを森に集めて、『北に悪い奴らがいるので、殺さなくてはならない』と伝える。それから、皆で戦いの歌を歌うと、毒矢とこん棒を大量に制作する。攻撃の前夜、彼らは敵の村の近くに野営し、身体に木の乳液を塗りたくり、顔には赤いウルクの汁と墨を塗る。それから、木の葉を周りの地面や木に空いている穴に詰め込む。こうすることによって、敵に彼らの立てる音が聞こえなくなると信じられている。さらに、アリクイとガマガエルの皮と、雨よけに使う木の葉を燃やす。

酋長は、自分の居場所に停まり、シャーマンと一緒に一晩中祈祷の歌を歌う。夜明けに、若者が敵の家に赴き、戸口で叫んで住人が起きると、弓矢で射殺すか、こん棒で殴り殺す。必ず、一人残らず皆殺しにする」

反対に、友好的に隊を訪れたい時には、彼らはすべての武器を置いて、電信局近くの森から声を上げて呼びかけて来る。隊員は、叫び返して、彼らをキャンプに招待する。ナンビクワラは再び叫び返す。それにまた、答える。叫ぶ、答える、叫ぶ、答える。この叫び合いは、彼らが本当に歓迎されていることを知り、遠征隊の方も攻撃されないことを確かめられるまで続く。

キャンプに入って来ると、ナンビクワラたちは、やけに色白で背が高く毛深い白人たちを訝《いぶか》しみながらも、近くに寄って来た。ルーズベルトが書き物をしようとすると、彼の周りにぎっしりと人だかりを作って取り囲むので、優しく押し返して隙間を空けないことには、肘が動かせないほどだった。

ナンビクワラは、パレチよりも背が高く、頭骨が長く、頭髪はボウルを被《かぶ》ったような形に切り揃《そろ》えられていた。ロンドンの周りでは、彼らは笑顔でリラックスしていた。カーミットは彼らを気に入っていた。「実に、気持ちのいい連中だよ」と、ベルへの手紙に書いている。

「ロンドンをそんなに困らせたなんて、信じられないくらいだ。彼らの手や足は小さくて、なかなかいい顔をしている。文明の手がこの地に届いた時に、彼らがどんなに変って行くだろうと思うと、憂鬱になるよ」

ルーズベルト隊の中で、この部族を最も嫌っていたのはミラーだろう。彼は、ナンビクアラの男たちが、上唇や鼻の中隔に穴をあけて通している羽や竹の棒が、気持ち悪くて仕方がなかった。その上、ナンビクワラの社交的な距離感覚は文明人のそれとは違っているため、鼻を突き合わせんばかりに迫って来る。ミラーはこう書いている。

「あの距離で激しくまくしたててしゃべるので、唇飾りが目前でびらびらと動いて、実に不愉快だ。なんとかじりじりと後ろずさる以外に、あの忌々しい唇飾りから逃れる方法はない」

ルーズベルトの方は、その同じ唇飾りに興味津々《しんしん》だった。それらは、だいたいどれも一六センチほどもあり、いったい食事の時に邪魔にならないものだろうかと、不思議だった。

「取ってみてはどうかと訊いたら、彼らは大笑いした。どうやら、唇飾りを取るのは、非常に食事マナーに反したことらしい。ちょうどアイスクリームを食べるのに、ナイフを使うようなものなのだろう」

ルーズベルトはナンビクワラに興味をそそられ、彼らと時間を過ごすことを楽しんだが、決して警戒は緩めなかった。ウティアリティーで、ナンビクワラのパレチに対する暴力の詳細を聞かされていたし、実際に盗難にも遭ったからだ。ジュルエナで遅くまで彼らの踊りを見ていた晩、朝起きてみると、遠征隊の二匹の犬が盗まれていたのだ。ナンビクワラは、「陽気で気さくな泥棒で人殺しだ」というのが、ルーズベルトの結論だった。

探検の遂行中、ルーズベルトは、ロンドンの引率に従うしかなかった。そこは彼の国で、彼の領域だったし、ルーズベルトは、ブラジル軍の大佐というロンドンの階位を尊重していた。しかし、ロンドンのやり方では悲劇は避けられないと、彼は見ていた。その憂慮は、二月一一日、原住民の住居跡近くにキャンプを張った夜、あまりにも劇的な形で現実化してしまう。夕食後、何人かの隊員が居住跡には何が残されているのかを、ぶらぶらと見に行った。ヤシの木で作られた、ほとんど崩れて朽ちた寝床からそう遠くないところに、彼らは、ブラジル人兵二人と士官一人が殺されて、上半身だけを出して垂直に埋められているのを発見したのだ。

この恐ろしい発見が示したさらに恐ろしい局面は、この殺人を犯したナンビクワラたちが、これから向かう「謎の川」沿いに必ずいるであろう未知の原住民よりもずっと友好的で、外の文明世界にも馴染んでいるという事実だ。ナンビクワラは凶暴で奇想天外ではあるが、ロンドンとは少なくとも平和を保っている。それに引き換え、これから下る「謎の川」の原住民は、ロンドンもまったく知るところのない連中で、初対面でロンドンに毒矢の雨を降らせたナンビクアラよりも柔軟で歓迎的だなどと期待できる理由は皆無だった。ルーズベルトとその隊員は自分たちを探検隊だと思っていても、原住民にとっては、彼らは単なる侵入者に過ぎないのだから。

＊　＊　＊

こんな心配が心に重くのしかかりながら、ついに「謎の川」に辿り着いたが、ここで、ルーズベルトは最後の打撃を受けることになった。

前述のように、高原の旅の間じゅう、ロンドンはルーズベルトに、「謎の川」を下る間の食料は充分にあることを保障していた。ところが、二人が最後の備品点検を行った際、ずさんな旅の準備や、タピラポアンからの一か月に及ぶ厳しい高原の旅が、想像を遥かに超えた食料不足を招いていたことを知ったのだ。

どんなに楽観的な想定のもとにも、この食料の備えでは、カヌーを漕《こ》いだり、重い荷物を運ぶなどの重労働に携わる一六人のカマラダを、ろくに食べさせることも出来なかった。ルーズベルトは、いよいよという旅の初《しょ》っぱなから、隊員たちの食事を半量に減らせてカマラダの食料分にあて、彼らの命を左右するカマラダたちの生存を計らなければならなかった。

探検は今や、時間との戦いとなった。彼らの生存の確率は、如何にしてうねり行く川を征服し、迫り来る危険を回避して、奥深いレインフォレストで最短のルートを、食料が底をつく前に見つけることが出来るかどうかにかかって来たのである。

PART 3

未開の川

Chapter 10

未知の世界へ

もし、ルーズベルトが、碧空《へきくう》の鷹のようにレインフォレストの上を飛行出来たなら、「謎の川」は、果てしなく広がる緑の間を這《は》う、真っ黒なリボンのように見えたに違いない。これから始まる難行の旅を象徴するかのように、川はその出発地点から曲がりくねり、時にはとぐろを巻いて元の地点に戻ったりしながら、うねり流れていた。両岸を埋め尽くすジャングルは、固く複雑に編み込まれた巨大な絨毯《じゅうたん》のように、あらゆる方角に向かって敷きつめられている。ルーズベルト隊は、これまで突き切って来た高原の地から、ついに今、アマゾンの中央部へ向けて、真っ黒な川を下ろうとしていた。しかし、上空から見ても、「謎の川」の流れは実に気まぐれで、複雑な地形を縫って、時には地下に潜り込むなど、正確に辿《たど》ることがほとんど不可能だった。

ロンドンは、「謎の川」が、最終的にはアマゾン川の大きな支流であるマデイラ川に合流するものと見ていた。この確信に基づいて彼は、探検隊が最終的に到着すると計算した地点に、前もって部下の一隊を送り込んでいた。この一部隊を指揮したのは、一九〇九年の遠征でピラニアに舌を咬《か》まれて危うく命を落としかけた、前述のアントニオ・ピリネウス中尉である。彼は、マデイラとその支流のアリプアーナ川が合流する場所に陣営を張るよう命じられていた。マデイラはそれ自体が巨大な川で、その流域は、フランスの国土が二つそっくり入ってしまう大きさである。長さは三二五〇キロに及び、ブラジル西部の平野に一ダース以上の支流を放っていた。マデイラの最大の支流であるアリプアーナは、急流と未開の原住民に塞がれ、金儲けの野望に駆られたゴム栽培者でも三〇〇キロ以上には踏み込めない川だった。ロンドンはピリネウスに、蒸気船で出来る限りアリプアーナを上り、あとはカヌーで川が二手に分かれる地点まで行き、その分岐点で待つように命じた。出発から二か月、いや、もしくは三か月かかるかもしれないが、彼は、ルーズベルト・ロンドン科学遠征隊が、この地に辿り着くことを念願していたのである。

もしロンドンが正しく、彼らがアリプアーナでピリネウスに再会できれば、それは二つのことを意味するはずである。そのひとつは、ルーズベルトが南米の地図に一六〇〇キロにも及ぶ川を記《しる》すことになる点だ。その長さは、ドイツのライン川やアメリカのオハイオ川と同じなのだ。探検の難度と探検地域の広範域を考慮すれば、達成した暁《あかつき》には、「謎の川」にルーズベルトの名前を掲げることを、ロンドンは当然だと考えていた。同時に、アリプアーナに達するまでの犠牲が業績の大きさに比例するであろうことも、充分に覚悟していた。そして二つ目は、単に彼らが生き伸びられたということを意味する。どれほど危険で厳しいアマゾン探検になろうとも、それを生き抜けば、ピリネウスの待つ地点に到達出来るはずなのである。

とうとうと流れる広いアマゾン川の本流とは対称的に、その数えきれないほどの支流は、荒々しく、予想のつかない川ばかりだった。ジャングルの中を、まるで傷を負った獣のようにのたうち回り、川岸をたたき、白い泡を吹いて、木々が差し延べる枝をなぎ倒していた。その流れの激しさの理由は、それぞれの支流が運ぶ巨大な水量ばかりではなく（マデイラ川だけをとってみても、その水量は、アマゾンに続く世界第二の河川、コンゴ川と同量なのだ）、ブラジル高原から大平野に降下する威力のせいだけでもなかった。何故これらの河川がそれほどまでに制しがたいのか、その第一の理由は、川底の土壌に固さに大きな差がある岩盤が重なっていたためなのである。柔らかい岩盤は、当然早く摩耗する。そのために、険しい階段状の川底が長い間に形成され、しかも摩耗の位置に従って水流が右往左往したせいで、まるで油に火を注いだような流れができてしまったのだ。ブラジルとボリビアの高原から出発するマデイラ川は、その三六〇キロ間だけでも、少なくとも三〇か所に高い滝と急流があり、一六か所の勢いの強い瀑布が存在するのである。

隊の全員が、もし「謎の川」がロンドンの予想した行路を進むのだとすれば、マデイラと同じくらいか、あるいはそれ以上に急流の続出するに川に違いないと覚悟していた。今、「謎の川」に船を降ろそうとしているルーズベルト隊と、内陸へ進みたいがためにアマゾン支流の激しい川に挑戦して失敗した多くのゴム採取業者の違いは、ルーズベルト隊が荒れ狂う川を上がろうとしたのではなくて、下ろうとしたことにある。この方法なら、少なくとも川の力に逆らうのではなく、逆に利用出来るわけだ。しかし、これは命を賭けたギャンブルだとも言えた。何故なら、いったん船を降ろしたが最後、引き返すことが出来ないからである。川は彼らをレインフォレストの奥深くへと運び、行く手にどんな危険が待ち構えていようとも、避けることが出来ない。急流にさしかかれば、岸に上がって船を運ぶしか方法はないだろう。それでもなければお経でも唱えて、一か八か流れに任せるしかない。彼らには来た道を引き返すという選択技はもうない。道を切り開いて進むか、その途中で死に絶えるかのどちらかなのだ。

＊＊＊

五年前、ロンドンが「謎の川」を下りかけて、それ以上進めずに諦めた地点に、ロンドン隊の兵が簡素な木造の橋を、約二〇メートルの川幅の場所にかけていた。ルーズベルトはその上に立って、下に流れる早い水が反《そ》り返った木の橋桁《はしげた》を叩《たた》くのを聞きながら、目前に広がる暗いジャングルを見渡した。良きにしろ悪しきにしろ、彼が今から入り込もうとしているその世界は彼にはまったく未知のもので、ついに目にした景観には感動を覚えたものの、同時に、首筋が冷たくなるような現実を感じずにはおれなかった。誰にも、あの冷静沈着なロンドンにさえも、川の曲がり角の向こうに何が待ち構えているのか、予想出来ないのである。ルーズベルトはこの瞬間から、真の探検家となろうとしていた。それは、彼の子供の頃からの夢だった。同時に彼は、その野望を実現するための全額の支払いを、否《いや》が応《おう》でもこの川に払わされることになると確信した。ところが、その支払いが出来るかどうか、彼には見当もつかないのだった。

ルーズベルトは、ザームが中心となった当初の南米旅行の計画には、それほど熱心ではなく、準備段階においても、すべてが人任せだった。フィアラが仕切った備品準備には疑問があった上に、ブラジル到着後のルーズベルトの大幅なルート変更や備品の削減で、これから本当に必要な備品と食料は危険なほど不足していた。しかも、今、探検の本番にさしかかったところで、ロンドンとルーズベルトをはじめとする隊員全員が、すでにその忍耐の限界に近づいていたのだ。一か月以上もの高原の旅は、絶え間ない土砂降りの中を長時間ラバに揺られ、死や恐怖のニュースに見舞われ、病気や心配に苛まれて、彼らは疲れ果てていた。これからの旅を忌むばかりでなく、お互いにも嫌気がさしていた。アメリカ人側から見ると、高原横断の旅の準備はでたらめで、まったく統制が取れていなかった。ブラジル人側にしてみれば、アメリカ人は我が儘《まま》で贅沢であったに違いない。ザーム神父はことに悪質だったかもしれないが、いずれにしてもすべてにおいて、アメリカ人たちの便宜がブラジル人たちの最低限のニーズよりも優先された。ルーズベルトは知らないことだったが、ロンドンは、アメリカ人たちに潤沢な食事をさせるために、彼の兵には食事量を減らすようにと命じ、荷物を削減しなくてはならなかった時にも、カマラダたちの大切な供給食だけを捨て去って、アメリカ人たちがより多くの荷物を探検に持ち込めるようにしていた。

「謎の川」に到達するまでは、食料や備品の不足は机上の計算的なものだった。ところが、今、川の淵に立ってみて、ルーズベルトの計画したとてつもない仕事は、にわかに生身の現実となったのだ。隊員が観念的に理解していたこの探検は、ここへ来て、はるかに大きな危険を孕んで立ちふさがっていた。

分かっていた危険よりももっと怖かったのは、識別ができない危険である。「謎の川」自体の危険は、これから彼らを迎え入れるであろう幾多の深刻な危険の、ほんの一部に過ぎない。ジャングルの奥深くに進めば進むほど、大自然の氾濫《はんらん》に呑み込まれ、出口を失い、これまでの経験では計ることの出来ない環境に落ち込んで行くのだ。高く覆い被《かぶ》さる樹木から、得体の知れない昆虫が飛び交う大気、そして、聞き覚えのない動物たちの鳴き声まで、すべてが不可思議な危うさを孕《はら》んでいる。原住民の攻撃の脅威はいうまでもなく、どんなに小さくとも、散らつく陰には決して油断がならない。

しかし、当座の問題は、いかにこの川を渡って行くかであった。どこに現れるか分からない渦巻きや急流は明らかな危険だが、何でもなく見える水面の波紋でさえ、命取りになることがある。それはエディーラインと呼ばれるちょっとした水面のひずみで、これが危険なのだ。川を下る主流と、岸や川底の形のために部分的に川を上る水が、水面下で衝突した際に起こるひずみで、川の表面からは想像もつかない乱流が、すぐその下で起きているからだ。

北米の開拓者たちは、その恐ろしく速い川を渡るために、色々な急流下り専門の船を開発して来たが、最終的には、中央のカーブの深いドリフトタイプで、喫水《きっすい》が浅く、船尾が高くなっているものが、ホワイトウォーター下りには最適とした。しかし、「謎の川」の入り口があまりにも辺境に位置した上、これまでの陸の旅の混乱で、ルーズベルト隊にはそのようなボートの準備がなかった。ルーズベルトがニューヨークを出発した時には、とても使い切れないほどのボートが用意されていたというのに、皮肉にも今、この川の淵に在って、彼らには一艘の船もなかったのである。ルーズベルトは、ザーム神父が用意した巨大なモーターボート、エディス号とノートルダム号の二艘を、ジャングルの中を引きずり回すにはとても重すぎると判断して、リオ・デ・ジャネイロに置き去って来た。そして、高原の旅を続けていた時、雄牛たちが重荷に倒れ始め、フィアラが準備したカナダ製の軽量カヌーさえも、他の船と一緒にウティアリティーに置き去りにする他なかった。やっと「謎の川」に辿り着いたこの時には、驚くべきことに、二二人の隊員にはその物資を載せる船もなかったのである。

とにかく船がなくては川は下れないので、ロンドンは、ナンビクアラ族から買った粗彫りの七艘の丸木舟で間に合わせることに決めた。ロンドンは、橋桁につながれたこれらの七艘が、「新しくくりぬいて造られたもの」だとルーズベルトに保障したが、それらが、アマゾンでも特に原始的な種族として知られ、ハンモックさえ造れないことから他の部族からも侮蔑されているナンビクワラたちが造ったという事実は否めないのだった

川に並ぶこれらの丸木舟と、フィアラの注文した流線の美しい七三キロのキャンバス張りのカヌーとでは比べようもないわけで、今そのカヌーは、パパガイオ川を行くフィアラを安全に川下に運んでいた。単に丸太をくりぬいただけといっても過言ではないこれらのボートは、小回りはまったく利かず、急流にさしかかればどうしようもない代物だった。ドリフト・ボートなら高くうねり上

げる水にも乗り、小刻みな方向転換も可能で、突き出る岩や障害物を避けることも出来るのだが、この丸木舟には最低限の浮力しかなく、舵取りもろくに出来ないから、乗っている者はただひたすらに流されるか、障害物に突っ込んで行くしかないのだった。実際、隊員たちが間もなく身を以て体験することになるのは、荷物と人員が乗ると丸木舟は水面から六〜七センチしか浮いておらず、少しでも川が荒れるとすぐさま浸水するのだ。つまり、これらの丸木舟の状態は、お世辞にも良好とは言えなかったのである。どんな時にもユーモアを絶やさないルーズベルトは、白雪姫の七人の小人になぞらえて、おとぎ話の言い回しを真似、「一艘はチビで、もう一艘はご機嫌が悪く、二艘は年寄りで水漏れし、あとの三艘はまぁまぁだった」と書き込んでいる。

＊＊＊

ルーズベルト隊が、あてにならない原始的な船に頼らなければならないという問題は、単に効率や乗り心地、さらには、溺れるリスクや他の危険が高まるかどうかとだけではなかった。ジャングルでは、ボートは単純に交通の手段なのではなく、自然の数々の危険から身を守るための大切な避難場所でもあるべきだった。この川の旅では、ベースキャンプとも呼ぶべきものだ。隊員は、そのベースキャンプから離れる度に、陸上であろうと水上であろうと、彼らを取り囲む危険で予想しがたい敵に晒されることになる。

また、それぞれ一三〇キロを超えるこれらの丸木舟は、げんなりするほど重かった。川が下れない状態の場所にさしかかれば、彼らはこの七艘を陸に上げて運ばなければならないから、それは隊員たちにとっては、とてつもない重荷である。さらに、ボートの重さは、ちょっとしたミスでも大きな事故につながる可能性を拡大した。水を吸い上げた丸木舟は、水から引き上げる作業時や、陸上運搬の際、手を滑らせでもして誰かを下敷きにしたら、大けがの元になる。これからの厳しく原始的な環境下で、こうした事故は大変な事態を意味する。「謎の川」での事故は、そのまま死につながる可能性が極めて高いことを、隊員の誰もが覚悟していた。

かろうじて水面に出ている、湿って荒削りなボートに座っていると、彼らを襲おうと狙う敵の数々を確認することが出来たし、黒いインクのような水の下にも、それらが潜伏することが容易に想像出来た。川岸を縁取るツタや枝の下には、水面に浮き出た木片のように見えたものが、いきなりまばたきしたかと思うと水に潜り、ケイマン（南米のワニ）だったことが分かる。リズムをもって現れる川面のひずみは、二三〇キロにも及ぶアナコンダの背である場合もあるのだ。この頃には、隊員は皆、南米のピラニアの脅威を知っていた。鈍重な丸木舟の方向を変えるために、水に入らなければならない時には、この恐ろしい魚の脅威に晒されることになる。

「謎の川」が急流にさしかかった時には、ルーズベルトたちはボートを岸に上げて運搬するしかないが、陸上で遭遇する危険は、川のそれよりも大きい。絶え間なく降る雨で、ありとあらゆる昆虫が軍隊のように押し寄せていたが、最も油断のならないのは蚊だった。蚊は、マラリアから黄熱病まで、多様な病気の媒体となったが、アマゾンの旅人が最も苦しむのは、ピウムと呼ばれる黒くて小さいハエだった。蚊と同じように生き物の血を吸うのだが、何百と云う集団で襲いかかってくる。それは恐ろしく痒《かゆ》いばかりでなく、刺された者は、まるで小さな散弾銃で撃たれたかのような様相になる。

レインフォレストでは、生きとし生けるものは、動物から昆虫、そしてバクテリアまで、保身と生存への本能のままに、常に獲物を狙っているのだ。ジャングルの木の低い枝や地面には、世界でもとりわけ毒性の高い蛇がとぐろを巻いていた。毒のあるカエルやヒル、音もなく徘徊するジャガー、三〇〇頭もの大群で押し寄せるクビワペッカリーと呼ばれるイノシシなどが急襲するのだった。これに加えて、目には見えなくても必ず存在する未知の原住民は、いつ何時、毒矢の雨を降らせるやも知れなかった。

これらの問題を確実に増大させて行くのは、探検が要する「時間」である。ここまでの陸上の旅での遅延が、そのまま「謎の川」で続いたなら、それは全員の命に関わる。遅延すればするほど、それだけ病気や肉食動物や原住民の脅威に晒されるばかりか、食料難に陥って飢餓へと近づいていくだろう。急流にさしかかって、重い丸木舟を運ばなくてはならない回数が増えれば、それだけ体力も時間も使い、食料を探すための狩猟にも時間を費やすだろうから、ますます旅を長引かせることになる。

遠征は、備品と食料の不足、そして、遅延に比例するリスクという問題に対面して、アメリカ人とブラジル人の両リーダーの根本的な違いが、問題をこじらせて行った。ルーズベルトとカーミットは、とにかく速く先へ進むべきだと考えた。義務感から探検に参加したカーミットにすれば、無事にスピーディーに事が終わることのみを願っていた。ルーズベルトにしてみても、このアマゾン探検が、夢に見た冒険の機会を与えてくれたとはいえ、彼の輝かしい過去の功績に、またひとつのトロフィーを加えるだけのものである。生きて「謎の川」から出てくれば、すぐさまアメリカに帰国して、南米に来る前の忙しい政治生活に戻るのみなのだ。

しかし、ロンドンにとっては、「謎の川」の探検は、彼のキャリアの延長線上に在った。それは、彼の四半世紀に渡る血の滲むような努力と犠牲の上に、成立させて行く仕事であった。ラウロ・ミューラーに、ルーズベルトのアマゾン探検に同行するように依頼された時、彼は、電信線プロジェクトの難局を迎えていたところだった。病気に倒れる兵をなんとか死なせまいと努力するかたわら、電報電信線を引く工事を急いで、一九一四年一一月の電報電信線開通式に必死で間に合わせようとしていた。ロンドンがルーズベルトの探検の同行に同意したのは、そうすることによって、彼のプロジェクトが広く脚光を浴び、ブラジル政府が必要経費と政治的サポートを注入し続けてくれるだろうと思ったからだ。しかし、「謎の川」でも、電信線を張る仕事においては、これまで通りの厳しい規律の中、細かいところまで手抜きのない仕事を続けるつもりだった。この探検は、歴史に軌跡を残せるかもしれない貴重な機会なのだ。ロンドンは、どんな犠牲を払ってでも、うやむやに走って通り過ぎるつもりはなかったのである。

＊＊＊

ルーズベルト・ロンドン隊は、「謎の川」沿いにキャンプを張って、川の旅の最後の準備を整えた。ミラーとアミルカーがリードすることになったジー・パラナ川の探検用の備品と食料は、数日前に分割済みだった。リラの指揮のもと、カマラダたちは残りの荷物を、食料、ロープ類、測量機具、テント、調理器具、狩猟用ギアに分け、雨と大陽と急流から守れるように詰め直した。

この作業中に、彼らは、フィアラの準備のずさんさにショックを受ける。ギアや道具類は役に立たないものばかりで、子供が選んで揃《そろ》えたのかと思うほどだった。しかし、道具類よりも問題なのは食料だった。カマラダと隊員は、木枠で組まれた箱をてこで押し開け、中身を見て呆気《あっけ》にとられてしまった。なんと、何箱ものオリーブオイルやマスタード、麦芽粉、ピメント入りオリーブの塩漬け、干スモモ、アップルソースなどが次々と見つかり、ライン川沿い産の白ワインの箱まで含まれていたのだ。

「こんなグルメ食は、ニューヨークでは結構だったかもしれないが、いったいこの環境下で、どうして食べろと云うのだ」と、ミラーはその驚愕ぶりをチャップマンに書き送っている。

フィアラは、かなりの食料、特にタンパク源は、狩猟で補えられるものと想定していた。彼は、レインフォレストへ入り込むゴム栽培業者や探検家が、ライフルと釣り針に頼って生活していると、どこかから聞き及んだのだという。缶詰は、一カン当たり一二キロの重さだったから、隊員全員の探検日数量の食料をカヌーで運ぶのは、確かに無理だった。しかし、南米やアマゾンに直接の知識がなかったフィアラには、どれほどの食料が狩猟で賄えるのかなど予想の立てられる筈《はず》もなく、事実、彼の想定はとんでもない間違いだったことが、この後明らかになっていく。

食料にしてもギアにしても、ここまで来てしまったからには、手持ちの物でなんとかするより方法がなかった。出発の前日の二月二六日、彼らは、ほとんど一日中を丸木舟の修理に費やした。二艘の「年寄りで水漏れする」船を合体させて、より安定したイカダに作り直し、「機嫌の悪い」船と「まぁまぁ」の船をつないで一台のイカダを作った。イカダは丸木舟よりも重い荷物を安定して運ぶことが出来たので、これらに出来る限りの荷物を満載したのだ。

タピラポアンを出て以来、一か月あまりの間、ルーズベルトとロンドンは、幾度となく荷物と人員を削減して来たが、それでもまだ、二二人の隊員と、彼らを何か月間か養う食料、衣類、道具類などの荷物を抱えていた。イカダの積み荷を少しでも軽くするために、隊員は、テントを複数でシエアーすることに同意した。ルーズベルトとカーミットとシェリーが一緒で、ロンドンとリラとカジャゼイラ医師が一緒になった。一六人のカマラダたちにテントはなく、雨風がしのげる場所をそれぞれ探して、ハンモックで寝ることになった。隊は、軽いテントをもう一振り用意したが、それは、ケガや病気で歩けなくなった者のために取り置かれた。

このような数々の努力にも関わらず、すべての荷物をイカダに積んでみると、重過ぎて水面下まで沈んでしまったので、カマラダたちは長いヤシの枝の束を側面に付けて、浮力を付けなければならなかった。ルーズベルトは、速い水の上を、これほどの重量をかけた船で行くことを心配したが、「謎の川」を下るには、ある程度の運を天に任せる以外に方法はないと覚悟を決めた。それに、出発してしまえば、毎日、食料や備品は消費して減って行く。急流で仲間や船を失うとか、仲間が原住民にやられるとか、病気やケガに倒れるとしても、少なくともその分の重量は減るわけだと、自分に言い聞かせたのだった。

＊＊＊

「謎の川」探検のスタッフが、最後の貨物を長い丸木舟に積み込んでいる間、パパガイオ川の探検に振り分けられたミラーとアミルカーは、橋の上から、船出前の慌ただしく騒々しい隊員の働きを眺めていた。長い高原の旅を共にして、その完了を心待ちにしていたものの、川の入り口に辿り着いてみると、ここから別れ別れの道を行くことがひどく寂しく思えた。

これからの長い川旅の門出を祝って、ルーズベルトは隊員たちにご馳走をふるまいたいと思い、ミラーから博物館のお金を五二〇ドル借りて、川の入り口の、かろうじて店と呼べる小屋でパーティーを開いた。ミラーには、リオ・ネグロ近くのゴム業で潤うマナオの街で、お互いの川の旅を終えて落ち合うことになっていたから、その時に返金すると約束した。その日、ルーズベルトは、シェリーにも頼み事をして来た。髪を切って欲しいというのである。シェリーは、前大統領にヘアーカットを頼まれたことを光栄に思いながら、慎重に仕事をしたが、出来上りの写真を撮りたいと申し出たら、断られてしまった。

そうこうしながら、二七日の正午近くには、すべての準備が整った。ルーズベルトは、注意してバランスを取りながら、長細い丸木舟に乗り込み、ソーセージのようにぎっしりと荷物が詰められた中に、座席を見つけて座り込んだ。カマラダが岸をパドルで押しやると、ルーズベルトはすぐに速い川の水に押し流される自分を感じた。そして、見送る人の姿が見えなくなる前、最後に聞いた声は、ミラーの「幸運を祈る！」という叫び声だった。

ミラーは、この時の心境を、後に書き残している。

「この未開の川に架けられた、危なっかしい橋の上に立って、我々はしばらくの間、我々のリーダーとブラジル人の仲間が、黒い川とジャングルに吸い込まれて行くのを見送った。そして、しばし、彼らと生きて再会出来る日が来るのだろうかという不安に包まれたが、気を取り直して、自分たちに託された仕事へと向かった」

Chapter 11
ボールとパドル、斧と鎌

速い水に流されて、探検隊の七艘の丸木舟は、ジャングルの中を蛇が泳ぐように一列になって進んで行った。ジャングルの川べりには、競い合って光を求める植物群が、川に向かって鬱蒼と茂っていた。蔦や着生植物（樹上や岩石上などに付着してする植物）が、まるで織物に編み上げられたように岸の土手を覆い、重い緑のカーテンが引かれたようだった。ルーズベルトは、列の最後方につけた一・五トンの一番大きな丸木舟に、シェリーとカジャゼイラ医師、そして船を操る三人のカマラダと同乗し、ネックレスの様に連なって前方を行く六艘を眺めながら進んだ。彼のすぐ前には、二枚のイカダに組まれた四艘があった。隊のほとんどの荷物を積んだ二枚のイカダには、八人のカマラダが乗り込んだが、その操縦は丸木舟よりもずっと難しかった。ロンドンとリラは、三人の漕ぎ手を乗せて前から二番目のカヌーに乗り、カーミットと二人のカマラダが、先頭の最小の船に乗った。

緩やかなカーブを描いて進む茶色の流れに沿って、パドルを使ったり流されたりしながら、船の列は、雨に濡れそぼった鮮やかな緑の熱帯林の間を進んだ。木々は両方の岸から長く枝を延ばしている。ルーズベルトは、それらの木々を観察し、自然科学者らしくノートを取っている。

「ピンと張った葉を巨大な扇の様に広げたブリティー種や、長くエレガントにカーブする葉を優美に広げたバカバ種など、多様なヤシの種類が観察出来た。ヤシの木が密集している場所では、細く真っ直ぐな幹が格調高い列柱を成し、高く覆い被さる葉は、空を縁取る手の込んだ彫り物のようだった」

ルーズベルトは、ジャングルの多彩な植物を大いに楽しみ、岸から香って来る花の香りに酔ったが、周りは驚くほどの静寂に包まれており、それが不思議でならなかった。このような豊かで瑞々《みずみず》しい自然の中で、これほどの沈黙は予想外だった。遥かジャングルの奥から、動物の鋭い声が聞こえることは稀にあったが、それ以外は、生き物が住んでいるとは思えない空虚感を放っていた。アマゾンには馴染みの深いシェリーでさえ、この様子には驚き、岸辺に動物の生活がほとんど窺えないことを、その日記に記している。

ルーズベルトとシェリーがレインフォレストを観察している間、カマラダたちは、その長いパドルを上手に操って丸木舟を進めていた。彼らは、倒れた木などが川底に横たわっていないか、その目印となるどんな小さな水面のさざ波にも注意を払った。幸い、雨期の土砂《どしゃ》降りのおかげで、水かさがかなり増していたから、ほとんどの障害物は水面から一メートル以上も下に沈んでいた。水を好むボリタナ科のヤシなどは、完全に水中に呑み込まれても水面下で枝葉を広げて元気に成長し続けるが、そんな障害物が水中にある場合は、水面に大きな流線が確認出来た。それでも時折、水面すれすれに沈んでいる大枝や木があり、避けられない場合には丸木舟はその上に乗り上げてしまうのだが、そんな時には、カマラダの腕力で水と障害物を押して乗り切るしかないのだった。

船を操るカマラダたちの筋力と技術は、称賛に値するものだった。ロンドンは、タピラポアンで、とびきり屈強な若者ばかりを選んで船頭とポーターとして雇い入れていた。滅多なことでは驚かないルーズベルトも、カマラダたちのタフさには感心し、彼らを「川やジャングルの生活に精通した、アウトドアのベテランばかりだ」と賞賛している。どのカマラダも、機敏で耐久力に満ち、泳ぎにも長けていた。ポールやパドルの扱いにも慣れていて、斧や鎌でジャングルを切り開くことも得意だった。

しかし、ルーズベルトは、極度の困難が人間の最悪の側面を引きずり出すものだということを知っていた。アマゾンの奥深くに在り、彼らは、あらゆる救助の手から隔離されている。カマラダの人数は、ルーズベルト・ロンドン隊の約三倍で、水兵たちが士官に対して海上で起こすような暴動が、ここで絶対に起こらないとは言えなかった。カマラダらは皆、仕事を上手《うま》くこなす勇敢な男たちばかりだったが、厳しい生活環境に育っていた。ルーズベルトは、初めて彼らと会った時、まるで海賊映画に出て来る一団の様だと思った。一見しただけで分かる彼らの未開で底辺的な世界は、ルーズベルトの洗練された特権階級の世界とは、橋の架け様もないほどかけ離れたものだった。旅に備えた衣服にしても、薄いシャツと着古したズボンの着た切り雀で、ほとんどの者は靴さえ履いていなかった。彼らの足と手は、まるで使い込んだパドルのように粗く節くれ立っていた。その表情はといえば、ある者は明るく陽気で、ある者は暗く陰鬱だったが、昼間は汚れた帽子を目深にかぶっているので窺い知れない。隊員たち、特にアメリカ人隊員にとっては、自分たちの船頭の人柄を掴むのには時間がかかりそうだった。命の危険に瀕すれば、どのカマラダなら信用出来るのか、どのカマラダには背を向けてはならないのか、それがまだ掴めないのだった。

ルーズベルト自身の乗るカヌーにも、善悪両極端なカマラダが揃《そろ》っていた。舵取りは、マト・グロッソ出身ルイズ・コレイアという黒人で、漕ぎ手は、ウティアリティーのパレチ族の一員であるアントニオ・パレチという原住民だったが、この二人は、カマラダの中でも最も優れた、信頼の置ける男たちだった。彼らは、レインフォレストを知り尽くしていたばかりか、遠征の成功を目指して努力と労働を惜しまなかったので、ルーズベルトの最も信頼するカマラダとなって行った。ところが、三人目のカマラダのフリオ・デ・リマは、肩幅の広いがっしりしたブラジル人で、すぐにカッとなる男だった。彼こそ、高原の旅でアミルカーの部隊に属し、仲間のカマラダにナイフで斬りかかった男だったのだ。アミルカーは、この事件のことをロンドンに知らせておらず、なんと、その後、多くのカマラダの中から「謎の川」の旅に選ばれたばかりか、ルーズベルトの船の漕ぎ手として乗り込むことになってしまったのだ。

＊　＊　＊

七艘の丸木舟が未開の川に繰り出したその瞬間から、ロンドンは彼の計画の遂行にかかった。このブラジル人の大佐は、探検よりも「謎の川」の正確な地理的位置づけが第一の目的で、何としてでも、その入り口から河口までの綿密で徹底的な測量をするつもりだった。一世紀あまり前に、ドイツの有名な自然科学者であり、地理学者であったアレクサンダー・ヴォン・フンボルトが、初めて大掛かりな南米大陸の測量を行い、何百という地図を作製した。そして、それからの一世紀間は、これらの地図の空白を埋めて必要な詳細を加え、実際に役立つものにする作業が続けられて来た。しかし、二〇世紀の初めになっても、ブラジルの内陸部の地図は、ある筈《はず》のない山が記されていたり、川の位置が何百キロとずれているなど、極めて不正確なものだった。ロンドンの過去二四年間の仕事の大部分は、これらの地図の不足部分を補って行く作業だけではなく、間違いを正して行く仕事でもあったのだ。

ジャングルの中には、目印になるものがないので、男たちは天体観測で自分たちの位置を計るしかなかった。緯度と経度を割り出すためには、フンボルトが使ったのと同じ、地平線と太陽と月と星の角度から割り出す「六分儀」を使った。川の一地点から次の地点を測量するのに、ロンドンは、最も正確な「基準点測量」を用いたが、それは同時に、最も手間と労力のかかる方法だった。幾度も緻密に測量しなければならなかったばかりか、「謎の川」のように激しく曲りくねる川の場合、何度も行軍を止めて作業しなければならなかった。

正確さのためには、ロンドンはどんな労力や危険もいとわなかった。とはいえ、その労力や危険は、ロンドンだけが担うものではない。先頭のカヌーに乗ったカーミットは、見通しの良い測点に目標となるポールを立てる役目を負わされる羽目となった。彼と漕ぎ手は、川の上手から下手へ向かって、出来るだけ遠くまで視界に妨害物のない地点を探してポールを立てた。その場所はたいてい、川が湾曲する地点だったが、カーミットらはいったんカヌーを繋いで陸に上がり、障害物となる川岸の深い枝葉やツタを鎌で取り払わなければならなかった。人を刺す蟻や、怒るスズメバチの大群と戦いながら、カーミットはポールを足元の黒い落ち葉に覆われた地面に立てた。細長い棒には、白と赤の円盤が一メートルおきにはめられ、リラは、自分のカヌーからその棒までの距離を、遠隔測量機を使って計った。そして、ロンドンはコンパスを使い、その間の川の方角を記録した。

「謎の川」は、くねくねとあらゆる方向に曲りくねり、ルーズベルトの言葉を借りれば、磁石の針を三六〇度使い切るほどだった。カーミットは、川が湾曲する度に川岸へ上がって伐採作業にかかり、測量棒を立てなければならず、初日だけでも、立てた棒の数は一一四本に至った。ルーズベルトは基準点測量法を用いることには、内心まったく賛成出来なかった。行軍が恐ろしく遅れるばかりか――なんと五時間で一〇キロ足らずしか進めなかった――、息子をことさら危険な仕事に就かせることになったからだ。もし、水面下に沈んだ木材や予期せぬ渦巻きや滝に遭遇した場合、または原住民の攻撃を受けた場合には、カーミットが矢面に立たされる。しかし、ルーズベルトは、その憂慮をロンドンに伝えて測量方法を変えてくれるようにとは言わなかった。ここはロンドンの国で、「謎の川」の探検は、ルーズベルトよりもロンドンに寄るところが大きい。彼は、出来る限り、ロンドンの意志を尊重したかった。ルーズベルトは全体の統率者として、測量や採集ばかりでなく、探検行軍のすべてに注意を払うことを自らの仕事とし、ブラジル人の同輩には礼を尽くして接することに徹したのだった。

出発してからわずか二時間で、あとの二艘の測量船をとうに追い越してしまったルーズベルトは、漕ぎ手に岸に着けて待つようにと命じた。漕ぎ手のカマラダは、岸辺に押し出した枝を掴んで、出来るだけ船を岸に寄せると、ロープを木に結びつけて停泊させた。六人の男たちは、岸辺に打ちつける流れに揺られる船上で、雨に降られては濡れ、晴れては乾きを繰り返しながら仲間を待った。そうして二時間あまり経っても、まだ仲間の姿が見えないので、ルーズベルトはついにカマラダたちにキャンプを張るように命じた。まだ午後の四時だったが、他の隊員を待たずして前には進めず、何時合流出来るかも分からなかったからだ。

＊＊＊

探検隊の「謎の川」での最初のキャンプは、川の近くのほんの小さな空き地だった。川岸に密生する草木をかき分けて進むと、一〇〇メートルほどの急勾配《こうばい》の上に、平らで乾いた土地を見つけることが出来た。しかし、そこへ辿り着くまでのジャングルは深く、道を切り開くのは容易ではなかった。カマラダらは、斧と鎌で絡みつく草木やツタを伐採しながら、それらに群がるありとあらゆる虫に刺されたり咬《か》まれたりした。それでもなんとか植物の海の中に小さなキャンプグラウンドを切り開いて、隊員たちの二張のテントを張り、彼ら自身のハンモックを木々に渡すことが出来た。

汗と泥にまみれ、疲れ果てたカーミットとロンドンとリラが、六人のカマラダを連れて到着した時には、陽はもう暮れかけていた。隊の料理人であるフランカは、今夜もまた湿った木切れで奇跡的にも火を起こして、夕食の用意にかかっていた。男たちがパチパチと音を立てるキャンプファイヤーを囲んで座った頃には雨も上がり、頭上に星の散らばる夜空が広がった。しかし、キャンプファイヤーの灯《あか》り以外にはジャングルは漆黒の闇に包まれていて、もし雨が火を消してしまったら、お互いの顔どころか自分たちの手も見えないほどだった。探検の旅は、たったの一〇キロ足らずをこなしただけで、もう彼らに孤立感をひしひしと感じさせていた。それでも、「謎の川」での最初の夜、それぞれが寝床についた時には、そんな不安感も長くは続かなかった。男たちは疲れ果て、熱帯の湿った空気の重さと一緒に沈んで行くように、またたく間に眠りに落ちた。

Chapter 12
生きているジャングル

二月二八日の朝、ルーズベルトは、彼の薄いキャンバス地のテントから、カマラダたちが前日に切り開いた川とジャングルの間の地面に一歩を踏み出した。彼の前には「謎の川」が黒く膨《ふく》れ上がって流れ、川に落ちた木片や植物を運んでいた。雨期の増水で両岸に溢れるように流れる川は、時々小さなせせらぎや小川をあちこちに作りながら枝葉や鳥の巣まで岸からさらい、高くそびえるジャングルの木々を黒いガラスのような水面に映し出していた。隊の丸木舟は、停泊場でぎこちなく水に揺られ、前日よりもまた一層頼りな気に見えた。

ルーズベルトは、アメリカ中で猟とキャンプを楽しみ、カリフォルニア赤杉の巨木林に目を見張ったこともあったが、今、彼を取り囲んでいる程の自然界の驚異には、未だかつてお目にかかったことがなかった。巨大な木々は頭上遥かにそびえ立ち、頂上は視界に入らず、わずかにちらつく木漏れ日が見えるだけである。木と木は、まるでお互いの手の指を組ませているように枝葉を絡ませ合い、高い木の頂上から広がる着生植物は、大きな帆船のロープのように重く垂れ込めていた。

ルーズベルトが目にした早朝の光の中の景色は、何万年も変ることのない、息も止まりそうなほど美しい自然だった。しかし、実のところその印象は、大変な虚偽に満ちた危険なものだったのである。隊員らがその美しさに打たれて周りを眺めている間にも、レインフォレストの生き物たちはそっと彼らを睨み返し、侵入者の価値を定め、弱みを見極め、略奪の準備を整えていたからだ。

その外見からはほど遠く、レインフォレストは豊潤な自然の園などではなくて、まさにその反対なのだった。静かで潤沢な緑に囲まれた森は、自然に守られた聖域などではなく、世界に類を見ないほど激しい生き物の戦場であり、残忍で無慈悲な生存競争が一刻も絶えることなく繰り広げられていた。知識や経験のない者が一見しただけでは見極めることが出来ないが、レインフォレストでは、息づいていないものはどこにもないのだ。それこそ、踏みしめている大地から頭上遥かにそびえる木のてっぺんまで、すべてが生存に必要な関係を保ち合っていることも確かだった。地面の下を這《は》うキノコの根の網は、死んだ動植物から栄養を得て、生けるものを養って行く。そのような当たり前の生と死のサイクルが、何百万年もの間、止まることのない心臓の鼓動のようにレインフォレストで繰り返されて来たのだ。ルーズベルトとその仲間たちは、知ってか知らずか、今やそのサイクルの中に入り込んでしまったのである。

＊　＊　＊

ルーズベルトが長年馴染んで、その自然を研究して来たニューイングランドとは違い、レインフォレストの地面は深い落ち葉や植物で覆われているのではなく、ほぼどこを見ても空っぽで、固く薄い地面に、時々細く白い繊維のようなものが広がっているだけだ。また、それぞれ違った種類の木が隣り合っているのも、他の森とは違う。よく似た形の葉の樹木はたくさんあっても、一種類の木ばかり林立することは稀で、ある品種を確認しても、それと同じ木を見つけるには何時間もかかった。樹木そのものも、奇妙で入り組んだ要素を持っていた。多くが、板根と呼ばれる三角形のつっかえ板のような根をいくつも地中に埋め込み、幹をしっかりと支えている。また、枝も地面にその先を突っ込んだり、蔦に完全に捕われてしまったりしている。しかし、何よりも不思議なことは、そこら中に棲息する昆虫以外には、森は閑散と静まり返り、生き物が潜んでいる気配が感じられないことだった。

この奇妙な現象は、何も彼らの周りだけに偶然起こっているのではなく、ルーズベルトらの置かれたジャングルの、壮絶かつ高機能な生存競争の営みを映し出しているのだった。同時に、それは、世界に類を見ない多種多様な生物を生み出すアマゾンの、厳しい自然淘汰の結果を、まざまざと見せつけていた。

自然淘汰のプロセスは、地球上の生命の形を絶え間なく変遷させ、常に〝高性能〟を選択して来たが、アマゾンほど高度で多角度な自然淘汰の営みを見せる場所は、地球上で他に類を見ない。実は、そのアマゾンの自然の持つ驚くべき多面性が、今、隊を取り巻いている植物の多様さや特異さ、奇妙な静けさなどを説明する鍵を握っていた。

おそらく、何故アマゾンにこれほど多種の生物が生息するのかという質問の答えとして、いつも第一にあげられるのは、その緯度だろう。この位置に在ることによって、何百万年もの間、アマゾンは安定した温度と湿度を保ち続け、棲息する生物に普遍的な発達の機会を与えて来た。もうひとつの大きな理由は、長い年月の間に大陸の孤立と接続とが繰り返されたという事実だろう。アフリカなどは、そういった変遷を遂げていないせいで、アフリカにしか存在しない動植物の種類は比較的限られている。しかし、南米大陸は、何度か他の大陸から隔離され、またどこかで繋がるということを繰り返してきた。例えば、南米がゴンドワナ大陸から切り離されたことで、南米にしか存在しない動生物の発展が可能になって行った。その孤立は、パナマ運河が出来たことで一時的に解消され、北米からの新種の生物が輸入され、さらに発展と淘汰の循環が繰り返されることになったのだ。

アマゾンの中でも、スポット的に違った気候を保ってきた地区があり、「レインフォレストのポケット」とも呼ばれるが、そのような場所では、他とは違う植物や鳥類、昆虫類、動物などが確認されている。異種類の生物、特に魚類は、南米大陸の中央に長期にわたって囲い込まれていた海で育成され、外海とは違った発達をしたことも確認されている。また、地形変動に寄る山や川が、特種な環境の地域を囲い込んで隔離し、他に例を見ない新種の生物の発達を促進したと考えられている。

近代経済の発達の中で、必然的に職業と市場が専門化して行くように、レインフォレストを棲み家とする生物の生存競争が激しくなればなるほど、それぞれの生き物の特殊性が進み、見過ごされていたり、存在しなかったような能力が発達して、環境と競争に適合した生命のカタチが発展して行った。

このように精錬された自然淘汰の抑圧のもとに、あらゆる自然の恵みや生命線が競争の対象となり、限界まで利用されて行く。例えば、ルーズベルト隊が川から眺めることが出来た岸辺の豊かな木々の繁殖に反して、低地のジャングル内の土地が肥えていないのは、土壌の栄養が、恐ろしいほどのスピードで吸収され、リサイクルされているからだった。生命を維持する豊かな雨量と安定した温度は、土壌から多量のミネラルも絞り出したが、凄まじい繁殖を遂げる植物群は、ありったけの栄養分をすぐさま吸い上げてしまい、アマゾンのジャングルの地盤を常に枯渇ギリギリの線に保っていたのだ。

植物にとって、土壌からの栄養と同様に必要不可欠なのは太陽の光で、二酸化炭素と水から炭水化物を作る光合成には、絶対に必要な要素だ。つまり、すべての植物は、土壌から水分と栄養を求めることと、太陽の光を求めることを、自分なりに調整しながら成長して行くのだ。

ルーズベルトの頭上を五〇メートルもの高さにそびえる樹冠《じゅかん》（天蓋《てんがい》のように、ジャングルの天井をなす樹木群）は、太陽の光を求めることに生存の全てを賭けることで生き残った種類の木々である。これらの急成長を遂げる品種がスピードと引き換えにしたのは、種々の害虫からの防戦力と、ジャングルの低位値ならば避けることの出来るであろう嵐だった。ジャングルの薄い土壌に深い根を下ろすことが出来なかったこれらの巨木は、その根元にがっしりとした三角形の板根を広げ、枝が地中に潜っているようにも見える「飛び板根」も降ろして、全体を支えようとした。

樹冠によってほとんどの光をさえぎられているジャングルの床面では、限られた資源環境に置かれた低い草木が、太陽の光を吸収する手段をなんとか捻出しようとする。一番手っ取り早い方法は、既存の巨木に絡みつきながら、天蓋まで上ることである。蔦や蔓科の植物の様な方法であれば、急速に天蓋の上まで伸びても、根は地面に張ったままでいることができる。しかし、蔦科の植物にしても、かなりの栄養素を必要とするし、その栄養分を摂るには、どのような木を選んで絡みついて行けばよいかという複雑な選択がキーとなる。この生存条件は、実に創造的な品種を生み出して行く。アマゾンに棲息する植物には、太陽の光を受ける部分は通常の木のように育ち、光の届かない場所になると蔦科の植物に変身するという、驚くべき二重構造を備えるものがある。また、天蓋の高さまで巨木に絡まって伸び、そこから木に変身すると、巨木から栄養を摂ることをやめ、蔦の部分を幹にしてしまう植物もある。また、他の蔦科の植物には、巨木の幹や板根に寄生して、暗い場所で充分に栄養分を摂ってから、上へ光を求めて伸びるものも多い。

レインフォレストの蔦は、ほとんど人間的にも見える敏捷さで、その手を伸ばしてホストとなる木を探り、それが見つかるとすぐさま巻き付いて離さない。この生存方法のリスクは、寄生した木が倒れることによって、蔦自身が切られてしまうことだ。その危険を回避する為に、レインフォレストの蔦は、垂れ下がったり、ねじれたり、輪を描いたりして、長さに充分な余裕を持たせながら寄生して行く。ジャングルに、幾重にも重なるロープのような着生植物が密生するのは、こうした環境条件に生きる為の工夫の結果だったのである。また、蔦科の植物には、必要な光が得られるところまで行くと、地面へ接続していた部分を切り離し、着生植物やエアープラントになってしまうものもある。ブロメリアや蘭を含むこの種の植物には、何千という品種がある。中には、一旦地面を離れた植物になってから、今度はそのプロセスを逆戻りし、地面へ向かって長い根を降ろす種類も多い。

一方、自力で太陽光線を求めて育った巨木の方でも、これらの蔦科や着生植物に、必死で勝ち取った栄養素や光線を奪われない為の防衛手段を発達させている。ツルツルした木肌をまとって、蔦や蔓に巻き付かれないようにしたり、樹皮や葉を定期的に落として、絡まった蔦や蔓を道連れにしたりする。さらに、同種の木が一カ所に固まらないのは、病気や倒木で共倒れにならないように、必ず一定の距離を置いて棲息し、品種の繁栄を計るためである。

レインフォレストの地面に立つルーズベルトの視点からは、頭上で起こっている激しい生存戦争を観察することは出来なかった。大きな葉を広げる木々や、蔦や着生植物が生い茂り、下からは天蓋どころか、中間辺りの様子も窺い知れなかった。天蓋を形成している巨木は、レインフォレストの内部を陰で包み込み、ことに下生えの植物には太陽光線が行き届かない。ルーズベルトたちが意外に思ったほどジャングルの床面の植物が少なかったのは、この理由によるものだった。川岸は、太陽光線をふんだんに浴びるので、ほとんど分け入れないくらいの木々や蔦や下生えの壁に覆われているが、それを乗り越えてしまえば、ジャングルの内部は暗く静かで、時々天蓋の隙間から漏れる光が、巨大な板根や幾重にも重なる蔦のカーテンに落ちて、迷宮のような様相を見せてくれる。

隊員たちが起き出して、お決まりの朝の仕事についている間、ルーズベルトはジャングルの入り組んだ美しさを崇めていたが、見えないところに潜むそのミステリーについては、想像を逞しくする以外に知り様はなかった。彼らが足を踏み込んだレインフォレストのエコシステムはあまりにも複雑で、ジャングルそのものが、まるで人の意志を持っているかのようにさえ見えた。もし、ルーズベルトがレインフォレストを遠くから眺めることが出来たなら、それが呼吸しているのが見えたかもしれない。木々は、葉から水を空気中に押し出して、汗をかくように水分を発散させる。暖かいブラジルの空気は、水分をすぐに蒸発させ、雨に変えてリサイクルする。前大統領が川岸に立って、これから探検しようとしているジャングルを見定めようとしている時、彼を取り巻く森は、圧縮した水分である白い雲を天蓋の上に吐き出し、ゆっくりと葉巻をたしなんでいるかのようだった。

＊　＊　＊

電信配線遠征でもそうであったように、ロンドンは、「謎の川」での日常においても、軍隊の規律を崩さなかった。仕事に対しては、厳しい鍛錬だけでなく、儀式やスタイルも重んじた。毎朝、彼の兵は、カーキ色の軍服を着た司令官の前に整列し、まるで軍の大部隊に訓示するかのような物々しさの「一日の命令事項」を、直立不動の姿勢で聴く。それが終わると、兵らは標識となりそうな一枚の木片を探して森中を駆け回り、見つけた木片の片面を手斧で平らにすると、キャンプの日数と日付を書き、地面に釘で打ち付ける。雨風や昆虫に蝕まれて、誰かに発見されるずっと前に判読出来なくなっているに違いないことは、おそらく彼らも知っているだろうが、それでも自分たちの軌跡を歴史に刻み込もうとせずにはいられないのだ。

彼らが「謎の川」の河口に辿り着くまで続けるであろうこの日課は、単に空しく繰り返しているだけの儀式ではなかった。それは、文明社会との繋がりを身体で感じることであり、彼らが誰で、何故この行軍を続けているかを常に忘れないための啓発であった。ロンドンは、生死を賭けたアマゾン遠征で、軍隊の規律が軍の士気を保つためにどれほど大切であるかを、身を切るような苦労から学び取っていたのだ。彼と彼の兵が餓死の危険に瀕した一九〇九年の遠征でも、彼は最後まで決してその規律を崩すことはなかった。「謎の川」の探検の終盤、瀕死の病状のルーズベルトは、「ボロをまとった兵が起床ラッパを吹き、今日も朝礼が始まった」と日記に記録し、ロンドンの朝礼の様子を次のように書き留めている。

「下着のパンツと帽子以外の衣類をすべて失ったピリネウス中尉は、ほとんど素っ裸の姿で、一一人の熱に冒された兵を並ばせた。号令がかかり、全員が直立の姿勢を取り、げっそりとしたロンドンがその日の命令事項を読み上げた」

ロンドンが守り通した厳しい規律は、遠征の危機に置いては重要な中軸となったが、ロンドン自身は、兵の目には融通の利かない独断的な上司と映った。ロンドンは、彼が自分に課すのと同じ厳格な鍛錬を兵に求めたが、それは簡単に実行出来ることではなかった。ロンドン大佐は毎朝四時に起床し、近くの川や池でひと泳ぎしたあと、鏡も見ずにひげを剃り、簡素な朝食をとり、どのような愉しみにも身を委ねることがなかった。アルコールは一切口にせず、兵にも禁止し、コーヒーさえ飲まず、水とハーブ茶で水分を取るだけだった。

それに引き換えルーズベルトは、彼の同僚よりもずっと融通が利く人物だとされ、周りから慕われた。彼も、その過去には、ダコタのバッドランドで逃亡した牛を追って寒中野宿もしたし、大部隊を率いて戦争にも参加したが、ジャングルから餓死寸前の男たちを引きずり出さねばならないような経験はなかった。この探検遠征においても、彼は、司令官というよりはシンボル的な頭領で、実際の決断が求められた時には、ロンドンに権限を譲っていた。ルーズベルトの仕事は、ある意味では、隊員を和ませる談話家といったところだった。毎夜、彼は、アメリカ西部やアフリカのサバンナの話をして、男たちを楽しませた。ロンドンは彼を「隊の生気」だと言った。無口で感情を表さないブラジル人の大佐に比べ、ルーズベルトは奇妙なほど陽気で愉快なリーダーだった。ロンドン自身、ルーズベルトの多弁さには驚き呆れていた。「なんたるおしゃべり。こんなにしゃべる男は見たことがない。泳いでいる時も、食べている時も、カヌーに乗っている時も、キャンプファイヤーを囲んでいる時も、ずっとしゃべっているのだ。考えられ得るあらゆる課題について、彼は際限なくしゃべることが出来るのだ」と、その日記に驚愕のほどを書き記している。

＊＊＊

二月二八日の朝、ルーズベルト、シェリー、カジャゼイラ医師と三人の漕ぎ手は、夜明け前に起床したにもかかわらず、四時間も先に出た他の隊員を追ってカヌーに乗り込んだのは、ほとんど昼近くになっていた。シェリーが博物館のために標本を採集するのにたいそう苦労しているのに同情したルーズベルトは、その朝シェリーが珍しい鳥の声を聞いたというので、他の船とイカダに先に行くようにと命じたのだった。シェリーはルーズベルトの心配りに答えるように、赤い頭のキッツキと、目の覚めるようなターコイスブルーのカザリドリを含む六羽を捕獲した。

曲りくねる川に戻ると、ルーズベルトとシェリーは、さらなる動物の気配に目耳をそばだてた。しかし、何時間も経って見つけたのは、何らかの動物の通った跡と、カワウソや熱帯ホウカンチョウ種の鳥二羽だけだった。目深《まぶか》に被った陽避け帽の陰の中から、ルーズベルトは、ジャングルが目の前を滑り過ぎて行くさまを見やっていた。高く覆い被さる木々と青い空が水面に写り、暗い水の下に震える逆さの世界を広げているようであった。色彩豊かな蝶が川面を踊る様子や、雲間の太陽光線が突然ジャングルに電気を走らせるように輝くのを眺めながら、その美しさに酔ってしまいそうだった。

「重なる雲の合間から大陽が現れると、その光線が一挙に森を金色に染めた」

アマゾンの美しさに目を奪われたのは確かだが、飽きることなく降る雨と、同時に湧き出るような虫の大群には、誰もが苦しめられた。アマゾンの低地帯に降る雨は二五四〇ミリにも達し、それはニューヨーク市の三倍にも上った。レインフォレストは、蒸発還元プロセスでその雨量の六〇パーセントを降らせるが、それはほぼ三月と四月に集中している。気温は常に三〇度を超えていたが、その熱も情け容赦のない雨には対抗出来ないのだった。「土砂降りの雨が降ったあと、太陽が出て、蒸し出されるように乾いても、三〇分後にはまた雨でずぶぬれになる、という繰り返しだ」と、カーミットが書いている。

森は、蒸し風呂のように湿度で充満しているか、雨を受けて重く垂れ下がっているかのどちらかだった。雨は太鼓を叩くように川に降り、男たちの帽子から背中に流れて、靴の中に溜まった。夜はテントをずぶ濡れにし、昼はカヌーをいっぱいにした。衣類は重く身体にへばりつき、完全に乾くことはなかった。

「衣類は、寝る前に脱ぐ時にも、朝起きて着る時にも、同じように濡れていた」と、ルーズベルトは書く。「二〜三日経ってからは、乾いた靴下の履き心地も忘れてしまった」と。

＊＊＊

雨による不快感を遥かに上回ったのは、孤立感と不安だった。ことにジャングルの静けさを突如として破る得体の知れない物音は、男たちの神経を逆立てた。その午後、ルーズベルトたちが静かに丸太舟で川を下っていた時、突然、耳をつんざき、長く臓器を揺すぶるような叫び声がジャングル中にとどろき渡った。それはホエザル（広鼻猿）の唸り声で、地球上の動物の中でも最も大音量な叫びのひとつだと言われているものだった。五キロ先までも届いたそのけたたましい叫びは、猿がその下あごと喉頭の間にある大きな舌骨《ぜっこう》の空間に空気を押し出すことによって放出される。その結果、バリトンの大音量が、雷の爆音のように非現実的なスケールでジャングル中を跳ね返って揺るがせ、音の発生地を知ることさえ不可能となる。

何物なのか確認出来る騒音よりも、見当もつかない音はもっと性《たち》が悪い。短く、すぐに消え去る奇妙な音、レインフォレストを熟知する者にも正体の掴めない音は、この五〇年前、前述の英国人自然科学者、ヘンリー・ウォルター・ベイツにも強い恐怖感を与えた。彼はその著書にこう記している。

「よく、静かな昼の日中に、突然、大きな物体がその全重量をかけてぶつかり合うような、大木が根こそぎ倒れるような音がしたものだ。問題は、その他のまったく出所の分からない音だった。これに関しては、原住民も私と同様に見当を欠いていたと思う。それらは、時には鉄棒で固い空洞の木を打ち叩いたような音だったり、耳をつんざくような叫びだったりしたが、決して繰り返されることはなく、そのあとの静けさが不気味な恐怖をさらに高めて体中を浸した」

隊の周りを人間と動物の両方の活発な動きが取り囲んでいるのは確かに確認出来たが、男たちにはそれらを見ることが出来ず、いったい何物なのかを想像するしかなかった。この盲目度は、その夜のキャンプ地を探して絡まりつくジャングルの下生えの海の中を叩き切りながら進む隊を、非常に危険な状況に落し入れた。彼らは、不気味な視線を感じながらも、鉈《なた》や鎌で一歩一歩を切り刻みながら、乾いた地面を求めて二夜目の寝床を探した。これは、まったく新しい種類の恐怖だった。不安と心配に満ちた高原の旅でさえ、この手の恐怖に備える下地を作ってはくれなかったし、ジャングルの奥へ奥へと川に運ばれるに連れて強まる心理的な圧迫には、誰もが抵抗力を欠いていた。

アマゾンジャングルで発される唐突で正体不明な音は、夜になるとさらに恐ろしさを増した。暗黒に塗込められた森の中、どこから攻撃の手が襲いかかるかも分からず、逃げ道さえないのである。日中のアマゾンではまったく人気を感じない時もあったが、夜の静けさの中に放たれる不協和音を聴けば、間違いなく彼ら以外の存在が認められた。ジョージ・シェリーのようなベテランのアウトドアマンでも、昼間は慣れたジャングルの川の旅を楽しめても、日没を境に、背筋がそそり立つような音に耳をそばだて、音の出所に考えと神経をめぐらせて眠れない夜をすごした。シェリーの手記には、「ジャングルの夜の闇の中、私はキャンプのハンモックに横たわったまま、判明のつかない音に耳と身体中の神経を集中させていた。実に奇怪なことが、ジャングルでは起こるのである」と記されている。

叫び声、衝突音、打撃音、そしてあらゆる鳴き声は、長いアマゾンの夜の其処此処《そこここ》から起こり、気味の悪いことには、潜んでいる他の生き物も、やはり恐怖におののいているのが分かった。際限なく折り重なって隊員たちを取り巻く黒々とした木々や蔦の中で、息づき動き回る夜行動物の低音が、叫びや爆音に反応して一瞬のうちに沈黙する。男たちは息を詰めて、いったい次には何が襲いかかるのかと凝固してしまうのだ。

「少しでも異質な音がするや、ジャングルは死んだような静寂に包まれる。生きているもの全員が、断末魔の叫びに夜の殺し屋のとどめの飛躍を知って、息が止まってしまうのだ」と、シェリーは解説している。

Chapter 13

黒インクのような川で

「謎の川」に船を浮かべたその瞬間から、ルーズベルトたちは、この川が彼らのただひとつの案内人であることを直感した。猟やキャンプで岸に上がる時も、急流を避けてカヌーを運ぶ時にも、決して川から遠くへ離れてはいけないことを理解した。川は、飲み水と料理に必要だったし、入浴にも必要だった。濡れた毛布にくるまれたような、レインフォレストのたまらない暑さから逃げるためにも、川の近くにいる必要があった。そして何よりも川に、このジャングルの出口まで運んでもらわなければならなかった。

探検隊にとって、それほど重要だった「謎の川」は、同時に、恐ろしく気まぐれで、あてにならない味方でもあった。多くの南米の川がそうであるように、「謎の川」も、短距離の間にその性格を急激に、そして劇的に変え得るため、探検隊に深刻な難題を投げかけていた。雨期で水は膨《ふく》れ上り、危険な漂流物や転変する渦巻きがカヌーをひっくり返し、アッという間に乗員を水面下に呑み込んでしまうからだ。

川そのものよりももっと危険なのは、そこに棲む魚や哺乳動物や爬虫類だった。川を取り囲み、川に依存するレインフォレストと同様に、アマゾン川の構造は、種の進化とその多様性を育む温床である。魚だけをとっても、三千種以上に及ぶ淡水魚が棲息するという、世界のどの河川にも類を見ない生命の宝庫である。水の中には、ありとあらゆる大きさ、形、進化過程の生き物が、ところ狭しと棲息している。それらは、小さなネオンフィッシュから五〇〇キログラムにも及ぶマナティーまで、またピンクの淡水ドルフィンやスティングレイ（アカエイ）や甲羅を着たナマズから大メジロ鮫まで、驚くべきバラエティーに渡る。北米最大の水系であるミシシッピー川が数える淡水魚が三七五種である事実に比較すれば、アマゾン川の驚くべき豊かさが分かるだろう。

雨期には水が膨れ上がって、ジャングルの低地に溢れるので、コロソマなど、アマゾンの魚の種類によっては、羊の奥歯ほどに歯を進化させた魚もいて、大砲の弾サイズのブラジルナッツでも噛み砕いてしまう。古代の魚で、巨大なうなぎのような南米のラングフィッシュ（肺魚）は、えらと肺を両方備えている。四分から一〇分に一度、水面に顔を出して呼吸をしなければ溺れてしまう。ところが、乾燥期になって池や小川が枯れてしまったとき、他の魚は死んでも、ラングフィッシュは泥の中に潜り込み、空気呼吸をするので生き延びることが出来る。また、一般に四つ目魚と呼ばれる魚は、体膜で上下二つに区切られた目を持っている。角膜と網膜が両側に二つづつあるので、空からの捕食者と水面下の捕食者の両方を監視して身を守ることが出来る。

これらの奇妙な順応進化の多くは、保身がその目的だった。それ以外は、それぞれがより強く、速く、賢い捕食者となって、生存率を高めるためだ。電気魚の中には、同類の電気魚の尻尾しか食べない種があり、尻尾は再生するので、食料には絶対困らないことになる。また、自分たちの環境システムの外にいる獲物しか食べないように進化した魚類もある。例えば、一メートルほどに育つアロワナは、巨大な口と歯のような骨が並んだ舌を持っており、水面から自分の身体の二倍の高さまで飛び上がることが出来る。ウォーターモンキーというニックネームがつけられたこの魚は、川に覆い被さる枝に停まっている大きな昆虫や爬虫類、そして小型の鳥までもパクリと食べてしまうのだ。

しかし、川に棲む生物で、隊員が最も目を凝らして見つけようとしたのは、人体に危険を及ぼす生物である。第一の脅威は、四~五メートルもある黒カイマン（アリゲーターの一種）で、腐りかけた漂流物を棲み家としながら水面にひそみ、隊のカヌーが通ると水中に消えて身を隠す。ことにシェリーは、南米のアリゲーターには特別な敬意を払っていた。彼は、オリノコ川の探検で、危うくカイマンに命を奪われるところだったからだ。その時、川の水は低く、露わになった川岸の泥には平らな岩が並んでいた。シェリーは、追っていた川岸の美しい鳥に注意を取られながら、岩から岩へと飛んでいたが、ふと下を見やった瞬間、これから正に片足を降ろそうとしていたのは岩ではなくて、大型のカイマンの背中だったことを知った。

「あのまま足を降ろしていたら、カイマンは瞬時に回転して、私をその顎の上に収めていた」と、後にシェリーは書いている。

他の川の生物は、丸木舟に乗る男たちからは見えないものがほとんどだった。しかし、見えないことで、危機感や恐怖感がよけいに募った。隊員と重い積み荷と満載した原始的な丸木舟は、その船体を水面から七~八センチかろうじて出しただけで浮かんでいたから、隊員が足を出したり、手を水につけたりするだけでも、危険を誘うことになる。もし、渦巻きや急流で転覆しようものなら、男たちは川の真ん中に放り出されて、あらゆる危険の中、岸まで泳ぐ他はないのだった。

船を停泊させる時と乗船の時は、たいてい胸まで水に浸かって、岸辺に生い茂る下生えの中を行くのだから、常に危険な魚や蛇などの危険に晒された。単なる入浴にさえ危険はつきまとったが、ジャングルの堪え難い湿度と高温の中、泥にまみれて行軍する男たちは、リスクと引き換えにでも入浴したがるようになった。ルーズベルト自身、機会あるごとに水に入って、クールな水温を楽しんだ。一〇〇キロの体重の前大統領が危険も省みずに泳ぐさまは、ロンドンには、何か大きな魚が浮上しているかのように見えた。

男たちが最も恐れた魚は、なんと言ってもピラニアである。血と、入浴者が起こすような水しぶきに惹き付けられ、一〇〇匹以上の群を成し、広がっては獲物を探すが、見つけると音信で仲間を呼ぶ。約二〇種類に及ぶピラニアのほとんどは、彼らと同じくらいか、または小さめの獲物を攻撃し、雨期にたくさんの獲物が氾濫する時期を好んで活動する。しかし、その強力な顎と、ヤスリをかけたように鋭いのこぎり歯は、水鳥や猿から雄牛まで、どんな大きさや強さの生き物でも、アッという間に食べ尽くしてしまう。電信配線遠征の際、ロンドンの部隊は、常に最も弱っている動物をピラニアの生けにえにし、他の家畜はその間に川を渡らせた。

兵の謀反に遭ったり、敵のインディアンの領地に馬で乗り込んだりして来たロンドンでさえ、川での入浴には充分すぎるほどの注意を払った。ルーズベルトはロンドンの裸足になった足を見て、彼が何故それほど気をつけるのか、すぐに分かった。ロンドンはある遠征で、水浴びにピッタリな浅い水溜りを川べりに見つけ、よく見極めてから足を入れた途端、ピラニアに襲われ、ひとかぶりで指を一本持って行かれてしまったのだ。

しかし、ロンドンにとって、それよりも遥かに苦痛だったのは、一九〇四年に友をピラニアに殺されたことだ。ロンドンと同じように、軍事学校の優等生だったこの友は、傷を負ったラバに乗って川を渡ろうとして、ラバの血に引き寄せられたピラニアに攻撃された。同僚たちが彼を見つけた時には、骨の他にはブーツの中の足しか残っていなかったという。

ルーズベルトは、ピラニアのことを「機会さえあれば人間を食べる魚」と呼んでいた。彼は、「謎の川」に辿り着くまでに、数々の恐ろしいピラニアの話を聞かされてきた。それは、傷ついた兵や、不運な子供がピラニアに襲われ、川岸には白骨以外の何物も残されていなかったという話の連続だった。ピラニアの血への渇望ぶりに驚愕し、「獰猛《どうもう》な小さな化け物」と名付けて、ルーズベルトは、パラグアイ川でピラニアを捕獲したときのことを書き、アメリカのスクリブナー誌に送った。その記事が活字となって国中に配布された途端、アメリカでは大変な話題になった。

「ピラニアは狂気のひと咬みで、その歯を肉から骨まで突き通してしまう。短く平坦な額に、悪意に満ちた目を睨ませ、鋭い歯の並ぶ口を大きく開いているさまは、獰猛な悪魔そのものだ。そしてその残忍さは、見た目を遥かに上回る。釣り上げられてデッキの上で跳ね回るピラニアは、私がこれまでに見たことのない自制不可能な凶暴さを見せた。船の板の上に放り出されるやいなや、魚とは思えない強烈な高い鳴き声を上げた。そして、激しく飛び跳ねながら、手当り次第に周りのものに噛みついた。一匹は布地の中に飛び込んで、ブルドッグのように噛みついたが最後、離さなかった。もう一匹は仲間のピラニアに噛みつき、さらにもう一匹は木切れにその鋭利な歯を食い込ませ、深い歯形を残した」

ルーズベルトの隊員の中にも、既にピラニアの被害者が出ていた。ルーズベルトが講演をしながら南米を廻っている間、グラン・チャコでシェリーと標本採集をしていた時、レオ・ミラーは、その手の一部をピラニアに咬み千切られたのだ。

「突然、レオが激しい呪いの叫び声をあげた。彼はすぐさま走り寄り、私にその手を見せてくれたが、かなりの肉片がピラニアに咬み取られていた。ピラニアは、世にも血なまぐさい熱帯の化け物だ」と、シェリーは後に語っている。シェリー自身、過去の探検遠征で、枝からピラニアの待ち受ける川に落ち、危うく生きたまま食べ殺されるところだった経験がある。血に飢えたピラニアが待ち受けていたのは、その前に、シェリーが釣ってしまったピラニアの死骸を川に投げ込んだたためだった。それから何年経っても、彼は、その時の「惨劇のニアミス」を思うと、背筋に冷たいものが走るのだった。

「枝から落ちようとした時、私はとっさに他の枝に掴まろうと腕を延ばした。すると、その腕が何か突き出た鋭いものに当たって、肌を切り裂いた。川へ落ちた私は血を流していて、その血がピラニアの攻撃をすぐにでも招くことを瞬間的に確信した。岸はほんの二〜三メートル先だったが、稲妻のような速度のピラニアの攻撃は、私を必ず逃がさない。本能的に、すぐさま岸へ逃げるべきだと思った。泳ぎの下手なものでも、幾かきかすれば辿り着く。しかし、その間私が生き残れるのは、いかにピラニアを自分に近寄せず、私の血で彼らの狂乱を招かないことにかかっていた。私は、川に落ちた途端、両足と両腕を激しく振り回して水しぶきを上げた。それでもピラニアは私に襲いかかり、肩には鋭い痛みを覚えた。私は咬まれていることを知っていたが、全力で水を叩きながら岸を目指した。なんとか辿り着いて岸に上がったものの、既に数カ所を噛み切られていた。私はしばらくそこに呆然《ぼうぜん》と座り込んでしまい、立つことが出来なかった。未だにその時の傷は残っている。もし私が、落ちたことで一瞬でもうろたえてしまっていたら、生きてこの話を伝えられなかったと思う」

ピラニアの恐ろしさは疑う余地はないが、それでも、アマゾンに住んだものなら誰もが、極小でほとんど透明なナマズの仲間〝カンディル〟よりはマシだと言うだろう。このトゲの多い魚は、吸血コウモリ以外では、血液だけを食料にして生きるたったひとつの生物である。平均的なカンディルは二・五センチほどの長さで、大きな魚のエラから入り込んでその血を吸う。他の魚にとってはカンディルは比較的無害で、血を吸い終わるとエラから出て川底の棲み家に戻り、吸った血を消化するだけだ。ところが人間にとっては、このミニチュアのナマズは、命を奪いかねない恐ろしい敵なのだ。

人間を餌食とするのは非常に稀なことではあるが、その場合、カンディルは人間の肛門や膣から入り込む。その真偽はいまだに問われるところだが、男性の尿道から入り込んだというケースもいくつか記録されてる。カンディルは、エラからの水流と尿の放流とを間違えて、その源へ向かうというのだ。何も知らない入浴者をよそに、カンディルは体内に入り込み、柔らかい内膜に着床して吸血する。カンディルにとっても、これは死を意味する。何故なら、魚のエラからは簡単に出られても、人間の尿道からはそうは行かないからだ。後ろ向きに泳ぐ能力はあっても、トゲの多い身体が引っ掛かるので、前に進むことしか出来ない。

入り込まれた人間にとっても状況は深刻で、治療は症状以上に苦痛を伴う。カンディルは間もなく死ぬが、その死骸は尿道を塞《ふさ》いで、激しい痛みを起こし、取り除かないことには死を招く。しかし、カンディルを取り除くことは困難で、ことに熱帯の辺境では至難である。一八九七年、ベルギーの魚類学者で爬虫類学者のジョルジュ・ブロンジェは、ロンドンの動物学会で、バックという医者から聞かされた、辺境地でのカンディル除去のゾッとするようなやり方を報告した。

「カンディルが膀胱に達して炎症を起こし、最終的には死を招くことを防ぐたったひとつの方法は、直ちにペニスを切断することである」と、言い放った。学会員たちは明らかに青ざめた。「バック医師は実際に、カンディルの侵入によってペニスを失った男と三人の男の子を診断している」

バック医師はその後、カンディルの侵入を目撃したわけでもなく、患者の局部の切断を実際に行ったわけでもないという理由で、学会からは正式に信認されなかったが、カンディルに侵されてペニスを失ったというケースは、この他でもいくつか記録されている。

「謎の川」では、隊員たちが前にする危険は、川に入ったときばかりではなく、岸から放尿する時にもあった。カンディルの人体侵入は実に稀ではあるが、ひとりの医師がある若者からカンディルの除去を実際に執刀して記録した一例では、その尿道への侵入路が実に衝撃的なのだ。それまで医師たちは、カンディルが人間の体内に侵入するには、その被害者の局部が川の水に浸っていなければ起こり得ないと信じていた。しかし、このケースでは、被害者は川に立ったまま放尿しており、水には太ももまでしか浸かっておらず、ペニスは水面から離れていたというのである。カンディルは突然水面から現れ、尿をさかのぼって尿道に消えたと言うのだ。被害者は、必死にカンディルを押し出そうとしたが、あまりにも速い上につるつるとつかみ所がなかった。この事件は、マナオスから一六〇キロも離れた辺境地で起こり、土地の医師は若者を助ける術《すべ》もなかった。若者がマナオスへ運ばれた時には、彼はもう一週間以上も排尿しておらず、腹部は六か月の妊婦のように膨れ上がっていたという。医師は腹部の手術に及び、ペニスを切断することなく、カンディルを除去した。

＊＊＊

三月一日の朝、「謎の川」探検の三日目、この日も測量チームは早朝に先発し、残りの隊は一一時頃にそのあとを追った。雨は、カヌーが岸を離れるなり降り出した。

速い水に押されてどんどん流されながら、ちょうど大きな川の曲がり角に達した時、いきなり両岸の林の様子が変り始めた。雨が視界を白くさえぎる中、明らかに人口のものである建造物群が現れ、男たちは突如として原住民の領域の中に紛れ込んでしまったことに気付いた。まったく予期せぬことで、彼らは後退することも出来ず、防衛の用意もないまま、丸木舟に低く身を構えるより方法がなかった。

しかし、船が否応《いやおう》もなく村に近づくに連れ、そこには人影もなく、生活の気配もないことが分かって来た。両岸に広がるその村には、人の気配がないようだった。住人は消え去り、すでに森がその地を取り返しにかかっている様子が明らかだった。ヤシの葉で葺《ふ》かれた屋根は腐りかけ、焼かれた木材があちこちに放置され、耕されたらしい小さな土地には雑草がはびこっていた。川岸には魚の捕獲カゴが流れに揺られて踊り、周りの深いジャングルから際立つのは、人が切り倒したと思われる木材ばかりだった。

すぐ先のベンドには、水面から六～七〇センチ上に、木の橋がぶら下がるように残存し、何本かのしっかりした丸太が川底に立てられて、ロープが手すり用に両岸に固定されていた。しかし、それ以外のものは、膨れ上がる川に流されてしまっていた。

廃墟になった村は、「謎の川」を出発して以来、隊が初めて目にした人間の生活の跡で、正にこの川沿いに原住民が住んでいることの証《あかし》であった。この事実は、疑う余地もなくロンドンを喜ばせたことだろうが、他の隊員にとっては重苦しいニュースだった。これらの原住民が敵対的だとは断言出来ないものの、自分たちの安全を計る必要があったし、ロンドンに対するナンビクワラ族の反応を思い起こせば、友好的ではないと予想するのが妥当だろう。実際ロンドンは、ここに住む原住民は、ナンビクワラの支流のナヴァイテ族だろうと推測していた。ロンドンは、名義上はナンビクワラと平和協定を結んでいたが、この支流部族がそれを尊重するとは限らない。もしくは、そんな協定のことなど知らないかもしれないし、ロンドンのことさえ知らないかもしれない。たったひとつ確かなことは、もしこの村に住んでいた部族がまだ生きているとしたら、ロンドンたちが彼らを確認できる前に、彼らが隊を観察しているだろうことだった。

何故、原住民がこの村を去ったのかは、知る由もなかった。雨期で川が膨張したため、森の奥に引っ込んだのか、もしくは、どこかに狩猟や耕作により適した土地を見つけて移って行ったのだろうか。または、他の部族に皆殺しにされたのかもしれないし、同じ部族内の内輪もめで追われたのかもしれない。理由はどうであれ、雨がしきりに降るこの灰色の日に、静かな森に暗い影を落としながら、朽ちかけた村はゴーストタウンのような気味悪さを放っていた。生身の人間というよりも、幽霊の棲み家のように見えたのだった。

＊＊＊

その日の不気味な出来事に沈んでいたムードは、ルーズベルトのカヌーに乗っていたシェリーが、野生動物の誘うような鳴き声を近くに聴いたことで、少なからず明るくなった。鳥類学者の研ぎすまされた聴覚を持つシェリーは、はっきりした〝イオーク、イオーク〟というウーリーモンキーの声が、頭上に覆い被さる木の枝から聞こえて来るのを逃さなかった。ウーリーモンキーは、大変賢く繊細な動物だ。捕まえられて混乱すると、泣き出すことでも知られている。しかし、シェリーがライフルを取って狙いを定めたのは、博物館への採集納品のためではなく、夕食の材料を考えてのことだった。時を置かず、灰色の毛皮に深く覆われた、巻き付くような長い尻尾の、まるいお腹の突き出た猿が枝葉の間から飛び出してどさりと落ちた。猿が枝の間を縫って落ちるさまを見たときばかりは、男たちは今しがたの不安を忘れ、その夜の久々の肉料理に思いを馳せた。

ところが、彼らの浮き立った気分も束の間、数時間後、あまりに急いでキャンプを張ろうとして、レインフォレストの基本的なルールを忘れ、危うく大惨事を招きかける事件が起こった。ご馳走を手に、男たちはその夜の寝床を求めて、川岸に乾いた土地を探そうと川を下り続けた。やっと平らな土地を川から六〜七〇センチの場所に見つけ、ボートを繋いで上陸すると、手早く下生えを刈って三夜目のキャンプを張り始めた。いつものように川から離れないようにしたが、気付かなかったのは、その下生えが猛毒を持つサンゴヘビの棲み家だったことだ。

数あるレインフォレストの生き物の中でも、毒蛇ほど確実な殺し屋はいない。自然科学者たちは、なかなか毒蛇をジャングルで見つけられないと愚痴るが、枝葉の絨毯《じゅうたん》の下や、倒れた木の下に隠れて、それは必ず潜んでいるのである。そして彼らが攻撃にまわれば、それは脅しではなく、相手を殺すためなのだ。

最も悪名高い南米の毒蛇は、縞《しま》の入ったサンゴヘビと、コブラ科のクサリヘビ（ピット・ヴァイパー）である。クサリヘビは、北米のガラガラヘビとアメリカマムシの仲間で、攻撃する時には、毒牙をまるで飛び出しナイフのように内側へ水平に向ける。数秒も経たないうちに、犠牲者は汗を出し嘔吐する。死は、腎臓疾患か頭蓋内の出血によって起こる。一九三一年、コスタリカの生物学者で毒蛇の専門家、クロドミロ・ピカドは、クサリヘビの毒の恐ろしさを生々しく紹介している。

「咬まれてすぐに、犠牲者は傷に火をつけられたような、まるで鉄ゴテをあてられたような痛みを感じ、それは恐ろしい速度で広がり、全身が蒼白になっていく。そして、自分の身体の部分部分が次々に死体と化して行くのを見る。寒気が全身に走り、歯茎や目から出血し、口からも血を吐き、苦しみに悶えたあと、正気を失って死に至る」

ルーズベルトとその仲間がその夜、キャンプを張るべく乗り上げた岸辺でとぐろを巻いて潜んでいたサンゴヘビは、クサリヘビにも劣らない致死量の毒を持っている。コブラやマンバと同じコブラ科に属し、クサリヘビほど攻撃的ではなく、毒牙も短めだが、その毒は強力で激しい痛みを起こす。一旦人間の体内に入ると、激痛とともに神経を不可逆的に麻痺させる。最後には呼吸器を冒し、被害者は、はっきりした意識があるまま窒息死に至るのだ。

サンゴヘビの毒は、あまりに確実に死を招くため、ルーズベルトの探検遠征の頃のブラジルの辺境地では、人々は被害者を治療しようともしなかった。解毒剤は存在せず、咬まれたとたんに、その人は死ぬものと諦められた。北米では、ウィルダネスに分け入る者が毒蛇を見分けるために覚える古い諺《ことわざ》がある。「赤と黄色が並んでいたら、それは危険の信号」。これはサンゴヘビの有名な黒、赤、黄色の縞模様に注意を払うようにしたものだ。しかし、この諺はアマゾンでは使い物にならない。何故ならアマゾンでは、赤と黄色が並ばない模様の毒サンゴへびが、なんと五〇種もいるからだ。

カマラダたちは、岸辺に生い茂った低木や草木を忙しく取り払って、キャンプの準備に勤《いそ》しんだが、その間、一メートル足らずの毒蛇がこそこそと逃げるのを、はじめはまったく気付かないでいた。彼らのタコだらけの汚れた素足が、薄い枯れ葉の絨毯の上を動き回る間、サンゴヘビは密かに枯葉の下を這い回っていた。脅かされると、サンゴヘビは身体と尻尾を地面に叩き付ける性癖があるが、これは攻撃前によく見られる仕草だ。おそらくその動きが、ついにひとりのカマラダの注意を引き、彼は蛇の上に降ろそうとしていた足を驚いて引いた。恐怖に引きつったカマラダは、斧を振り回して、気が狂ったように蛇を追いやった。それが、たまたまそこにいたルーズベルトの方へサンゴヘビを追いやってしまったのだ。

ルーズベルトは、なりふり構わず即座に反応した。「その百キロの体重からは想像もつかないほど、大統領の飛びワザは軽快で、船でホーンパイプを踊った時にも勝る勢いで、毒蛇に躍りかかった」と、シェリーの回顧録にはある。つまり、ルーズベルトの全体重をかけた足がサンゴヘビの身体の上に落ちたわけだが、的を外れて、頭ではなく身体を潰してしまった。蛇は首をそらせ、すぐさまルーズベルトに反撃した。この時、まだ鋲釘の並んだ重い革靴を履いていたルーズベルトは、蛇がその毒牙を革に喰い込ませ、毒が革をつたって流れる様子を目撃した。彼はこうして、六〜七ミリの革一枚で、恐ろしい苦悶の死を逃れたのである。

Chapter 14 ジャングルをうねり行く川

「謎の川」での三日間を過ごし、この複雑にうねり行く川にロンドンがつけた名前に、異存を抱くものは誰もいなかった。最終的にどこへ行くかが分からないことはもちろん、どんなに川を知り尽くしたアウトドアマンをもってしても、その日一日の川の行く手さえ、まったく想像もつけられないのだった。

「とにかく、あっちへ曲がったりこっちへ曲がったり、挙げ句の果てにはぐるっと一回りして二重になったり、まったく信じがたい川だった」と、シェリーは語っている。それでも、流れは予想に反して静かで、まるで低地の流れのようにとうとうとしていた。漕ぎ手にとっては、ほんの少し漕げば良いだけの楽な流れで、ほとんどの場合、ゆりかごに揺られているような具合の船旅が続いた。三月二日の朝も、まったく同じような調子で森の中をけだる気に広がって伸び、隊を北西の方角へと運んで行った。ところが午後も中頃になって、漕ぎ手たちはわずかながら変化を感じ始めた。水の流れが速くなって来たのである。

アマゾンの支流は、それぞれ高地——アンデス、ブラジル高原、またはギアナ高原——を出発点とし、徐々に降下しながら水の速度を上げてアマゾン平野に至る。科学者たちは、これらの支流を、川が地盤を削りながら流れて作る白乳色、黒、クリア（透明に近い）という三色のカテゴリーに分類している。ヘンリー・ウォルター・ベイツとチャールズ・ダーウィンを友としたアルフレッド・ラッセル・ウォレスは、その著書『アマゾン河探検記』の中で、一九世紀の半ばに、この分類法を紹介している。ウォレスは、アマゾン川の白乳色の水とネグロ川の黒い水の際立った違いを、この二つの川がアマゾン盆地の北壁でぶつかる様子で鮮明に叙述している。上から見ると、この二本の巨大な川が激突する様は、黒いインクが白いパーチメントペーパーにこぼされたようだというのだ。この驚異的な光景は、水温が高いために質量の軽いネグロ川の水がアマゾン川の上に覆い被さると、二〇キロ近くも下流に流れないことには水同士が混じり得ないから起こる。

アマゾンやマデイラといった白乳色の川が濁っているのは、一般的にその源が西方に位置し、地質的に比較的若いアンデスの流送土砂を大量に運んでくるためだ。それにひきかえ、黒い水の流れる川は、たいてい北方に位置する古代のギアナ高原を源とし、栄養素の低い砂地の上を流れて来る。何百万年もの間の雨にすり流されて痩せたこの砂地は、腐敗した落ち葉で出来た有機物を吸い込むことができないため、その有機物に満ちた水が川に流れ入った時には、文字通り濃い紅茶を流したようになる。

雨期の「謎の川」は、ネグロ川に近い黒色を見せるが、分類的にはクリアに属する川である。

アマゾン最大のクリア色の河川、タパジョスやシングー川のように、「謎の川」はその源が古代級の地層の上に広がるブラジル高原にあるため、川底は摩耗し、ほとんど土砂を運ばずに流れて来る。クリアタイプの河川の中でも特にタパジョス川は、あまりにも透き通った水なので、空を反射して蒼色に見えるほどだ。しかし、「謎の川」を含む多くの川は、レインフォレストの中を蛇のように進むうち、黒色やミルキー色系の支流と混じったりするので、河口に近づく頃には、クリアでも蒼色でもない色調になっている。

ルーズベルトたちは、「謎の川」の水の色から、何よりもその速度と方向性を読もうとした。固い結晶質で出来た高原は、水をおおむねクリア色に保っていたが、その固い岩盤の下には若く柔らかい地層があり、それが何層にも重なるうち水力に削られて階段状の川底が出来、滝や急流の原因となっていることは前述の通りだ。

その日の午後三時半頃、男たちは、まるで嵐の前の遠い雷のような低い音が、川下から上がって来るのを聴いた。これ以後、アマゾンでのこの唸《うな》り音は、彼らに最も警戒心を起こす兆候のひとつとなった。これが急流の音だったのである。彼らは充分に気をつけながら、速い流れに船を任せて、最初の急流が見えるところまで辿り着いた。幸い急流は小さめだったので、隊の三艘のカヌーと二の台イカダは、岩にぶつかりながらも簡単に荒波を乗り切ることが出来た。しかし、上手く乗り切れたという男たちの安心は少し早過ぎた。急流の終わりには、静かな川が待ち構えていたのではなく、川はさらに速度を増して行き、ついに五艘は水車の中に巻き込まれるように翻弄された。

そうこうしているうちに川が突然方向を変え、それを曲がり切ったと思ったら、沸騰した鍋のようなホワイトウォーターが待ち受けていたのだ。これはどう見ても大型の急流への前触れである。あれほど静かだった川のあまりにも急な変身ぶりに呆然としながらも、ルーズベルトたちは船を岸へと急がせ、とりあえずの安全地帯である岸辺で、今後の作戦を立てることにした。彼らの視覚位置からは、何がこのような川の氾濫の原因なのかを確かめることが出来ず、何れにしても、頼りない丸木舟の中から究明しようというのは得策ではなかった。岸に上り、カマラダたちにキャンプサイトを整えさせている間、他の隊員は下流への岸沿いに路を開いて、下の様子が見えるところまで進んだ。

ルーズベルトたちは、彼らの発見にショックを受けた。その先一・五キロあまりにわたっていくつもの急流が続き、二メートル近くの滝が二か所も含まれていたのだ。ロンドンの記録には、そのショックとともに、川の驚くべき変身ぶりが克明に記録されている。

「川は凄まじい強さと速度で流れ、もろい砂岩をえぐり取り、粉々に砕いた石ころを、襲いかかる水の勢いで次々と重ねていった。滝を過ぎるといったん川は二手に分かれ、真ん中の小さな島を囲むようにして流れたが、それは岩盤の最後の砦でもあるかのようにも見えた。しかし、それも束の間、また川はひとつになるという予期せぬ早業を演じた。急流の上では、川幅は少なくとも一〇〇メートルはあってそれなりの深さだったものが、このあと、なんと最短ではわずか二メートルしかない峡谷を怒濤のように流れる川となったのだ」

ルーズベルトも、これには目を丸くした。

「あれだけ川幅のあった川が、こんなに短い時間の間に、まるで首を絞められたかのような狭い水路となって、同じ量の水を押し出しているなんて、まったく驚異的で、信じがたい気がした」

実際、その峡谷の狭さは、シェリーが岸に跪《ひざまず》いて、ライフルの端を持って手を伸ばせば、向こう岸に渡せる幅で、カーミットがその記録写真を撮っている。

「どんなカヌーでも、あの怒濤の水は乗り切ることが出来ない。あの気違いじみた川を一目見ただけで、我々は、船をすべて陸揚げしなければならないことをすぐに理解した」と、シェリーも記録している。

＊＊＊

この急流を避けて、船と積み荷を陸で移動させるのには、まる二日と半日が費やされた。ロンドンは、コックのフランカと、高熱で震え出した病気のカマラダを除き、すべての男たちをこの大仕事に就けた。高原の旅で苦しめられた皮膚病が再発したカーミットでさえ、滝の下までのキャンプの移動を手伝い、リラと手分けして、水を含んでさらに重くなった最大の丸木舟を川から引き上げた。カマラダたちは、滑車装置を敷くことで、やっとこれらの重い丸木舟を平坦な場所まで運搬出来た。この時ほど、誰もが、フィアラの用意した七〇キロあまりのキャンバス張りのカヌーを放棄して来たのを悔いたことはなかっただろう。

カマラダたちは、カヌーとイカダを運搬するための太い丸太道を用意した。彼らはまず、鎌と斧で木や蔦を切り払って路を作った。それから太い木を切り倒し、それを二メートル足らずの長さに切ったものを何百本と用意した。それらは開いた路に二メートル間隔に置かれ、その上に重いイカダや丸木舟を乗せて、回し曳《ひ》こうというものだった。

道に丸太が敷き終えられると、本当の労働が始まった。荷を曳くためのロープを身体に固定し、ちょうど馬車を曳く馬のように二人ずつがペアになって、間に合わせの運搬路の上の重い丸木舟を運んだ。荷の後ろには、一人がレバーを持って待ち構え、丸太のこぶや出っ張りに引っ掛かった時に、荷の下にてこを入れて援助した。ぶつかったり滑ったりしながら、重い七艘の丸木舟は、森の間を引っ張られて行った。カマラダたちにとっての苦痛の種は、荷の大きさや重さ、汗にまみれた手を滑って水ぶくれを作る粗いロープだけにかぎったものではなかった。ジャングルの中を進みながら、絡まる蔦や鋭い木の枝が彼らの衣服を破り、あちこちに傷を負った。蒸し暑い熱帯の空気は呼吸を困難にし、何時果てるともない迫り寄せるジャングルの木々には、目まいがするような閉所恐怖感を感じ、それを払いのけて進んで行かなければならなかった。

隊員が心配した通り、いったん通過出来ない急流にさしかかってしまうと、長時間、つかみどころのない危険なジャングルに全員が晒される結果となった。アマゾンのこの地域にも相当数の動物が棲息している筈だったが、ジャングルへの初歩的な知識と常識を持ってしても、実際に目にすることが出来るのは稀だった。時々、野ぶたやバクの足跡を認めることは出来たが、実物にお目にかかることはなかった。これまでのところ、狩りをする機会にもほとんど行き当たらず、魚さえ釣れなかった。ふんだんに存在するのは昆虫や爬虫類だけで、それだけは、レインフォレストの奥へ行けば行くほど図々しく攻撃的になって行った。

実際、男たちが陸の運搬路を作るために汗を流している間、彼らを取り巻くジャングルは、あらゆる生命で充満していた。そこでは、彼らから何かを奪い取ろうとする昆虫類がうごめき合い、それらに触れずには、立つことも、座ることも、もたれかかることさえ出来なかった。しかし、その昆虫たちの生みの親である自然淘汰の競争は、枝や木陰や泥水の中を、他には例を見ないほどの多種多様な生物で埋め尽くしておきながら、ルーズベルトたちの前には全容を見せようとはしない。それればかりか、潜んでいる動物がほんの一瞬姿を現したかと思うと、それは必ず、ルーズベルトたちを混乱させたり騙したりするための、計算し尽くされた行動なのである。

レインフォレストでは、動物たちは稀にしか姿を見せることがなく、その稀な機会には、必ず隠された目的が潜んでいた。生きるか死ぬかの絶え間ない戦いの世界では、捕食者かもしれない相手から身を隠し、賢い罠を仕掛けておくことは、基本的なサバイバルの常識だった。そして、この一時も気を抜くことが出来ない競争環境は、ジャングルにおける偽装や攻撃方法のための想像を絶するような数の性癖や行動を生み出し、それぞれの生き物の生存を可能にしていた。生き残るために、それぞれの生物があみ出した特殊能力は実に精巧で、レインフォレスト内のあらゆるスペースに、日夜を通したあらゆる時間に、その珍しい偽装能力を身につけた生物が存在するのだった。

もちろん、隊員がジャングルで遭遇すると期待していた動物たちの一部は、単に深い木の祠《ほこら》や、丁寧に築いた棲み家や、高い天蓋木の枝葉の中にカムフラージュした巣に隠れ、日が暮れるまで姿を見せないのだった。テントづくりの上手いコウモリは、大きな葉の中央をほんの少しづつかじり、両側に傘のように垂れさせて、その下で雨風をしのぎ、同時に姿を隠す。のろのろと重い足取りで進むアルマジロは、苦労して穴を掘り、その中に身を隠すが、短い時では一日も経てばもっと良い隠れ家を製作するために移って行く。

動物の中には、カムフラージュ能力や、変色する潜在能力を発達させて、攻撃者の目の前でもすっかり姿を消すことが出来るものがいる。三メートルあまりにも及ぶ金色と茶色の縞模様のボア・コンストラクターは、森のまだら模様の地面の上で、完全に姿を消すことが出来るのだ。シャク蛾の幼虫は、気の小枝とまったく見分けがつかないし、キリギリスは緑の葉とそっくりだ。アスプレド科やキノボリウオ科の淡水魚は、木の枝や枯葉のように見えて、川の流廃物にブレンドしてしまう。

保護色を体質的にまとえない動物は、他の植物や昆虫と手を結ぶことで、助けを得るようになった。例えば、手足が長く体長の短い哺乳動物のミツユビナマケモノは、高い木の枝に棲むが、鋭い爪を使って木からぶら下がると、下からはまったく見えなくなる。彼らには、その灰茶色の毛に覆われたボディーの色を森の緑とブレンドさせる能力はない。しかし、毛の一本一本に極小の溝を発達させ、そこに藻を繁殖させることによって、下から見ると緑色の光を帯び、視界から消え去るのである。

繁殖数が高く、しのびやかなナマケモノたちは、ルーズベルト隊が森を切り開いて運搬作業に勤しんでいる間、必ず周りに潜んでいたに違いない。が、彼らは隊の誰にも見つけられなかった。ほとんどの動物が、走ったり、飛んだり、スウィングしたり、地を這ったりしなければ攻撃を避けられないジャングルで、動きの遅いナマケモノは、動かないということを強みにしたのである。彼らは滅多に動かず、動いてもスローモーションのようだが、身体は静止したままの状態で、その頭だけを九〇度以上回転させることができる。高い木の上での奇妙な逆さ生活に徹底的に順応したナマケモノは、雨が下へ滴《したた》るように、毛も下に向けて生やすようになり、枝に掴まるための鋭い爪は、恐ろしいほど長く鋭角になったため、母親は子供を傷つけずに抱き上げられず、生まれたばかりの子供は自力で母親の背中に這い上がる。

それでも、生物によっては姿を現さずにはおれない場合もあり、そんな時には、周りをかどわかしたり、迷わせたり、驚かせたり、騙したりという方法が取られた。多くの蝶の羽には大きな目玉のような模様があるが、それは、飛び立とうと羽を広げた時に、フクロウや鳥の目玉のように一瞬見せかけて相手を惑わせ、逃げるための貴重な時間を稼ぐために発達したものだ。また、スズメガの幼虫は、筋肉を発達させて反り立ち、小さな毒マムシに見せかけて保身しようとする。その演技は凝っていて、ちょうど毒蛇が攻撃する直前の動作のように、身体をゆっくり前後に揺り動かせるのだ。

偽装して相手を騙せる能力は、何も保身のためだけに役立つのではなく、重要な攻撃手段としても発揮される。まるでトロイの馬のような偽装作戦を使うのは、オオアリを捕獲する南米カニ蜘蛛である。オオアリを殺したカニ蜘蛛は、獲物のたったの五分の一の体長しかないにもかかわらず、丁寧に蟻の中身だけを食し、きれいな殻を残す。そして、まるで殺されたのは自分であるかのように、その殻を自分の身体の上に乗せて、仲間のオオアリをおびき寄せるのである。植物の中にも、こういった偽装を得意として、子孫繁栄を遂行しようとする種がある。例えば、ある蘭の一種は、雄のハエを呼び寄せるために、雌のハエの姿をとり、雄に間違って交尾させることによって受粉するのである。

毒を持つことで敵の攻撃を避ける種の生物には、隠れたり偽装したりする必要はなく、逆にその毒性を宣伝誇示することによって相手を遠ざけようとする。際立って明るい色や模様は、そのための装いで、警告色と呼ばれる。アマゾンでこの警告色を使って保身を図る代表的な生き物はヤドクカエルで、人間一〇〇人を殺せる量の毒を一匹が内蔵し、触れるだけでも毒が回る。アマゾンでは、このカエルの毒を毒矢に使用する原住民部落も多いのだが、その体長はわずか一・三センチほどなのだ。ヤドクカエルの目も覚めるような色と模様は、まるでネオンサインのようで、激しい毒性を充分に周りに誇示している。しかし、ルーズベルトたちのような部外者には、これらの警報が読めない。レインフォレストの中を進む間に、彼らの前に姿を現す動物は、どれも攻撃的で危険だと判断するより他はなかったのである。

＊　＊　＊

ルーズベルトとカーミットは、アメリカ西部やアフリカのウィルダネスで経験して来たように、アマゾンでも大きな動物を獲《と》れるものだと思い込んでやって来た。ところが、激しい自然淘汰の競争が進み、何千年か前に南米大陸に到来した人間の影響も相まって、ルーズベルトが狩猟して世に知られたような大物の獲物は、すでに死に絶えていたのだ。

南米大陸は、その長い歴史のほとんどの間、ルーズベルトがアフリカやアジアで親しんだような大きな動物たちの生息地だった。彼らの突然で劇的な絶滅の理由ははっきりとは解明されていないものの、人間の到来がかなり大きな衝撃となったことは確かだとされる。アフリカやアジアの一部の土地のように、原始人と動物とが共存し、動物は人間を恐れることを学んだのに比べ、南米大陸は人間が到達した最後の大陸で、当時の人間はすでに狩猟に大変長《た》けていた。人間の能力を計り知ることも出来なかった南米の大型動物は、到着したばかりの人間の主な獲物とされ、ほとんどが死に絶えたのである。

南米に生き残った大型動物では、ジャガーが代表的なものだ。シェリーには、過去のパラグアイ川探検で、一匹のジャガーに隊全体が恐怖に陥れられた苦い経験がある。

「本当の馬の悲鳴を聞いたものは少ないはずだが、ジャガーが我々のキャンプに向かって来たのを感知した馬たちは、それは凄まじい悲鳴を上げ、高々と飛び上がって逃げようとした。何頭かは馬駐を引き抜き、森へ向かって一目散に逃走した」と、その時のキャンプの混乱ぶりを回顧している。

ジャガーは確かに獰猛ではあるが、用心深く気ままな動物で、余程のことがなければ襲っては来ない。イノシシの仲間で、大群で突進して来ることで恐れられているペッカリーでさえ、滅多に遭遇することがないので、捕らえて食料に出来るのであれば、お目にかかりたいくらいだった。

ルーズベルトたちに次第に明白になって来たのは、レインフォレストでの最大の敵は、単独の獣や攻撃者ではなく、ジャングルそのものだということだった。すでに余すところなく捕り尽くされた食料や栄養源、外敵に対する複雑怪奇な守りの構造、そこを棲み家とする生き物からの果てしない剥奪、弱者に対する驚くべき冷酷さ、それらすべてにおけるジャングルの見事なまでの効率性……それが、彼らの第一の敵であった。

この地で危険かつ破壊的な衝撃の様相を知りたければ、ジャングルの空気中に無数に飛び交い、木や蔦や下生えにたかる虫を見るだけでよい。無限に存在するこれらの虫たちに苦しめられ、菌を植え付けられ、頭がおかしくなるきわまで追いやられた彼の兵を何十年も見て来たロンドンは、こんなに小さな生き物が、どれほどのパワーを秘めているかを、他の誰よりもよく知っていた。大群で襲いかかる蚊、ダニ、ブヨがもたらす苦悶と恐怖、時には村や群全体までも追い出してしまう毒蟻の恐ろしさに比べれば、ジャガーの脅威などはとるに足らないものだと、彼はルーズベルトに語った。これらの小さな虫やそれがもたらす高熱、赤痢や飢餓、心身を摩耗する苦難、殺人的な急流、こういったものこそ、開拓者や探検家を襲う第一の危険なのだった。

アマゾンの自然環境にとってあまりにも重要で普遍的な存在である昆虫は、それぞれは小さくても、質量としては、動物全体の一〇パーセントを占める。小さな寄生アカムシから、青酸カリを吹き出すムカデや、いったん腕に取りついたら二人掛かりでなければ取り離せない一五センチもの大型カブトムシまで、レインフォレストの昆虫は、可能な限りの耐久と優位性を求めて、他に比較の例を見ないほどの適応特殊化を果たして来た。彼らは、単に姿かたちや習性の上だけで環境順応したのではなく、ジャングルの他の生き物との協調や同盟を通した複雑な社会構造に適応することによって、その優位を達成したのだ。

他の生物と同じように、昆虫の姿かたちも、厳しい自然淘汰をくぐり抜けて、実に千変万化な変遷をとげて来た。天蓋樹の葉から逆さにぶら下がっているもの、透き通った羽をつけて透明に飛行するもの、原住民が傷を縫う針に使えるほど強靭なくちばしで刺す虫など、そのバラエティーは尽きない。ブラジルのスズメバチは、腹から昆虫駆除の化学物質を出すが、これを自分たちの巣を支える樹木の根元になすり付けると、巣の略奪にやって来る蟻がきびすを返して帰って行く。バシセロスという新熱帯種の蟻は、身体に二段に生える毛に森の土をまぶしてカムフラージュするが、ナマケモノのように静止することを身につけ、地面に完全に同化することが出来る。食料を探す時には、非常にゆっくりと動くが、危険を感じると、すぐさま元の静止状態に戻リ、頃合いを見ては近くの落ち葉の下に隠れてしまう。

レインフォレストの他のどの生物よりも、昆虫は、その複雑な社会構造を利用することによって、個々の生存能力を高めて来た。ルーズベルトたちが「謎の川」に足を踏み入れて間もなく気付いたように、蟻や蜂などの連隊編成に優れている昆虫の強大な力は、個々の特別な能力もさることながら、時には一〇〇万もの集合体となる巣仲間や群の、徹底的な統制能力から来るのである。まるでオーケストラのメンバーのように、それぞれが専門職をこなして全体を形成し、大群の列は扇形《おうぎ》に広がって、時には最前線の幅は一五メートルもの長さにもなる。一日の行軍のうちに、タランチュラ、ゴキブリ、カブトムシ、スコルピオン、蛇、トカゲ、鳥など、膨大な数の獲物の死体を駐屯地に運び込む。

また、昆虫は、レインフォレストの他の生物とも、緻密で相互利益の高い関係を結んでいる。熱帯の樹木の多くは、蟻の巣に適した窪みを備え、蟻の食料となる甘い蜜液を出すが、そのお返しとして蟻は樹木の防衛係を務め、草食動物から葉を守り、害虫のたまごや幼虫を食べて、害を未然に防ごうとする。実際、森の生物のほとんどが、昆虫との相互関係を築いている。アマゾンに生える一本の木は、四十種以上の蟻の棲み家となっていて、少しもたれかかっただけでも、悪夢のような痛みの咬み傷を負わされるのだ。

ルーズベルト・ロンドン遠征のまだまだ初期のこの時点でも、昆虫は彼らの生活にかなりの災いをもたらせていた。三月四日の朝、シェリーが目を覚ますと、前夜にハンモックの下に敷いておいたポンチョが、文字通り、シロアリに持ち上げられようとしていた。この時期にさしかかった探検隊には不運だったが、シロアリは雨期に大群で現れる。これは高い繁殖率を狙ってのことかもしれず、無数の敵に大群で向かって生存率を高めるためなのかもしれない。いずれにせよ、隊員の誰もがこのシロアリの攻撃の矢面に立たされた。シロアリはシェリーのダッフルバッグを食べ、前大統領のヘルメットの赤い内張りと、下着の片足をそっくり食べ尽くしてしまった。「大佐が下着を広げて皆に見せた時には、どっと笑いが起こったが、彼は憮然とした風だった」と、シェリーは当時を回顧している。

ルーズベルトも、下着の代えの準備が充分にあったなら、一緒になって笑ったかもしれない。しかし、シロアリにやられた下着は、彼には貴重な二～三枚のひとつだったのである。高原を行軍していた時、荷物を軽くする必要に迫られ、こういった必需品もあとに残して来たこともあるが、その後にも実は、下着にまつわる事故があった。ウティアリティーに駐屯していたある夜、彼とカーミットが寝ていた小屋に、隊の雄牛が侵入し、彼らの下着を食べてしまったのである。

昆虫は、持ち物に危害を加えるばかりではなかった。咬まれた時の痛みは、大きな男も泣かせるほどだった。「我々の顔や手は、虫さされや咬み傷で腫れ上がっていた」と、ルーズベルトでさえ苦情を訴えている。彼は、毎晩、折りたたみ式の机の前に座り、スクリブナー誌に載せる記事を書いたが、手と腕をカバーする長い手袋をはめ、ヘルメットからは蚊帳《かや》を垂らせて完全防備を図った。

虫との戦いにおいて、隊員たちは、洋服や蚊帳の他に、非常に有効な武器をひとつ持参していた。フライ・ドープと呼ばれる虫除け薬である。一九世紀の終わりに発案され、この手の薬としては初めてアメリカ社会に広まったものだ。ルーズベルトは、「こんなものを使わなければならない状況に陥ったことがなかったので、正直言ってイヤイヤ持参したのだが、本当にそうして良かったと思う。全員が有り難がっている。もう今後、蚊やブヨのいるところには、フライ・ドープなしには出かけないつもりだ」と語っている。

しかし、暫くの間はフライ・ドープに癒されたものの、ルーズベルトの持参した少量の薬は、「謎の川」を奥へ下るにつれ、およそアマゾンの虫の大群にかなう量ではないことが明白になる。

＊＊＊

ルーズベルトと仲間たちが、その最初の森の運搬路を重荷に汗を流しつつ進んでいる間、彼らの周りに棲息する植物や生物の生存条件は、ルーズベルトたちに課されたそれとまったく同じだった。食料を探し求め得る能力、周りを取り囲む自然の迷路の中で道を見極められる能力、外敵から自分と自分の子孫を守る能力、この三つがその条件だった。

ジャングル中のいかなる場所でも、この条件は、そこに棲むものの徹底した適応性と効率性を生み出して来た。食料を探すために、鳥たちの視力は、人間の最高視力を八倍ほども上回るほどになって行った。夜に、キャンプサイトの上を飛び回るスズメガは、一五センチもの舌を巻き出し、大輪で奥深い花から蜜を吸うことが出来た。長い列を組んで横切って行くハキリアリは、すぐにはとても食べきれない、その身体の何倍もの大きさの葉を棲み家に運び込み、地下で保存しながら発酵させ、栄養源とする。

一見したくらいでは見通せず、隊員たちの目には、ジャングルは混沌とした森としか映らなかったが、実際には、見事に洗練された構造で成り立っていたのである。ピンクの顔をしたオマキザルは、頭上高い天蓋の木に住むが、ひとつ間違えれば落下死を免れない高さを、素早く木から木へとスウィングしながら進んで行く。何百といるコウモリは、鼻の葉とも呼ばれる顔の突起物で作られる音だけを頼りに、真っ暗で障害物だらけの森の中を飛び回り、目的の果実や花や昆虫の食事を楽しみ、川の水さえ空中からすくい上げて飲むことが出来る。蟻はもちろん、蛇、クモ、ムカデ、ネズミ、トカゲなども、森の土壌の科学物質の匂いと味を頼って、毎夜、遥か遠くまで遠征し、間違いなくその寝床に帰り着くことが出来る。

獲物を捕るために移動出来ない生物は、ひたすら外敵からの保身に全力を注いだ。樹木も含むレインフォレストのすべてのものは、自身と子孫の存続のために、敵からの保身術を身につけていた。当時、ゴムの木をめぐって、アマゾンは世界商業の注目を浴びていたが、ゴムの木から出るネバネバした液は、車のタイヤを作るためではなく、害虫を窒息させるために発達したのだった。ルーズベルトたちが切り倒している木々や草から溢れ出したであろうグンタイアリは、女王蟻が産む一〇万から三〇万匹の幼虫のために命を捧げるようにと、遺伝子的にプログラムされているのだ。

これほどまでの知謀と技術と冷酷な利己主義が、何百万年もの間、錬磨されてきた複雑怪奇な世界では、ルーズベルトたちは、その知識や経験を持ってしても、無防備でひ弱な存在としか言えなかった。もちろん、彼らのほとんどはベテランのアウトドアマンであり、自然界の専門家だと自負していた。皆優れたハンターで、銃にも長け、経験豊かなサバイバリストばかりだったから、まともな道具さえあれば、どんなに厳しい自然環境でも切り抜けて行ける自信があった。しかし、「謎の川」沿いのジャングルを、困難を極めて進みながら、彼らの自信の基盤は、早々と指の間をすり抜けて行った。彼らがその領域を侵しつつある原住民を含むアマゾンの生物に比べれば、カマラダから前アメリカ大統領までの全員が、幼稚で丸腰のイージー・ターゲットだったのである。

Chapter 15
野性の川

「謎の川」で遭遇した初めての急流に、ロンドンは、その近くに住むと思われるナヴァリテ族の名にちなんで、「ナヴァリテ急流」と名付けた。三月五日の朝、その急流を避けるための長く苦しい陸路の運搬が、ついに終わった。午後早々に、隊のカヌーを川に降ろし、再び漕ぎ進むことが出来た。ルーズベルトたちは、穏やかな流れに流されながらアマゾンの奥へと進むにつれて、両岸の森の緑が深さを増し、どんどん美しくなって行くのに気付いた。「謎の川」を縁取るレインフォレストは、遠い原始時代から続くジャングルそのものだった。濃い緑はみずみずしく、完全な処女林だった。

夜、簡単な夕食のあとにキャンプファイヤーの周りを囲み、男たちは、待っていましたといわんばかりに、謎に包まれた川の行く手について語り合い、いったい翌日はどの方角へ進んで行くのだろうと話し合った。「その夜は、皆でありとあらゆる可能性を論じ合い、どちらの問題についても意見の果てることがなかった」と、ルーズベルトはのちに追想している。川がどこに辿り着くのかについては、最終的に四つの可能性に絞られた。それらは……

①川は西に向かい、ミラーとアミルカーが下っているジー・パラナ川に合流する。

②川は東へ向かい、ルーズベルトが最初にザーム神父と下る予定だったタパジョス川にに合流する。

③川は真っ直ぐに北へ向かい、ロンドンが賭けたように、アマゾンの大支流であるマデイラ川に流れ込む。

④川は直接アマゾン川に流れ込み、それ自体がアマゾンの支流であることが証明される。

分からないのは、ここからの道のりが一〇〇キロなのか八〇〇なのか、川がこのままゆるやかに流れて行くのか、それとも滝や急流や沼地や湖に遭遇するのか、はっきりしない点だった。とはいえ、二番目の問いの答えに関しては、長く待つ必要はなかった。その翌日の午後三時頃、彼らは再び川の流れが速まって来るのを感じ、下手からの不気味な急流の音を確認したのである。隊はすぐさますべての船を岸に繋いで上陸し、バクが残して行った細い川岸の道をつたって下り、調査に向かった。四〇〇メートル先に見えたものは、複数の激しい急流と、それに続く赤い鉱岩を削って落ちる二つの滝だった。彼らはしばらく呆然と川の行く手を眺めたが、再び船を陸揚げして運搬しなければならないのは、誰の目にも明らかだった。

＊　＊　＊

隊の二回目の陸路運搬には、フルに三日間を費やした。男たちは誰もが、険しいジャングルの中をカヌーや備品をかついで行く時間と食料のロスを憂いたが、運搬の課程がカヌーを傷めることをもっと心配した。最初の運搬では、荒っぽい丸太道を引きずり回したために、ルーズベルトのカヌーに亀裂を入れてしまった。とりあえず修理は施したが、今後どれくらい持つのか、また今回の運搬で他の船にも破損を及ぼすのかと不安が募った。丸太舟は粗造りで扱いにくく、かろうじて浮いている状態ではあったが、彼らにとっては、載せている食料と同じくらいに大切なものだったのだ。

男たちは、これが最後の急流だなどとは思っていなかった。案の定、最初の運搬作業を終えようとした時、隊はさらに悪いニュースをカーミットから受け取った。カーミットは、愛犬のトリゲイロとルーズベルト船の漕ぎ手の一人であるアントニオ・パレチを伴って、六キロほど下流へ狩りに出ていた。猟自体は成功で、カーミットはジャクという七面鳥に似た鳥を捕らえ、アントニオは大きな猿を猟って来た。ルーズベルトなどは、フランカの作る猿料理がすっかり気に入ってしまい、素晴らしいゲームミートだと大喜びだった。ところが男たちの興奮も束の間、カーミットのもたらせたニュースは彼らをまたたく間に意気消沈させた。今、越えようとしている急流の連続を上手くこなしたとしても、まだもうひとつの急流域が、そう遠くない下流に待ち構えているというのである。

この第二の急流域の陸上運搬に汗を流して奮闘しているというのに、その一日目の重労働がまだ終わらないうちに、男たちの気力は萎えてしまったようだった。リラとカーミットは、うなだれているカマラダたちを励まし、彼らを二手に分けて、リラの率いるチームが木を伐採して丸太道を作り、カーミットの率いるチームが丸太舟を川から引き上げた。そして、全員が船と積み荷を丸太道に載せて曳き、ジャングルにつけた道を下った。最後の急流沿いの道が急な上り坂で、特に困難を要した。

三月十一〇日、男たちはついに七〇〇メートル近い運搬作業を終え、船を川に降ろした。しかし、わずか一・六キロを進んだだけで、カーミットが知らせて来た急流にさしかかってしまった。さすがにこの時には、再度陸路を切り開いて運搬することに、男たちは躊躇した。もう一度カヌーをジャングルの道を引きずって痛めつけるリスクは、急流に揉まれて岩に衝突し、マッチ棒のようにバラバラになってしまうリスクよりも高いと判断した彼らは、急流を船で乗り切ろうと決心した。一部のカマラダは陸路で食料を急流の下まで運ぶ役目を負い、残りの男たちは空にした船を操って急流の中を突進することになった。裸で勇猛なカマラダが二人、三艘のカヌーを次々に操って、岩の突き出た急流を上手く無事に切り抜けた。ところが、小さい方のイカダはそうは行かなかった。水を被って沈み始め、アッという間に沈んでしまった。

なんとかイカダを失うまいと、カマラダたちは怒濤の川に泳ぎ入り、岩の下に引っ掛かっていたイカダを解放した。しかし、この作業中、カマラダの一人が急流に呑み込まれ、しばらく流されてしまった。彼はなんとか岸まで泳ぎついたが、途中、鋭い岩で頬を深く切り裂いた。この事故に怖れをなした彼らは、二番目の大きい方のイカダにはロープを結びつけ、ゆっくりと慎重に川を下らせた。

　これらの急流を乗り切る作業で[illegible]ットほ[illegible]身を削っ[illegible]働いた者はい[illegible]かった。彼は、使命を与えられると、最大限の力を発揮した。放ってお[illegible]と考え込んだり落ち込んだりする性質だが、目標が与えられると、誰よりも懸命に働いた。喜んで挑戦に立ち向かうカーミットにルーズベルトは感心し、カマラダのように濃い髭を生やして、まるで急流が彼を許嫁《いいなづけ》から引き離す仇であるかのようにかかって行く息子を、頼もし気に眺めた。

＊　＊　＊

「謎の川」に入って一二日間が過ぎたが、ルーズベルト・ロンドン隊は、かろうじて一二〇キロをこなしただけで、平均すると一日わずかに一一キロのペースだった。最後の急流を越えたあとは、疲れと空腹のため、すぐにキャンプを張ることにした。いつものように、彼らは少し高台の平坦な土地を探し、カヌーを川岸の木に繋いだ。おそらく、食料を北極の氷水の中に失ったフィアラの話が忘れられなかったせいか、男たちは、疲れ切っていたにもかかわらず、すべての食料を濡れた茂みをかき分けて岸に揚げた。その時には、万が一のことを考えてのちょっとした用心のつもりだった。

　その夜、男たちはハンモックの上で眠った……カマラダたちは、三メートル半を超える巨大なバナナの葉をささやかな雨避けにした。ところがその夜、川が増水したのである。水は徐々に古くて水漏れのするカヌーに浸透して行ったが、そのカヌーは隊の一番大きなカヌーにつなぎ留められていた。そしてそのうちに、水がいっぱいになったカヌーは沈み、大きい方のカヌーも一緒に川底に引きずり込んでしまった。隊がキャンプサイトを急流のすぐ下に選んだため、水かさの増した川の流れはとても荒かった。二艘の船はその荒波に揉まれ、何度もぶつかったりねじれたりしているうちに、ついに留め綱が切れ、下流へと流されてしまったのである。

隊員は皆、一艘の船も失えないがためにこの一週間の耐え難い運搬作業にも耐えて来たのだ。それが、ここで二艘を一度に失ってしまった。翌朝それを発見した時、男たちはすぐさま、空望みとは分かっていても、一艘でも取り返したい一心で捜索隊を出した。しかし、溺れかけたカマラダの頬を裂いたような岩が連なる急流では、くたびれて膨張しきったカヌーなど、ひとたまりもないのだった。

「突き出る岩や川底に叩き付けられ、カヌーは木っ端みじんに破壊されていた。川岸や水のよどみに破片が見つかり、それを見ただけで、もう捜索しても無駄だと判った」と、ルーズベルトは書いている。

食料や備品は、前夜に陸揚げしていたために失わずに済んだものの、今や残り五艘では、それらを運ぶことが出来ないばかりか、隊員全員を乗せることも出来ない。彼らは、引き返すに引き返せず、前に進むに進めない状態となった。隊員全員が、木々に覆われた「謎の川」のほとりで、呆然と立ちすくんだのだった。

Chapter 16
川にも危険、丘にも危険

「謎の川」のほとりに立ちながら、ルーズベルトたちは、彼らに残された選択が極めて少ないことを認めざるを得なかった。ジャングルを切り分けながら徒歩で進み、全員をあらゆる死の危険に晒すか、新しいカヌーを作って、このまま進むかだった。後者の選択案にしても、前者に劣らない危険を伴った。「すなわち、時間を食えば食うほど、我々の少ない食料を消費してしまうからだ」と、シェリーはその日記に、焦燥感を露わに書きなぐっている。彼は、ルーズベルトやロンドンと同様、今や二〜三日の遅れも命取りになりかねないことを知っていた。

隊の幹部員は、彼らの置かれた状態の危機度をさらにはっきりさせようと、残っている食料から慎重に在庫をとることにした。船を川に降ろす直前、ミラーとアミルカーの隊に食料分けをした際、ルーズベルト隊は、フィアラが詰めた九〇缶の食料缶のうち五〇缶を取り、同じくフィアラが万が一のために購入していた米国陸軍の緊急食を七五箱受け取った。それぞれの缶箱は、五人の男性の一日分の食料が詰められていた。フィアラは、快適な川下りの旅だと思い込んでいたため、グルメな香辛料やおつまみの他に、前大統領が続けて同じものを食べなくても良いように、一週間分である七種のメニューを用意し、一から七までの番号を打っておいた。たとえば、金曜日の缶箱には、米、パン、ジンジャースナップ（ショウガ味のクッキー）、乾燥ポテトと玉ねぎ、ソーセージ、コンデンスミルク、ベーコン、カレーとチキン、デーツ、砂糖、コーヒーと紅茶、塩が詰められていた。土曜日の内容も似てはいたが、米はオートミールに、ポテトは煮豆に代えられていた。それぞれの缶箱は、錆を防ぐためにラッカーが施され、一メートルほどのモスリンで包まれ、マッチ二箱、石けん一個が加えられていた。

この綿密な在庫調査の結果、カマラダたちの食料は三五日分、幹部たちの食料は五〇日分しかないことが判明した。暗い思いに塞がれながらも、ルーズベルトたちは、もし彼らが今のスローなペースで行軍するならば、猟の獲物や採集食以外には、最後のひと月ほどの食料が完全になくなるだろうと判断した。

彼らがひとところに長く停まりたくなかったのには、ただでさえ足りない食料の消費も然ることながら、もうひとつの大きな理由があった。ジャングルには、彼ら以外の人間が存在していたのである。彼らは、この頃には、文明とまったく接触のない原住民が「謎の川」の周りに住んでいることに気付いていた。ロンドンは、彼らが旅している地域は、まだナンビクワラ族の領域内だろうと思っていたが、それは推測でしかなかった。このことに関しては、「謎の川」がどこに辿り着くのかという推測と同じくらいの確信しかなかった。原住民以外の人間は、「謎の川」に足を踏み入れたことがなく、川の上手に住むナンビクワラたちも、下手にどのような原住民が住んでいるのか、はっきりとロンドンに伝えることが出来ないようだった。

二週間近く前に船を川に降ろして以来、ルーズベルトたちは、未だ一人の人間にも遭遇したことがないが、人間生活のしるしのようなものを何度か目にしている。川沿いに放棄された村と壊れた橋だけでなく、森の中でカーミットは、何本かの木の枝や葉が意味ありげな形にデザインされているのを見たことがある。いかにも誰かへのメッセージであるかのようなこの枝葉のデザインは、ルーズベルトたちを不安にした。何故ならば、放棄された村とは違い、明らかに新しい創作物であったこと、そしてそれが何かを意味するものだからだった。単に道しるべだったかもしれないし、仲間に居場所や良い釣り場を知らせるためのものだったかもしれない。しかし、ルーズベルトたちへの警告のメッセージだったということも、充分に考えられた。いずれにせよ、用心するに越したことはない。

「我々は、ライフルを持たずしてキャンプから一〇メートルと離れることはなかった」と、ルーズベルトは記している。

＊　＊　＊

度重なる急流を回避して、運搬の重労働に四苦八苦した一週間のあと、この遅延においても、男たちは休んでいる暇などなかった。新しい丸太舟の製作は、すぐに開始しなければならなかった。

雨に濡れながら、彼らは、森の中を四方に向かってとぼとぼ歩きながら、カヌーに適した木を懸命に探した。やっと見合った木を三本見つけ、切り倒し、森の中を引きずってキャンプまで持ち帰った。ルーズベルトはどれも素晴らしい木材だと賞賛したが、ロンドンはそのうち一本だけを選んだ。それは、トウダイグサ科で、パラゴムの木と呼ばれ、その生息地では三六〜三七メートルにも伸びる。伐採したものの直径は一・五メートルあり、ブラジル人がタタジュバと呼ぶその材木は、表面に黄色みを帯びていた。

ロンドンの采配のもと、カマラダたちはすぐに仕事に取りかかった。彼らには、失った二艘のカヌーの代わりに一艘の船を造る時間しかなかったので、積み荷をすべて載せようと思えば、大きな船でなくてはならなかった。男たちは、木の幹の方から二六フィート（約八メートル）を計ると、大汗をかきながら余分を切り落とした。通常、丸太舟を作る時には、斧を使って平らな面を作ったあと、内部を六〇センチほどの深さまでくり抜いていく。形が出来上がったら、中に枯葉を詰めて船をひっくり返し、内部に火をつけて燻すことによって、防水性を高めると同時に削りあとを滑らかにする。次に、船を元通りにひっくり返すと、まだ暖かいうちに、カーブした手斧で内壁と床をこそぎ落とす。最後に横木を壁から壁に渡してはめ込み、船をできる限りストレッチさせるのだ。

ルーズベルトたちは、四日間でカヌーを完成させるというノルマを、自分たちに課した。彼らはシフトを組んで働いたが、ロンドンは決して現場を離れず、絶え間なく作業を監督指導し、全員が労力を惜しまず働くことを要求した。カマラダたちの疲労は頂点に達していた。背中は痛み、腕の筋肉は痙攣したが、それよりも辛かったのはしつこい蚊やハエの攻撃で、顔も手足も赤く腫れ上がっていたことだった。しかし、ロンドンの厳しい目が光る中、彼らは一時も休むことなく働いた。日が暮れてからも、蒸し暑い無風のジャングルで、ある者は船の中にしゃがみ込み、ある者は外でふたつ折れになって、ロウソクの火の元で働くカマラダたちの裸の上半身が揺れ動いていた。「熱帯林の中にちらちらするロウソクの火が、働く男たちを浮かび上がらせ、油を塗ったようなオリーブ色や赤銅色や黒色の肌が、その下で踊るしなやかな筋肉で波打つのが見えた」と、ルーズベルトは記録している。

隊のカヌーと積み荷を、急流を避けて陸上運搬したときのカマラダたちの英雄的な働きぶりを見て以来、ルーズベルトは、彼らへの尊敬の念を深めていた。「カマラダたちの働きぶり、他意のない熱心さ、耐久力、雄牛のような頑強さ、そしてブラジル兵たちの聡明さと根気強い奮闘ぶりを見て、彼らの能力とその可能性を認めない者は、相当な愚か者だと確信した」と、その脱帽の念を書き留めている。

ところが、カマラダの中で一人だけ、ルーズベルトの目にも「まったく使い物にならない」男がいた。フリオ・デ・リマという名前のその男は、怠け者で信用がならず、ロンドンも、送り返せるものならすぐにでもそうしたかった。「彼がどれほど臆病で卑怯で、仲間の努力を分かち合えない人間かが分かった時には、我々はすでに川をかなり下っていて、彼を隊から取り除くことが出来なかった」と、ロンドンもその苦々しい気持ちを書き残している。

隊がタピラポアンでカマラダを募集していた時、フリオの体つきの良さと健康さがロンドンの目に留まり、やる気に満ちた彼の言葉を信用してしまったのだった。その「やる気」は、隊が急流にさしかかったとたんに消え去り、処罰や置き去りを脅しに使わなければ、隊が必要とする仕事に就こうとせず、その筋肉は無用の長物だった。隊員は誰も、彼の協力をあてにしなくなった。ルーズベルトは、彼を「生まれながらのずるい怠け者で、大きな身体に野良犬の様な凶暴さを持った奴だ」と話していた。しかし、ロンドンは、彼を遊ばせておくつもりなど毛頭なかった。

ロンドンは、彼の部下の怠惰と不服従は、絶対に容赦しなかった。兵に対する厳格さでは、ロンドンは有名だった。毎日、命を張って働くことで生き残るジャングルの中では、厳しさを持ってリードする以外に方法がなかったのだ。しかし、彼は、兵の反抗に遭った時に燃え上がる怒りを自身の中に抑えておくことの重要さを、痛烈な経験から学び取ってもいた。

二〇年前、ロンドンは、彼の士官の命令にしたがわなかった兵たちを、一時間以上も竹棒でむち打たせた。ブラジルの法律では、むち打ち刑は法律違反だったが、彼の育ったマト・グロッソでは、通常の処罰であることは知れ渡っていた。しかし、この時、それは無惨な結果を招いたのだ。竹の棒が、むち打ちの勢いで折れ、一人の兵の肺を突き刺してしまったのだ。知らせを受けて驚いたロンドンは、すぐさま処罰を辞めさせたが、ケガをした兵に施す手だてはなく、まもなく腹膜炎で死なせてしまった。

ロンドンはその兵の死を深く悔やみ、二度と暴力で処罰することはなかったが、軍では、何らかの処罰なしには指揮することが出来なかった。だからといって、彼はブラジル軍の権威に頼って、兵に圧力をかけて貰おうともしなかった。ロンドンは、その細身の一六〇センチほどの身長でも、たいていのならず者の若者を縮み上がらせた。これより六年前、電報電信線を張るための行軍中、ある街でロンドンの兵たちが酔っぱらい、盛り場へ繰り出して窓を割ったり喧嘩を始めたりの騒ぎとなったことがあった。すぐに酒場を出て道路に集合するようにというロンドンの命令にも、いい加減な反応しかなかったことから、ロンドンはただちに馬に飛び乗って腹を蹴り、街で一番大きな酒場の正面から突っ込んだ。驚いた男たちが彼を避ける混乱の中、テーブルを飛び越えて、裏のドアから突き抜けた。そして、彼の士官に、今すぐに酒場を閉めなければ、どの店の酒瓶もひとつ残らず全部叩き割ると通告させた。すぐさま、酔っぱらった男たちは外によろめき出て、恐れおののく酒場の店主と一緒に、後始末をしたのだった。

＊＊＊

ロンドンとその部下が隊の新しいカヌー造りに専念している間、ルーズベルトとカーミットは、静かで不気味な森の中を獲物を探して歩き回った。カーミットは二・五メートルほどの水へビとキユラソーと呼ばれるトサカのある大型の野鳥を捕ったが、ホエザルはどれも、ロンドンの可愛がっているロボという犬を怖がって逃げたので、的を外してしまった。ところが、ルーズベルトの方は、毎日、なんの収穫もなく帰って来た。彼はたいてい一人きりで猟に出たが、まったく獲物を目にすることが出来なかったという。しかし、この展開に驚く隊員はいなかった。レインフォレストの動物たちが偽装の名人であるばかりか、偉大なハンターのルーズベルトは、ひどい近眼で有名だったからだ。

「彼は、この時、いつも一人で猟に出ていた」と、ロンドンはのちに語っている。「そして、たいてい、手ぶらで戻って来るのだが、それは、彼が遠くから獲物を見つけられないからだった。動物は、彼が近寄る足音におののいて、逃げてしまったわけだ」

ルーズベルトの近眼は、子供の頃から、彼の狩猟やバードウォッチングの妨げとなった。「自分では知らなかったことだが、少年の頃の私は、自然を観察するには、まったく不具者のようなものだった」と、彼はその自叙伝に書いている。「私はひどく近視眼だったので、観察出来るものといえば、たまたまぶつかったものか、足に引っ掛けたものに限られた」

ルーズベルトは、彼のライフルと眼鏡をほぼ同じ頃に手に入れた。しかし、残念ながら、ライフルを手に入れた方が少し先だった。彼は、どうして友人は上手く獲物を見つけて仕留めるのに、彼は見つけることさえ出来ないのかが分からなかった。彼がそのことを父親に打ち明けて初めて、彼の近眼が診断され、強度の眼鏡を与えられたのだった。その眼鏡は、「文字通り、新しい世界の扉を開けてくれた。その眼鏡をかけるまで、私は、世の中がどれほど美しいものだったのか、まるで知らなかった」のである。

ルーズベルトは、眼鏡をとても大切にした。旅行するときなどは、いつも八個から一〇個の眼鏡を携帯し、丁寧に鞄やスーツケースに分け入れた。ところが、熱帯では近眼が他の場所よりもずっと彼の生活に災いした。湿度の高さのためにルーズベルトの眼鏡は常に曇り、雨が降るとほとんど見えなくなるのだが、雨は一日に何度も降るのだった。このように苛立たしく、危険を招きかねない障害があれば、たいていの人はレインフォレストなどには近寄らないものだが、ルーズベルトはいっこうに問題にもしたがらなかった。「父が前もって自分の障害を上手く隠し、まったく困ってもいないかのように振る舞うのには、いつもながら呆れさせられた」と、カーミットは書いている。

三月一三日、カマラダたちは真夜中近くまで働き、翌朝、土砂降りの雨が降る中、ついにカヌーを完成させることが出来た。八メートルの船を、雨でドロドロになった川岸を運搬するには二二人の隊員を総動員したが、正午すぎには、「謎の川」の処女航海に出すことが出来た。男たちは、大慌てで造ったとはいえ、その新しい船を誇らしく思い、それに乗って再び前進出来ることを喜んだ。しかし、喜んでいられたのは束の間だった。下流へ下れば下るほど、川は水の速度を増し、高原の北壁を削るようにしながら徐々に速くなって行った。さらに悪いことには、大きな渦があちこちに現れ、まるで何匹ものサメが救命ボートを狙ってその周りに泳ぎ迫っているかのようだった。

＊　＊　＊

ようやく再び川の旅に戻ることが出来たその初日に、ルーズベルトらが、新しい急流の連続を船で乗り切って行こうと決めたという事実からも、いかに彼らの状況が切羽詰まったものだったかが分かる。新しいカヌーが荒れ狂う川を下れるという保障はなく、ヤシの木で両側に浮きを付けた他の船も食料や備品や人間で山積みとなっていて、水面にわずかに六〜七センチ出て浮いているだけだった。しかし、川の無数の危険も、レインフォレストの中で餓死する恐ろしさに比べれば、まだましだと思えた。ルーズベルト自身も、「ふたつの危険を見比べれば、急流を下るリスクを取らざるを得なかった」と記録している。

隊全体が感じていた危機感の強さは、ロンドンが固定測量法を諦めて、不正確ではあっても作業が速く進む測量法に変えることを受け入れたことでも窺える。カーミットがいちいち上陸して川岸の茂みを切り払ってポールを立てて行くのを待つよりも、先頭のカヌーが川を下りながら合わせた照準を元にして、ロンドンとリラが測量計算をすれば良いことになる。この方法は、測量の信頼度が落ちるばかりか、先頭カヌーのカーミットと漕ぎ手が担う危険をさらに増すことになった。何故ならカーミットたちは、常にロンドンとリラを視界に入れながら、急流と渦をこなして行かなければならないからだった。

その日は、午後の四時間の間に、彼らは六か所の急流を乗り越えることになった。カーミットは幸いにも、その小さなカヌーで急流や渦巻きを器用にこなすことが出来たが、父親の大きな丸太舟は、それほど機敏でも幸運でもなかった。幾つ目かの大きな急流にさしかかった時、ルーズベルトのカヌーは突然、強力な渦の吸引力に引き込まれた。丸木舟は急速に浸水し、シェリーとカジャゼイラ医師は咄嗟《とっさ》に川に飛び込んで重量を軽減しようとした。カマラダたちは必死でパドルを動かし、白い水と戦ってその場を脱出したが、彼らはもう少しのところで波に飲まれ、積み荷どころか命までも失うところだった。

その夜、暗くなった森にキャンプを張りながら、男たちは、達成感と安堵に満ちた気持ちだった。わずか半日で、彼らは難関を突破し、一六キロをこなすことが出来たのだ。この日は、危ない冒険に出たことで良い結果をもたらせることが出来たが、また同じことをして成功する見込みは少ない。一か八かの賭けに出れば出るほど、すべてを失う可能性が高くなるわけだ。

「我々は不運に遭遇したが、それを切り抜けた」と、シェリーはこの時を回顧している。「しかし、この翌日に起こったことは、切り抜けようのない悲劇だった」と、その記述は続く。

Chapter 17

急流に死す

三月一五日、男たちは、決意も固く新たな朝を迎えた。乗り越えたかと思うとまた襲いかかる狂犬のような急流を相手に、一週間にわたって戦い抜き、二艘の船を失った痛手からも立ち直った。そして、自分たちの手で新しい丸太舟を削り上げ、さらに遭遇した六か所の急流を漕ぎ抜けた。ずぶ濡れで、空腹で、疲れ果ててはいたが、ここに至って、今後川がどのような展開を見せようとも乗り切れるのではないかという期待が、隊員たちの胸に芽生え始めた。

その朝、川も彼らの期待にそぐうかのように見えた。隊は、いつもより早く七時に乗船したが、少し早めとはいえ、水は滑らかかつ穏やかに流れ、彼らは再びジャングルの深遠な美しさを堪能することが出来た。

しかし、この安らぎの時は惨《むご》いほど短かった。五キロほど下った頃、川岸の土手がそそり上がって行き、低い山脈のような景観を呈し始め、間もなく、船の列は大きな岩がゴロゴロした高い丘に囲まれてしまった。川はいつものように曲りくねりながら進んでいるので、遠くを見定めることが出来なかったが、すでに彼らには聞き慣れた水の唸り声が低く響き始めたのだ。

二週間ほど前に避けて通らずを得なかった急流と同じように、この広い川幅の急流も、真ん中に出来た小島によって二手に分けられていた。その小島の横を押し進み、川は低い滝へ怒濤のように流れ込んでいた。その滝の向こうは、白く怒り狂ったように泡立っていた。彼らは、つい前日に半ダースほどの急流をこなして来たばかりだったが、ロンドンは、ここでは一線を引かざるを得なかった。時間はどんどん経ち、食料は減る一方だったが、この急流に飛び込む危険は冒せなかった。彼らは、再び、陸路運搬を余儀なくされたのだ。

ロンドンは、すぐさま、彼の三人の漕ぎ手に岸に向かわせ、カーミットと彼の犬のトリゲイロを乗せたカヌーを漕いでいたジョアオとシンプリシオにも岸に上がるよう合図をした。船が岸に繋がれると、ロンドンとリラは漕ぎ手のジョアキンを連れ、隊の運搬路を見つけるために泥路を上がって行った。いかにも手慣れた、余裕に満ちた司令官らしく、彼の命令が問題なく遂行されることを疑いもせず、ロンドンは大股で草木を分け入りながら進んで行った。

＊　＊　＊

ロンドンが見えなくなると、カーミットは川を下ってみようと決心した。岸にぶつかって揺れる荷物だらけのカヌーに座ったまま、彼は、漕ぎ手たちに川の真ん中の島まで行くように命じた。島の右側の急流の方が、左側よりも通り易いのではないかと判断しようとしたのである。他の隊員の自信はこの急流を前にして萎えていたが、カーミットの前進したいという気持ちは強くなる一方だった。彼は、ただでさえ、自分の人生をひとまず棚に上げて仕方なく入隊したという思いだったので、のろのろとしたペースに少なからず苛立《いらだ》っていた。若く、屈強で、アウトドアに長けていた彼は、この遠征を切り抜ける自信に満ち溢れていたのだ。彼は、もう若くはない父親の健康と安全を心配していたのであって、自身の能力に疑問はなかった。この遠征では特に、下手に慎重になって時間と食料を浪費するよりも、早くレインフォレストを脱出する方がずっと重要だと考えていた。

カーミットにとって、アウトドアのサバイバルに自信を持つというのは、ほとんど本能に近いものだった。彼の父親は、他の子供たち同様、幼い時からカーミットにもそれを叩き込んで来たからだ。ルーズベルトは、彼の子供たちが強く育ち、怖れを知らない大人になるのを望むがあまり、弱い人間になるくらいなら、その子は死んでしまった方が良いとまで言っていた。彼自身が子供の頃に弱かったのを克服したように、どの子も絶対に弱さに負けないようにと、子供によっては恐怖を抱きかねないような体力テストや肝試《きもだめ》しを頻繁にした。子供たちは、ルーズベルト家では「スクランブル」と呼ばれた一定ルートの長いウォーキングに駆り出され、そこで数々のチャレンジに挑戦させられる。そのルールは簡潔で、参加者は障害物を乗り越えるか、下をくぐるか、中をかき分けて進むかしなくてはならず、決して横にそれて避けて通ってはいけないというものだ。ルーズベルトの子供たちばかりでなく、時には彼らの友人や従兄弟たちも交えて、ルーズベルトとその子供たちは、絶対に「何も」避けなかったという。ルーズベルトの長男のテッド・ジュニアは、「もし、干草が目の前にあれば、それを乗り越えたり、中をくぐって行ったりした。池にぶつかったら、泳がなくてはならなかった」と、回想している。

ルーズベルトは、この「スクランブル」や、他のアウトドア体験を利用して、子供たちのウィルダネスでの恐怖心を取り除こうとした。彼は、この恐怖心のことを「バック・フィーバー」だとして、臆病心とは別物で、経験のなさから来る極度の神経の高ぶりだと説明している。非常に勇気ある人でも、大自然の中で、例えば怒れるライオンや怒濤の急流などの危険に遭遇すると、この「バック・フィーバー」にやられることを彼は知っていた。「そんな時に必要なのは、勇気ではなくて神経のコントロール、つまり〝落ち着き〟で、それは実際の訓練でしか習得出来ない」と、彼は語っている。

ルーズベルトの子供たちは、その「バック・フィーバー」を克服する機会には、まったく事欠かなかった。ある時、彼らの父親は、六メートルほど上に大きな穴が空いている空洞の大木をみつけ、これは子供を上から放り込んでぶら下げるのにちょうど良い、と手を打ち合わせた。「苦労して私は木に登り、子供を一人づつ代わり番こに、暗い木の中にロープをつたって降りさせたのさ」と、彼は姉のバミーに自慢げに書き送っている。

子供たちに泳ぎを教える方法にしても、お世辞にも丁寧だとは言いがたかった。彼は、子供たちを船着き場に連れて行き、いきなり深い海に飛び込めと命じたのだ。彼の長女のアリスは、特に飛び込むのを怖がっていたが、父親は、彼女だけを免じてやろうなどとは思わなかった。「アリス、飛び込むんだ！　今だ、飛び込め！」と叫び続け、アリスは恐怖に震えながらも、その小さな身体を冷たく暗い水の中に放り出したのだった。

カーミットは、覚めた感じの大人しい子供だったが、他の兄弟に勝るとも劣らない懸命さで、父を喜ばせ、自分を試そうと努力した。彼がオイスター・ベイの別荘で、父の指揮する「スクランブル」に熱心に参加したことは、疑う余地もない。ところが、その〝強い人間造り〟の特訓は、この次男に強い影響を与え過ぎた感がある。カーミットは飛び抜けて怖いもの知らずで、ルーズベルトから見てもハラハラするほど向こう見ずだった。父親は、息子が頑丈で勇敢に育ったことは誇らしかったが、カーミットの冒険熱は、それに伴わなければならない人間の成熟度と知恵に欠け、慎重さのかけらも窺えないことが心配の種だった。

ルーズベルトがアフリカから家族に送った手紙は、カーミットの危険を省みない猛勇談と、そうかと思えばひとり焦燥感に浸る悪癖のことでいっぱいだった。父親が彼の妹のコリーンに宛てて書いた手紙にも、そんな息子への憂慮が現れている。

「カーミットは私の大きな誇りだが、心配の種でもある。彼が子供の頃、どれくらい小心だったかを覚えているね。それが今は、私の心配と言えば、彼が剛胆すぎてあとさき考えずに突進することなんだ」

アフリカでは、カーミットは、突進して来るライオンもゾウもサイも撃ち倒した。ガイドのひとりを連れて二か月もの間姿を消し、何食わぬ顔で戻って来たこともある。

「私よりも、ずっと猟が上手いんだ」と、ルーズベルトは自慢だった。しかし父親は、息子の武勇も銃の腕も、慎重さなしには命取りになるだけだと分かっていた。

「私たちがアフリカに来て以来、一二人がライオンに殺されたり食われたりした。カーミットが無鉄砲で不注意に突撃して行くのを見ると、私は殴ってやりたいような気になる」と、妹に心配な親心を吐露している。

今、この「謎の川」の探検に及んで、ルーズベルトの息子の安否を憂う心労がぶり返し、カーミットが先頭のカヌーに乗り込んで真っ先に出動して行くのを見ると、ぎくりと心臓を突かれる思いだった。カーミットが今回の探検に大きく貢献していることは確かで、彼の存在は父を喜ばせたが、同時に、この謎の川を父よりもずっと先に息子が先鋒を切っていると思うと、まことに落ち着けないのだった。

もちろん、ルーズベルトはカーミットの無鉄砲さを何度もたしなめたのだが、その効果は、彼の行動にはまったくと言ってよいほど反映しなかった。カーミットがいきなり急流の真っただ中の小島に向かったその午後にも、父のたしなみの無益さは明らかだった。カーミットの命令に従わざるを得ないと判断したジョアオとシンプリシオは、パドルで岸を押し離した。三人は、上手く流れに乗って、川中の小島まで辿り着いた。しかし、船から降りるなり、彼らはロンドンが見抜いた通り、小島の両側の川には、安全に乗り越えられるルートがないことを知ったのだ。

今や、彼ら三人はその小島から行き場を失ったばかりか、川をかなり下ってしまい、先で轟音をたてている滝に近づいてしまった。カーミットは二人のカマラダに、船に戻って左側の岸に漕ぎ戻るよう命じた。ジョアオとシンプリシオは、ルーズベルトも認める特に優れたカマラダたちだったが、さすがにこの命令にはひるんだ。カーミットが命令を繰り返して初めて、彼らは仕方なくパドルを取り、激流に突き入れた。

三人が左岸に戻ろうと、小島から半分くらいのところまで漕ぎ着けた時、突然、神出鬼没の渦巻きが彼らのカヌーを捕らえた。強力な渦はカヌーを引き回し、カーミットは漕ぎ手たちに船の腹を引いて襲いかかる水を船首で受けるよう叫んだ。船は大きく回転しながら滝の底へ落ちた。驚くべきことに、彼らが滝の下に落ちた時に、ルーズベルトが〝水に浮かべるべき代物ではない〟と言ったほどのボロのカヌーは、まだ上を向いていた。しかし、浸水が激しく、かろうじて浮いている状態だった。助かるたったひとつの道は、岸に辿り着くことだと悟ったジョアオとシンプリシオは、ありったけの力を振り絞って漕いだ。彼らが、ほとんど岸に届くかと思った時、またしても渦巻きが彼らを引き込み、カヌーを川の真ん中へ吐き出したのだ。仲間の命だけでなく、その大切な船も救おうとしたジョアオは、水の中に飛び込み、船の舳先に結びつけられていた大綱を必死で掴んだ。彼は、全力を出して綱を引っ張り、川底の石や苔に滑ったりつまずいたりしながら、船を岸へと運ぼうとした。しかし、激流の威力は強過ぎた。瞬く間に綱をジョアオの手から奪い取り、船をひっくり返し、川下へ放り投げてしまった。カヌーが大きく回転しながら見えなくなる前に、ジョアオが最後に見たのは、シンプリシオとカーミットが傷んでささくれ立った船体にしがみついている様子だった。

＊＊＊

急流の上に泊めた船から、ルーズベルトとシェリーは、カーミットとジョアオとシンプリシオがカヌーをなんとか制御しようと奮闘し、そのまま滝の向こうに姿を消した一部始終を、恐怖に凍り付いたまま目撃した。漕ぎ手に岸に付けるよう叫ぶと、彼らは岸へ飛び上がり、凸凹の岸辺を全速力で走り、二番目の滝の下まで辿り着いた。そこで彼らが見たものは、どんな父親の心臓も止めてしまっただろう。カーミットの船は岩に挟まって、形もなく砕けて横たわっていたのである。

PART 4

無慈悲

Chapter 18
攻撃

ルーズベルトが息子の姿をなんとか探そうと、目を皿のようにして怒濤《どとう》の川を凝視していた時、カーミットは下手で死を賭して川と戦っていた。彼のカヌーが二番目の滝を落ちた時、その衝撃が船を破壊し、カーミットとシンプリシオとカーミットの犬を川へ放り出した。カーミットは生きていたし意識もあったが、彼の川との格闘はこれからだったのである。アフリカにも持参した愛用のウィンチェスター四〇五のライフルは、落下の衝撃で彼の手から叩《たた》き落とされた。突撃する水に彼は視界を失い、息を詰まらせ、激しく身体を打たれた。彼の固いつば広の日除けヘルメットは、まるで金槌《かなづち》にでも打たれたかのように、激流に叩かれて顔に覆い被《かぶ》さり、彼の水をはらんだジャケットは重しのようになって、カーミットを川底へと引きずり込んだ。

川の中央部では、シンプリシオも怒濤に渦巻く川に翻弄され、白い泡と黒い川に巻き込まれていた。強力な水の威力と、岩だらけの川底によって起こる恐ろしい渦巻きが、彼を遠く下流へと押し流しながら、呼吸を奪って水中できり揉みし、水底の岩にぶち付けていたのだ。

カーミットとシンプリシオが川で死闘を繰り広げている間、何も知らないロンドンは、陸の運送路を見つけ、左岸を歩いて戻って来ていた。カマラダたちへの指示を考えながら、自分のカヌーの方を見やった時、彼は初めてそこに見た、いや、本来見えるはずのものが見えないのに驚いた。そこにはカーミットの丸太舟が、自分のそれの隣りに繋がれているはずではないか。彼は、自分の船の漕ぎ手頭で信頼の高いアントニオ・コレイアに、自分が去ったあとにいったい何が起こったのかと問い質《ただ》した。アントニオから、カーミットが厚顔にもロンドンの命令に背いたことを聞くと、彼は驚愕に目を見張った。

カーミットが公然と彼の命に背いたことに、隊の大切な船と食料をも危険にさらしたことが信じがたく、すぐさまきびすを返して、リラとともに下流の滝へと急いだ。まもなく二人は、遠くから、カーミットの犬のトリゲイロが彼らの方へ走って来るのを見つけた。犬が近づくとともに、ロンドンの心配は増し、急ぎ足は駆け足へと変って、川の岸沿いを走り降りた。トリゲイロと合流した時には、犬が水に落ちたことが彼らの目には明らかだった。全身がびっしょりと濡れていたからだ。犬の姿しか見えないということが、さらに恐怖を募らせた。

彼らはさらに急いで、最初の滝の下まで走った。少し盛り上がった丘の頂点に立った時、ひとりの人間が彼らの方に向かってよじ登って来るのが確認出来た。それは、ずぶ濡れで、疲労のせいから衰弱しきってはいたが、生きたカーミットだった。これを見たロンドンの反射的な感情は、大きな安堵だった。しかし、この安堵はすぐに怒りへと変った。彼は、たとえそれがアメリカ前大統領の息子であっても、命令に背かれるなどとは正に論外だったのである。そして、彼に背いたことで、カーミットは隊全体を危険にさらしたのだ。カーミットがついに彼の前に立った時、ロンドンの怒りは、極めつきの皮肉となって吹き出た。「それで、風呂の具合は最高だったかね！」と、辛辣《しんらつ》な語調で叩きつけた。

狭く、ぬかるんだ川岸の道に立って、ズボンから滝のように水をしたたり落とし、足元に水たまりを作りながら、カーミットは、自分が今しがた経験したことのいきさつと、ジョアオとシンプリシオの行方について説明しようとした。カーミットは、滝の下で川底に引きずり込まれたあと、後追いの水に速度の和らいだ流れへと運ばれた。溺れる寸前まで行き、疲労困憊《こんぱい》していたが、岸から突き出ている枝を見つけ、これが最後のチャンスだと思って飛びついた。その枝をつたって、ようやく川から脱出することが出来たのだった。終止カーミットの側を離れなかったトリゲイロは、彼と一緒に岸に上がるなり倒れてしまった。カーミットは、ジョアオとシンプリシオも泳いで反対側の岸に着いているに違いないが、カヌーとその積み荷についてはどうなったか分からないとロンドンに伝えた。

おそらく全員が安全だというカーミットの推測をそのまま受け入れると、ロンドンとリラは、カーミットの話でその存在を知った第二の滝を回避する運搬の方法と、失われたカヌーと食料を探す問題に取り組み始めた。カヌーと同じくらい大切だったのはその積み荷で、一〇日分の食料と船を造るための道具類が詰められており、それらを失うことは絶望的な痛手だった。

カーミットが歩き去るとすぐに、ジョアオがロンドンとリラの前に現れた。カーミットが推測した通り、ジョアオは反対側の岸に泳ぎ着き、なんとか川を渡って戻って来たのだった。ところが彼は、カーミットとシンプリシオが第二の滝を落ちて視界から消えて以来、シンプリシオの方は目にしていないと言うのだ。

ロンドンは、すぐに大掛かりな救助捜索を全員に命令した。この一時を争う捜索に、一縷《いちる》の望みを託したのだ。彼らは一・六キロほども下流まで必死に捜索したが、パドル一本と、食料一箱以外には、何も見つけられなかった。皆の目にも、事の次第は明瞭となった。

「残念ながら、ここに及んではもう認めざるを得なかった。シンプリシオは溺死したのだ」と、ロンドンはその日記に書いた。

＊＊＊

その夜、今や二一人となった男たちは、最後の滝を回避して荷物を運搬し終え、それぞれのテントやハンモックへ引きとった。ルーズベルトは、小さな机に背を丸めて向かい、彼が書いていた記事に、その日、カーミットが危うく命を落としかけたことを書いた。もし、その日奪われた命がシンプリシオでなくカーミットであったなら、〝私にはとても、そんな悪い知らせを彼の許嫁《いいなづけ》や母親にもたらせる勇気はない〟と彼は書いた。カーミットの溺死寸前の事故は、彼自身の無鉄砲な行動が原因とはいえ、ルーズベルトは、このような危険な川の探検に踏み込み、そこへ息子を同行させたことに重い責任を感じた。カーミットがこの探検に参加したのは、ひとえに父を護るためだったところが、この事件を境として、ルーズベルトの使命は、カーミットを護り生きてレインフォレストを脱出させることとなったのだ。

死に直面し、直接ではないにしろ、仲間の死をもたらせたカーミットは、彼のその夜の短い日記を読む限りでは、良心の呵《か》責《しゃく》も事件への責任も感じている風ではなかった。シンプリシオの死に関する記述は短く無感情で、「シンプリシオは溺死した」とだけ書かれ、紙一重で溺死するところだった自分の事故に関しても、同じ事務的な記録に留められていた。もし、彼がシンプリシオの死を悲しみ、ロンドンの命に背いて無謀にも川を渡ったことを後悔しているとしたら、それは日記には反映されていなかった。それどころか、カーミットは、その後も彼のやり方を変える様子もなかった。もし、ルーズベルトが、この事故が息子に見合う程度の恐怖心や警戒心を植え付けてくれるものと期待していたとしたら、彼は大いに失望したことだろう。

この事故で最も打撃を受けたのは、他ならぬシェリーだった。人生の半分を南米のジャングルの旅に費やして来た彼は、隊が置かれた悪状況を、カーミットやルーズベルトよりもよく理解していたし、同じように状況を把握しているロンドンよりも、生きて帰りたいという願望が強かった。シンプリシオの死が残念であったのは言うまでもないが、シェリーは、カーミットのカヌーとその積み荷を失ったことが何よりもショックだった。「人間の死は悲劇だ。しかし、カヌーとその中身を失ったことは、残された私たちにとってもっと大きな悲劇だ」と、その夜の日記に書き入れている。

彼が、その前日、船を川におろす前に妻のステラに宛てて書いた手紙には、彼らの〝ロッキー・デル〟農園の春の作物の種まきに間に合うよう、バーモントに帰りたい旨が綴《つづ》られている。

「五月の終わりには、ニューヨークに到達出来るのではないかと思う。ジャガイモなど作物の種付けを手伝いたいから、ぜひ、そうあって欲しいと期待している」

しかし今、シェリーは、このような物資のロスがもう一度あったなら、〝ロッキー・デル〟の家族に生きて会うことが叶《かな》わないだろうと、思わざるを得ないのだった。

ロンドンはといえば、カーミットが命令に背いて部下のひとりを死なせたことには腹を立てていたものの、シンプリシオの死に打撃を受けた様子もなく、それによって怖《お》じ気づいた気配もなかった。

「我々が決行しようとしている類いの仕事は、前もって予想出来る危険を認識し、死と直面しなければならない数えきれないほどの状況に精通していなければ、とても勤まるものではない」と、ロンドンは書いている。

ロンドンにとって、人の死は、ずっと大きな目標、即ち、ブラジルの内陸部を開拓してアマゾンの原住民をブラジル社会に融合させるというゴールに到達するための犠牲のひとつでしかなく、その過程では、これまでにも数限りない部下の命を失って来たのである。

ロンドンのように、原住民に近づいて親交を深めたいと熱心に思う者は、ロンドンの兵にも他のブラジル人にも極めて少なく、そもそもそんなことが可能だとも思わなかった。一般民衆の声にも支えられて、兵は、ロンドンの理想のためにこれほどまでの犠牲を払わなければならないことを理不尽だとした。ある時など何人かのゴム栽培園主が、〝ア・クルーズ〟というブラジルの新聞に、〝ロンドンは自分の兵を餓死させておいて、野蛮人に食料を分け与えている〟と投稿したことがある。しかし、アマゾンの奥深い辺境にいるロンドンにはそんな批判も届かず、彼を止める術《すべ》はないのだった。

そもそもロンドンは、彼の部下が苦しんだからとか、命を落としたからという理由で、仕事の目標を変えたこともなければ、変えるつもりもなかった。彼の信念は、彼の書き残した言葉に端的に現されている。

「たとえどれほどの苦しみをもたらせたとしても、死と危険に遠征の使命を妨害させるものではない」

翌三月一六日の朝、男たちは、再び川に挑戦すべく仕度を整えた。まだ薄暗い森に強い雨が降る中、彼らはロンドンの前に集まってその日の命令事項を聴いた。ブラジル政府を代表して、ロンドンは、不幸なシンプリシオの名前を後世に残すため、彼の若い命を奪った第二の滝に彼の名前をつけた。シンプリシオは未婚だったので、隊が生きてマナオへ到達出来れば、彼に約束された給金は彼の母親に送ろうと、ロンドンとルーズベルトは合意した。彼らの野望のために命を落とした青年のために、他に出来ることもなく、いつものキャンプの標識の裏に、短い言葉を書き入れた。

「哀れなシンプリシオは、この急流で命を失った」

そして、男たちは、沈黙のうちにその場を去った。

この日も厳しく危険な一日が待っていることは、隊員全員が知るところだった。前日の懸命な捜索の際、彼らは、この先にさらに激しい急流が連続していることを確認していたのだ。なおさら悪いことは、今や、隊員二一人につき五艘の船しかないという事実だった。周りには、丸太舟をくり抜けるような木材が皆無だったのだ。何人かの男たちは、歩くしかないのである。

午前七時、前も見えないような雨の中、カーミットは新しい大きなカヌーに乗り、これまで二週間半の間そうして来たように、隊の先頭を切って出帆した。わずか三〇分の後、彼らは予期していた急流にさしかかった。シンプリシオの捜索の際に、カーミットが左岸を綿密に探索済みだったので、ロンドンとリラは右岸に漕ぎつけ、そこで急流の最も激しい箇所を迂回《うかい》出来る流れを見つけることができた。

隊一番の漕ぎ手であるルイスとアントニオ・コレイアは、荷を降ろして空にした船を、右岸からロープで繋いで川を下らせる役目を請け負った。その間、残りのカマラダたちは、八〇〇メートルほどの左岸の陸路を、荷物をかついで下って行った。全員に命を下したロンドンは、彼が最も可愛がっている犬のロボを連れ、昨夜のキャンプ地のすぐ裏の丘へ獲物を捕りに、それが出来なければ、ブラジルナッツを集めに出かけて行った。

隊員たちは、とりわけ原住民の住居跡と意味ありげなしるしを目撃したあと、単独行動をとることはほとんどなかったが、ロンドンだけは、時折ひとりで出て行くことがあった。彼は、元来一匹狼だった。彼は、幼い頃には孤児として世の中を渡り歩くことを覚え、リオ・デ・ジャネイロの軍事学校ではアウトサイダーとして自らの路を開いて行った。結婚してからでさえも、彼は常に長く遠い仕事の旅に出かけて、妻や子供たちから離れて暮らして来た。

妻のフランシスカ・ロンドンは、過去二十二年の間、夫の隊のどの兵にも劣らないほど厳しい生活を強いられて来た。彼女は、リオ・デ・ジャネイロで、ロンドンの軍事学校時代の教授の娘として恵まれた生活を送っていたが、ロンドンとの結婚のすぐあと、その生活を後にして、夫の近くに身を置くため辺境のマト・グロッソへと移って行った。その後、七人の子供を産み、孤独と病気——マラリアや熱帯の伝染性皮膚病など——に苦しみながらも、何か月も、時には何年も不在の夫を待って家を護り続けた。それでも彼女は、なんとか電信電報コードを自ら習得し、遠征に出ている夫に短いメッセージを送ることが出来るようになった。一九〇一年、彼らの九年目の結婚記念日に、ロンドンは妻に何とも哀愁に満ちた電報を送っている。

「今日の日は、愉しかった過去の思い出を運んで来てくれるね。今の悲しい生活は受け入れるしかないさ。深く君を想いながら。抱擁を送る。カンディードより」

遠征では常に何百人という兵に囲まれながら、ロンドンは、彼の司令官としての仕事を孤独で淋しいものと感じていた。リラやアミルカーなど、心を割って話せる一握りの部下の他には、彼の友といえば犬たちだけだった。ロンドンは時には二〇匹以上の犬を連れて行軍したが、常に三〜四匹のお気に入りを彼の身近に従えていた。

犬は文句を言わず、謀反も起こさず、いつも愉快で信頼が置け、主人に忠実だった。ロンドンが兵よりも犬の方を思いやり、その安全や快適さに気を配っていたのは、誰の目にも明らかだった。彼は犬にはふんだんな情愛をかけ、食べ物を分け与え、ある時などは、犬の足を休ませてやるために行軍を一旦停止したこともあった。また、別の遠征では、過労で死んでしまわないようにと、歩き疲れた犬をその腕に抱えて行軍した。兵の死には、日記に一行以上の言葉を割くことは稀だったが、犬の死には、心からの追悼の言葉を延々と並べ立てた。例えば、彼の犬のヴルカオが死んだ時には、「私のテントをいつも護ってくれた旅の友よ……可哀想な友よ！　お前の死のなんと辛いことか……あれほどまでに私につかえ、私がその献身の半分にも報いることが出来ないままに……」と書いて、その悲しみを吐露している。

さて一六日の夕刻、ロンドンは忠実なロボを伴って、前日のキャンプ場の裏の丘を登り詰めた後、北へ向きを変えて「謎の川」の方向へと戻っていた。そして、川沿いに約一・五キロほど下ったところで、川が細い支流を脇へ出しているところへ来た。彼とロボは、木々や蔦が絡まる中を分け入って進んでいたところ、突然、コアタ、またはスパイダー・モンキーと呼ばれる、アマゾンの霊長類最大の猿の確かないななき声を聞いたのだ。ロンドンは、猿を脅かさないように最大限に注意を払いながら、ゆっくりと地面に腹這《ば》いになって、声の方向へと前進して行った。コアタが住んでいる高い木の上を入念に観察しながら、彼は、太った猿を尻尾から逆さに持ってキャンプへ帰った時の男たちの嬉々とした顔が、すでに見えるようであった。

森はいつものように静かで、ロンドンは、出来る限りの注意を払って、下生えの枝を折ったり、枯れ草を踏む音などを立てないようにしながら、這うように進んで行った。猟に興奮したロボは、主人の前を走って、すぐさま視界から消えてしまった。何秒かの後、「キャイン」という高い悲鳴が静けさを破った。

ロボが、ジャガーかペッカリーか、何者かにやられたと直感したロンドンは、最悪の事態を予想して身構えた。ところが彼は、その予想も上回る恐ろしい音を聞いた。人間の声である。「それは、短い叫びの連続で、勢いがあり、コーラスのように抑揚をつけて繰り返された。原住民が敵に襲いかかる前に気勢を上げる際、よく上げる奇声だった」と、のちにロンドンは回顧している。その時の敵とはもちろんロンドンのことで、彼にはライフルの他には、ジャングルの茂みを楯にする以外に防衛の術がなかった。とにかく、原住民の姿が彼に見えない限りは、ロンドン自身も動かず気付かれないようにすることに集中する他はない。

その時、突然ロボが姿を現し、よろよろとロンドンの方へ歩み寄って、彼の居場所を明かすことになってしまった。ロボとの距離が狭まると同時に、二本の長い矢が彼の真横をかすめた。原住民の戦いの叫びに耳を襲われながら、ロンドンはライフルを上に向けて威嚇射撃した。爆発音は彼の周りの枝葉を震わせ、おののいた動物たちを逃げ惑わせたが、原住民は攻撃を止めない。ロボを襲った者たちは、レインフォレストの深い森に阻まれて、まだロンドンには見えなかったが、今や彼らの興奮した話し声がはっきりと聞き取れた。彼はもう一発ライフルを発砲した。しかし、奇声は止まなかった。ついにロンドンは、一人では防衛出来ないと判断し、来た道を後退した。

＊　＊　＊

ロンドンは、隊がその朝張った急流の下のキャンプに戻って来た。隊の幹部を集めると、今起こった出来事を告げた。彼らの最も恐れていたことが起こったのである。「謎の川」沿いに住む原住民は、これで架空の存在ではなくなった。彼らは現実のもので、しかも攻撃を仕掛けているのである。

その上、キャンプに戻ったロンドンには、悪いニュースが待っていた。彼が森に入っている間に、カヌーをもう一艘失ったというのだ。ルイスとアントニオ・コレイアは、最初の船をなんとか下流へ降ろすことには成功したが、二〜三日前に造ったばかりの大きい方の船を、急流を避けながら流し降ろそうとした際、ロープが切れて、岩場の群れの中に流されてしまったと言う。ルイスは、危うく一緒に流されるところだったが、他のカマラダたちが彼を救った。しかし、カヌーと繋いでいたロープと滑車類はすべて失われてしまったのだ。

ロンドンはカヌーの喪失に大きなショックを受けたが、今は原住民の脅威の方が大きかった。彼はリラとカーミットに、原住民から攻撃を受けた場所に一緒に戻ってくれるように頼んだ。同意した二人は、カジャゼイラ医師とアントニオ・パレチも加えて、すぐさまロンドンの来た道を引き返した。

五人が川の支流の入り口まで辿《たど》り着いた時には、原住民の気配は消えていた。しかし、そこには、原住民が残して行った幾つかの品がみつかリ、そのひとつは、長い棒の先に付けられた、動物のはらわたを詰めた小さなカゴだった。ロンドンは、それが魚釣りにつかわれたものであろうと推測した。原住民は、それを川の中に沈め、魚がそこに集まった時、矢で突き刺したものだろうというのだ。彼は膝を折って身をかがめると、カゴの横に二本の斧と数個のビーズを贈り物として置いた。彼は、こうすることによって、隊の人間が、原住民の敵ではないどころか、友好を結びたく思っていることを伝えたかったのである。

五人はその辺りの森をくまなく調査して、明らかに原住民が退いて行った道と思われるトレールを発見した。それから、ロンドンは、もっと血なまぐさいトレールも見つけた。血が周りの葉や枝にこびりついているのだ。彼は、その血のトレールを三〇〇メートル足らず辿り、その終わりにロボの死体を見つけた。ロボはキャンプに戻ろうと必死に歩いたが、とうとう力尽きたようだった。彼を殺した矢は、その小さな身体にまだ突き刺さったままだった。一本は彼の足を射抜き、その肉を破っていた。もう一本は、彼の心臓のすぐ下の腹を射抜いていた。強い弓の威力で放たれた矢は、ロボの身体を完全に貫通し、血に濡れた矢先が反対側に突き出ていた。ロボを見下ろしながら、原住民の意図したところが〝殺戮〟であったことは、誰の目にも明らかだった。即ち、ロボよりも先にロンドンが進んでいたならば、今、森の地面の上に血だまりを広げて横たわっているのは、ロンドンの死骸であるはずであった。

ところが、その悲しみと恐怖にもかかわらず、ロンドンは彼の原住民保護の主旨を曲げることを拒否した。可愛がっていたロボへの憐憫の思いも、彼の原住民へのポリシーを変えることはなかったのである。彼は、過去にも敵対的な原住民に遭遇した経験もあれば、これからも遭遇するであろうことも分かっていながら、彼らを孤立させることの方を、彼らの手によって死ぬことよりも案じていたのである。

ロンドンは、かねてから、原住民が攻撃するのは、そうせざるを得ないように仕向けられるからだと論じていた。実際、九〇パーセントのブラジル原住民の攻撃は、自己防衛と反撃以外の何ものでもないとした。しかし、原住民から襲って来るのは、彼らの恐怖心や自己防衛心のせいだと言われても、それは慰めにもならないとルーズベルトは思った。「恐れられたから撃たれたとしても、それは、嫌われたから撃たれたのと、苦痛においては何も変わらない」と、彼は皮肉っぽく言っている。

ところが、ロンドンも、ひざまずいてロボを貫いた矢を間近に観察した時には身震いがした。二週間以上前に、原住民が置き捨てた村に遭遇して以来、彼らを密かに取り巻く原住民は、ロンドンが七年前に親睦を結んだナンビクワラの一派だとほぼ確信していた。ところが、その矢をよく見てみると、彼が間違っていたことが分かったのだ。ロボを貫いた矢の先は、かえしのある矛先のような形をしており、竹材で出来ていた。これがナンビクワラの造った矢ではないことは、ロンドンには明白だった。彼が身震いしたのは、「謎の川」に住む原住民が、何の情報も持たない未知の種族だという事実を知ったからだった。

ロンドンはこの原住民を知らず、原住民もロンドンを知らない。彼らと外の世界とは、見せかけの平和も存在しないのだ。そもそも、彼らが、ナンビクワラが最初にしたように、激しく自己防衛線を展開しないという理由はどこにもない。重大な違いは、ナンビクワラの時は、ロンドンたちは少なくとも引き返すことが出来たことだ。その選択は今の彼らにはない。それどころか、生き延びるためには、さらにこの未知の原住民の領地の奥深くへと進んで行かなければならないのだ。確実に歓迎されないことが分かっていながら。

Chapter 19
シンタ・ラルガ

およそ二〇〇万年前、人類は、アフリカ大陸からヨーロッパ、アジア大陸へと生活地域を広げていた。その数千数百年もの後、人々は、オーストラリアとニューギニアへ移住して行ったが、当時、それは陸続きのひとつの大陸だった。その頃の人類はまだ船を持たず、シベリアの寒気にも耐えることが出来なかったので、現在のベアリング海峡の陸路を渡ってアメリカ大陸へと移動出来たのは、さらに数千年を経たときのことだった。しかし、人類がいったん北アメリカ大陸に繁殖し始めると、比較的短期間で大陸の隅々まで移植し、間もなく、現在のパナマ海峡の陸路を通って、南米にも広がって行った。こうして、人がアマゾンに最初に足を踏み入れたのは、約一万二〇〇〇年前のことだった。

この時、アマゾンに入り込んだ原始の人々は、外の世界からすっかり連絡を絶ち、ジャングルの中に姿を消してしまった。その後、何千年もの間、アマゾンからは何の音沙汰もなかった。アマゾン以外の居住地では物事は常に変化し、人は交流し、人種や文化を交えることによって新しい人類を形作って行ったが、アマゾンに入って行った種族は外界から切り離され、隔離された生活を延々と続けて行った。紀元一五〇〇年になって、ヨーロッパの探検隊が南アメリカ沿岸の土地を奪い、原住民の王家を倒し、人々を奴隷化した時にさえ、広大な内陸部には侵略の手が及ばず、そこに棲む人々は知られざる謎として残されたままとなった。

一五四二年、ついにスペイン人の探検家オレヤナが、アマゾン低地に踏み込んだ。彼は、脅威的な深さのジャングルと恐ろしい毒の土産話とともに、恐るべき女性戦士の部族を発見して戻ってきた。彼の遠征隊の記録者で修道士のガスパール・デ・カルヴァハルによると、その部族の女性は、恥部以外は丸裸で、弓矢を携え、原住民の男たちの一〇人分は強かった、というのだ。矢を放ちやすいからという理由で右の乳房を取り除いたとされる、有名なギリシャ神話の女性戦士でにちなんで、オレヤナは、彼女たちを〝アマゾン〟と名付けた。アマゾンという言葉は、ギリシャ語で〝乳房がない〟という意味の〝a-mazos〟から来ている。

オレヤナのあと、アマゾンの原住民を訪ねたものは、その後二〇〇年の間、ほとんど皆無に等しかった。ところが、一八世紀の中頃になって事情は一変し、アマゾンの住民に惨憺たる結果をもたらせることになる事件が起こった。ゴムの木の発見である。

フランスの自然科学者で数学者のシャルル・マリー・ド・ラ・コンダミンは、エクアドルからアマゾン川を下っている時、原住民が高い木の幹から白い液体を抽出しているのを目撃した。原住民がカウチョークと呼ぶその不思議な液体は、凝固すると、ブーツから瓶まで様々のものを作るのに使うことが出来た。ラ・コンダミンは、このカウチョークに将来性を見出し、フランスにサンプルを持ち帰った。この奇妙な、柔軟性に富んだ物質がドーバー海峡を越えた時、イギリス人は、それが消しゴムとして非常に役立つことを発見し、間もなく〝ゴム〟という名で呼ばれるようになった。一八世紀の終わり頃には、ゴムはヨーロッパ中とその植民地で広く使われるようになっていた。一九世紀の中頃には、アマゾンは、年間に一五〇トンのゴムを輸出していたのだ。

ラ・コンダミンの発見は、ひとにぎりの南米人とヨーロッパ人を大変裕福にしたが、アマゾンの原住民にとっては大きな災難と悲しみをもたらせた。ゴムで一財を成そうとアマゾンに入り込んだ開拓者たちは、安価な労働力の不足にしびれを切らし、奴隷を捕らえる遠征を計画し始めたのだ。ヨーロッパ人が持ち込んだ伝染病で、すでに相当疲弊していた原住民は、この攻撃でほぼ壊滅的な打撃を受けた。だが、生き残った原住民は、命を失った者よりもさらに不運だったかもしれない。ゴム成金たちは、その残酷さでは悪名が高かった。ペルーの帽子屋の息子で、一九世紀の末から二〇世紀の初めにかけて、アマゾンのゴム採集と販売で大きな財を成したフリオ・セザール・アラナは、部下にライフルを持たせて原住民の〝リクルート〟に行かせた。彼らが捕獲した数千数万の老若男女は、鎖につながれて労働に就かされた。課せられた量の仕事をこなせなければ、生きたまま焼き殺されたり、宙づりにされて割かれたり、生殖器を撃ち抜かれたりした。こうして、アラナがリオ・プトゥマヨの岸辺に君臨した一二年の間に、五万人以上いた原住民は八〇〇〇人にまで激減した。生き残った者も、重い障害や醜い傷を負わされ、「アラナの烙印」と呼ばれるに至った。

原住民の代弁者となったのは、一七世紀初頭から伝道師を送り込んで布教活動をしていたキリスト教会だけであった。伝道師たちは、原住民を護ろうと努力したが、強力で無慈悲な開拓者の前には、いかにも無力だった。彼らは、せめて原住民を、奴隷ではなく労働者として働かせようとした。しかし、開拓者たちは、必要な数の労働者が集められないことと、労働者では奴隷のように統制出来ないという理由で、結局は労働者を奴隷化してしまった。伝道師でさえ、原住民をキリスト教に改宗させ、洋服を着ることやキリストを神として崇拝することを強要した。

一九一〇年にロンドンの原住民保護策が施行されるまではもちろん、そのあとでさえも、原住民の最強の保護者はアマゾンそのものだった。あまりにも深く危険なレインフォレストには、たとえそれがゴム採集のためであっても、奥まで入り込める白人はほとんどいなかった。原住民の労働力と信仰心は執拗に求められたものの、ルーズベルトが一九一三年に南米に到達した当時でさえ、まだ外界との連絡を持たない原住民部族がいくつか存在した。外界と多少の連絡を持つ部族でも、あまりにも深いジャングルの奥深くに文明から隔離されて棲んでいるので、外の世界がどんなものかという想像もできないのだった。ジョージ・シェリーも、これらの原住民を観察して、〝ここまで隔離された環境からは、大きな社会というものが何を意味するのかがまったく掴めないのだ〟と見ている。さらに彼は、アマゾンの原住民のものの見方について、興味深い分析をしている。

「ジャングルの奥深くに棲む部族には、彼らの村人よりも多数の人間が社会を成し、一緒に住んでいることが想像出来ない。彼らは、世界がジャングルと川と海で出来ていると思い込み、その中の其処《そこ》ここに、人間が彼らと同単位の村を成して住んでいると思っている。だから、よそ者に遭遇すると、それは村から村へと旅している者としか受け取れないのだ」

＊　＊　＊

「謎の川」でルーズベルトたちを取り巻ていた謎の原住民は、まさに辺境で孤立してきた部族であって、未だ白人を見たことがなかった。彼らの世界とルーズベルトやロンドンの世界が交差することは、単に違った文化のぶつかり合いではなく、産業時代と石器時代の衝突であり、近代と古代の衝突だったのである。この部族は、近代の文化人類学者が〝シンタ・ラルガ〟（ポルトガル語では〝太いベルト〟の意味で、腰に太い木の革を巻いていることからそう呼ばれる）と呼ぶ部族だ。彼らは、入り込むことの出来ないほど深いレインフォレストによって外界から隔離されて来たばかりか、ほとんどのアマゾン原住民が開拓者に追われるルートとなった〝川〟そのものに遮《さえぎ》られて、その孤立を護って来た。

ヨーロッパの探検家にとって、南米の内陸部へ入り込む手っ取り早い道は、川だったのである。彼らがレインフォレストとそこに棲む生物を見つけたのは、すべてアマゾン川とその数えきれないほどの支流に沿った場所であり、また、原住民が外界を発見したのも、川を旅したからだった。しかし、支流の多くには激しい急流が連続していて、上ることはもちろん、下ることも不可能に近い。「謎の川」の荒れ狂う急流は、どんなに断固とした開拓者の意志もくじいて来たのである。ロンドンのカマラダの命を奪い、ルーズベルトの息子の命も奪おうとしたその急流は、シンタ・ラルガをタイム・カプセルに閉じ込め、何千年もの間封印してきたのだ。

ルーズベルトの住む世界が、当時、高層ビルや自動車、そして飛行機（ライト兄弟は、これより一一年前に、キル・デビルの丘を越える飛行に成功している）に至る目覚ましい変遷をとげていたのに比べ、この地域の原住民は、未だ簡素な道具類しか使っていなかった。彼らの使う斧は、砕いて磨かれた石で、ナイフは竹材を鋭く割いたものだった。火は、固い木片をを柔らかい木片に錐のように回転させながら起こす。シンタ・ラルガの男たちは、狩りに出る時には、必ず火起こしの固い木片を腰に下げ、いつでも火を起こせるようにしていた。

彼らがどれほど隔離された部族であったかは、はじめにルーズベルトたちの部隊を目にした時、それが人間の集団なのかどうか定かでなかったということからも窺える。その頃には、隊員の多くは長い髭を生やしていたから、比較的体毛の少ないアマゾンの原住民から見れば、動物的とも映ったらしい。ジャングルの木陰からこれらの毛深い男たちを観察しながら、シンタ・ラルガ族の母親たちは子供たちに、あんなおかしな体毛がそこら中に生えて来ないように、夜はキャンプの火の近くで眠りなさいと諭したと言われる。

シンタ・ラルガたちは、隊のカヌーにも興味があったに違いない。シンプルで雑な造りだったとはいえ、丸太舟は、彼らの知らない高度な技術が使われていたからだ。彼らは、「謎の川」の両岸に住み、川で水を飲み、魚を釣り、水浴びし、その岸辺をかなりの距離に渡って旅したが、彼らは未だに船というものを知らなかった。川を渡るたったひとつの手段は、木板とロープで作る橋のみだった。それどころか、生活の糧を川に依存しているにも関わらず、釣り針と糸で魚を釣るということを知らず、主食とも言える魚は槍と矢で突き刺して捕っていた。

＊　＊　＊

そんな狭い世界にあっても、ひとつにはその孤立した環境下であるがため、シンタ・ラルガはサバイバルの名人だった。ルーズベルト隊は、陸路の運搬の際、下生えを踏みつけ、動物たちを威嚇し、その存在をジャングル中に宣伝するようにして行軍した。運搬作業をしていない時でさえ、男たちには、ジャングルを思うように進むことは至難の業《わざ》だった。長い蔦の類いが縦横無尽に森を編み込み、彼らの行手をはばんだ。鋭い枝は彼らの洋服に引っ掛かり、引き裂いたが、そんな枝や刺から衣類を外す作業だけにも、時間と労力を割かなければならなかった。

そんなルーズベルト隊とは対称的に、シンタ・ラルガたちは、レインフォレストの中を音もなく素早く動くことが出来た。衣服をまとっていなかったので、引っ掛けて足止めを食らうこともなかった。女性は、真ん中で分けた髪を長く伸ばし、黒い植物のビーズをつないで、首と手首と腰回り、そして足首に巻いていた。男たちは、蔓植物でペニスを保護している以外は、まったく裸だった。

シンタ・ラルガがジャングルを素早く静かに動き回れたのは、よそ者には知る由もないトレールを敷いていたからでもあった。ロンドンが、この未知の原住民と接触したい一心で、ロボを発見した地点から彼らのトレールを辿ったとしても、それは遂行不可能なことだった。シンタ・ラルガのトレールは、森の中をジグザグに進み、茂みに踏み込んだり出たり、川を渡ったり戻ったり、障害物も避けずに乗り越えたりして、実に複雑怪奇だった。

部族のトレールには道しるべが付けられていたが、それは恐ろしく巧妙な仕組みだった。目印は、三・五メートルから五・五メートル間隔で現れ、単なる小さな枝で、木の革が剥がされたところが折られ、後ろに曲げられている。シンタ・ラルガ以外の者には、この目印はレインフォレスト中に散在している普通の折れた枝にしか見えないだろう。方向変換を示す目印にはわずかに大きめの枝が使われ、曲げられた枝がそれとなく方向を示している。その居住区への道順を示す道しるべは、シンタ・ラルガにしか読み込めなかった。ちょうど、近代の海運航海法と同じように、部落に近づいて行くと、目印はトレールの向って左側に確認出来るが、部落から離れて行くときには、トレールの右側に現れる仕組みになっている。

シンタ・ラルガは、トレールを敷くことに長《た》けていたばかりでなく、優れたハンターでもあった。ルーズベルト隊が、獲物の気配の感じられないジャングルを無益に彷徨《さまよ》いながら、徐々に飢えて行った一方、原住民はそこら中に獲物の姿を見、声を聞き、匂いを嗅ぐことが出来たのだ。彼らが、物音を立てずに動くことが出来るのも、獲物を急襲するのに役立ち、その弓矢の腕は名人級だった。これらはすべて、ルーズベルトたちには真似の出来ない芸当だった。

シンタ・ラルガの狩猟の技術は高度で、必要とあらば獲物をおびき寄せることも出来た。ロンドン自身もあとになって気付いたことだが、彼がクモザルの鳴き声だと思ったのは、実は彼をおびき寄せるためにシンタ・ラルガがその声を真似たのだった。シンタ・ラルガは、ほとんどどんな動物の鳴き声でも真似ることが出来た。実際、そのもの真似の才能は非凡で、獲物を自在に撃墜範囲におびき寄せられるばかりか、単に時間を告げる呼び声としても動物の鳴き声を使った。例えば、夜明け前の時間を告げるには、ホエザルの鳴き声を真似たのである。

ルーズベルトたちにとって最ももどかしく苛立たしかったのは、魚に満ち溢れている「謎の川」を下りながら、その魚が上手く釣れないことだった。ところがその同じ魚を、シンタ・ラルガはいとも簡単に捕獲していた。彼らは、釣り糸や針がなくても、川岸でロンドンがみつけたようなカゴを使って簡単に魚を捕った。その秘訣はティンボだった。それは、蔦植物を石で叩き潰すことによって抽出した白いミルクのような液体で、魚のエラを麻痺させて気絶させるか、時には殺してしまうことができる。流れの淀んだ岸辺の入り江を利用して、彼らは、川面に浮かんで来た魚を簡単に捕獲することが出来た。

優れたハンターであり、釣り師であるシンタ・ラルガは、ルーズベルトたちが知らない森の収穫物からも、タンパク質をはじめとする多量の栄養分を摂っていた。原住民は、相当なな労力を費やして、マニオク（カッサバとも呼ばれる根野菜で、タピオカのもと）や長芋やさつま芋を栽培していた。ジャングルの中での耕作は、実に骨の折れる仕事だった。一本の木を倒すだけでも、一人の男が石の斧を使い、丸一日を費やさなければならなかった。土を耕す段になると、堅い土壌に網の目のように張った長い根と戦わなければならなかった。こうして耕した土地も、三〜四年もすると、太陽に灼《や》かれ、作物に栄養を奪われ、自然の還元の中で得ていた栄養も断たれるため、完全に不毛な土地と化し、彼らは新しい土地を耕作することを強いられるのだった。

シンタ・ラルガの村には、一件につき三世帯から五世帯が住む大きな家屋が一〜二軒あり、それぞれの村は部族全体からは完全に自立しており、独自の村長が選ばれていた。村長は、家を建てたり庭を耕作したりする際に、しっかりしたリーダーシップを見せることが要求されたが、彼は従来の意味でのトップではなかった。シンタ・ラルガたちは、そえぞれの村長に、暮らしぶりを細々と干渉されることはなかった。村長の仕事は部族の儀式を司ることで、これは書き言葉を持たないシンタ・ラルガにとっては重要な役目だった。儀式の様式を知るには、自らの記憶か、親や祖父母から聞き及んだ話を手引きとするしかなかったからだ。

村長は、村全体に権限を持たなかったばかりか、自分の家族以外には、他のどの家族にも影響力を持たなかった。村の男は、結婚した複数の妻と、その妻たちが産んだ子供たちの上に、家長として君臨した。シンタ・ラルガの男たちは、通常、妻が年を取って来ると、すぐに新しい妻を娶《めと》った。少女は、八歳から一〇歳の間に結婚年齢に達し、多くの場合、母親の兄弟に嫁いだ。このような小さなコミュニティーでは、若者は適当な結婚相手に困る場合も多々あった。その場合には、三人以上の妻を持つ男から譲り受けるか、それが可能でなければ、隣村から探すことを許された。村同士で女性を交換することは、珍しいことではなかった。女たちはたいていの場合、交換に同意した。

多くの原始的社会の例に漏れず、シンタ・ラルガの女性には、部族や家族内での決定権がなかった。しかし、自身の生活に関しては意外なほどの権利を保持していた。例えば、もし彼女たちが結婚に満足していなければ、それに対して何らかの措置をとることができた。結婚を解消することも出来たし、他の男と結婚することも出来た。もしくは、結婚したまま他の男を恋人とすることも出来たのだ。そのような場合の夫は、自分が村の笑い者にでもされない限り、黙って見て見ぬ振りをする場合が多かった。

子供たちは、村の将来として大切ではあったが、決して甘やかされず、一二歳になれば、大人として様々な仕事を担うことが当然とされた。また、彼らは同じ屋根の下で暮らしていても、直接の家族以外には特別な責任を感じている様子がなかった。大きな家屋の中にそれぞれの場所を持ち、ある家長が獲物を捕って来ても、他の家族にそれが分け与えられることは稀だった。獲物を捕った者が最初に食べ、次に妻たちが食べ、最後に子供たちと他の親類縁者が食べることが出来た。

＊＊＊

ルーズベルトとロンドンは認識し得なかったが、このシンタ・ラルガの強い独立心が、おそらく隊の命を守っていた要素だっただろう。この原住民が伝統的な意味での村長を持たなかったということは、すべての決断が全員の合意に寄らなければならないということだった。例えば、村を引っ越す時には、全員が時と場所について合意しなければならなかった。

ルーズベルトたちにどう対処するかについては、彼らの意見は分かれていた。何人かは、外からの侵入者からは隠れていた方が良いという意見だった。しかし、他の何人かは、攻撃するべきだと主張した。不思議な男たちは招かれざる侵入者であり、害を及ぼさないとは限らない。先に攻撃を仕掛けることで、シンタ・ラルガには先取権がある。そして、隊が携帯している食料や価値ある道具類を奪うことが出来る。ことに鉄製の道具類は、魅力ある戦勝品だった。

戦争は、シンタ・ラルガにとって珍しい出来事ではなかった。戦争の発端となるのは、多くの場合、攻撃された仲間の死だったが、病気や自然死もその理由となった。シンタ・ラルガは、死は呪いによって起こるものだと信じていた。誰かが病気になって死んだ場合、村人は、ハーブや宗教を持って治そうとした治療者に責任を負わせることはなかった。その代わり、村の者たちを見回し、そこに犯人を見つけられなければ、他の村人が呪いをかけたと判断する。結果は、その村への復讐の攻撃だった。

シンタ・ラルガが戦争に帰結するもうひとつのケースは、病気や殺人などで村の人口が一定以下に減少し、女や子供を奪うことを余儀なくされた場合である。このような場合の攻撃は、たいてい夜に実行された。男たちは目標の村の近くに潜み、日が沈んでしばらくすると、共同家屋に浸入する。そして、ハンモックで寝入っている男たちをこん棒で殴り殺し、捕まえられる限りの女子供を連れ去った。

シンタ・ラルガは装飾品をあまり身に付けなかったが、出陣の際には戦いの装いをまとった。髪を短く切りそろえ、鷲の羽で作った頭飾りを被り、身体には動物や植物から抽出した色素を塗って、首にビーズのネックレスをした。しかし、シンタ・ラルガの最も重要な戦争衣装は、腰に巻いた幅広の木の皮で、後に、これによってポルトガル人が彼らをシンタ・ラルガ（太いベルト）と名付けるに至った。このベルトは、見つけることの困難なコウラタリと呼ばれる木から作られた。男たちは、この滑らかでマホガニー色をした木の皮を見つけるために、数日間も歩き続けなくてはならなかった。彼らは、二〇センチほどの幅の皮を、腰に一重半回して、蔓でしっかりと留めた。木の皮は二・五センチもあって、ごつごつとして固かったので、腹や背中を切って化膿の原因となったが、腹を護る鎧《よろい》の役目も果たしたので、戦争好きのシンタ・ラルガにとっては、なじみの必需品だった。

こん棒や毒を使った戦いに長けていたシンタ・ラルガだが、その最強の武器は弓矢だった。ロンドンがロボを殺した矢を調べた時に認識したように、シンタ・ラルガの矢は非常に精巧な造りで、正確に的を射った。竹で出来た軸はペッカリーの毛が編み込まれ、矢先はナイフのように鋭かった。矢の長さは、平均すると一五二〜一五三センチもあり……それは、シンタ・ラルガの男性の背丈に届くほどの長さで、女性の背丈より長かった……鷲かキュラッソーの羽が、安定した飛行を助ける矢羽根として使われていた。部落の男たちは、魚、鳥、猿、大きな獲物、そして人間と、用途によって違った矢を作ったが、弓は同じものを使った。一八〇センチほどもある弓は、ヤシの木の幹で作られ、おそろしく固く引きがたいので、ルーズベルトたちが見つけたとしても、果たして使えるかどうかは疑問だった。

＊＊＊

もし、ルーズベルト隊が知っていたならば、シンタ・ラルガを最も恐れたであろう事実は、彼らが人食い人種だったことである。しかも彼らの人食いは、餓死寸前の探検隊や、座礁した航海士や、飢饉の犠牲者など、追い詰められた人間同士に起こる類いのものではなく、復讐のためや、部族の習わしと儀式に付随したものだった。部族には、人食いに対する厳しいルールがあった。まず、人を食べるのは、戦勝の祝いの時だけで、その祝いの儀式は夜でなければならなかった。食される人間を殺したものは、肉を焼くことも、それをふるまうことも許されない。そして、子供と、小さな子供のいる親は食べることが出来ない。もし食べてしまったら、彼らは気が狂うのだと、シンタ・ラルガは信じていた。

人食いに関して、この部族で最も重要なルールとされたのは、シンタ・ラルガが他のシンタ・ラルガを食べることは許されないことだった。この部族は、内輪の人間と他の人間との間にはっきりとした線を引いていて、〝部外者〟ならば、すなわち〝食べられる〟ということだった。戦争で殺した敵は、儀式に従って切り刻まれ、食べられるのだ。敵の陣地や森の中の戦場にあって倒した敵は、ちょうど天蓋の木から射落とした猿のように処理された。まずは、頭を切り落とし、心臓を取り出す。それから、食べられる部分、腕や足や胴の肉好きの良い箇所を分割した。それをたき火で焼き、家に持ち帰ると、妻たちがさらに切り刻み、瀬戸物の鍋で煮るのだった。

他の部族の原住民が〝部外者〟と受け取られるくらいだから、彼らには人間とも映らなかったルーズベルト隊の男たちは、当然その範疇に入る訳である。その上、もし彼らが隊を襲うとなれば、ルーズベルトがおそらく最初の標的となるのは間違いない。何週間か隊を観察しながら、シンタ・ラルガは、当然、ルーズベルトとロンドンがその司令官であることを察知していたであろう。二人は、他の男たちに命令を下し、力仕事にはあまりつかないばかりか、他の隊員が明らかに二人を丁重に扱っている。たとえ、隊に遭遇して間もなかったと仮定しても、彼らはおそらく、その恰幅の良さを見て、ルーズベルトを真っ先に狙う筈だ。シンタ・ラルガは、殺した敵が痩せていれば、森の中に捨てやっておいたものだ。ルーズベルトは、数週間の厳しい行軍と、病気や乏しい食事のために、すでに体重を落として来てはいたものの、他の隊員よりも遥かに太っていた。もし彼らがシンタ・ラルガに殺戮されたとしたら、前大統領は一番のご馳走となったに違いない。

Chapter 20
空腹

不安と恐怖に包まれた惨めな夜が明けた三月一七日の朝、ルーズベルト・ロンドン科学遠征隊は、彼らの直面する危機に打たれるようにして目覚めた。川には戻れないが、陸に居続けることも出来ない。昨日、新しいカヌーを失ったことで、今や、彼らには四艘のカヌーしか残されていない。出発時の艘数より三艘減り、それでは、どう考えても、二一人の隊員と食料と備品を運ぶことは出来なかった。キャンプの周辺には、丸太舟を作るのに適した大木は皆無である。食料の減少は速度を増しているし、攻撃的な原住民に包囲されている。

なんとしてでも前進しなければならないが、現状では、男たちの多くが徒歩で移動しなければならない。この時点に及んで、「謎の川」の岸辺を歩くことが、いかに過酷な行軍であるかは、誰もが知るところだった。太陽が燦々《さんさん》と降り注ぐ川辺の樹木は深く生い茂り、一歩一歩、鉈《なた》で切り払いながら進まなくてはならない。その意味では、暗く下生えの少ないレインフォレストの内部の方が、緑の生い茂る川岸よりも楽なルートかもしれないが、そうすると隊が完全に二分されてしまう。その上、ジャングルの内部を歩くことは、それだけ原住民の攻撃の可能性を高めるということだ。彼らには高すぎるリスクだった。

たった四艘のカヌーで進むということは、最低限生き延びられるだけの必需品以外のすべてを置き去らなければならないことを意味した。この日のルーズベルトの日記にも、「置いて行けるものは全て置き去ろう。これまでは最低の快適さだけは保って来たが、これからは快適さなどと言っておれない」とある。

しかし、すでに何度も荷物の削減を行い、衣服を雄牛や蟻やシロアリにやられたりもして、今や個人の荷物は相当減っていた。さらにこれ以上の荷物を削減しようと思ったら、ルーズベルトの言葉を借りれば〝着の身着のまま〟で行くしかないのだった。

その早朝、隊は、再び行軍を始めた。八人は船に乗り、一三人が歩きだった。安定を図るために、丸太舟は二艘づつ二杯のイカダに組まれ、隊では最も優れた三人の漕ぎ手が選ばれた。この頃、熱と戦っていたルーズベルトは片方のイカダに乗り、もう片方にはカジャゼイラ医師と、ケガや虫さされで足が腫れ上がって歩くことの出来ない三人のカマラダが乗り込んで、船上で手当を受けることになった。残りの九人のカマラダと、ロンドン、リラ、シェリー、そしてカーミットが、ナイフと鎌で鬱蒼《うっそう》と茂る川岸の植物を切り倒しながら歩き進んだ。一歩進むごとに苦渋の思いを募らせながら、何人かのカマラダはキャンバス地で傷んだ足を巻き上げて靴代わりにしていたが、それでも鋭い枝に切り裂かれたり突き刺されたりして、臨時の靴は剥がされてしまうのだった。

体力を消耗する上にケガの痛みの耐えない河岸のトレックにも、ひとつだけカマラダたちにが楽しみにしていることがあった。それは、歩きながら森の中で食べ物を探せることだった。空腹と飢餓の可能性は、この頃、ジャングルの他の危険と変らないほど彼らを苦しめ、不安にしていた。彼らはまだ一四五キロしか川を下っていないのに、すでに三分の一以上の食料を消費してしまっていた。予想では、これまで来た道のりの最低五倍は進まなければならない。獲物は相変わらず視界に入らず、未だ一匹の魚も捕まえることが出来なかった。雨期に入っていたため、魚はいつにも増して多量の水の中に散在していた。

空腹と、行軍の執拗な肉体労働にもかかわらず、隊員は食料を保持するために、食べる量を減らすしかなかった。食事は、一日に二回と限られることになった。幹部隊員は、その一日分の食事を二日間に分けて消費し、彼らよりも疲弊しているカマラダたちに分け与えることを余儀なくされた。

カマラダたちは日毎に、レインフォレストの中で見つけられる食べ物に頼って行くようになった。河岸を行軍しながら、彼らはジャングルに潜む蜂の巣を探し、パンの木の一種と言われるミルクの木に目を光らせた。このミルクの木は、斧で傷を付けると、ドロドロとしたミルク状の液を流し出し、それは牛のミルクのような味がした。ルーズベルトもこの液体を試してみたが、ミルクに似た味はまずくはないが、舌にベトベトした感じを残すと言って嫌がった。これはまさしく自然淘汰のなせるワザで、ある種の樹木は、招かれざる昆虫を退治するために、粘着質の液を作りだす能力を発達させたのである。カマラダたちは、見つけられる限りのミルクの木から樹液を吸ったが、それよりも彼らの食生活の中心を成したのは、パルミート（英語ではハーツ・オブ・パーム）と呼ばれる小さなヤシの木の中心部だった。生のパルミートはあまり味がなく――シェリーは、まるでセロリのようだと言った――栄養価も低かったが、腹の足しにはなり、苦しい空腹をごまかすことが出来た。

ついには、幹部隊員もパルミートに興味を示すようになり、毎日二人のカマラダを森の中へパルミート探しに遣った。しかし、彼らが最も見つけたかったのは、ブラジルナッツだった。何世紀にもわたって、アマゾン探検家たちは、この肥《あぶら》の乗ったタンパク質豊かな木の実に頼って、レインフォレストでのサバイバルを図ってきた。実際、ロンドンの一九〇九年の遠征でも、ブラジルナッツは多くの隊員の命を助けたのだ。丸くて固い木の側面に覆われた殻の中に育つアーモンドのような形のブラジルナッツは、その殻の中に最多で二四個まで育ち、殻の大きさは、直径が一七センチ、重さが二・七キロにまでなった。熟すと、四〇メートルにも及ぶ木の高さから、まるで大砲の弾が落ちるように地面を叩き付け、時には下にいる採集者を打ちのめした。その殻は金槌でも割ることが出来ないほど固く、叩き付けられると人は気絶するか、打ち所が悪ければ死んでしまうことさえあった。幸か不幸か、ルーズベルトとその仲間たちには、この殻に打たれて死ぬような危険はなかった。つまり彼らは、どこにもブラジルナッツを見つけることが出来なかったのだ。

ルーズベルトやその幹部員には、これほどまでにみずみずしく豊かなジャングルで、フルーツやナッツに隊が依存して生きて行けないことが不思議でたまらなかったが、これは、単に運が悪かったとか、実りのシーズン外だったとかという問題ではなかった。ちょうど彼らが獲物を見つけられなかったように、果実の存在が認められなかったことも、何万年もの間の自然淘汰の軋轢《あつれき》が、ジャングルの植物の再生課程を比類なき複雑さと精巧さを持ったものに高めていったからだった。

一般に、温帯の森では、同種の樹木が並んで棲息していれば、繁殖はほぼ問題なくとげて行ける。同じ種類の木々が近距離内に存在するということは、花粉が昆虫や風など、多様な媒体を通して同種の木に運ばれ得るということで、種の分散も単純な方法で成しとげられる。コットンの木は、ふわふわしたパラシュートにぶら下がった種が風に乗って行けばよい訳で、リンゴの木にしても、繁殖のためにリンゴ自体が遠くまで転がって行く必要はない。

これに比べて、レインフォレストでは、繁殖を成功させるための条件が遥かに厳しい。同種の木が一定の距離を置いて棲息するという事実は、特定の花粉媒介者が上手く引き寄せられなければならないということで、樹木そのものが栄養源を得る激しい競争下にあるため、果実や種も、目的の場所に届くまでに食べられたり消耗されないよう、高度に錬磨された戦略を持って分散を図らなければならないのだ。

レインフォレストの植物は、花粉媒介者を惹き付けなければならないばかりか、離れた場所に立つ同種の植物に間違いなく花粉を運んでくれる媒介者を厳選しなければならない。これを理由として、多くのレインフォレストの植物や樹木は、特別な昆虫や鳥類や哺乳類と一緒に進化し、彼らだけに媒介の路を開いて、お互いの依存関係を深めて来たのだ。役目を果たさない略奪者は、極力避けられた訳である。

繁殖への強い欲求は森の生命線の中核をなすもので、ルーズベルトたちの周りの植物の鮮やかな色や強い香りは、その欲求が形を成した結果だった。例えば、ハチドリを惹き付ける花は、陽光の下で目立ちやすいように大抵は赤かオレンジ色をしており、花芯を奥に秘めてた喉元は長く、くちばしが長くて空中で停止出来るハチドリ以外には蜜が吸いにくくなっていた。黄金虫のような甲《かぶと》虫を必要として進化した花は、尿や腐った肉のような匂いを発散した。コウモリを媒介者とする花は、緑やクリーム色といった目立たない色をしているが、これは視覚よりも嗅覚に訴える必要があるからで、花は夜間に咲き、コウモリが近づきやすいように、枝先よりも幹に咲いている場合が多かった。

このように特殊な繁殖戦略は、時には芸術的ともいえる洗練度を見せた。巨大な蓮であるヴィクトリア・アマゾニカ――別名ロイヤル・ウォーター・リリー――は、開花と共に白に変色し、異臭を放ち、受粉を助ける黄金虫を惹き付けるために急激に体温を高める。お目当ての黄金虫が到着すると、蜜を吸っていた黄金虫に出切る限りの花粉が付着するように、花をぴったりと閉じてしまう。ほぼ二四時間後、花は黄金虫の好まない赤に変色し、体温を下げて再び開花し、黄金虫を解放する。花粉をいっぱい付けた黄金虫は、再び、開いたばかりの温かくて白く芳香を放つ花を求めて、その界隈を飛んで行くという具合だ。

レインフォレストの植物の受粉は、その自己防衛の仕組みや連鎖的なタイミング、さらに花粉拡散の戦略に於いても実に複雑怪奇だが、ルーズベルト隊が食料として探していたフルーツや種やナッツに及ぶと、ことはさらにその複雑さを増すのである。レインフォレストの植物にとっては、果実を結ぶまでの苦労が並大抵ではないので、実に驚くべき防御策が敷かれているのだ。拡散の準備が整うまで食べられては困るので、ほとんどのフルーツは熟すまで、苦みや渋みや毒性の化学物質を発散することで自己防衛する。それはアマゾンでなくとも、熟す前に果物をもぎ取って口にした子供なら経験することである。果実は熟す前には色も青く、一定の成熟度に達するまでは、目にも留まりにくいものだ。熟して初めて、その拡散を助ける媒体を惹き付けるように色を付け、芳香を放ち、美味しくなるのである。

レインフォレストの果実は熟した時でさえ、行きがかりの誰にでももぎ取られては困るのであって、拡散に必要とされるターゲットに的を絞るように進化して来た。地上を行き来する捕獲者を避け、鳥や他の好ましい媒介者に都合の良いよう、多くの果実や種子は高い天蓋近くに生育するのだ。これでは隊の者の視界に入らないはずである。さらに果樹は、ひとつひとつもぎ取られるうちに全作物を食べられてしまわないように、熟す時期に時間差を付け、大量に熟して食べきれないほどに実をつけたかと思うと、まったく実を付けなかったりすることで、必ず子孫を残して行くようにした。

ルーズベルト隊にとっては、こうしたレインフォレストの植物の高度な進化度こそが、食料を探し得ない理由だった。彼らがブラジルナッツを見つけられないのは、雨量やその他の気候的な条件ではないかと推察していたが、実は、無関係に見えた数々の連続的なファクターが関係していて、それら全てがブラジルナッツの生産に必要な事項だったのだ。ルーズベルト隊は、見事に自然淘汰の生み出したバリヤーに遠ざけられていたのである。

後にブラジルナッツの栽培者をとてもがっかりさせることになるのだが、しっかりした笠をかぶったブラジルナッツの花には、それをこじ開けて侵入出来る大きな蜂の小集団が受粉に不可欠なのだ。これらの蜂は、彼ら自身の繁殖に、レインフォレストの蘭の一種を必須としている。この蘭が近くに存在しないことには、ブラジルナッツの結実は見込めないのである。そして、たとえ結実に成功した場合でも、その異常に固い外殻を割れるのは、アグーチ（大天竺鼠）と呼ばれる、鑿《のみ》のような歯をしたネズミ科の動物だけで、そのアグーチもブラジルナッツの再生過程にはなくてはならない存在なのである。

猟で獲物をみつけることがまったく出来なかったように、ルーズベルト隊がフルーツやナッツを見つけられなかったのは、彼らがいかにレインフォレストに不慣れで、彼らを取り巻く、目眩《めまい》がするほど複雑な繁殖の構造に無知であったかを示している。アマゾンの植物はすべて、厳しく情け容赦のない栄養摂取の競争下に生きていて、よそ者がその実や種を摘み取れる分量はごくわずかなのであった。ジャングルに食料を求めるしかない状況下でありながら、ルーズベルトたちにはその道が固く閉ざされていたのである。

＊　＊　＊

一日の食料の配給量が減少した結果、男たちは飢餓すれすれの食事量となり始めた。非常な空腹時にありがちなことだが、彼らは常に食べ物のことに取り憑《つ》かれるようになった。食べ物を見ていない時には、食べ物の話ばかりをしたし、食べ物の話をしていない時には、食べ物のことばかりを考えていた。シェリーは、自分たちの食べ物への執着ぶりを、次のように書き残している。

「これほど長く食料制限をしていると、夕食後の会話の内容も変って来るから面白い。もちろん、いつも頭を離れない川と急流についての会話は続いたが、食べ物についても際限なく語り合うようになった」

まるで、島流しに遭った者のように、男たちは、故郷に帰った暁には何を食べて、それがどのように美味しいかを話し続けた。「ルーズベルト大佐は、骨付きのマトンチョップをいつも食べたがった」と、シェリーは回想している。カーミットはクリームをかけたイチゴを食べたがり、バーモント州出身のシェリーは、メープルシロップをかけたパンケーキのことを夢見ていた。

大好きな食べ物の話をしている時は和気あいあいとしていたが、そんな会話には必ず、彼らの置かれている状況の現実感が影をさすことになった。会話が長く続き過ぎて、食べ物だけではなく故郷を思い出してしまうと、特にカーミットはベルの思い出に耐え難くなり、独り立ち上がって歩き去って行った。遠征のこの時点に及んでは、溺水や病気や原住民の攻撃、そして飢餓によっていつ命を奪われるか知れなかったから、誰もがもう二度と故郷には戻れないかもしれないと考えていた。「食べ物もなく、状況の見通しが極めて暗かった頃、ルーズベルト大佐と私は、帰った時には何を食べるだのするだのと大いに語り合ったものだが、お互いに帰れるとは考えていなかったと思う」と、シェリーは回想している。

彼らは命の危険を充分に感じていたが、それでも希望をまったく失ってしまった訳ではなかった。ほんの小さな勝利でも、士気を挙げるには役立ったのである。三月一六日のシェリーの日記には、彼らがマナオスに到着出来るとはとても思えないとの書き込みがあるが、そのすぐ翌日には、彼らの不運な日々に雲の晴れ間があったと、嬉々として記されている。彼らは、第二の急流の麓《ふもと》に、かなり深い、二一メートル以上の幅を持つ支流が流れ込んでいるのを見つけたのである。それは、これまでで最大の支流だった。そして、この支流の発見は、祝うに値する出来事だった。彼らには、リラの意見のように、「謎の川」がジー・パラナ川の支流でしかないかもしれないという不安がつきまとっていたが、それがこの発見で消え去ったのだ（実際、ジー・パラナ川には、このようなサイズの支流は流れ込んでいなかった）。

この発見は、ルーズベルトにも、彼らが切り開こうとしている川が、歴史的地理的重要性を持つ川だと確信させた。「この時までは、ルーズベルト氏のみならず他の探検隊員にも、『謎の川』の位置づけに関して疑問があったと思うが、これを機に、一切の疑念を取り除くことが出来た」と、ロンドンは書いている。「謎の川」が南米の地図上に顕著な位置を占めるであろうという認識に歓喜したロンドンは、おそらく、部下の命を奪うことになってしまった衝動的な若いアメリカ人への免責の意味も込めて、発見した大きな支流をリオ・カーミット——カーミット川——と名付けることにした。

リオ・カーミットの発見は大いに意義のある慶事だったが、支流の入り口でその夜のキャンプを準備していた男たちを、さらに喜ばせる出来事が持ち上がった。シンプリシオが溺死した時に失ったと思っていた食料箱を、なんと二箱とも取り戻したのだ。そればかりか、喜ばしくも驚くべきことに、リラが二匹の太った魚を釣ったのである。中尉が二匹の大きく肉厚で美味しいパクを高くかざして戻った姿ほど、男たちを喜ばせたものはなかった。なにしろ、「謎の川」で釣った最初の魚である。そして、最も経験のある漕ぎ手のアントニオ・パレチによると、パクは決して急流を上らないというのだ。もし、今後急流があったとしても、それはパクが上ることの出来る程度のもので、即ち陸上運搬は必要ではないはずだと言い切るのである。

翌朝、久々に高揚したムードの中、一日の訓辞を言い渡されるために整列した隊員を前に、ロンドンは正式に「謎の川」を改名することを発表した。小さくみすぼらしいキャンプで、ありったけの荘厳さを演出しながら、ロンドンは、汚れて疲弊し切った隊員を前に、「ブラジルとアメリカ合衆国の委員会は、一九〇九年より『謎の川』と呼んでいたこの川を、これより『ルーズベルト川』と改名することを決定した」と公表した。

「謎の川」が予想通りに大きく重要な川だと判明した時には、ブラジル政府がルーズベルトの功績を讃えて改名する計画があると、ルーズベルトも知らされてはいたが、本当に実行されたのには少なからず驚いた。彼とカーミットは、出発前にブラジル政府から改名の計画を聞かされた時、「謎の川」という名前は非常に良いので変えないようにと訴えていたのだった。しかし、ルーズベルトは、これがブラジル人側の心からの思いやりであり、隊員への久しぶりの声援であることを考えた。ここで断るようなことをしたら、せっかくの意気がしおれてしまう。

ロンドンによる改名の祝宴は、ルーズベルトの思った通り、隊員たちの親愛と喜びに運ばれて展開していった。ロンドンは発表演説を終えると、アメリカ合衆国とルーズベルトとカーミットに向けて、心のこもった喝采の音頭を取った。カマラダたちも、勇んでエールを送ってくれた。その気持ちに感動し、簡素だけれども善意に満ちた祝宴に心動かされて、ルーズベルトもブラジルへの万歳を三唱し、ロンドンとリラとカジャゼイラ医師に対しても、カマラダたちに対しても熱いエールを送った。シェリーだけが取り残されたのに気付いたリラは、このアメリカ人科学者にも万歳三唱を提案した。会が開ける頃には、全員が仲間への親愛の気持ちに満たされ、それぞれの仕事に戻ることが出来たと、ルーズベルトは日記に書き残している。

＊　＊　＊

男たちは、仲間が共有する目的意識とサバイバルへの希望を新たにして、三月一八日の日をスタートした。初めて二手に分かれての旅が始まったが、徒歩組の男たちは、川沿いに細い小道を発見して大喜びした。このトレールは、彼らの旅を迅速で楽にしたが、ことに裸足のカマラダたちがヘビを踏みつける危険を激減させてくれた。しかし、この小道が獣によって敷かれた道ではなく、原住民によるものだということは、間もなく明らかになった。

男たちは、至る所に原住民の存在を見、聴き、感じた。犬たちは神経を尖らせていた。常に隊の前を走っている犬たちは、男たちには感じられない人間の匂いを感知しては立ち止まり、森に向って吠え立てた。原住民の行動は段々と大胆になり、隊から隠れる努力も怠るようになって行った。泥の上には足跡を残し、声が聴こえることさえあった。川と森の間を行きながら、男たちは、分厚い森林の緑を通して、原住民の声をはっきりと聞くことが出来た。しかし、姿が見えないばかりに、それは余計不気味さを増すのだった。

原住民は、彼らが常に隊を監視しているということを、隊に知らしめることに決めたようだったが、ジャングルでのサバイバルの儀礼に則って、その姿を見せることはなかった。川のカーブを曲がり過ぎたところで、男たちは突然、無人の村にぶつかった。今度の村には、明らかに、たった今まで人がいた気配が残されていた。村は三軒の小屋からなり、その構成には、原住民の戦いに慣れた生活を窺い知ることが出来た。それぞれの小屋は長細くて低く、全体がヤシの葉で覆われており、たったひとつしかない入り口は、屋根に葺かれたヤシの葉で見えないように工夫されていた。隠されていたのは小屋の入り口だけではなく、三軒のうちの一軒自体も、どの角度からも見えないように建てられているのだ。並んでいる二軒に挟まれて、直角に建てられているのである。「このような構成にしておけば、万が一攻められた場合にも、真ん中の小屋は護られることになり、女子供を住まわせるのに向いている」と、ロンドンは説明した。

小屋を後にする時、ロンドンは今度も、隊の原住民への友好の気持ちを伝えたいと主張した。その最も効果的な方法は、贈り物をすることだ。シンタ・ラルガが見守っていることを予想しながら、彼らは斧やナイフやビーズの首飾りを柱にくくり着けた。このような贈り物を提供することは、計算されたギャンブルだった。これによって、戦うことに反対しているシンタ・ラルガの立場を強く出来るかもしれない。しかし、反対に、隊が所持している様々な備品を公開することになって、それを目当てに襲われる危険を高めることになるかもしれないのだ。贈り物として小出しにされるよりも、隊を攻めて隊員を殺せば、珍しい道具類や食料はすべて原住民のものになる。「原住民が我々を取り囲んでいることは、火を見るよりも明らかだ。彼らが友好的に出るか、敵対的に出るかは、今後のお楽しみと言うしかない」と、シェリーは日記に書き込んでいる。

ロンドンは、この未知の部族と接触したい気持ちは山々だったが、同時に、隊の直面している極度の危険は痛いほど認識していた。彼はもうかなり前から、毎夜、隊員が寝ている間の見張り番を立てていたが、こん棒や毒矢に長けた原住民にかかっては、恐怖におののいている見張り番など、ものの役にも立たないことを知っていた。長い年月をジャングルで過ごして、小さな物音にも目覚める習慣がついていたシェリーは、ある夜半、ロンドンがハンモックから抜け出すの見た。原住民の攻撃から隊を護る備えはあっても、原住民に発砲する意志を持たないロンドンは、その骨張った身体に軍服をまとい、テントから抜け出ると、暗い森の中に消えて行った。

＊＊＊

ロンドンは、原住民の脅威を充分に理解していたとはいえ、レインフォレストを出来るだけ短時間に脱出しようという隊の方針に同意している訳ではなかった。彼はこれまでにも、どんな行動をするか予想できない原住民に遭遇して来たが、もし、彼自身がこうした原住民の矢に倒れたり、部隊の全員が殺されたりしたとしても、それは彼が一生を賭けた仕事の遂行への代償だと納得していた。ところがルーズベルトは、以前にも増して速やかに旅を終える意志を固めており、隊とカーミットの命を守るためなら、どんな犠牲も払うつもりでいた。

このような正反対の目標の元に、ルーズベルトとロンドンの関係に摩擦が生じ始めた。原住民の村を後にして二時間ほど行軍したとき、彼らは新しい支流が川の右岸から流れ込んでいるのを発見した。それは、浅く幅広な流れで、小さな白と緑の滝を「謎の川」に注ぎ込んでいた。ルーズベルトと他の隊員たちが滝の近くに座って足を休め、しばしその美しさに見とれている間に、リラとロンドンはその支流を測量し、さらに詳しく調べる計画を立てていた。ところが、ルーズベルトは、そのまま行軍し続けることを主張した。川だけではなくその周辺も測量することを目的として来た遠征で、再度出鼻をくじかれたことにロンドンは焦燥感を募らせたが、ルーズベルトの主張には従わざるを得なかった。しかし、のちに彼は、この支流の周辺に関して納得の行く調査が出来なかったのは、アメリカ側のリーダーが旅を急いだせいだったと訴えている。

その後、少し続いた急流を越えて、彼らはその夜のキャンプを張った。大きな湾を囲むこの森の中で、ついに彼らは丸太舟造りに適した木々を発見したのだ。原住民の村にまだ近いこの場所で、何日もかかる船造りにかかることは危険だったが、隊を無事帰還させるためには、今のような遅いペースで、しかも二分された隊のまま進むことは出来ないのだった。

その上、この機を逃せば、次にいつ適した木々を見つけられるか知れないのだ。最初の丸木舟を作った時には、適した木を選ばなかったために、その代価を払う羽目になった。浮力に富んだ木を選ばずに、その大きさで選んでしまったのだ。幾多の害虫から身を護る方向で進化したレインフォレストの樹木の例に漏れず、彼らが選んだ木は非常に重くて固く、船造りには向かないものだったのだ。「アリプアーナ科の木は、おそろしく凝縮していて重く、木屑《くず》を水に放り込んでも鉛のように沈むくらいだ。この浮力の悪さが、最初の船を失った一番の理由だった」と、シェリーは述懐している。

これは、彼らには大きな教訓だった。新しい支流の近くに見つけた木々は、アラプタンガと呼ばれ、マホガニー科に属する腐りにくい木で、削り易く、コルクのように軽かった。カマラダたちは翌朝、さっそく船造りにかかり始めたが、それはあまりさい先の良いスタートではなかった。最初にえらんだアラプタンガの木は、キャンプにとても近く立っており、伐採の途中に、突然思わぬ方向に倒れかかったのだ。地面に落ちるまでに周りの低い木を何本も倒し、それらがフランカのにわか造りのキッチンを突撃して破壊してしまったのである。「働き者で、意欲に満ち、タフではあっても、しょせんカマラダたちには北米の木こりの真似は出来ないのだね」と、ルーズベルトは苦笑した。

こうして、カマラダたちの丸木舟造りが再び始まったのだが、一方では、幹部隊員が実に不愉快な発見にショックを受けていた。緊急用の食料のうち一五箱が消え失せていたのだ。複数の男たちが関係しているとも考えられるが、主要犯として誰の脳裏にもすぐに浮かんだのがフリオ・デ・リマだった。隊全体を見回してみて、フリオだけが、ルーズベルトの言葉を借りれば、〝相変わらず肉付きが良く元気〟なのだった。彼だけは、ナッツやパームの採集に森の中へ一人でやるときも信用が置けなかった。採集した食べ物を皆で分かち合うために持ち帰らずに、独り占めして食べてしまうからだ。しかし、疑惑を証明する術がないので、幹部隊員は前にも増してフリオを監視するしか仕方がなかった。

翌日、ルーズベルトは、さらに苛立たしい事実を知らされる。ロンドンが川の測量の時間を稼ぐために、わざと造船作業を延長させていたというのだ。早く旅を続けたいがために、アメリカ人側は丸太舟を掘る作業にも参加して、出来る限り事を速めようと努力している矢先である。二一日の朝、猟に出ていたシェリーとカーミットは、丸太船の用意が整った頃だと思い、川に降ろして出発するために大急ぎでキャンプに戻った。ところが、ロンドンが、まだ仕事が残っているため、もう一日その場に宿営しなければならないと言うから、二人は驚愕してしまった。ルーズベルトとカーミットが厳しく追及すると、ロンドンはついに、先日発見した支流の緯度をリラが測量出来るよう、カマラダたちに造船作業を遅らせるように命じたことを認めたのである。

アメリカ人とブラジル人両司令官の間の緊張が最高峰に高まったのは、その翌朝八時半に、ようやく六艘のカヌーを川に押し出した後だった。一〇キロと進まないところで、彼らは急流にさしかかった。仕方なく全員が下船し、備品と食料をすべて陸揚げし、より抜きの漕ぎ手三人が急流を渡る様を岸から眺めた。それはわずかに一時間くらいで済んだが、その次に待ち構えていた急流の連続はあまりにも長距離で険しく、荷物の運搬とロープでつないだ船を岸から操るのに、六時間も費やしてしまった。これで、またしても一日が潰れてしまったのである。

その夜、最後の滝の下にキャンプを張った後、ルーズベルトはロンドンをテント内に呼んだ。これまで、隊の司令に関して副官的な役割に甘んじて来たルーズベルトだったが、ロンドンがレインフォレストを這うように進むのを、これ以上傍観している訳にはいかないと決心したのだ。彼には息子の命がかかっている。緊急時用の食料を盗まれて、隊はさらなる飢餓の危険に晒されていた上、その日の六時間の運搬作業中に、彼らがまだ原住民の領地内にいることも判明した。行軍中に新たな原住民の村に遭遇したのである。さらに、前日のカーミットの日記には、〝表皮を剥がされた木を何本か見つけた〟と記録されている。当時、彼らは、それがどれほどの危険を意味するのかを知らなかった訳だが、シンタ・ラルガは、戦闘用の腹帯を準備して、明らかに一戦を交える用意を整えていたようである。

ロンドンは、後に、その夜のルーズベルトとのテント内での会話を、次のように記述している。「ルーズベルト氏は、今後どのように遠征中の仕事をこなして行くかについて、相談したいと申し出られた。彼の見解では、重要な任務を司る司令官は、任務の詳細にとらわれ過ぎるべきではないと言うのだ」

ルーズベルトは、彼らの仕事は、川の経度といった基本的な情報を記録できれば、あとはこの遠征を生き延びることに専念し、集めた情報を世界に伝えられるように努力することだと、ロンドンに力説した。そうすれば、彼らの敷いた道をあとの者たちが辿ることが出来、詳細を付け加えてくれるだろうと。

具体的には、ルーズベルトは、今後は固定測量法の実行を諦めて欲しいとロンドンに伝えたのだった。彼の要請の第一の理由が息子の安全であることを、ルーズベルトは隠さなかった。「シンプリシオが溺死した時、カーミットが同じように命を落とさなかったのは、単なる幸運としか言いようがない。固定測量法方を取る限りは、カーミットが先頭のカヌーに乗リ、誰よりも先に原住民の攻撃に晒されることになる。それは私には受け入れがたいことだ」と、ルーズベルトは訴えた。

ロンドンは、この要請を受け入れざるを得なかった。彼は、これよりカーミットが先頭の船に乗らないことを約束し、測量を迅速な方法に変えることに同意した。しかし、彼は喜んでそうした訳ではなかった。「充分な技術や材料があったにもかかわらず、我々は詳細を記録せずに測量を進めて行かなければならなかった」と後に述懐しているように、ロンドンは、ルーズベルトの要求によって正確な測量を妨げられたと感じた。

彼は、この場ではルーズベルトの意向を飲んだものの、遠征に託した使命までを捨てる気にはなれなかった。彼は、たとえ命を救うためであっても、使命を犠牲には出来なかったのである。

Chapter 21
「母なる自然」という神話

三月二三日の朝七時、白いもやがたち込める中、男たちは慎重にバランスを取りながら丸太舟に乗り込んだ。曇った日で、霧が重く空気を満たしていた。ルーズベルトの目前には、両側に茫洋とそそり立つジャングルの壁に囲まれた川が、白く霞んで広がっていた。何もかもがぼんやりとした輪郭にかたち取られて、綿に包まれているようだったので、いつ何時その向こうから原住民がせめて来たり、急流が出現したとしても、決しておかしくはない感じだった。太陽が上がり始めると霧は徐々に蒸発し、最初はすべてが赤く染まり、次には黄金色に、ついにはまぶしいばかりの白色に輝いて行った。

「青い空から降り注ぐ光のもとに、神々しいジャングルのあらゆる詳細が浮き上がり、そびえ立つ木々や、網の目のような蔦や、緑の洞窟などが、見る者の目に鮮やかだった」と、ルーズベルトは記録している。

ところが間もなく、そんな感嘆の思いを一気に消沈させる光景が目を襲った。両岸からケイ岩

(石英岩)にびっしりと覆われた渓谷が現れ、またしても川の水を白く泡立つ濁流と変えてしまったのだ。川幅いっぱいに大きな岩がゴロゴロと重なり合い、水がそれらを叩き割るような勢いで流れていた。三週間以上も川と戦い続けて、惨憺たる犠牲を払わされた男たちは、もう誰もこの急流を渡ってみようとは言い出さなかった。川の状態を見るや否や、彼らはカヌーを停め、長くなりそうな運搬の旅に備えて無言で積み荷を降ろし始めた。カマラダたちが積み荷を岸に揚げている間に、ロンドンは左岸に運搬路を探しに出かけた。

ところが、ロンドンが探し当てたのは運搬路ではなく、原住民の村であった。彼は即座に引き返して、全員に反対側の岸へ移動するように命じた。原住民の村からは、川幅を隔てている方が安全だったし、右岸沿いには心なしか柔和な流れがあった。

運搬作業は順調には進んだものの簡単ではなく、すべての作業が終わった時には、すでに午後四時になっていた。普段ならばここでキャンプを張ったところだが、彼らはもう一押しして前進を続けることにした。今や、休みたい時に休むなどという贅沢は許されないと、誰もが感じていたのだ。「一日過ぎるごとに、我々の遠征は深刻さを増している」と、シェリーはその夜の日記に書き留めた。

＊　＊　＊

森の中を前進する男たちの旅の道連れは、常に彼らにまとわりつく大量の羽虫だった。汗に含まれる塩分を好んで群れ集まって来るスウェット・ビーや、黒くて小さく、刺すこともあるピウムというハエが、まるで黒い雲のように男たちを取り巻いた。蟻やシロアリは、飽きることなくキャンプを襲い、彼らの数少ない持ち物を食い散らした。ハンモックや下着類を食べる虫よりも始末が悪いのは、男たち自体を食い物にしようとする輩だ。腸内寄生虫や回虫の類いは、通常、足の裏の皮膚から侵入するので、裸足のカマラダたちは特に狙われやすかった。また、ウマバエの幼虫やウジ虫も人間に寄生するので、気をつけなければならなかった。ロンドンは、これまでの遠征の経験から、長い針のような産卵管を持つハエは、衣服の上からでも皮膚に卵を産みつけることを知っていた。

ここまで来ると、どれがより忌まわしいかの順位をつけることさえ難しいが、ウマバエがウジ虫よりも始末が悪いのは確かだった。クマンバチほど大きく、飛んでいる蚊を空中で捕まえ、その腹に卵をなすり付ける。その蚊は、人間を刺す時に、同時にウマバエの卵を人間に植え付けるのである。温かく湿った人間の肌の上で卵がかえると、かえった幼虫は宿主の中に潜入して行く。ウマバエは人間の肌の下に入り込んでも、息をするための管を外に突き出しているので、それにワセリンを塗って息の根を止め、死んだ幼虫を皮膚から押し出さなければならない。もしくは、幼虫に侵入されて出来た傷の上に動物の肉片を貼《は》り付けて、幼虫が肉片の方へ移動するのを待つことで除去する方法もある。

しかし、なんといっても男たちの最大の敵は、長い足に長い吸引口を持った、ゴマほどの体重の虫、「蚊」だった。ルーズベルトが南米に向って出奔した頃でも、蚊が黄熱病やデング熱、脳炎、フィラリア——象皮病の元となる——などの難病をもたらすことは知られていたが、中でもマラリアは有名だった。

アマゾンでこれらの病気のひとつにかかるリスクは非常に高いと言わなければならないが、男たちが目にしたすべての蚊が危険だという訳ではなかった。約二万五〇〇〇種いる蚊の種類の中で、人間の血を吸う種はごくわずかで、その中でも、卵を育てるのに生き血を必要とするメスのみが吸血するのである。他にも多くの種類の蚊が、さまざまな病気を媒介する。アエデス属の蚊は、黄熱病とデング熱と脳炎を媒介し、クレックス属の蚊は脳炎とフィラリアを媒介する。しかし、マラリアを媒介するのは、アノフェレス属の蚊のみだった。

川を速い速度で下っている時には、蚊に襲われることはまずなかった。しかし、森の中を運搬している時や、キャンプを張った時には、蚊の羽音が耳障《ざわ》りだった。メスの蚊は、一秒間に一〇〇〇回も羽ばたきすることで、例の高い悲鳴のような音を出すが、それは交尾するための雄を誘うためなのだ。交尾の最高のタイミングは、吸血する直前だと言われる。

吸血の犠牲者を見つけたメスの蚊は、その体重の二倍から三倍の血を吸うのに、約九〇秒を必要とする。吸血の際、その血が凝固しないように、蚊は特殊な化学物質を犠牲者に注入して行く。この化学物質は蚊の唾液と一緒に注入されるが、この時に、その蚊が媒介する病原菌が一緒に体内に入り込む。大量の血の食事の後には、メスの蚊はよろよろとかろうじて飛べるという状態なので、たたき落とすには絶好の機会だと言える。しかし、マラリアに侵された唾液を注入された人間も不幸である。痛みと苦しみが必ず待ち構えている。歩けなくなるほど悪化する場合もあるし、運悪く何の治療も受けられない場合などには、一か月以内に死ぬかもしれないのだ。
ロンドンの電信配線遠征隊が最も恐れたのが、このマラリアだった。統計では、アマゾンで働く人間の八〇から九〇パーセントがマラリアを患うという。ロンドンは、隊の二五パーセントは病気に倒れるものとみて、常に七五パーセントの労働力を見込んで兵を集めていた。マラリアで倒れた兵があまりにも多数に及んだため、電信線の工事がまる一年も延期されたのは、ほんの四年前のことである。ほとんど不死身だと思われていたロンドンでさえ、マラリアには苦しめられた経験がある。

数限りないマラリア患者の治療にあたって来たカジャゼイラ医師は、ルーズベルトとロンドンとその隊員をマラリアの危険から護るために、あらゆる手を尽くした。とは言っても、彼の薬箱には、マラリアの特効薬と言えば「キニーネ」しか入っていなかった。キニーネは、南米で活動していたイエズス会の修道士らによって一六三〇年代にヨーロッパにもたらされた薬で、開花時のキナノキ属の樹皮から抽出される。植物から生成されるこのアルカロイドは、イエズス粉として知られるようになり、中世のヨーロッパで常用されたが、その後三〇〇年近く経ってカジャゼイラ医師が「謎の川」の辺で治療に当たっている時にも、マラリアに効能のある薬といえばこれのみだったのだ。

カジャゼイラ医師は毎日半グラムのキニーネを男たちに与え、三日目か四日目にはその二倍の量を与えたが、薬の効力も医師の努力も病気には勝てなかった。男たちは、次々にマラリアにかかって行ったのである。キニーネの予防投与剤としての効能を充分に発揮させるには、もっと頻繁に投与する必要があった。しかし、発狂したり、立ち上がれなくなったり、耳鳴りがしたりという副作用を考えると、カジャゼイラ医師は投与量を増やすことが出来なかった。ひどい場合には、聴覚を完全に奪ってしまうこともある。

寒気が深く身体全体に広がるマラリアの最初の症状は、病気に感染してから約一週間か二週間で現れる。寒気は間もなく極端な冷えに変り、身体は体温を上げようとして止めどもなく震え始める。極端から極端へと変化するのがマラリアの症状の特徴だが、冷えた身体は、次には高熱に見舞われ、四一度ほどにまで上がる。それまで震えていた患者は身体中に汗をかき始め、寝具もぐっしょりと濡らす状態となる。この発汗は、震えとは反対に、身体がその熱を下げようと努力しているのである。

カーミットは、マラリアのしつこく潜行する性質をよく知っていた。それは幾度も繰り返して患者に襲いかかり、何か月も、時には何年もの間、苦しめるのである。カーミットは、子供の頃にマラリアにかかって以来、常にその再発に苦しんで来たが、毎回四〇度にも上がる熱を出し、寒気に襲われると、歯をガタガタ鳴らせて抑えがたいほど手が震えるので、人前に出ることも嫌がった。南米に移り住んだことは、キャリアの面では良かったかもしれないが、健康維持は難しかった。鉄道や鉄橋を建造している際にも数回の発作に襲われ、父親とこの遠征に参加してからも、ほぼ毎日のように熱と格闘していた。

ルーズベルト自身もマラリアにかかったばかりか、赤痢菌にも冒された。カジャゼイラ医師の記録では、川に達するまでのルーズベルトの健康は申し分のないものだった。しかし、隊が川に丸太舟を降ろして以来というもの、彼の体調は崩れ始め、医師の心配は増して行った。

ともかく、「謎の川」は、病気になるには地球上で最悪の場所である。歩けないほど弱らない限りは、男たちは前進するために働き続けなければならなかった。震えて、全身に汗をかきながらも、彼らは荷物を担ぎ、カヌーで急流を抜け、下生えを叩き切って野営の準備をした。

ジャングルの耐え難い暑さや土砂降りの雨も彼らの苦しみに輪をかけ、膿みただれた傷も病気を招く原因となった。彼らの血を吸う昆虫から、食べ物に群がる寄生虫まで、レインフォレストは、人間が見せるあらゆる弱さと隙を食い物にすることで生存しようとする生き物に満ち満ちていた。

「母なる大自然などというものは、ここでは神話でしかありえない」と、ルーズベルトは書く。

「どんな愚者でも、熱帯での生存の厳しさを一目見れば、それは分かることだ」

＊　＊　＊

病気と飢え、そして極度の疲労と恐怖の蓄積は、男たちを摩耗し、隠されたそれぞれの性質が姿を現せ始めた。

「世界中どこにでも、人は自然に入った時に、その本当の性質を見せるという諺《ことわざ》がある」と、カーミットは前置きしながら、次のような感想を書き残している。

「そんな諺にはつくづく真実が語られていると思うのは、神経を癒す最小限の生活の快適さもなく、最低限の必需品にも事欠くことになると、人は必ずうちに秘めた人格を見せるもので、それは魅力的と言うには程遠い。さっぱりした洋服を着て、三度の温かい食事をしている時には気持ちの良い仲間であったとしても、その食事が冷えて半分になり、三日間も雨に濡れながら歩いて、痛みと疲れにまみれたとしたら、ずいぶんと違った人間になるものだ」

カーミットによると、ルーズベルトは、彼の子供たちに常にジャングルの法則に則るようにと要求して来た。家からほんの数キロしか離れていないキャンプでも、欲張ったり怠けたりした行動は絶対に許されず、勇気と忍耐と度胸が限界まで試された。

「最年少の子供でも、大きめのローストチキンをつかみ取るような行為は許されなかった」と、カーミットは回想する。「それは、キャンプでは許されざる行為で、違反者は次のキャンプには置いて行くと宣告されたものだ」

ルーズベルトは、彼の親しい友人の中にもこういった弱い性質を目撃した経験があり、それは人間の薄っぺらさを見せるものだとして、自分の子供たちには徹底的な教育を施した。

ルーズベルトは、アフリカ遠征においても、この遠征においても、カーミットには誇りを感じていた。大きな肉片を独り占めにするどころか、数少ない獲物はたいていカーミットが仕留めたものだった。彼は、どのカマラダにもひけを取らないほど働き、実際、ほとんどのカマラダを凌《しの》いでいた。さらに、急流では、強力な流れや巨大な岩に捕らえられたカヌーを下流へ移動するために、長時間を川で奮闘し、靴はぼろぼろになっていた。

カーミットが川と闘っている時には、必ずと言って良いほど、リラがその側にいた。「二人の衣服は、ほとんど乾いていることがなかった」と、ルーズベルトは、彼の息子とロンドンの片腕について語っている。

「二人の靴は腐り、足にはいつも生々しい傷が口を開けていた。身体を虫に刺された痕も、いつも水に浸かっているせいで、化膿してしまうのだった」

そのひと月ほどの間に、カーミットとリラは着実に強いチームを築き上げ、カマラダたちは、急流や滝でロープにつないだ丸太舟を下流へ運ぶ際には、二人の指導と確実なチームワークに頼るようになって行った。来る日も来る日も共に働くことで、二人は強い絆と友情で結ばれて行った。それは、ルーズベルトとロンドンのそれよりも、遥かに強い結びつきだった。

ルーズベルトとロンドンの関係は、時が経つとともに緊張度を高めたことは確かだが、彼らはお互いの過去の偉業には絶大なる敬意を持ち、この遠征での労働倫理にも尊敬の念を分かち合っていた。遠征先での測量を充分に出来ないことには不満だったものの、ロンドンほど遠征隊をまとめることに尽力したものはいなかった。ルーズベルトも、遠征の成功に目標を絞ったことは言うまでもないが、アメリカから託された仕事も怠ることがなかった。

「ルーズベルト氏は、一日たりともその著述の仕事を怠ることがなかった。たとえ疲労困憊していようとも、熱に冒されていようともである。毎夜、野営の場所が決まり、キャンプが張られると、すぐにルーズベルト氏は書き始め、食事が用意されている間も、ひとり書き続けていた。時には、九時頃まで書いていることがあった」と、ロンドンはその驚愕を書き残している。

ルーズベルトは、その恵まれた生い立ちにも関わらず、どんな時にもなんとか仲間を助けようとした。シェリーは、ルーズベルトを「私の知る最高のキャンプメイト」だと呼んでいる。

「キャンプで大佐が怠る仕事などなかった。どんなことでも、いつも仕事を分かち合い、出番を待って用意していた」と、シェリーは語る。ある時など、ルーズベルトはシェリーの汚れた衣類を進んで洗ったという。シェリーが川で自分の衣類を洗濯しようとしていると、ルーズベルトが現れ、カーミットが急流で丸太舟を流すのに力を貸してやって欲しいと言って来た。シェリーが、戻ったときに洗濯しようと衣類を丸めて岩の間に挟んでおこうとすると、ルーズベルトに止められ、「私がやっておくから大丈夫だ」と言われたので、彼は非常に驚いた。

「しかし、その夜、カーミットと私がキャンプに戻ってみると、私のシャツはきれいに洗濯されて干されていた。後にも先にも、アメリカ大統領に洗濯物をして貰ったのは、あれが初めてだった!」と、シェリーは書き残している。

この遠征旅行を始めて以来、シェリーはルーズベルトへの敬愛と友愛の気持ちを大いに深めていた。この長旅で、二人には、南北戦争から標本採集まで、様々な話題について延々と話し合う機会がたくさんあった。ルーズベルトは、自然科学への心酔を生涯失うことはなく、いつもフィールドで働く自然科学者に憧れの気持ちを持ち続けていた。「謎の川」の旅では、アマゾンの野生の生き物、特に野鳥に関しては右に出る者がいないほどの専門家であるシェリーから、出来る限りの知識を授かりたいと願っていた。
「大佐は、毎日、機会があるごとに、私に採集した生物、特に野鳥についての質問を浴びせかけたものだ。とにかく何でも知りたがるのだ。動物や野鳥の相互関係から分布状態、食べ物、鳴き声、歌の意味や呼び声、そして特にその習性だね。手短かに言えば野生生物の一生のすべてを知りたがっていた」と、シェリーはのちに語っている。

キャンプファイヤーを囲んで、またはカヌーの上で持たれた長い会話の数々は、シェリーに、他の人の知らないセオドア・ルーズベルトに親しむ機会を与えてくれた。そして、ルーズベルトにとっても、元来は無口なこの自然科学者を知る良い機会となった。

「一緒にいろいろなことを、何度も語り合ったものだ。人生への考えとか、男の妻や子供への義務について、また他の人々への責任について、戦争と平和についてなど、私たちの基本的な考え方は同じだった」と、ルーズベルトは回顧している。

彼らが価値観を共有していたことは、彼らの生い立ちが極端に違うことを考えると、それ自体が不思議である。ルーズベルトの父親はとても裕福で、息子に最高の教育を約束できたし、彼がどのようなキャリアを選ぼうとも、無理なくサポートしてやることが出来た。ところが、シェリーの方は、自分自身しか頼る者はなかった。彼は一二歳で、すでにアイオワ州の羊毛工場に働きに出て、一日一四時間の労働を週に六日こなし、週三ドルの賃金を得ていた。そして三年後、独学でアイオワ州立大学に入学した。ルーズベルトが悠々自適《ゆうゆうじてき》なハーバードの学生生活を送っているのに対して、シェリーは大学在学中も、キャンパスの蒸気ポンプを夜間に操作する仕事に就いていた。彼は、ポンプに燃料をくべながら勉強しようと努めたが、何度か居眠ってしまい、蒸気が落ちて大学中に水を供給するポンプを止めてしまったことがあった。

大学卒業後のルーズベルトは、個人面での荒波をくぐったが、同時に、躍動するニューヨークの政界に華々しく躍り出ていた。シェリーの方は、退屈だが安定したエンジニアの仕事に就いたものの、二年後には脱出することに成功する。彼は夢を実現して鳥類学者となり、アマゾンに向った。アマゾンでの標本の採集は静かで孤独な仕事であっても、それ自体が自然界の危険を伴う仕事で、彼は当時の南米の政治的な暴動にも巻き込まれる羽目となる。最初の二年半のアマゾン遠征では、半分以上を南米の反動派の首領のガンマンとして働き、三か月間は牢獄で過ごして、いつ引きずり出されて撃ち殺されるかと思いながら過ごした毎日だったと言う。このような経験にも関わらず、シェリーはその後もアマゾンから長く離れることなく、今日までを過ごして来たのだ。

＊　＊　＊

ルーズベルトにも、この静かな自然科学者がアマゾンに感じている魅力は、充分に理解することが出来た。彼自身も、南米人、特に隊のカマラダたちには、深い敬愛の気持ちを温め始めていた。ルーズベルト自身も、かつては白人の他民族への優越を信じたことがあったが、この危険で苛酷な旅でのカマラダたちの辛抱強さと明るさには、心から感動を覚えていたのだ。

ある日、彼はロンドンに話したことがある。「ブラジル人は怠惰だと聞かされていたが、大佐、このような男たちが住む国には、必ず明るい将来がある。彼らは、必ず世界の表舞台に発つ日が来るに違いない」

中でも、あるカマラダは際立っており、彼はその頑強さと鍛錬と精神力の強さで多くの隊員に信頼されていた。パイションと呼ばれるその男は、リラやアミルカーと同じく、ロンドンの電信配線隊のベテランだった。彼はブラジルの第五技術部隊の軍曹で、ロンドンは彼をジュルエナ川の側の駐屯地の司令官に任命していた。それより二〜三年前に、パイションはその地でナンビクワラ族の一軍に押し寄せられたことがあったが、原住民たちは、逆に彼の人柄に感服してしまった。「パイションは、非常に短時間の間に原住民の信頼を完全に取り付けてしまい、大いに名を挙げたものだ」と、ロンドンは誇らし気に語っていた。

ロンドンからの遠征参加の招待を受け入れ、パイションは他のカマラダの監督官となったが、部下のカマラダたちは、このたくましい黒人の上司が非常に厳しかったにも関わらず、彼を信頼し敬愛した。ロンドンと同じように、パイションも部下たちに自分と同じように懸命に働くことを要求した。実際、パイションほどよく働く男もおらず、働き過ぎて、履いていたズボンを見事にボロボロにしてしまった。そのまま切り裂かれたズボンを履いて歩き回るので、ルーズベルトが見かねて、自分の予備を与えたほどだった。

ところが一人だけ、ルーズベルトどころか、隊の誰にも信頼されない男がいた。フリオだった。

彼は厚顔にも特別扱いを願い出たり、食べ物を余分に取ろうとしたり、よく働いたものにカーミットが分け与えていたタバコを、働きもしないのに貰おうとしたりした。

「何としてでも怠けようとする男だった」と、ルーズベルトも愛想を尽かしていた。たったひとつ、この大男を動かす手と言えば、ジャングルの中に置き去りにするぞというリラの脅しの言葉だった。

ある夜、パイションは、フリオが隊の残り少なくなりつつある食料箱から食べ物を盗むのを目撃した。驚愕し怒ったパイションは、その力強い拳骨でフリオの顔を殴った。フリオは、すぐさまルーズベルトとロンドンのところへ走って行き、自分のしたことには恥じる様子もなく泣きついた。

「フリオは泣きじゃくって我々のところへ飛び込み、恐怖と憎しみをごっちゃにしたような表情で嘆願して来た」と、ルーズベルトの記録にある。

両司令官には、どちらが悪いのかは一目瞭然だったが、二人はとりあえず両方の言い分を聴くことにした。しかし、フリオの罪がさらに証明されるのには時間がかからず、その後、彼が簡単に許されてしまったのには、ルーズベルトは少なからず驚いた。

それまででもフリオを信用するものはいなかったにせよ、罪状の重さと、仲間への完全な裏切りは、隊員に大きなショックを与えた。この隊のアメリカ人司令官が事を裁いたならば、フリオはその場で撃ち殺されていたかもしれない。

「このような遠征で、食料の窃盗は殺人の次に位置する罪状だ。当然、そのように罰せられるべきだ」と、ルーズベルトは露骨に書き留めている。

Chapter 22
私はここに留まろう

それから四日の間、隊はたったの六キロ半しか進むことが出来なかった。三月二三日は一日中、遥か遠くから聞こえるとどろき音に不安を掻き立てられたが、それは無人の原住民の村に薪の火がくすぶっているのを見るほどの不気味さを男たちに与えた。とどろき音は翌日には止んだので、前日聞いたのは空耳《そらみみ》だった、これから急流の連続にぶつかるはずもないのだと、男たちは思いたかった。しかし、隊きっての漕ぎ手であるアントニオ・コレイアは、もうすぐ必ず急流に遭遇し、それは相当に手強《てごわ》い流れだと警告した。「川で生まれて育っているから分かるんだ。魚のように、音ですべて分かる」と言い切った。

実際には、アントニオの推量どころではなかった。前方に広がる急流は、隊がこれまで遭遇したどの急流よりも激しかった。二四日、川を下り始めてわずか三〇分で、彼らは最初の急流にさしかかった。その後の二日間というもの、ひとつを乗り切ったかと思えば、一五分としないうちに次の急流にぶつかった。彼らは、カヌーに身を運ばれるよりも、カヌー自体と荷物を運ぶことに遥かに長時間を費やした。さらに悪いことには、地平線を飾る低い丘陵の連なりに、暗い予想を打ち消すことが出来なかった。シェリーは、連なる丘の群を眺めながら、それを越えてしまうまで急流が続くだろうと察して、暗澹たる気持ちになるのだった。

五日間ほど晴天が続いていたので、川の水は低下し始め、これまで水中に隠れていた岩や障害物が顔を出し、水の流れをなおさら右往左往させた。三月二六日は、急流の一綴《ひとつづ》りを迂回《うかい》するのにまる一日を費やした。リラは、アントニオとルイス・コレイア、そしてもう一人の漕ぎ手を指揮して、丸木舟を岸沿いの流れに載せて運ばせた。あとの者たちは荷物を運んで急流の麓まで歩き、ケーブルのように太い蔦に芳香を放つ花が咲き乱れる地点に、その夜のキャンプを張った。

一週間前にリラが釣ったパクがもたらせた希望は萎え、彼らの食料状況は悪くなる一方だった。今や、どんなにわずかな食料をみつけたり捕らえたりしても、大騒ぎのもととなった。この時点の彼らにとっては紛れもないご馳走となった二六日の夕食については、ルーズベルトもロンドンも、そしてカーミットとシェリーも、それぞれの日記に詳しい内容を書き留めている。この日、彼らがキャンプ周辺の森で採集出来たのは、パルミート、蜂蜜、果物、ココナッツなどであった。カマラダの一人は大きなピラニアを釣り、さらに嬉しいことには、一升（三五リットル）ほどのブラジルナッツを見つけた。

「我々の食料が底をついた時には、このナッツが生存を左右するだろう」と、シェリーの日記には、この発見の重要度が期待を込めて強調されている。

この頃には、隊の幹部員は、実際に食料が底をつくことを確信していた。彼らはすでに食料の半分を消費していたが、こなした距離は一六〇キロあまりに過ぎなかった。ロンドンの緻密な測量から判断すると――ロンドンが意図的に造船作業を遅らせた際にリラが測量した資料も含めて――、この遠征には、まだ三倍か四倍の距離が残されていた。彼らの進む速度はあまりにも遅く、その間の食料の消費度は高過ぎた。このままでは、食料は二五日ほどで尽きてしまうと、シェリーは暗い目算に心を痛めるのだった。

＊＊＊

森のご馳走に舌鼓《したつづみ》を打った翌日、三キロあまり川を下ったところで、数日前に遠くから仰いだ急な丘陵の頂《いただき》に達した。ルーズベルトの日記には、深く高い熱帯林に覆われた丘陵は、ことさら美しくはあったが、さらなる急流を意味する不吉さを孕《はら》んでいたと、書き留められている。彼の憂慮は、そのすぐあとに現実のものとなり、男たちは、再び長い陸路運搬の準備に、川を引き上げなければならなかった。彼らは、積み荷は陸路で運搬し、船は、時間をセーブするために、水路を操って進ませることにした。リスクはあったが、陸路運搬の重労働は、この際避けたかった。

すべての積み荷は急流の麓まで運ばれ、ほとんどの船も無事に急流を通過させたところだった。綿密に打ち合わせられて続行されていた船の水路運搬が、突然破綻をきたしたのだ。三人のカマラダが、最も重いルーズベルトの筏を操作して川を下らせようとするのを、シェリーは先に急流の麓まで降り、上流を見上げながら作業を監視ししていた。三人は、他のカヌーを降ろした細い川沿いの流れに、筏《いかだ》形に組まれた二艘の丸木舟を乗せて下らせようとしていたが、筏の幅には細過ぎる水路が急カーブを切った時、内側の船が岩と蔦と木株にに引っ掛かってしまったのだ。手に汗握りながら一部始終を見ていたシェリーは、その日の日記に事の一部始終を綴っている。

「あれよあれよという間に、強い水の勢いが、外側の船を留めていたロープをゆるめ、横に傾いた内側の船の船首の下に外側の船を埋め込んでしまった。こうして両方の船は浸水して、アッという間に沈んでしまったのだ」

二艘の船は、岩と流れの間で、お互いがお互いを挟み込むようにして固定されてしまった。三人の男たちだけでは、とてもこれを動かす事は出来ない。水の勢いは、いずれは船を流し出すものと思われたが、そうなると二艘を一挙に下流へ押し流して、突き出す岩にぶち当てて、みじんに砕いてしまうだろう。シェリーは三人の救助の声を聞くのも待たずに走り出した。しかし、彼ひとりでは到底間に合わないと判断したシェリーは、他の隊員の待つ下流に声の届く場所まで駆けつけて、大声で援助を求めた。

二艘の船を失う危機にひるんだ男たちは、全員がすぐさま救援に駆けつけた。ルーズベルトはその一番乗りだった。

「危機を知って真っ先に水に飛び込むのは、正しくルーズベルトらしかった。しかも、大佐は、何日もマラリア熱に苦しめられて弱っていたにも関わらずである。彼は、咄嗟《とっさ》の行動が要求された時、黙って傍観することなど出来ない質《たち》だった」

しかし、シェリーにも、ルーズベルトのこの時の行動が、いかなるリスクを冒して取られたものかを理解出来ていなかった。

過去一二年間、ルーズベルトは、右足だけを頼りに歩行していた。一九〇二年の市電の事故で左足を砕かれて以来、その足の再度のケガは、どんなに軽くても切断の危険を意味し、下手をすると命とりにもなりかねないと警告されていた。その六年後の大統領時代、オイスターベイで馬を乗り回していた時に、木の枝がルーズベルトの左足を叩きつけた。たったそれだけの事で、彼の足は腫れ上がり、炎症を起こしてしまった。それは日ごとに悪化し、当時のホワイトハウス担当医、リクシー医師が急遽駆けつけるまでに至った。手術を余儀なくされるかに見えたが、リクシー医師の尽力で、すんでのところで炎症を抑えることが出来たのだった。

「謎の川」沿いのカジャゼイラ医師には、リクシー医師がホワイトハウスで施せたような治療の準備には、まったく手が届かない。もし、ルーズベルトがその左足を負傷したならば、カジャゼイラ医師は、アメリカの最高峰の病院ででも難しいような手術を、レインフォレストで施さなければならないやも知れなかった。もし、負傷が右足だったならば、深い森の中の困難な運搬路の行軍を要求される旅で、ルーズベルトはほぼ麻痺状態に陥る訳だ。彼の両足は、この蒸し返るジャングルの中で、ケガと炎症の両方の危険に面していた。

水かさは、この数日で減少方向にはあったが、それでも水底に引っ掛かった船を引き出そうとする男たちの脇の下辺りまでは届いたし、苔に覆われた滑りやすい岩や、凸凹の川底に足を取られての作業は困難を極めた。やっと丸太舟に手を届かせると、彼らは、斧を使って二艘をつないでいるロープを切り離した。カーミットと他の六人の男たちは、素っ裸になって二艘が引っ掛かっているすぐ上手の小さな島に泳ぎ着き、そこからロープを放り投げた。ルーズベルトと残りの男たちは、万力を絞って二艘を川底から引き出し、投げられたロープにくくり付けて、カーミットらが島へ引き寄せるられるようにした。

川が黒く唸り声をあげる中、かろうじてバランスを保っていたルーズベルトが、突然足を滑らせ、その右足の向こうずねを、鋭い岩角にしこたま打ちつけた。血が紐を解かれたように流れ出し、濁流に混じって下流へと消えて行った。この一見何でもなさそうなケガの重みを、川から出てキャンプに向って足を引きずりながら、ルーズベルトは理解し始めた。傷から流れ出る血は、最後の一本となったズボンを赤く染めていた。

こののち、ルーズベルトにとって、泥にまみれ、バクテリアや寄生虫や病原菌を運ぶ虫で充満したレインフォレストでの一歩一歩は、その傷を死に至る危険にまで晒すことになった。シェリーは、「この日を境として、ルーズベルトは病に冒されることとなった」と記録している。

＊＊＊

男たちが沈んだ丸太船をついに引き上げて、再び川の旅に出る用意を整えた時、大雨が森を襲った。それから三〜四時間というもの、白い幕をおびただしく重ねたような雨が降り続けて、川の向こう岸も見えなくなった。ようやく出発を再開出来るほどに雨が和らいだ時には、すでに午後四時になっていた。しかし、それから一〇分も川を下ると、再び厄介な急流にさしかかり、その夜は雨の中でキャンプを張る以外に方法がなくなった。

男たちは、足を引きずって急速に状態が悪くなるルーズベルトを少しでも楽にしようと、水を含んで重い丸木舟を操り、雨に濡れた荷物を引き上げ、幹部隊員のびしょ濡れのテントを引きずって、出来る限り急いで準備にかかった。しかし、さすがに豪雨からは、彼ら自身はおろか、彼らの傷ついた司令官も護る術はなかった。その夜、「テント内の持ち物も、すべてびしょ濡れになった。外で寝ていた者の惨めさは言うまでもない」と、シェリーは記録している。

二八日の朝、男たちは早朝に出発したが、一キロ半あまり進んだところで、昨日の丘陵から確認した急流にぶつかってしまった。ロンドン、リラ、カーミット、そしてアントニオ・コレイアが前方を確認するために下流に向っている間、シェリーとカジャゼイラ医師がルーズベルトを看ていた。しかし、彼らの入念な看病の甲斐もなく、ルーズベルトの病状は深刻度を増して行った。足のケガからたった一晩で、傷は炎症を起こし、マラリアの高熱が彼を襲った。ルーズベルトの変化は、不吉にも驚くべきものだった。ほんの二〜三時間キャンプを留守にしただけのカーミットは、戻ってみて、彼の父親が、立ち居振る舞いの出来た病人から寝台より身を起こすことも難しい重病人に成っていることに、大きなショックを受けた。

ルーズベルトの病状が急速に悪化すると同時に、遠征の状態も悪化した。一時間ほど悲惨なほど難しい河岸の水路を奮戦しながら進んだところで、先頭を行く船が、いきなり深い峡谷にさしかかった。川の両岸はそそり立って川を挟み込み、お互いに向って突き出ているように見えた。なお一キロ半以上は続くこの峡谷の急流域には、なんと滝が六か所もあり、それらは順に威力を増している。最後の滝は落下が一〇メートルにも及んだ。

隊の頼りない丸木舟がたとえ積み荷を空にしても、これらの滝を乗り越えられるはずもないことは誰の目にも明らかだった。これを迂回《うかい》するには、カマラダたちが船や荷物を転がし押すための丸太道を敷く以外にはなかった。ところが、前述の四人が滝を迂回するルートを下見に出たところ、カヌーはおろか荷物を運ぶことも出来ないほどの険しい道のりだったのである。ロンドンは、この峡谷が、ホーンフェルスという固くきめの細かい滑り易い変成岩が、水によって掘り開かれて出来たものであることに気付いた。彼は、悄然《しょうぜん》と立ち尽くす部下に、この険しく、ぎざぎざした岩に満ちた足場で、カヌーを運搬するのは絶対に無理だと言った。キャンプに戻った時、ロンドンは、心配と恐怖心を顔に露わにした男たちを前に集め、状況を包み隠さず、感情のかけらも見せずに説明した。続いて彼は打撃的なニュースを伝えるが、この時の彼の表情を、シェリーは生涯忘れることが出来ないと語っている。

「すべてのカヌーは、ここに置き去って、全員は歩いてこのジャングルから脱出しなければならない」

シェリーは、カマラダ同様、その耳を疑った。「ロンドンの発表は、我々全員への死の宣告だったからだ」

このジャングルを抜け出す道を見失わないためには、川沿いの、生い茂った急勾配の困難なルートを取らなければならなかった。ジャングルで迷うことを想像すると、熟練したアマゾンの探検家も凍りつくのだった。アマゾンで迷うことの恐ろしさは、二〇世紀の中頃、ポーランド人の探検家で著者のアルカディー・フィードラーが、その著書の中に要約している。

「アマゾンの緑の迷路の中に取り込まれ、徘徊して、たとえ幸運にも戻ることが出来た者も大抵は発狂しており、もちろんそのまま戻らなかった場合も多々ある。迷い込んだ者の多くは、まるで海に投げ込まれた石のように消え去る。ジャングルは残忍で貪欲である……ジャングルでは、様々な死にざまがあるが、最も恐怖を誘うのが、出口を失った結果の死である」

しかし、シェリーとカーミットの最大の心配はルーズベルトだった。カヌーを放棄するという考えが隊員全体にどれほどの打撃を与えたかはいうまでもないが、ルーズベルトにとっては、はっきりとした形の死を意味し、本人もそれを知っていた。ロンドンの発表を聴いた時、ルーズベルトは何の意見を唱えるでもなかったが、ルーズベルトが隊員に感じている責任を痛いほど知っているシェリーは、このロンドンの決断が前大統領に起こさせ得る行動をすぐに予感して、心を痛めた。

＊　＊　＊

カウボーイとして、ハンターとして、そして兵士であり探検家としてのルーズベルトの最も確固たる信条のひとつは、ひとりの仲間の健康状態が残りの者の命を危険に晒《さら》してはならないということだった。彼は、親しい友人のザーム神父でさえ、彼が自らの力で遠征の行軍を全う出来ず、旅に必要な忍耐力と耐久性に欠けると判断した時に、きっぱりと隊から切り落としてしまった。

「自らの病気や衰弱で行軍を遅らせ、仲間の安全を妨げることを、断固拒絶する者でなければ、我々が遂行しようとしているような探検には関われないはずだ。息絶えるまで、自ら這ってでも前進するのが、隊員の義務だ」と、ルーズベルトは書いている。

ルーズベルトは、彼の信じるウィルダネスの掟を、誰よりも厳しく自分自身に行使した。ダコタ自治州で牧場主をしていた時代にも、落馬であばら骨を石にぶつけて砕いたり、ベン・バトラーという荒馬に反り返られて肩の骨を折ったりと、手痛い負傷をしている。しかし、その度に、彼はケガを押して突き進んできた。

「牛を追う仕事をしている時には、我々は医者からは程遠いところにいる。ケガが数週間で自然に癒えるまでは、ベストを尽くして仕事をやり終えるしかなかった」と、彼は当時を回顧している。

ルーズベルトは、ミルウォーキーで、暗殺を狙ったシュランクに撃たれた時でさえ、この強固な信条に徹した。胸に弾を二つも撃ち込まれた直後に、大声で講演しようなどと考える者も少ないはずだが、彼は、そうすると言ってきかなかった。これは、彼がカウボーイや兵士として生きた頃に培われた、生と死への向き合い方なのである。

「私が狙撃されたあとに講演の続行を主張したことで、ずいぶんと物議がかもされたが、私の戦友や西部で牛を追っていた時の友人は、騒ぐ理由が分からないで首を傾げていた。彼らは、当然、私がそうするものと疑わなかった。あの状況下では、男としてそうするのが正当だった。講演を続行するのが立派なことだと言うよりも、続行しないのは男として不面目な行動だと思った」

ルーズベルトは、死を恐れることを自分に許さなかった。「生きることを怠らない者は、死を恐れることはない」という名言でも知られるように、彼は、ほんの幼少の頃から、彼の理想とする人生を生きるためには死んでも良いと思っていた。ハーバード大学の医者が、ルーズベルトは心臓が弱いので、大人しくしていないと数年も持たないと宣告した時でさえ、去勢されたような人生を送るくらいなら、早めに死んだ方がよほど好ましいと答えたという。西米戦争の後、友人のヘンリー・カボット・ロッジに宛てた手紙には、また当時三九歳という若さであったにもかかわらず、「いま死ぬことになっても悔いはない……もし、明日、黄熱病にかかって死ぬことになったとしても、これまでの我人生には充分以上に満足している」とある。

ルーズベルトは、彼の父親が南北戦争に参加せず、身代わりを雇って送り込んだことへの反発から、戦闘への情熱を燃やして育ち、ある意味で、それが成人としての彼を形どったといえる。「もし、私の時代に重大な戦争が起こったならば、私は子供たちに、何故戦争に参加しなかったかではなく、何故参加したかを説明出来る立場にありたいと願っている」と、南米に旅立つ直前にまとめていた自叙伝に書いている。しかし、ルーズベルトの友の多くは、ルーズベルトは戦争で闘いたかっただけではなく、討ち死にしたかったのだと言う。「本当のところ、彼は戦争を信奉し、ナポレオンになって、戦場で死にたかったのだ。彼は昔の勇士の精神の持ち主だった」と、前大統領のウィリアム・ハワード・タフトは、その疎遠になった友について語っている。

ルーズベルトが「謎の川」の探検に乗り出したのは明らかに大義のためで、その大義とは、重大な戦争のように、死ぬに値するもののことである。彼が、パン・アメリカン共同体——南北アメリカ大陸の国々を結びつける国際機関——の総統、ジョン・バレットに送った手紙で、「私も、いつかはどこかで死ぬのだから、どうせなら、未知の国の未開の地を切り開く手助けをして、世界人類、特にブラジルの人々に貢献して死にたい」と伝えている。彼は、彼の南米探検を出資後援したアメリカ自然科学博物館のヘンリー・フェアフィールド・オズボーンにも、「必要とあらば、南米に骨を埋めるつもりだ」と請け合って、彼を恐怖に陥れている。

なんとしてでも他の遠征隊員の重荷にはなりたくないというルーズベルトの決意は固く、必要とあらばすぐに死ねるような道具を、彼は実際に準備していたのである。すでにニューヨークを出る時に、予備の靴下やたくさんの眼鏡に交えて、致死量のモルヒネの小瓶をしのばせていたのだ。「私は、このような旅に出る時にはいつも、モルヒネをひと瓶持参するのを習慣づけていた。こんな旅では何が起こるか分からないからね」と、ジャーナリストのオスカー・デーヴィスに語ったことがある。

「もし死が余儀なくされたなら、死んだ方がずっと良いくらいの苦しみに長々と浸っているよりも、さっさと潔く死んでしまおうという心づもりだ」

今、この「謎の川」にあって、そのモルヒネの小瓶だけが、他の隊員の重荷にならないための頼みの綱だった。ルーズベルトは、言うまでもなく、カーミットが生き伸びられる可能性を減らせたくはなかったのだ。彼は、自力でこの深いジャングルを抜け出すことが到底無理だと知っていて、カーミットやカマラダたちが担いで行こうとするだろうと思った。食料を運ぶだけでも並大抵のことではないのである。男たちひとりひとりがその命をつなぐために闘っているというのに、さらなる重荷と成ることは出来なかった。ルーズベルトにとっては、それは自殺などというものではなく、正義を遂行することだったのだ。

その夜、男たちが、今後の不安に捕われながらそれぞれのハンモックに引き上げた後、シェリーとカーミットは、容態が悪化する一方のルーズベルトを代わる代わる看病することにした。両人とも、それが長く難しい夜になることは分かっていたが、翌朝のルーズベルトの決断はまったく予期せぬものだった。

夜が明ける少し前に、シェリーは、「シェリー、シェリー、」と呼ぶ弱々しいルーズベルトの声に起こされた。彼は、ハンモックから飛び起き、カーミットともにルーズベルトの前に立った。錆び付いた小さな寝台に横たわり、傷ついた前大統領は、カヌーを放棄した場合と運搬する場合の彼らが直面するであろう危険について、その考えを語った。それから、恐怖心や自己憐憫のかけらも感じられない表情で、息子と友に彼の辿り着いた結論を述べた。

「この旅を、生きて終えられない者も出るだろう。シェリー、君とカーミットには続行してもらいたい。君たちならこのジャングルを出られる。私はここに留まろう」

PART 5

絶望の淵

Chapter 23 行方不明

何千キロも離れたニューヨークでは、ルーズベルトの家族や友人たちが、最悪の場合を憂慮し始めていた。ルーズベルトからの連絡が、少なくとも数週間、悪くすると何か月も途絶えるであろうことは、充分に予期していた。しかし、三月二三日にニューヨークタイムス紙に掲載されたニュースには、誰もが驚愕した。それによると、ルーズベルトは「謎の川」の急流で〝すべて〟を失い、行方不明だというのである。その新聞記事には、ルーズベルトが遠征しているはずのブラジル、マト・グロッソのきわめて未完成な地図が紹介され、前大統領の顔写真が円形に切り取られて左端に載せられていた。一四もの小見出しが忙しく挿入され、ページの右側をタテに長く占めた記事には、推測と小間切れな情報が滝のように流れていた。「未知の川を下るか、ルーズベルト?」「人類未踏の地域」「隊は分裂か」「家族には依然として音沙汰なし」などという見出しが目に飛び込んで来る。

この記事の内容は、隊の備品係であったアンソニー・フィアラが無事にパラグアイ川を下り終えて、その前々日に、ブラジルのサンタレムという比較的大きなアマゾン川沿いの都市から打った電報に端を発していた。電報はたった二行の簡単なものだったが、急流での恐るべき苦難の形容ぶりや、ルーズベルトについての記述がいっさいないという点において、疑問を巻き起こす種となったのだ。その電報には、「すべてを急流で失った。私の妻に電話をして、私の無事を伝えて欲しい」と書かれていた。この時点では、遠征隊員以外は、フィアラの妻も含め、フィアラが「謎の川」探検から外され、違う川を旅させられたという事実を誰も知らなかった。人々は、彼が未だ備品係として遠征隊と行動を共にしているものと信じ込んでいたから、彼が全てを失ったというからには、ルーズベルトも同じ状況下にあると思い込んだ。

新聞は、それでもなんとかルーズベルトは安全であろうと、懸命に示唆しようとした。電報がルーズベルトのことに触れていないのは、良いニュースと取るべきだというのである。「フィアラ氏の沈黙は、大佐が無事であるからこそであろう」と、記事は述べている。そして、「フィアラ氏は、大佐にケガなどがあった場合には、直ちに詳細を報告することを了解しているはずだ」と続けられている。しかし、このような推測は、エディス・ルーズベルトやその子供たちには大した慰めにはならなかった。ルーズベルトについての情報がまったくないのは、不気味で不安だった。フィアラは、何故自分の無事だけを知らせて、ルーズベルトについては沈黙したのか……彼がニューヨークに電報が打てたのなら、何故ルーズベルトはそうしなかったのか。そんな疑問が彼らを悩ませた。

一二月にニューヨークに戻り、そのすぐあとにマーガレットを亡くしてから、エディスは、夫と息子への心配から気持ちを紛らせるための娯楽を探していたが、思うようにはいかなかった。その年の初めから、エディスはニューヨーク市内のホテルに移り住み、娘エセルの初産を手助けしようとしていた。三月七日にエセルの無事な出産を見届けると、その後一週間だけ、娘の補助のために留まった。その後、ルーズベルト家の子供たち全員が通ったマサチューセッツ州の北部にある高名な寄宿学校、グロトンへ出向き、末っ子のクエンティンの堅信礼に出席した。一〇日後の三月二五日、エディスは、ようやくオイスター・ベイの、がらんとしてひと気のないサガモア・ヒルに戻った。

フィアラの電報がニューヨークタイムス紙に届いた時、エディスはグロトンに滞在していた。その時点で、ルーズベルトからの便りは一か月近く途絶えており、彼女には彼の居場所も生死の如何さえも分からなかった。おそらくオズボーン館長の指示であろうが、アメリカ自然歴史博物館の担当者は、記事が記載された日の夜半、ブラジルのパラに在るアメリカ領事館に外電を打っている。「なんとかルーズベルト隊に関する情報を取得されたし。緊急を要する。全費用は保障する」という内容だった。ところが、その翌日、フィアラが前日よりも長めの電報をニューヨークタイムス紙に送りつけた。それには、隊の決断により、彼がルーズベルト隊を離れて、独りパパガイオ川を下ったこと、ルーズベルトは無事で、「謎の川」を探検中であることが報告されており、一同は胸を撫で下ろしたのだった。

しかし、この報告から、フィアラにはルーズベルトが健康体であるかないかなどは知りようもないであろうことは、エディスにも想像がついた。「謎の川」よりも遥かに安全な川でのフィアラ自身の災難を知り、エディスの心配は増した。また、四月号のスクリブナー誌に載ったルーズベルト本人の記事は、その心配に輪をかけた。人食い魚や争い好きの原住民の話などに満ちている記事は、息子と夫が直面している危険をまざまざと見せつけ、エディスの恐怖は倍増した。

エディスは、これまでの結婚生活のほとんどを、夫の安否に胸を痛めて過ごして来たが、セオドアの方は、冒険と征服を求めて世界を縦横に駆け巡り、家族をあとにすることなど一向に気にする風でもなかった。セオドアは、彼の最初の妻の死の直後、生まれたばかりの娘を姉のバミーに託し、ダコタ自治区の荒々しい自然に飛び出して行った。西米戦争の初期には、エディスは生死に関わる手術の直後で、セオドアになんとか戦争には参加してくれるなと懇願したが、反対に彼は必死で前線に出て行こうと奔走した。彼の願いが叶って、戦争の中心部へ突入することになった時、セオドアは妻に手紙を送り、実に単刀直入な言い方で、彼の生き残れる可能性は三つに二つほどだから、万が一生きて帰れなかった場合には、自分の刀と銃を、それぞれセオドア・ジュニアとカーミットに渡してくれるようにと指示してきた。二人は、まだ一〇歳と八歳の年齢である。エディスは、声を出して父親からの手紙を二人の息子に読み聞かせたが、二人は母親の膝に顔を埋めて、泣き出してしまった。

ホワイトハウスを去ってからのルーズベルトは、次第に子供たちを——特に息子たちだが——その旅に同行させるようになった。カーミットが父のアフリカサファリ旅行に同行を許されたのは、元気のあり余った一八歳の大学生の時で、彼はその数か月を余すところなく楽しんだ。しかし、アマゾン探検に誘われたのは、カーミットがすでに二四歳の独立した青年期に入ってからであり、しかも婚約をした直後で、レインフォレストの未踏の川は、彼がその時に行きたかった場所からはおよそ程遠かった。カーミットは父を護りたい一心で、「一緒に連れて行ってくれなければ、とても悲しいし残念だ」などと言って父親を説き伏せたが、ルーズベルトには、息子がすぐにでもフィアンセの元に飛んで行き、一緒に結婚式の準備を進めたいに違いないことが、痛いほど分かっていた。カーミットが、彼の結婚式どころか人生そのものをこの遠征のために棚にあげてしまったのは、ルーズベルトには始めからずいぶんな気持ちの負担となった。

「さっさとベルの元に行ってくれれば良かったものを……」と、エセルに宛ててしたためたものだった。

＊＊＊

一方、ベルはと言えば、カーミットの不在に恋心を痛めはしたが、彼女のフィアンセや将来の義理の母ほどには苦しまなかった。カーミットが彼自身と父親の生存を賭けて「謎の川」で闘っている頃、ベルはルーズベルト家に嫁ぐ令嬢としての役回りに落ち着き、大西洋を往復する貴族的生活を続けていた。マドリッドのホテルからニューヨークへ戻ったり、近隣のフランスへ旅したりと忙しく、フランスからはイギリス海峡を渡ってロンドンへ行き、王侯貴族との交わりを楽しんだりしていた。

一月にはベルの両親が、ルーズベルトの息子との娘の婚約をバージニア州リッチモンドの本拠地で発表していたので、新聞でも大きく取沙汰されていた。フィアラの電報が原因したニューヨークタイムス紙の不穏な記事の直後にも、ベルとその母親はパリで機嫌良く嫁入り道具の買い物をしていたのが報道されている。ワシントンポスト紙の記者に尋ねられると、ベルは笑顔で買い物をしていたことを認め、その後二週間も経たないうちにニューヨークに現れると、心配顔の未来の姑とオペラを鑑賞しているという具合だった。

ベルがヨーロッパの社交界でもてはやされている間、カーミットは憑《つ》かれたようにベルを恋慕していた。ベルは、その遠距離交際中に、カーミットへ思わせぶりな興味を示したことは確かだが、彼が抱いたような激しい恋慕を抱いた形跡はない。カーミットがベルからの便りが久しく来ないことを責めた時にも、ベルは、急いでいたけれども書いたことは確かだと主張するばかりだった。「この二〜三か月の間、とてもたくさんのお手紙を送りました。急いでいてでたらめな文章ですけれど。どうして届かないのかしら。でも手紙を送っても、私をスペインに訪ねて下さらないのなら、もう送っても仕方がないから止めます！」と、冗談めかしに返答している。

遠征中、彼のベルへの思いは募るばかりだった。高原の旅を続けている頃は、彼は白い大きなラバに乗って、愛犬のトリゲイロを連れ、仲間からひとり離れて猟に出たものだ。彼は、ブラジル高原の広大でさえぎるもののない砂漠を彷徨《さまよ》うことをこよなく愛し、そうして思う存分ベルに想いを馳せるのだった。

「砂漠は、いつも僕の良い友達なんだよ」と、そんな気持ちをベルに伝えようとした。

高原の旅を終えて「謎の川」に到着するまで、便箋がなくなるまで手紙を書き続けたカーミットの想いの強さを、ベルといえども充分に理解していたはずで、彼の手紙にはすべて、恋煩いの辛さが吐露されていた。

一月の終わりの手紙には、「もう聞き飽きただろうけれど、僕は君に会えなくて本当に淋しい。思うことはそればかりだから、手紙に書かざるを得ない。親愛なる親愛なるベル、君と一緒になれるなんて、現実とはとても思えない幸せだ」と書いている。

カーミットの手紙を読んでいると、二人がろくに大した時間も一緒に過ごしていないという事実を、つい忘れてしまう。そして、実際この二人の貴族的国外居住者は、何千キロという距離で隔たっていただけでなく、性格的にも遠い隔たりのある若者同士だった。カーミットとベルの子供時代は、その両親から寄せられた期待だけを取ってみても、甚だしく違っていた。どちらも裕福で高名な家庭に生まれ育ったものの、ベルが高尚なハイソサエティーの教えを受けていたのに比べると、カーミットは大統領の息子ではあっても、そのほとんどの幼少期をオイスターベイの森の中を泥にまみれて走り回って過ごした。ルーズベルトの姉のバミーでさえ、「こんなに行儀の悪い家族は他にない」と、認めているほどである。ルーズベルトは、テーブルマナーなどということにこだわるよりも——彼自身、がさつな食べ方では悪名高かった——銃を扱い、ウサギの皮を剥ぎ、木を切り倒せることが基本教育だと思っていた。一家がホワイトハウスに住んでいた頃でさえ、ルーズベルトは、子供たちの悪さや少々の破壊行為には片目をつぶって微笑するばかりだった。父親が大統領職に就いた時に一二歳だったカーミットは、毎朝、カンガルーネズミをポケットに入れて朝食の席についたし、その下のアーチーは、通常のエレベーターに自分の仔馬を乗せて二階まで上がっていた。

「ホワイトハウスは、ルーズベルトの子供たちとその〝仲間〟の単なる遊び場のひとつと化していた」と、長年ホワイトハウスに勤務していたアーウィン・フーバーは語っている。

「どんなに高価で貴重なものも遊び道具となったし、遊び場として適さない部屋などなかった。そもそも親がそんな考えを奨励しているような具合で、子供たちのやりたい放題を止めにかかろうという勇気の持ち主は皆無だった」

ところが、ルーズベルト家の男たちは、表面的には荒っぽくがさつだったが、長女のアリスが分析するには、〝鬱に向う傾向〟があり、それは血筋に流れているものだった。ルーズベルトの息子たちの中では、カーミットが最もこの傾向に陥り易い性格を持っていた。彼は賢く頑強ではあったが、父親が自らの手で幸せを築いて行ったような能力には、本質的に欠けていた。

カーミットの最強の味方であるエディスでさえ、このブロンドの息子の暗い一面には気付かざるを得なかった。彼女が夫の姉のバミーに宛てた手紙には、カーミットのことを「白い頭と黒い心を持った息子」と呼んだりしている。彼女の次男は、物心がついた頃からずっと「変人で独立心が強く、たまに母親に寄り付いても、大抵はひとりでいることを好んだ」と言う。

「彼の心は、いつも外の世界から閉ざされている」と、エディスは姉のエミリーに書き送ったことがある。「カーミットには、母親以外には興味がないのだ」とも。

また、カーミットはグロトンに在校中に、すでにアルコールに浸り始めた。時にはかなりの量を飲んだので、校長のエンディコット・ピーボティーの目にも留まるほどだった。ある時、ピーボティーが正面から質《ただ》すと、若いカーミットは怒り狂い、危うく取っ組み合いの喧嘩になるかと思うほどだったという。

＊＊＊

カーミットの憂鬱症と早くからのアルコールへの依存は、ルーズベルトのたった一人の弟で、アルコール依存症とモルヒネ中毒の絡みから、三四歳という若さで死んだエリオットのそれと気味悪く似通っていた。エリオットは、その幼少時、セオドアがぎこちなく生真面目なのと程度を同じくして、明るく陽気な子供だった。エリオットの方が頑丈で背も高かったが、思春期に近づくにつれて性格が変化し、内向的な引きこもり傾向を見せ始めた。彼はひとりでいることを好むようになり、未来の甥に不気味なほど似通った性質を見せ始めたのである。

彼らの父親が亡くなった一八七八年、ハーバードにいたセオドアは父親の癌末期の苦しみを目の当りにしなかったが、その死には完全に打ちのめされた。一方、終始父の側について看病したエリオットは、気が違うほどの悲しみようだった。

「エリオットは、全身全霊で父の看病にあたり、女性的とまで思えるほどの優しさと思いやりで接した。若い力の限りを尽くして、父を助けようとした」と、妹のコリーンは回想している。そして、父親の最後の日々の苦しみを、エリオットは一生忘れることが出来なかった。

「父は、激痛にうめき、もだえ苦しみ、身体をのけぞらせる以外に何も出来なかった。なんという凄まじい苦しみだったことか」と、思い起こしては頭を掻きむしった。

その四年後、エリオットは、ベルと同じように裕福で高名な家庭に育った若い社交界の華、アナ・ホールと恋に落ちる。そして、カーミットがそうであったように、エリオットもアナを完全偶像化し、腫れ物に触るように祭り上げてしまう。

「彼女はあまりにも純潔で高尚でパーフェクトだから、自分のような無骨な男はその足元にも及ばず、彼女を幸福に出来るとはとても思えない」とまで書いている。

一八八三年の一二月、エリオットとアナは結婚する。その二か月後、セオドアがその若妻、アリスを肝臓疾患で亡くす。セオドアはその悲劇を乗り越えるが、すべて上手く行っていたはずのエリオットは、徐々に足を滑らせ始める。彼とアナの間には三人の子供が生まれるが、――そのうちの一人がエレノアで、のちに遠い従兄弟のフランクリン・デラノ・ルーズベルトと結婚して、ファーストレディーとなる――彼らの結婚生活は崩れて行く。年を重ねるに連れ、エリオットのアルコール依存は深刻になり、モルヒネ中毒も進行して、一連の女性問題を起こしたことが誇り高き妻を傷つけ、清廉な弟まで遠ざける結果となった。

最後には、セオドアはエリオットを完全に見限ってしまう。彼は弟をパリにある精神病院に入れ、弟は無能で気違いだと宣言した。その翌年に、エリオットの妻のアナはジフテリアで二九歳の命を閉じるが、彼女は死の間際になっても、夫と会おうとはしなかった。もし、エリオットが強い人間であったなら、その若妻の死への悲しみと罪悪感が、逆に彼を立ち直らせる要素となったかもしれない。しかし、彼にはそんな強さがなかった。セオドアは、姉のバミーに宛てた手紙で、「コリーンには、もう少しエリオットに厳しく当たってもらいたいものだ。……彼はどうしようもない、落ちるところまで落ちるしか仕方がない。酔っぱらい運転で街灯にぶつかって、頭から車外に落ちたそうだ。哀れなものだ。アナの代わりに死んだ方が良よかった！」

それから一か月も経たないうちに、エリオットは死んだ。九歳になるエレノアと二人の兄弟は、孤児となった。

エリオットの死は、ルーズベルトを一瞬にして二〇年前の昔に引きずり戻し、ハンサムで誰からも好かれ、明るい将来に輝いていた頃の弟が蘇った。

「今は、エリオットが元気だった頃のことしか考えられない。彼は勇敢で寛大で、誰にでも好かれる誠実な若者だった」と、コリーンに書き送っている。コリーンは、ルーズベルトが弟の遺体と対面した時ほど、取り乱した姿を見たことがなかった。

「彼は子供のように、長い間泣いていた」

＊＊＊

カーミットの思春期から青年時代にかけて、ルーズベルトは、彼の息子が常に何かに焦点を合わせ、心身ともに励むように仕向け、そのことに大変な労力を払って来た。カーミットがグロトンの生徒だった時、ルーズベルトは大統領職にあったが、息子の学業はいつも熱心に監督していた。息子の向ける興味の対象には、父親から見て少しでも価値のあることだと認められれば、進んで手助けをした。一度など、カーミットが傾倒していた落ちぶれ詩人、エドウィン・アーリントン・ロビンソンを、その貧窮から救助したこともある。

ロビンソンは、ハーバードを出たのち無名となり、惨めなアルコール中毒に落ち入っていた。ロビンソンの詩を熱愛していたカーミットは、その作品をホワイトハウスに送りつけ、父親になんとか彼を援助出来ないものかと懇願した。ルーズベルトは、ロビンソンの詩があまりよく理解出来なかったものの、すぐにロビンソンにニューヨーク財務庁の特別顧問の仕事を世話し、自ら、アウトルック誌にロビンソンの詩集〝夜の子供たち〟の賞賛を書いた。これによって、ロビンソンの詩は、多くの読者の目に触れることとなった。ずっと後になって、ロビンソンはカーミットへの手紙に、「君の父上がおられなかったら、私はどうなっていたか、考えただけでも恐ろしい。君の父上は、私が地獄に堕ちる寸前に救助してくれたのだ」と書いている。

エリオットを呑み込み、ロビンソンをも危うく破壊しかけた暗黒から、ルーズベルトは、なんとかカーミットを遠ざけたい一心で、彼をチャレンジに満ちた冒険に同行させたり、常に使命を与えて前進させたりして、彼がいつも視線を外へ向け、達成感を味わえるようにと骨折った。学校の課題に真剣に取り組んで、文学への興味を伸ばすことを応援しただけでなく、ルーズベルト自身が身体を鍛えたように、カーミットにも肉体的鍛錬を怠らせなかった。まだカーミットがグロトンに在学中、ルーズベルトは、彼の最初の妻アリスを亡くしたあとに身を投げ込んだサウスダコタ州のバッドランドに息子を連れて行った。アフリカ旅行も肉体労働の連続で、彼は、息子が難行を次々とこなして行くのを見て目を細めたものだった。

「我々は本当によく働いたが、一番の働き者はカーミットだ。歩くことと知ることにかけては一流だ。カーミットは凄腕のハンターになったばかりか、責任感のある信頼の置ける男になった。リーダーの風格だ」と、スダーンからカーミットの弟のアーチーに送った手紙に、誇らし気に書いている。

＊＊＊

「謎の川」沿いの薄暗いテントの中でうつぶせになり、汗まみれで横たわるルーズベルトの横に立ち、カーミットは、父の自らの命を断つという決心に対し、父が教え込んだ通りの沈着さと決断力を持って処した。ただ、この時ばかりは、彼は父の意向には添えなかった。彼は、生涯で初めて、父の望みを尊重することを拒否したのである。どんなことをしても、何を犠牲にしてでも、父を置いては行かないと主張したのだ。

ルーズベルトの暗澹たる告知と、それに対するカーミットの返答の間の一秒に満たない時間に、父と息子の揺るぎない上下関係は、完全にすり替わってしまった。四半世紀近くの間、口説や手紙やキャンプ旅行や冒険の旅を通して、ルーズベルトは息子に強い模範を示し、目標を与えられたら全身全霊を持って突進して行く青年に仕立て上げた。その息子の自立を、ルーズベルトは誇りに思ってはいたが、父親として君臨する立場は守り、最終決断は彼が下して来た。しかし、この夜、カーミットは父の決断に従わなかったばかりか、父にはいったん後方に下がるように要求し、自らが今後の隊の指揮を執ると宣告したのである。

息子の顔に動かぬ決意を見たルーズベルトは、カーミットの命を救いたければ、カーミットに自分を救わせる以外に方法はないと悟った。

「その時、突然分かったのだ。もし私がそこで絶えたなら、カーミットが絶対に生き延びることがないと決定づけることになるのだと。何故なら、彼は私を絶対に置き去りにはしないから、私が死んだとしても、その死体を運び出そうとするだろう。それこそ無理というものだ。しかし、彼の決意は明らかだ。そうなると、私に出来ることはひとつ、生きてレインフォレストを出ることだった」と、ずっと後に、ルーズベルトは友に打ち明けている。

Chapter 24
人に潜む悪

ルーズベルトは、生きようと決心した。昔ならば、その決心だけで生きぬくことが出来たかもしれない。しかし、「謎の川」では、彼の決心は彼自身の気持ちの問題でしかなかった。ルーズベルトの容態は未だ深刻で、隊は深く険しい峡谷にさしかかり、連続する急流が待ち構えていた。その上、司令官のロンドンは、カヌーを捨てて徒歩でジャングルを切り抜ける以外に方法はないと言う。ルーズベルトの足のケガは化膿が進み、高熱が続いていたから、レインフォレストの中を自力で行軍するのは、彼がどれほど決意を固めたところで不可能だった。

彼の意志は堅固でも、彼の身体はそうではなかった。成人して以来初めて、ルーズベルトは自分以外の誰かに命を託さなければならないのだ。そして、その誰かは息子のカーミットだった。カーミット自身、この探検が始まった当初からマラリア熱に冒されていたが、彼は未だ強靭で、若さのもたらす余力があった。

父親から受け継いだ確固たる自信をもって、カーミットは目前の峡谷をカヌーで乗り越えることが出来ると確信していた。問題は、他の仲間を納得させることである。はじめは、この激流にカヌーを乗せることが出来ると主張したのは、カーミットひとりだった。しかし、彼のゆるぎない計算と確信は次第にシェリーを動かしたばかりか、この状況下では鍵となる人物のリラさえ揺すぶり始めた。その軍隊生活のほとんどをロンドンの右腕として働いて来たリラは、この遠征では常にカーミットと肩を並べ、次々に現れる急流と闘って来た。リラは、カーミットのエネルギーと勇気に感服したばかりでなく、彼の巧みなロープさばきには恐れ入っていた。それは、カーミットが遠征前にブラジルの鉄橋建設に従事していた際に身につけた技だった。ロンドンは、カーミットの計画に納得した訳ではなかったが、この三人の説得の前には屈せざるを得ず、至力を尽くすことを約束したのだった。

カーミットの計画は、空の丸太舟をロープを使って滝を下らせ、その間にカマラダたちが急な崖道を積み荷を背負って降下するというものだった。この計画の成功をより確実にするためには、さらなる荷物の削減が必要だった。実にこの遠征で四度目の削減だったが、すでに必需品を残すのみとなっていた荷物を削るのは、ことのほか難しかった。それでも、彼らは守銭奴のような厳しさで所持品を選り分け、食料以外はすべて起き去ったと言っても過言ではなかった。

ルーズベルトの荷物は、小さな鞄が二つだけとなった。そのひとつは弾薬入れだったが、書き物をする時に使っていた虫除けネット付きヘルメットと長手袋も入れられていた。もうひとつはダッフルバッグで、敷き布団、毛布、蚊帳の他には、パジャマ、下着、靴下がそれぞれ一セットづつと、ハンカチ六枚、洗面道具、薬袋、銃の潤滑油、接着剤、虫除け剤、裁縫道具、備え置きの眼鏡、財布、そして、マナオスに到着の際には必要となる信用手形が詰め込まれていた。カーミットの靴はすり切れてボロボロになってしまったので、ルーズベルトは自分の履いていた靴をカーミットに与え、残っていた代えの靴を履いた。

生き延びるために最低限必要な所持品にまで削減し終わると、リラとカーミットは、峡谷の両壁に登り、丸太舟を降ろす準備を始めた。これまでにも何度も急流で船を操って降ろして来たものの、このような極限的な条件下で仕事をするのは初めてだった。峡谷の両壁は極めて険しく、川に対してほとんど直角にそそり立っていた。その崩れ易い岩肌にへばりつきながら、重い丸太舟にロープを固定して行った。この作業は、困難で労力を極めただけでなく、非常に危険だった。その上、カヌーが川を降下中に壊れてしまう可能性も高かった。男たちは、たとえ計画通りに船を急流に乗せて通過出来たとしても、結局は数日間をかけて新しい船を造らなければならないかもしれないことを、充分に理解していた。

渓谷の岩場は、荷物を担いで降りるには勾配が激し過ぎた。これまでのように川沿いを歩くことは出来ないので、カマラダたちは川辺の急勾配を登り、ジャングルの奥へ一〇〇メートル以上入り込んで、深い山道にトレールを敷かなければならなかった。カーミットとリラが困難なカヌーの作業に当たっている間、ロンドンはカマラダたちを指揮して道を切り開いた。頂上付近に辿《たど》り着いた時、ロンドンはいったん作業を止め、下の状況を見るために何本かの木を切らせた。そこに広がった景色は、彼らの想像以上に厳しい道のりを見せつけるものだった。

「下に広がる谷には、リオ・ルーズベルトが稲妻の矢のように遠くの丘陵地帯へ突入しているのが見えた。それは美しい光景だったが、我々には落胆以外の何ものでもなかった。これまでの経験で、川が丘陵に入り込む時には、必ず急流や瀑布が待ち受けていると分かっていたからだ。我々の体力と気力は、すでに限界まで来ていた。この景色を観たあとで、再度カヌーを捨て去ることを可能性として話し合ったが、その道を選んだ場合の生存率の薄さを考えて、ただゾッとするばかりだった」と、シェリーは書き残している。

四月一日、四日間を費やして、ついに、隊員と荷物とカヌーは渓谷の北側の端に到達した。この大仕事の達成は、おそらく彼らの命を救った一因となったのだろうが、その夜のキャンプでは、祝いの宴はなかった。男たちは疲れ切っていたばかりか病んでもいたし、計画が無傷で全うされた訳でもなかったのだ。三日目、カーミットとリラが、万全を期して固定したカヌーを急流に乗せたのだが、船はロープからすり抜けて川底の大岩に激突し、ものの見事に大破したのである。

男たちの疲労と憂鬱にとどめを刺すかのように、その夜のキャンプは空が破れたのかと思うほどの土砂降りに見舞われ、ロンドンでさえも「大嵐」と形容したほどだった。彼らが建てたキャンバスの覆いの上に溜まった雨水は、その重みで覆いを倒してしまった。男たちは、せっかくそこまで苦労して運んだカヌーが、この雨で流されてしまわないかと気が気ではなかった。雨は、ルーズベルトが高熱を出して寝ているテントの中にも流れ込んで、すべてを水浸しにした。

四月二日の朝、男たちは、苛酷な四日間の疲労の上に、大雨のための寝不足に追い討ちをかけられ、言いようもなく疲れ切った身体を引きずって出発した。陸路の運搬から川の旅に戻れることは嬉しかったものの、身体を休めることは出来なかった。今やカヌーは五艘のみとなり、ルーズベルトと漕ぎ手以外は、全員が歩くことを余儀なくされた。その上、三・二キロたらずを下ったばかりで、またしても両岸に険しい岩壁がそそり立つ渓谷にさしかかった。

「丘陵地帯から抜け出せるどころか、さらに深く入り込んでしまったのだ！」と、シェリーは嘆いた。

この時点で男たちは、初めて急流の轟き音を聞いた三月二日から、ちょうど一か月にも渡って急流と闘い続けて来たことになる。この間、彼らが進んだのは一一〇キロのみだったが、高度にすると一五〇メートル以上を降下したことになる。このあと、いったいどれほどの急流に遭遇しなければならないのだろうか。前回の急流よりも、そしてこれから乗り越えなければならない急流よりも、今後待ち構えている、いつ尽きるかも分からない無数の急流が何よりも恐ろしかった。

「このあと、何度陸路運搬を繰り返せば良いのか、いつ終わりが来るのか、食料はいつまで持つのか、それが誰にも分からないのだった。急流での奮戦は、常に最悪の事態の可能性を考えながら闘われた。それでも、闘い続けなければならなかったのは、進めないこと自体が病気や飢えによる死を意味していたからだ」と、ルーズベルトは記している。

＊＊＊

急流をカヌーを操って越え、ジャングルを切り開きながら積み荷を運搬するという作業は熾烈をきわめ、カマラダの身体を蝕み、わずかに残っていた精神力さえも萎えさせた。新しい急流にぶち当たるたびに、溺れ死んだシンプリシオを思い起こし、陸上運搬の度に原住民の攻撃に怯えながら、重労働に苦しむのだった。希望を失いかけたカマラダたちは、幹部隊員に、本当にこのジャングルを生きて出る事が出来るのかと問い始めた。カマラダ同様の不安に襲われていたルーズベルトたちだったが、なんとか平静で勇敢な態度を装うほかなかった。

「出来る限り彼らを勇気づけるのが、我々の勤めだった」と、ルーズベルトは書いている。

この遠征の最初から、ルーズベルトは、カマラダたちの精神状態の行方を心配し、出来る限り彼らの意気込みを失わせないように努力して来た。

「何週間もの困難と重労働に加え、見通しのつかない不安さの中、ルーズベルト自身が高熱と赤痢に衰弱し切っていたにも関わらず、彼は、カマラダを含む隊員たちの状態を、毎日詳しく知りたがった」と、シェリーは記録している。遠征のはじめの頃、ルーズベルトは、正午になるとカマラダたちにチョコレートを配って元気づけた。カマラダたちはたいへん有り難がって、すぐに食べてしまわず大切に保管し、三時頃に味わって大いに元気づけられたものだった。

「ブラジルのジャングルの中では有り得ない贅沢でもあり、労働者には特に嬉しい食べ物だった。

こういった小さな思いやりの重なりで、カマラダたちはルーズベルトを慕って行った」と、ロンドンは回顧している。

「しかし、生存の見通しも不透明で、食料も底をつき始めたこの頃、ルーズベルトはチョコレート以上のものをカマラダたちに与えようとした。彼は、自分の食料を分け与えようとしたのである。カーミットとシェリーが気付いて止めようとした時、ルーズベルトは「私にはこれしか出来ることがないし、彼らには少しでも食料が必要だ」と答えた。その後、シェリーは、ルーズベルトの食事に目を配り、彼が食べ残したものは保管しておいて、あとから食べさせるようにした。食料は非常に少なくなっていたので、一口でも健康に左右したのである。

この頃には、カマラダたちの多くが、目に見えて生気を失っていた。一部の者の投げやりな態度や士気の衰えに、幹部隊員は神経を尖らせた。陰鬱な空気が全体に覆っているのを、シェリーも気付かずにはいられなかった。三月三〇日のカーミットの日記には、「男たちはすっかり気を落としている」という書き込みが見られる。ロンドンは、彼の部下は未だに意気盛んだと主張したがったが、その彼でさえ、度重なる急流が男たちを疲弊させ、ごく少数の者を除いて、弱体化していることを認めざるを得なかった。

幹部隊員は、疲弊して恐怖感に怯えた男たちは、扱いにくばかりではなく危険だということを充分に理解していた。人数では幹部隊員の倍に及び、外部からの圧力も皆無の状況では、カマラダたちが隊の主導権をもぎ取ることはたやすかった。ロンドンは、彼の長年のキャリアのなかで、常に男たちの謀反や、それに至る序奏である恐怖感や焦燥感といったものと闘って来た。彼はその兆候をよく知っていたし、この遠征の現状が、謀反への条件をほぼ全部整えていることに気付いていた。シェリーも、不満を抱えたカマラダが警戒を要する者であることは承知の上だった。以前の遠征で、彼が解雇したカマラダが、彼を殺そうとしたこともあったのだ。その時、銃激戦となって、逆にシェリーが相手の男を殺す結果となったが、シェリー自身も大けがを負った。そればかりか、助けを呼ぼうとする間に、出血多量で危うく命を落とすところだった。それ以来、シェリーの片腕は、完治しないままとなった。

「謎の川」での幹部隊員は、そういう意味では幸運だった。ごく一部の例外者を除いて、多くのカマラダたちは善良で正直な、信頼の置ける男たちばかりだった。しかしながら、次第に、そして確実に悪化する状況下で、ことは深刻さを増して行った。

「このような状態では、どんな人間でも、その根底に沈む悪が表面化して来るものだ」と、ルーズベルトは心を痛めた。

＊＊＊

四月三日の朝、男たちは、容易でない一日が始まることを予期しながら目覚めた。その日の計画は、第二の急流を三段階に分けた方法で制覇することだった。第一段階は、積み荷を除いた空の船を漕いで、行けるところまで行くことだ。いよいよ急流が激しくなったところで、船にロープをくくり着け、両岸から操って降ろし流して行く。両岸が平坦になったところまで降ろすことが出来たら、船を陸揚げし、周囲の木を伐採して丸太路を敷き、渓谷が終わるところまで運搬するというプランだった。

ところが、早くも、比較的簡単であるはずの第一段階で、災難に見舞われてしまった。アントニオ・コレイアともう一人のカマラダが、一艘の船を漕いで下っていた際、突然バランスを失い、激しい流れに向って流され始めた。彼らは、必死で岸から張り出る枝や蔦に掴まろうとしたが、流れが速過ぎて、枝などは掴む間もなく折れてしまった。このままでは急流に飲まれてしまうと咄嗟《とっさ》に判断した二人は、怒濤の川に飛び込んだ。顔を上げた時には、たった今手をすり抜けて行った船が、渦に巻かれて急流に突っ込み、砕け散るのを見届けるしかなかったのだ。こうして、再び丸太舟は、彼ら自身が作った二艘を含む四艘となったのである。

ジャングルでの孤立感と危機感は、以前にも増して迫っていたが、この急流を乗り越えるために、彼らは渓谷の両端に分散して配置しなければならなくなった。リラとその部下たちが急流の入り口付近の下生えを切り払って船が降ろせるように準備している間、ロンドンとその部下の一団は急流の最終地点までのトレールを切り開くことに専念した。他のカマラダたちは、パイションの指揮の下に、カーミットとシェリーが待つ渓谷の中間地点まで、道具類や食料を運ぶ仕事に従事した。

ただひとり、信頼の厚いペドリノというカマラダだけが前夜のキャンプ地に残り、順々に運ばれて行く荷物の警備に当たっていた。その日の早朝、カマラダたちが、汚れてすり切れた衣服をまとって整列し、一人づつ積み荷の箱を疲れた肩に乗せて出発する中、ペドリノはいぶかしい動きに気が付いた。進み出てみると、そこにはまたしても荷物の中から食料を盗もうとしているフリオ・デ・リマの姿があったのだ。今度は、特に大切なタンパク源である乾燥肉をかすめ取ろうとしていたので、ペドリノはすぐさまパイションに報告した。パイションは、性懲りもなくまた盗みを働こうとしたフリオに激怒した。しかし、食料を盗むことがどれほど重罪であっても、現状に於いては厳しく叱責する以外に方法がないのである。残り少なくなった健康で腕力のある男を縛り上げては、その分の労働力を失うことになる。この盗難騒ぎのあと、パイションとフリオはすぐにもとの持ち場に戻り、ペドリノも警備の仕事に戻る他なかった。

それから間もなく、再びフリオはパイションの怒りを買うことになる。他の男たちが、重い荷物を急な坂道の上から引き上げている時に、フリオは力を抜いて怠けていたのである。その頃、中間地点では、カーミットとシェリーと病床のルーズベルトが、一休みするために本を読んでいたが、そこへフリオがいかにも重そうに荷を担いで現れ、大袈裟にうめいたり、ブツブツ小言を言いながら通り過ぎた。シェリーは顔も上げずに、「あのうめき声を聞いただけで、誰だか分かるね」と、苦笑しながらカーミットとルーズベルトに言った。ルーズベルト親子は、いかにもだと言わんばかりに短い鼻笑いを漏らし、また読書に戻って行った。

フリオが荷物を地面に置いたあと、たまたまシェリーが顔を上げると、ちょうどフリオが木に立てかけてあるライフルの中からカービン銃を取り上げたのが目に入った。カマラダたちも、獲物を見つけた時のためによく銃を携えていたので、シェリーはフリオの行動に大した注意を向けるでもなく、単に、「フリオは途中で猿か鳥を見たのかもしれないね」と、ルーズベルト親子に声をかけただけだった。

フリオが行ってしまってからほんの二〜三分後、三人のアメリカ人は、間違いなくカービン銃のものである発砲音を聴いた。横になっていたルーズベルトは、少し身を起こして、「いったいフリオは何を撃っているんだろう」と言った。三人は、あれこれと獲物の種類を想像し合い、フリオが仕留めたものが夕食のテーブルに上ることを期待した。どんな美味しい料理が楽しめるのかと話し合っていたところへ、三人のカマラダが運搬路を走って来るのが見えた。

男たちの息せき切って混乱した声が聞こえて来たのは、その時だった。ポルトガル語で「フリオ　マト　パイション！」と、口々に叫んでいる。「フリオがパイションを殺した！」と。

Chapter 25 殺すものは死すべし

殺人事件の凶報が石の渓谷に行き渡った時、隊員たちは恐怖に凍り付き、次の銃声が森に響くのを待って耳をそば立てた。誰も、パイションだけがフリオの標的だとは思ってはいなかった。精神不安定なフリオが、探検の行軍の苦しさに気が狂れ、大量殺人に走ったと信じたのだ。

「我々全員は、フリオが発狂して、殺せるだけ殺すだろうと思っていた」と、シェリーは記している。何分かが経過したものの、森からは何も聞こえて来なかった。たった一発の銃声のあとのジャングルの異様な静けさは、連続射撃音よりも不吉で、いつ何時どの方向から弾が撃ち込まれるかという恐れに、男たちは凍り付いたのだ。

中間地点にいたアメリカ人たちは、この静寂は、フリオが前夜のキャンプ地に向っていることを意味し、即ち、次の犠牲者は食料を護衛しているペドリノだと見て取った。朝方にフリオの盗みを見つけたペドリノは、未だ殺人の事実を知らないばかりか、ひとり武装もせずに荷物の警備に就いている。一週間前の事故から、ルーズベルトの容態は悪化する一方だったが、その衰弱にもかかわらず、パイションの殺害とさらなる人命の危機に、彼の統率者としての本能が蘇った。いきなり起き上がったルーズベルトは、驚くカーミットとシェリーをよそに、フリオがつい先ほど殺人用に取り上げた銃の並んでいた方へ急いだ。息子とシェリーにカヌーと積み荷を警備するように命令すると、ライフルを携えて、ペドリノへ危険を知らせに向かったのである。

シェリーの日記には、「我々が止める間もなく、大佐は先ほどフリオが消えて行った道を下って行ってしまった。何の躊躇もなく、どこに銃を持ったフリオが潜んでいるやも知れないトレールに突進して行ったのだ」と記されている。

リボルバーを手に持ったカジャゼイラ医師が、すぐさまルーズベルトのあとを追いかけたが、それほど行かないところで、ルーズベルトはパイションの死体を見つけてたたずんでいた。放り投げられた荷物の山の横に、若いパイションはうつむけに倒れ、その生気の失せた身体はくずおれたような形で静止し、その下から血の池がゆっくりと広がっていた。フリオはパイションの心臓を撃ち抜いて即死させたのだ。彼の身体は、切り倒された大木のように、前向きに森の柔らかい地面に倒れ落ちていた。

「殺人者は、トレールの片側に立ち、一二歩ほどの距離から、明らかに殺人の目的で狙い撃ちした」と、ルーズベルトは判断した。

我が目で、フリオがここまでの犯罪を犯し得る男だと確認したルーズベルトは、ペドリノへの心配が倍増し、ことがさらに急を要することを悟った。ケガをした足を引きずりながら、彼はパイシヨンの死体を後にして、森に潜んでいるかもしれないフリオを警戒しながら、前夜のキャンプ地へと急いだ。キャンプ地にようやく到達するなり、カジャゼイラ医師は、「私の方が視力が良いので、フリオを見つけたら、すぐに合図する。大佐はライフルで狙ってくれ」と言って、静かにルーズベルトの前方に出た。しかし、フリオの姿はどこにも見えないのだ。ペドリノは無事だったが、殺人犯人は消えてしまった。おそらく、パイションを撃ったところからそう遠くないところに潜んで、機を狙っているに違いない。

この頃には、他の幹部隊員が殺人現場に到達していた。ルーズベルトが去ったあと、カーミットとシェリーは、中間地点でカヌーと積み荷を護らざるを得なかったが、信頼出来るカマラダ二人を見つけるや否や、彼らに船と積み荷をを任せて、すぐに現場へ向った。川のさらに前方にいたリラとロンドンは、パイションの死を知らされ、その泥路を前夜のキャンプまで引き返すのに三〇分近くかかった。カヌーを瀑布に乗せて流し降ろす作業に奮闘していたリラがはじめに事件の知らせを受けたが、まずロンドンに報告するためにカマラダを走らせた。知らせを受けたロンドンは、崖に沿ったトレールを切り開く仕事を部下に任せ、すぐさま前夜のキャンプ地まで引き返した。こうして四人は、ようやく森のトレールに横たわるパイションの周りに集まった。

ロンドンは、アマゾンで過ごした四半世紀の間に、たくさんの死人を見て来た。原住民の毒矢に撃たれて何の治療も施せない激痛にもだえ苦しんで死んだ者、焼かれるような高熱に意識を失い死んで行った者、また、飢えによって死んだ者などを数多く見て来た。しかし、未だかつて、自分の部下が他の部下を、憎悪のために殺したのを見たことはなかった。彼はパイションを見下ろして、何と無意味で無駄な死であったことかと嘆かざるを得なかった。それは、ブラジルの電信配線任務どころか、単にこの探検遠征に貢献した死でもなかった。この殺人は、ロンドンの心に抑えがたい怒りを燃え上がらせた。カーミットが後にその日記に記したように、ロンドンは、その徹底した鍛錬と自己制御にもかかわらず、「フリオを殺さずにはおられない怒り」に駆られていた。

ところが、そのロンドン自身が驚いたことには、この事件に「目には目を」の処罰を激しく主張したのは彼自身ではなく、熱血漢のアメリカ人司令官の方だったのである。パイションの死体を確認したあと、四人の幹部隊員は、ルーズベルトを探してキャンプの方へ向った。ルーズベルトは、予想通り前夜のキャンプ地にいたが、見るからに激憤しており、四人を見るなり大声で怒鳴った。

「フリオを見つけ出して逮捕し、殺すのだ」

「それは、ブラジルでは不可能だ。犯罪を犯した者は、裁判にかけられるのであって、殺されるのではない」と、ロンドンは答えた。

ルーズベルトは納得しなかった。

「人を殺す者は死ななければならない。私の国ではそういうことになっている」と言い放った。

もし、フリオを見つけたら、ウィルダネスの法則ではなく、ブラジル政府の法に則らなければならない、とロンドンは意見した。ロンドンは、どんな残忍な犯罪者も、逮捕すれば食料を与えて、その代わりに囚人として働かせ、市民として裁判にかけるべきだと信じていた。ところが、どこまでも合理主義者のルーズベルトは、この状況にあって、自分たちを殺人者の危険に晒す必要はなく、ましてやカマラダたちにその残り少ない食料を、泥棒で殺人者の男と分かち合えと言うことこそバカげていると思った。

　ところが、二人の論争は、思いがけない形で、とりあえずの解決を見た。フリオがパイションを殺すのに使った四四キャリバーのウィンチェスター・ライフルが見つかったのである。ロンドンは、この鬱蒼とした深い森で、そう簡単にフリオが見つかるとは思わなかったのだが、とりあえずアントニオ・コレイアとアントニオ・パレチを追っ手として送り出していた。二人は、フリオが犯罪後にトレールから森の中に姿を消した場所を確認し、すぐさまそこからジャングルの中に入って行った。それから数分も経たないうちに、森から驚きの奇声が上がったかと思うと、アントニオ・コレイアが、その汚れた腕に殺人武器を高々と掲げて、トレールに飛び出して来たのである。

　フリオは、深いジャングルを分け入って逃げようとする途中に、ライフルを失ったようなのだ。これは、隊に大きな安堵をもたらせた。

「殺人を犯したあと、誰かが近づいて来るのを聞いてパニックに落ち入ったフリオは、ジャングルの中に逃げようとしたのだろう」と、ルーズベルトは推測した。折れたばかりの枝と重なり合った落ち葉を見ると、ライフルを木に引っかけて落とし、それを取り戻そうとしたけれども、パイションの死体が見つけられた物音に怯えて、そのまま逃走したものと見られた。

「奴の人を殺すほどの憎しみも、その生来の臆病には勝てなかったのだ」と、ルーズベルトは吐き捨てるように言った。

フリオが非武装であることが分かった今、殺すにしても逮捕するにしても、とにかく彼を探し当てなければというルーズベルトとロンドンの緊急感は和らぎ、とりあえずはパイションを葬ることに専念することになった。誰かが、パイションの顔にハンカチをかけてやっていたが、つい三〇分前までは活力に満ちていた彼が、もう二度と動かないとは、いかにも信じがたかった。二週間ほど前にシンプリシオを川に失った時にも、男たちは深い悲しみに落ち入ったが、パイションの死はさらに大きな打撃となって彼らを襲った。シンプリシオの場合は、結局死体を見つけることが出来なかったので、それが彼の死から現実感を減少させていた。しかし、パイションの無惨に撃ち抜かれた死体は、この日に隊を襲った暴力と悲劇の証《あかし》として、彼らの目に焼き付いた。

ここでパイションにしてやれることは、出来る限りを尽くして葬ることだった。ロンドンは、この瀑布とそれを囲む山々が、間接的にもこの若者の悲劇的な運命の原因になったとし、それらを〝パイション〟と名付けると表明した。彼は、パイションの頭を山に向け、足を川に向けて、命を落としたその場に埋めることに決めた。

ロンドンの決定した葬儀の第一の障害は、すでにほとんどの道具類を置き去って来たために、土を掘るシャベルもないことだった。幹部隊員が帽子を取り頭を下げて見守る中、カマラダたちは、ナイフや斧や素手を使って、濡れた土を掘り出して行った。そのあと、ルーズベルトとロンドンが、敬意を込めて注意深くパイションの肩を持ち上げ、リラとカーミット、そしてシェリーとカジャゼイラ医師が背中と足を支え持った。彼らは協力して、血にまみれた死体をその浅い墓に横たえ、低い土山を盛って簡素な十字架を立てた。そして、パイションを敬して、一斉射撃をして弔砲とした。「淋しい川沿いの大木の下にパイションを葬り、我々は彼に永遠の別れを告げた」と、ルーズベルトは日記に書き留めた。

＊＊＊

フリオが使った銃を見つけたことは、確かに彼らをひとまず安心させたが、彼らの安全を約束した訳ではなかった。どこにも行きようがなく、失うものもないフリオは、必ず他の銃を盗みに来るか、少なくとも隊の食料を狙ってやって来るに違いない。もし、彼が未だして恨み心を宿していたなら、隊のカヌーを壊そうとしたり、崖の上から岩を押し落としたりして、川で働く仲間を殺そうとするかもしれない。その上、この渓谷を越えるまでは、隊は引き続き分散して配置に就かなければならないのだ。隊員たちは、このあと、命と積み荷を護るために出来る限り警戒を高めながら行動した。前後二つのキャンプには見張りが立てられ、カマラダが荷物を運ぶ際には、後尾に護衛が付けられた。シェリーは、リラとカーミットが残りのカヌーを急流と瀑布に乗せて川を下らせる間の護衛を務めた。

必死の努力にもかかわらず、荷物の一部と四艘のうち二艘のカヌーを急流の麓まで降ろした頃には、あたりが暗くなり始めた。荷物が分散してしまったのである。これ以上のカヌーと食料は絶対に失えないので、遠征が始まって以来初めて、彼らはキャンプを二カか所に分けて張ることとなった。何人かは急流の入り口で夜を過ごし、残りの者は、急流の麓の岩場のわずかな土壌に育った木にハンモックをかけて眠った。

その夜、男たちは高熱に苦しむルーズベルトを助けて麓のキャンプまで移動しながら、改めて彼の病状の深刻さに言葉もなく驚いていた。殺人事件への興奮と怒りがその血管に波打ち、前大統領の指導者としての本能的ともいえる行動力が、ほんの一時的に打ち勝っただけだったのだ。峡谷の岩場を渡る一歩一歩に、ルーズベルトの荒い呼吸はその胸を大きく上下させ、わずか三か月足らず前に高原の旅で周りの度肝を抜いた彼の体力は、痛々しくも完全に失われていた。この時のルーズベルトの様子を、ロンドンはその日記に書き留めている。

「午後五時三〇分、ルーズベルト氏は、渾身の努力を払って傾斜の厳しい岩場を登り、激しく息を切らせてキャンプに到着した。この過激な運動は、彼の病状には苛酷過ぎたようで、この夜さらに彼を苦しめることになった」

今やルーズベルトの心臓は、ケガが化膿している足と同じほど心配な状態となっていた。つい数か月前まで、オイスター・ベイからメイン、そして首都ワシントンのワイルドなロック・クリーク・パークなど、見つけ得る限りの森林地帯を駆け巡っていた彼が、ほんの数歩を行くだけで疲れ切ってしまうのだ。二日ほど前にも、シェリーは、ルーズベルトが下り坂を行軍するのを補佐したが、その状態の悪化ぶりに衝撃を受けていた。

「急流の最終地点のキャンプまでトレールを一緒に歩いたが、ルーズベルト大佐の心臓は激しく波打ち、何度も座って休まなければならなかった。彼は相当苦しかったようで、三～四回も地面に崩れついて、私に先に行ってくれるようにと懇願した」と、シェリーは記録している。

カーミットは、父親の深刻な症状にはっきりと気付いており、すでに殺人事件の前に、父の心臓を非常に心配している旨を日記に書き込んでいる。息子のカーミットの心配にも劣らず心を痛めていたのがシェリーだった。この自然科学者が長年ルーズベルトに抱いていた尊敬の念は、この何か月かの間に、実の兄へ寄せる想いほどに深まり、自分の命に賭けてでも、ルーズベルトをアマゾンから生きて連れ出そうと心に決めていた。しかし、日一日と、その目標は達成しがたいものと思えて来るのだった。その気持ちは、シェリーの日記に痛々しく綴られている。

「ルーズベルト大佐の容態を見て、今夜まで持たないのではないだろうか、と思う日が何度あっただろう。そして無事に夜半になって、また自問するのだ、彼は果たして朝まで持つのだろうか、と」

ルーズベルトの急激な病状の悪化と同ジくらいシェリーの眠りを妨げたのは、ルーズベルトが、断念したとはいうものの、先に自分の命を終えようと決心した事実だった。シェリーは遠征仲間の自殺に結果的に手を貸してしまった経験があり、生涯忘れ得ない記憶となって残っていた。それは、ある過去の遠征での出来事だった。キャンプ仲間のひとりが、青い顔色をして落ち込んだ様子ながら、目には異様な決意の輝きを宿して、「君の拳銃を貸してくれないか」と言って近寄って来た。シェリーが何に使うのかと訪ねたところ、彼は短く無感情に、「自分を撃つのさ」と言うのだ。シェリーは、その男の気が狂ったのではないかと思い、詳細には触れなかったものの、しばらく彼の正気を確かめるために話をした。冷静であることを判断したので、自分の拳銃をホルスターから出して、手渡したのである。男はその日のうちに自殺した。

ルーズベルトの容態を心配したのは、カーミットとシェリーだけではなかった。カジャゼイラ医師は、一九人の隊員の様々な病状の治療や予防措置で目が回るほど忙しかったにもかかわらず、この頃には、このアメリカ人司令官の看病に昼夜をかけるようになっていた。彼は、ルーズベルトの病状を克明に記録し、「ルーズベルト大佐の健康状態」と題して、別の一綴りとしていた。

四月四日の午後、他の隊員が残りの二艘のカヌーと食料を運んでいる間、カジャゼイラ医師とルーズベルトはキャンプに残っていた。午後二時半頃、二人は静かに会話を交わしていたが、医師は、突然ルーズベルトの顔から血の気が引き、身体が震え始めたのに気付いた。体温を測ると、急速に上昇しているのだ。カジャゼイラ医師は、あるものをかき集めてルーズベルトを覆い、キニーネをもう半グラムだけ飲ませた。その頃には、薬品も底をつき始めていたのである。

カジャゼイラは、その岩場の当座しのぎのキャンプから、なんとか早くルーズベルトをまともなキャンプに移したかった。彼は、イライラしながら運搬作業が終わるのを待ち、午後五時にようやくカヌーに荷揚げを済ませると、ルーズベルトとロンドンと共に最も大きなカヌーに乗り込んだ。隊は、再び、その夜のキャンプ地を求めて川を下り始めた。

念には念を入れ、フリオが彼らを狙っていた場合のために、隊は川を反対側に渡って右岸に着けることにした。しかし、四艘のカヌーが出発するや否や、強い雨が降り始めた。それは、この数日では最も激しい降りで、森も川も水で溢れ、全員がびしょ濡れになった。カジャゼイラ医師は、自分の防水ポンチョにルーズベルトを包み込んだが、その原始的な造りのカヌーには、上手く覆いをかけることも出来なかった。川を渡り終えて、右岸に適当なキャンプ地を見つけた時にはすでに三〇分が経過し、ルーズベルトの体温は四〇度近くに上がっていた。カジャゼイラの記録によると、ルーズベルトは落ち着かず、意識は朦朧としていた。

ルーズベルトの容態の悪化は早いペースで進み、カジャゼイラ医師は、キニーネを腹部に直接注射することにした。六時間ごとに、医師は、斑点のある動物の毛皮が張られた木製の医療箱の重いフタを開け、銀色の注射針を出して、その患者に半グラムのキニーネを注射するのだった。しかし、彼の努力の甲斐もなく、ルーズベルトの熱は執拗に続き、「ほんの一度を欠くほどにも下がらなかった」と無念げに記録されている。

その夜、カマラダたちが暗い夜空と雨のしたたるヤシの木の下で蚕のようにハンモックに揺られている頃、小さな薄っぺらいテントの中で、幹部隊員たちは交代でルーズベルトを看ていた。その体温が再び急上昇し始めると、ルーズベルトは夢うつつの状態に落ち入り、サミュエル・テイラー・クーリッジの叙情詩『フビライ・ハン』の最初の出だしを、何度も何度も繰り返し唱え始めた。「フビライ・ハンは桃源郷に見事な歓楽宮を建てさせた。フビライ・ハンは桃源郷に見事な歓楽宮を建てさせた。フビライ・ハンは桃源郷に……」

＊＊＊

夜がふけるに連れ、ルーズベルトの意識は昏睡と覚醒の間を彷徨《さまよ》った。一時的に、カーミットの顔を正面から見つめ、シェリーが充分に食事を取ったかと尋ねたかと思うと、次の瞬間にはカーミットの存在も忘れ、熱にうなされながらつぶやき続けた。

「私は今は動けないから、食事もあまり要らない、しかし、彼とシェリーは一日中働いたから、私の分を分けてやってくれ」

カーミットが、父親を安心させようとなだめていると、肩を軽く叩《たた》かれた。振り返ると、そこには、深い眠りを振り払ってカーミットと交代するために起きてきたカジャゼイラ医師が立っていた。

午前二時頃、今度はロンドンがカジャゼイラ医師に取って代わり、ルーズベルトの沈み込んだ寝台の横に身を置いた。カーミットのために、最後まで闘うことを決意したルーズベルトだったが、その夜、わずかに意識が明瞭となった合間に、彼は、我身の病状を省みて、自分と息子への約束を守り得ないかもしれないと考えた。今や、ロンドンに求めることはただひとつ、それは、もし自分が昏睡状態となった時には、正しい判断を下して隊を進めて欲しいということだった。かすんだ目を開けて、汗まみれのルーズベルトは、ロンドンを見つめて言った。

「遠征は、続行してくれ……私を置いて、進んで行ってくれ」

朝が来て、太陽の光が木々の頂上を照らし、金色から緑色へと変わって行く頃になって、ようやくルーズベルトの熱が下がり始めた。男たちの安堵は言うまでもなかったが、安心は出来なかった。ルーズベルトは、死の淵を彷徨い続けた夜を越したばかりで、その状態はまったく油断がならなかった。ロンドンは、カマラダたちに、次のキャンプ地を直ちに探し当てるように命令を下した。前日の終わりにはさらなる急流を前にしていたので、その日はほとんどの時間を急流の迂回に費やすはずだったが、前夜のキャンプはルーズベルトのためには湿気が高すぎるとして、ロンドンは何を置いても、まずはキャンプ地の移動を主張した。

ところが、探し当てた場所は、半マイル（八〇〇メートルほど）の歩行移動が必要だった。ルーズベルトは、前夜よりも回復したとはいえ、未だ病状は重く、衰弱も激しく、体温も八度五分当たりを前後していた。カジャゼイラ医師は、カマラダたちにルーズベルトを寝台ごと運ばせようとしたが、ルーズベルトは王様か廃人のように森の中を担いで行かれるのを強く拒絶した。カジャゼイラの日記には、「我々の計画を知ると、ルーズベルト大佐は強く反対し、終《しま》いには、我々の大きな負担にはなりたくないのだと告白した」と記されている。仕方なく、シェリーとカーミット、そしてロンドンとカジャゼイラ医師に助けられながら、ルーズベルトは震える足で立ち上がり、次のキャンプ地へと向った。

「時々、ひどく疲れると、大佐は寝台に横たわるか椅子に座るかして休んだが、勇敢にも最後まで自力で目的地まで辿り着いた」と、医師は後にその時の模様を回顧している。

カーミットは、父の症状の上下に一喜一憂しながら看病に没頭していたが、自身のマラリアの病状を意識的に無視していた。その頃、彼はマラリアを再発させていたのだが、症状の重さを認めず、両手の震えも、高熱や目眩《めまい》も、まったく省みずに働き続けた。その日記には発熱を認めてはいたが、同時に、「大したことではない」と、ことさら軽視していた。

カーミットは、自分の病気に目を向けることを拒むがあまり、一時の休息も取ろうとしなかった。その日の午前中は、カマラダたちを助けて、カヌーを急流に降ろして通過させる作業に就いた。午後になって、アントニオ・パレチが猿を目撃したと叫びながらキャンプに走り戻った時には、シェリーとともに、すぐさまライフルを引っ掴んで駆け出した。彼らが獲物を確認するまでに時間はからなかった。大きな広鼻猿（ウーリーモンキー）が、木の頂上付近を、驚くべきスピードで弧を描きながら移動していた。しかし、猿たちとの距離とそのすばしこさにもかかわらず、シェリーとカーミットは三匹を仕留めることに成功した。カーミットはさらに、ヘビクビ亀も仕留めた。ヘビクビ亀は、そのクビが異常に長く、普通の亀のように首を真っ直ぐに引っ込めないで、身体の横へ伸ばして甲羅の下に折りたたむのが特徴だった。カーミットは亀をキャンプに持ち帰り、フランカにスープにするように頼んだ。

さらにカーミットは、発熱を押してロンドンとリラに加わり、遠征の行く手を見定めるために下流まで徒歩で出かけて行った。深いジャングルの険しい道のりだったが、彼らの見たものは、苦労を補ってあり余るものだった。

「どうやら、この急流が最後になるようだぞ」と、キャンプに戻ったカーミットは仲間に報告した。

男たちは、これまで何度も同じような朗報を信じては、湾曲する川の向こうにより激しい急流を迎えて落胆して来たが、それでも希望に満ちたニュースは嬉しかった。

「その晩の肉料理はエネルギーも気力も新たにしてくれたし、これまで我々を苦難に閉じ込めて来た丘陵地帯がようやく終わると思うと、勇気もみなぎって来た」と、シェリーはその夜の日記に書き込んだ。

翌日の四月六日は、期待通りのスタートを切った。男たちは、ついに、行く手の危険をコントロールすることは無理でも、予想することが出来る段階に到達したと感じた。嬉しいことに、カーミットの予見通り、周りの丘陵は次第に低くなり、川は徐々に幅を増して行った。シェリーの記録にも、わずかな渦を除いては、川が静かで広々とした流れに変って行ったことが記されている。

探検隊はようやく、悲壮に満ちたパイション渓谷を脱出した。両岸の土地が平らになり、流れが穏やかになるに連れ、男たちは、ずいぶんと久しぶりに落ち着いたカヌーの旅に戻ることが出来た。低く深く生い茂った両側の森は、先頭を行くロンドンとリラの船から見ると、その緑と茶色が印象派の絵のように溶け合っていた。豪雨や激流に悩まされることなく、彼らは元の測量に専念することが出来た。道具を並べ、泥を落として、測量作業を開始し、流れの方向をノートに書き留めた。こうして仕事に励んでいた二人は、突然、左岸から上がった男の声に息が止まるほど驚いた。

「大佐殿！」

その大声は悲痛な響きを宿し、湿った空気に尾を引いて響いた。ロンドンが見上げると、黒い人影が、川に張り出した大きな木の枝に抱きつくように掴まっている。一瞬の驚きと戸惑いのあと、彼はその黒くたくましい人影の正体を知った。それはフリオだった。

Chapter 26
判決

ロンドンでさえ、フリオの情けないさまには驚き呆れた。ごつごつした枝の上に怯えた動物のようにうずくまり、ロンドンが大手を広げて迎えてくれるとでも思っているのか、情けを乞うているのである。独りでジャングルで三晩を過ごせば、誰でも震え上がるには違いないが、フリオの場合は特別にこたえたようだった。この頃には隊員たちにも、恐怖心というものがフリオの持つ感情の中心なのだと分かっていた。ルーズベルトの表現を借りると、フリオは「極端な臆病者に、残忍さと卑怯さを混ぜ込んだような奴」なのだった。

もし、フリオが、自分の惨めな姿にロンドンが情けをかけて許してくれると思っていたのだとすると、彼はこの司令官の人物を知らなかったと言える。

「今は測量をしているから、船は止められない。第一、ルーズベルト氏の意見を聞いた方が良いからね」と、必死になっているフリオに冷たく言い放った。それが済むと、ロンドンはさっさと測量の仕事に戻り、川の速い流れが司令官を乗せたカヌーを下手へと運んで行くのをフリオは恐怖に歪んだ顔で見送った。

そのあとに続いた三艘の船からフリオが受けた反応は、ロンドンのそれよりももっと絶望的だった。船上のかつての仲間は、フリオを助けるどころか彼の方を見ようともせず、冷ややかな沈黙だけを返して来たのだ。それでも、フリオが厳しい罰を受けるべきだと信じていた彼らにも、フリオの今後の運命を考えると身の毛がよだつ想いだった。

「あの人殺しが生き地獄にいることだけは確かだ。マラリアや飢餓がその陰を覆うようにして、フリオは寂寞としたウィルダネスの闇の中に消えて行った」と、ルーズベルトはその夜の日記に書いた。

ルーズベルトとロンドンは、数メートル離れた違うカヌーに乗って速い流れを下っていたので、次のキャンプ地に到達するまで、フリオの件について話し合うことができなかった。フリオに遭遇してから一一キロあまりを下ったところで、右側から大きな支流が「謎の川」に流れ込んで来た。男たちは、その二つの川に挟まれた地の利の良い場所で、その夜のキャンプを張ることにした。

ルーズベルトは、ロンドンが測量を続けたがるであろうと予測していたし、ロンドンは、ルーズベルトがその測量がきたす遅速を嫌って反対するであろうと心得ていた。その夜、カマラダたちがキャンプ地を整備して幹部隊員のテントを用意した後、ロンドンは衰弱した前大統領と差し向かいに座り、行軍を一時停止して、何人かの男にフリオを探しに行かせたいと伝えた。この日、ルーズベルトもカーミットも発熱がひどく、かなり憔悴していた。しかし、二人は、つい二週間ほど前にもロンドンがわざと造船作業を遅らせてリラに測量をさせていた事実を忘れてはおらず、今度の彼の言い分を言葉通りに信じることが出来なかった。カーミットは、その夜の日記に、ロンドンはフリオをダシにして嘘を言っている、緯度を測りたいがためのことだろうが、父はそうはさせないはずだ、と書き込んでいる。

翌日、リラを従えたロンドンは、測量の件には一切触れず、フリオの件に焦点を当てて昨夜の論議を持ち出した。彼は、フリオを文明社会に連れ戻して、殺人の嫌疑で裁判にかけることは、〝ブラジルの軍人としても、人間としても〟避けられない義務だと言うのである。ブラジルには死刑はない、しかし例えあったと想定しても、国が執行する死刑は、今フリオがジャングルで直面している地獄よりは情けがあると言うのだ。そんなことは百も承知のアメリカ人たちだったが、それでもフリオを連れ戻すことには反対で、そのために行軍をまる一日遅らせるなどとはもってのほかだと考えた。シェリーは憤懣やるかたないといった調子で、その日記に反論を書き連ねている。

「まったく驚いたことには、ロンドン大佐は一日中キャンプに留まるつもりだと言うのだ。そしてその間、カマラダを二人、殺人者のフリオを探しにやるのだと。……これは、我々の置かれている立場を、何も考慮に入れていないとしか説明のしようがない。我々の食料は、危機的に底をつき始めている。その上、我々の四艘のカヌーは今でさえ満杯だ。この遅延と、殺人犯を運ぼうという計画は、我々の見地から見れば、隊員一人一人の命を危険に晒すのと同じことだ」

他に目的があって主張しているのではないかという疑いは、遠征隊の置かれたきわめて困難な状況に煽られて、フリオをめぐる論争は激しく燃え上がり、パイションの死を嘆いて分かち合った悲しみと、それを共に乗り越えて希望を新たにした男たちの絆に、ひびが入るかに見えた。ロンドンとルーズベルトは、フリオの運命をめぐって真っ向《こう》からぶつかった。ロンドンは後に、その衝突の激しさを書き残している。

ルーズベルトは、彼ら自身でフリオを合法的に処刑出来ないことを残念に思ったが、ロンドンが明言するように、それはブラジルでは不可能であるならば、残された選択技は、罪人をその運命に任せるしかないと考えた。

「もし、殺人犯人を隊に連れ戻したら、武器をそこら中に配置している我々は、彼を昼夜見張らなければならない。そうでなければ、彼には、再び食料や武器を盗む機会も、逃亡する機会も、ひいては人を殺す機会もあり過ぎるからだ。人殺しがウィルダネスで生きるか死ぬかという問題と、残りの隊員の生命の安全のために全力を尽くすという問題とを、今は比較している場合ではない」と、残ルーズベルトは論じた。これ以上、殺人犯を捜すために時間とエネルギーと食料を無駄にするのは、それ自体犯罪行為だと彼には思えた。ついに、怒りと焦燥と高熱に茹《ゆ》だり上がり、ルーズベルトはロンドンに怒鳴った。

「今、隊は危機に面しているのだ！」

しかし、ルーズベルトは、自分がその場での最高権威ではないことを知っていた。

「ロンドン大佐こそ殺人犯の統率者だった訳で、彼は当然その他の軍人の長でもあり、ひいてはブラジルの軍隊と国家の法律に則るべき立場にある者だった。その責任において、彼は任務が示す道を辿らなければならない」と、ルーズベルトは認めていた。彼が、この認識をもって一歩退く様子を見せると、ロンドンはすぐに部下のアントニオ・パレチとルイス・コレイアに命令して、フリオを探しに上流へと向わせた。

アメリカ人たちが苦々しく予想した通り、その四月七日の終日を、ロンドンとリラは「謎の川」の測量に費やした。ロンドンの日記には、「この致し方のない遅延をフルに利用するために、リラ中尉と私は、我々の現在位置と地形を正確にはじき出すおびただしい計算を必要とする測量作業に没頭した」と、記録している。ルーズベルトが、この機を利用して下流に何が待ち受けるかの探索もしようと持ちかけると、ロンドンは、無益な労力だとその必要を否定した。ここのところロンドンに不信感を募らせ、焦燥感を充満させていたシェリーは、その粗末な紙の日記帳に、この日もその不満をぶつけている。

「下流に川の唸り声が聞こえるというのに、ロンドン大佐は、下流への調査探索も必要がないと言った。カーミットとルーズベルト大佐が強く抗議して初めて、彼はアントニオ・コレイアを調査に出したのだ！」

ところが、アントニオ・コレイアが持ち帰ったニュースは嬉しいものではなかった。前日には、一日の航行が遠征始まって以来の三五キロを記録するなど、滑らかな水と平坦な土地が続いたのだが、翌日に船を出すと間もなく、新たに困難な急流と滝の連続に遭遇するというのだ。

「どうやら、またしても大物との格闘が続きそうだ」と、シェリーはその落胆と覚悟を書き留めた。

しかしながら、アントニオは悪いニュースばかりを持ち帰ったのではなく、その夜のご馳走も運び込んで来た。それはピラララと呼ばれるアマゾンのナマズ科の魚で、特別大きかった。男たちは大喜びだった。鮮やかなオレンジ色の尾と硬く大きな頭蓋骨を持つピラララは、一メートル以上もあったばかりか、とても美味しい魚だったからだ。ところが、その魚をおろし始めて、男たちはびっくり仰天した。腹を開けてみると、中から猿の頭と腕が出て来たのである。

ルーズベルトは、「我々アメリカ人には、ナマズが猿を狙うなどとは初耳だった」と、その驚きのほどを書き記し、おそらく、猿は枝の先にぶら下がって水を飲んでいたところをやられたに違いない、くわえられたが最後、逃げられなかったのだろう、と想像を膨らませていた。

ピラララはパワフルな魚ではあるが、ルーズベルトの想像のように、魚が生きた猿を食べたというよりは、おそらくすでに死んだ猿が川に落ちて、それを食したと考える方が妥当であろう。しかし、アマゾンの魚においては、水の中の獲物ばかりか、岸辺にその昼食を求めるといったことも充分にあり得るのである。ジャンプ力に優れたアロワナ――別名、シー・モンキー――などは、その良い例である。

ブラジル人にとっては、ピラララもアロワナも珍しい魚ではなかったが、それらよりももっと大きなピライバという魚は、実際に人を狙うのだと言ってアメリカ人たちを驚かせた。二・八メートル近くにまで育ち、一三六キロにまで及ぶことで知られるピライバは、川底に棲み、突然泥の中から巨体を飛び上がらせて獲物を驚愕させる。カジャゼイラ医師自身、猟師らに襲いかかって鉈で殺されたというピライバを検分したことがある。彼は、ピライバはまったく予期せずして突然現れるので、気を付ければ避けることが出来るワニよりも、水浴の際には恐れられているという。ロンドンもカジャゼイラと同意見で、医師の説明に加え、マデイラ川の下流では、村人たちが安心して泳いだり水浴したり出来るように、防備柵まで造営されている村もあるくらいだと話した。

アントニオ・パレチとルイス・コレイアがフリオの捜索から戻ったのは、すでに夜になってからだった。彼らが疲れ切って、お腹をすかせ、転がるようにしてキャンプに帰還した時には、誰の目にも彼らが二人だけで帰って来たことが明らかだった。二人は、一日中、フリオの名前を呼び、ライフルを撃ち、火を起こして狼煙を上げたりまでしたが、とうとうその落伍したカマラダを見つけることが出来なかったのである。

＊　＊　＊

男たちは、おそらくフリオはロンドンとロボを攻撃した原住民を頼ることにしたのだろうと推測した。ルーズベルトには、フリオが生きて原住民の部落に辿り着けたとは信じがたかった。フリオは、シンタ・ラルガに助けを求めるよりも、もう一晩だけ独りでジャングルで生き延びておれば良かったのだ。レインフォレストを棲み家とするあらゆる生き物の例に漏れず、シンタ・ラルガに弱者を優しく助けるような嗜好はなかった。体力とサバイバル能力は、彼らの世界では基礎条件であった。そのうえ、フリオの存在は、原住民には容認しがたい危険を意味したに違いない。何の予告もなく原住民の居住地や狩猟キャンプに現れるだけでも、極めて危ない行動なのだ。ある情報によると、このずっと後に、ジャングルで路に迷い、餓死寸前で原住民の村に行きついたイギリス人の技術者が、初めてシンタ・ラルガに助けを求めに行ったそうだ。何も提供するものがなかったので、彼はそのたったひとつの所持品だったナイフを贈り物とした。シンタ・ラルガはそのナイフを受け取った代わりに、食べ物を男に与えた。男がお腹いっぱい食べたのを見た後、ひとりの原住民が後ろから忍び寄り、たった今受け取ったナイフで男の喉をかき切ったということだ。

Chapter 27 不安な混沌

フリオの動静をあれこれと推測しながらも、一九人の男たちは、自分たちの置かれている状況が相変わらず悲惨なものだと認めずにはおれなかった。確かに、ジャングルにひとり置き去りにされた男に比べれば、彼らにはいくつかの有利な点――武器や備品や仲間など――があった。しかし、これらの備品は、レインフォレストに到達するまでに信じていたほどには価値のある品々ではなかった。

食料を手に入れるのに大いに役立つものと思い込んでいたライフルは、ほとんど日の目を見なかった。ニューヨークで備品を揃えていた頃、フィアラは珍しく先見の明を利かせて、隊の弾薬がレインフォレストの高い湿気で錆びないように、百発ずつを一組として亜鉛の密閉箱に詰めさせていた。しかし、たとえ無限量の弾薬があったとしても、肝心の獲物がいなくては何の役にも立たない。皮肉なことだが、その弾薬が最も効率よく正確な狙いで撃ち込まれたのは、フリオがパイションを殺した一発だった訳だ。

隊のカヌーにしたところで、限りなく重く融通の利かないその巨体は、ないよりはマシだと言うより他にない。四月六日にパイション峡谷を後にしてから、今後は平坦な土地と滑らかな川が続くかと希望を膨らませた男たちは、八日に船を出して間もなく、大いに落胆することとなった。その日、彼らは、急流に継ぐ急流を迎え、水で膨張した重いカヌーをたびたび運搬しながら、ほんの五キロ足らずしか進むことが出来なかった。翌日はさらに悪く、急流の合間に静かな水を渡ったのは、わずかに一五分だけだった。

「一〇日には、いつもの一連の作業を繰り返した」と、ルーズベルトは病で曇りがちな思考の合間に書いている。「しばらく船で行くと、二～三〇〇メートルの運搬を、しかも二～三時間をかけて余儀なくされ、また数分間を漕いで行くと、さらなる急流に出会うといった具合だ」

「謎の川」の急流は、一か月足らずの間に、六艘の丸太舟を破壊して来た。ルーズベルトは、問題は急流の激しさばかりではなく、彼らの乗っている丸太船にもあると気付いていた。

「メイン州のアメリカ白樺のカヌーがあればなぁ」と、ルーズベルトは口惜《くや》しがった。「メインのマッタワムケグの急流を下った時のようなのがあれば、こんな急流など、女の子が村のダンス会場を踊りながら通る調子で下ってみせるものを……。しかし、荷物に溢れた我々のこのカヌーでは、どの渦のカーブでも舳先《へさき》を水に突っ込んでしまう」

食料はいよいよ底をつき、今や男たちは、かろうじて生き延びられる程度しか食べることが出来なかった。それは、急流を回避しながら進むための重労働を支えるには、あまりにも貧しい内容だった。

「私の今夜の食事は、クラッカー一枚と小さな魚の身が一切れ、そしてコーヒーだけだった。大の大人の男には、少々少なすぎるディナーだ」と、シェリーは日記に書き込んだ。幹部隊員たちは、出来る限り彼らの食料をカマラダにも分け与えたが、とにかく量に限りがあり、フィアラが詰め込んだ繊細な都会のご馳走の類いは、かえってカマラダたちの空腹を誘うばかりだった。

「充分な食料と栄養が得られないことが、皆の体調の悪い第一の理由だ」

シェリーは、彼らの飢餓に近い食生活自体が、その病気の根源だと確信した。シェリーとリラは、もう何週間も赤痢に苦しんでいたし、カマラダの中の二人は病状が重く、その命も危ぶまれるほどだった。

「これ以上の遅延と、それに伴う重労働は、我々の中の弱者を死に追いやることだろう」と、ルーズベルトもその頃の日記に不安を漏らしている。

ルーズベルト自身、彼の言う弱者リストの最上部にあったが、息子のカーミットも、父からそう離れていなかった。カーミットは、その日記に自身のマラリアのことをほとんど書かなかったが、シェリーは、カーミットの発熱がひどく、立つことさえもおぼつかないことがあると記述している。心配したカジャゼイラ医師は、カーミットの腕にもキニーネを打ち始めたが、彼の熱を下げることは出来なかった。

カーミットは高熱で注意力も低下していたのか、カヌーが岸辺を離れようとした矢先に、可愛がっていたペットのトリゲイロが船上から岸へ飛び出してしまったのにも気付かなかった。遠征のはじめの頃、贈り物としてカーミットの元に来たトリゲイロは、すぐにカーミットに懐き、離れがたい友となった。カーミットは、トリゲイロを連れて、チャパダオ高原を何時間もかけて散歩したものである。夜になると、トリゲイロは、ハンモックから下がったカーミットの手に鼻先を押し付けて「お休み」を言いに来た。カーミットは、そんなトリゲイロとの逸話を、愛しみを込めてベルへの手紙にも書き綴っていた。

カーミットがどれほどトリゲイロを可愛がっていたにしろ、その夜のキャンプ地に到着するまでは、犬を連れ戻しに行くことは出来なかった。

遠征隊は、これまでに、おおよそ三二〇キロあまりの川の旅をこなして来たが、これから先、ピリネウス中尉が待つ地点に到達するまでには、まだその倍の距離を行かなければならないはずだ。ピリネウスに新しい備品を用意させてアリプアーニャまで川を上らせ、そこで待たせておくというロンドンの当初の考えは、予定通りに行けば、実に先見の明があったことになり、彼らの命を救うことになるかもしれない。しかし、予想を遥かに超えるこれまでの苦難を思うと、たとえ彼らが約束の地点まで到達出来たとしても、ピリネウスがそこで待っていてくれるとは確信しがたい気がした。ピリネウス自身、その地点までの航行は楽ではないはずで、彼らがその地点に到達し得るという保障はどこにもなかった。

＊＊＊

生還できないかもしれないという疑念は、いっときまでは現実性を持たなかったが、今では毎日の気持ちの負担となり、ひとりひとりの心を蝕んでいた。旅が進行するに連れ、はじめから歓迎的ではなかったアマゾンのジャングルが、単に暗く危険なばかりでなく、逃げることの出来ない圧迫感を彼らに与え始めた。それは、ほとんどの外来者が、深く謎めいたウィルダネスに放り込まれた時に感じる知覚的な震えのようなものだが、たいていの場合、消すことの出来ない、暴力的とも言える印象を焼き付けてしまう。ポーランド人の探検家で著述家のアーカディー・フィードラーは、仲間とアマゾンのレインフォレストで何か月も過ごしたあと、彼らが経験した精神状態を的確に説明している。

「何かがおかしくなった。毎日、その処女林の中にどっぷり浸かっていると、他の多くの白人探検家も同じだと思うが、その奇怪な形やけばけばしい色が、まるで悪夢のように神経に障《さわ》り始めるのだ。息が出来ないほど苦しくなる。エキゾチックなジャングルは、巨大な嫌悪と残忍さのるつぼとなってしまうのだ」

外界から来た人間が、レインフォレストで長期間の滞在を余儀なくされた時、誰もが最も圧迫を感じるのは、その無慈悲なまでの単調さである。ルーズベルトらの船が、実際には無限に近い種々様々の景観の中を旅していたにもかかわらず、彼らには、すべてが単なる緑の塊に見え始めていた。

アマゾンの生き物は変装の天才でもあり、決して姿を現さないので、川の両側に見えるものと言えば、果てしなく続く緑と蔦の連なりばかりである。ルーズベルト隊がアマゾンに入るちょうど二〜三年前に、イギリス人の著述家、H・M・トムリンソンが三二〇〇キロにも及ぶアマゾン川の旅をしたが、その時に経験したアマゾンの気が遠くなりそうな単調さを、際限なく広がる大空や海原に例えて表現していた。

「アマゾンの森は、ただ木々や草花が茂っているというのではない。それは、我々が思う大地とは違うのだ。まったく異質なものなのだ。そこに棲む生き物は樹上生物である。ちょうど魚が海に棲み、鳥が空中で生活するように、樹木にどっぷりと浸かって生きて行けるように生まれついている。何か月もアマゾンを旅していると、見えない地平線を渇望するようになる」

カマラダたちは、森の息詰るような単調さや、川の無数の危険、そして生死の不安に深い精神的な圧迫を受け始め、幹部隊員はそれを深刻に受け止めていた。ある日、シェリーは、彼のライフルの薬莢の缶がカマラダの誰かに盗まれているのに気付いた。そのカマラダは、缶に肉が詰められていると勘違いしたらしい。すでに余分な薬莢《やっきょう》はなかったので、その盗難は大きな痛手だった。

「これで、私のライフルは獲物の肉類を皆に供給することが出来なくなった訳だ」と、シェリーは皮肉まじりに書いた。しかし、薬莢を失ったことよりも、もっと隊に痛手だったのは、幹部隊員とカマラダたちの信頼関係にひびが入ったことだ。誰も、もうフリオのせいにすることは出来ないのだ。

ロンドンはといえば、さすがにカマラダらの体力の衰えは認めていたものの、精神的、感情的な強さは依然と変らないと主張していた。

「カマラダたちに精神的な落ち込みの兆《きざ》しは見られず、今後、どのような障害や災難や困難に巡り会おうとも、それを克服して行く決心を揺るがせるとはまったく思えない」と、力強い調子で記帳していた。しかし、彼は、彼自身の超越した忍耐力をカマラダたちに映し出し、どんな苦難や犠牲も、尊い目的のためには喜んで甘んじるべきだという彼自身の信念を、部下が分かち合っていると信じていた。

レインフォレストはロンドンの知るたったひとつの故郷のようなもので、彼を落ち込ませることはなかった。彼にとっては、妻や子供たちよりも馴染んだ環境だったに違いない。しかし、高熱に冒されていたルーズベルトにとってのレインフォレストは、まったく違った場所だった。さすがのルーズベルトにも、この遠征は非人間的なまでの試練と化し、過去に己に課して来た心身限界へのチャレンジのどれにも比較出来ないほど、彼をギリギリの線に追いやっていた。座っていられる程度に体調の良い時には、彼は、彼の馴染み深い世界に自分を置くことで気分を紛らわせようとした。それは読書だった。アフリカへ旅した時にも、彼は携帯する本を選ぶのに何か月も費やしたほどで、特別に注文した豚革で美しく装丁された本は、かろうじて読めるほど小さな文字が印刷され、軽く小さく作られていた。カーミットによると、彼の父は恐ろしいスピードで本を読むので、長い旅行に出る時には、充分な冊数の書籍の山を用意するのが大変だったという。

ところが、この南米の旅には、そんな贅沢をする余裕がなかった。旅程は思いがけなく急にまとまり、注意深く本を選んで準備するような時間はなかったのである。丸太舟の旅に持参された本には、トーマス・モアの「ユートピア」、ソフォクレスの戯曲、エドワード・ギボンの「ローマ帝国の興隆と衰退」の終わり二巻、そしてマルクス・アウレリウスとエピクテトスなどがあった。

「私は、丸太の上に腰掛け、蚊よけのネットと手袋をして、これらの本をこよなく楽しんだ」と、ルーズベルトは書いている。

旅もこの頃になると、ルーズベルトは、その少ない文庫の全てを読み終えて捨て去っていたので、読書に限りなく飢えていた。ついに彼は、大して好きでもないのに、カーミットから「オックスフォード編纂英文詩集」を借りて読み始めた。

「父は、特にロングフェローの詩が気に入らなくて、そのせいで詩集全体をこっぴどくこき下ろしたものだ」と、カーミットは回顧する。高熱を出しながら、アッという間に英文詩集を読み終えたルーズベルトは次に、お世辞にも好きとはいえないフランスの詩集を読み始めた。

「父は、いつもフランスの詩を嫌っていた。語調が良くない、と言うのだ。〝ローランの歌〟だけが、かろうじて例外だった。だから、私の「オックスフォード編纂フランス詩集」を手にして読み出した時には、これは重症だと思った」と、カーミットは、当時の父親の活字への渇望ぶりを述べている。ルーズベルトがそのフランス詩集を読みながら、あまりにも悪評を並べ立てるので、フランスかぶれのカーミットとしてはすこぶる面白くなく、彼の大好きな本をそんなに侮辱するのなら返してもらうと脅したほどだった。

カーミット自身も、彼の残り少ない文庫に浸ることで、レインフォレストの単調さから逃避するなにがしかの手段としたが、危険からの逃避にはなり得なかった。四月一一日、彼は、ブラジル人の作家、ヴィスコンデ・デ・タウナイのパラグアイ戦争についての本を読み終えた。それは、パラグアイに対してアルゼンチン、ブラジル、ウルグアイの三国が同盟を組んで闘った凄惨な戦争の記録で、その五年間の戦争がパラグアイを破壊し、ロンドンを孤児にした。カーミットは、その本を取り上げて読む度に、他の世界に逃避できるどころか、飢えと未来への不安が、鮮明な悪夢のような詳細さで襲いかかって来るように思えた。その夜、カーミットはその日記に、「実によく書けた本だったが、食料が減って未来の見えない我々の状況下では、あまり楽しく読める内容ではなかった」と書き込んでいる。

逃避の手段として、カーミットにとって読書よりも魅力的だったのは、シェリーと分け合って楽しんだ、本よりももっと在庫不足のスコッチ・ウイスキーである。当初、三本あったウイスキーは、二人がかなりの勢いで飲み始めたので、最初の一本はアッという間に空いてしまった。二本目は、もう少し大切に飲んだが、それでもすぐになくなった。最後の一本になって、まだまだ果てしない川の旅を思い、二人はそれを実に珍重に味わうようになった。

「最後の一本を取り出した夜、私たちはそれを高くかざして、鉛筆で印《しる》しを付け始めた」と、シェリーは回想する。

「ここまでが一〇日の分、そしてここまでが一一日、そして一二日、一三日、一四日、一五日という具合に、飲む量を決めたのさ。その印しと印しの間の短さは、想像がつくと思う」

＊　＊　＊

カーミットの読書と同じように、シェリーも、ウィスキーを楽しみはしたものの、そこに安息を得ることは出来なかった。日が経つに連れ、遠征の今後への彼の不安は募り、さらに危険を招くと思える隊の方針に、ことごとく神経を逆立てた。行き当たる災難のほとんどは、ロンドンの決定のなせるところだとし、夜毎にその日記のページに苛立ちをぶつけた。しかし、彼の友人たちも、彼の非難から逃れることは出来なかった。四月一一日、トリゲイロがカーミットのカヌーから飛び出して森の中に消えてしまった日の翌日、シェリーは、二人のカマラダにトリゲイロを探しに上流へ向わせる間、隊が待機することになったと聞かされて憤怒する。「これほど先を急がなければならない緊急時に、私に言わせれば、これはルーズベルト大佐とカーミットの大きな判断ミスだ」と、彼は腹立たし気に書いている。シェリーの怒りは、カマラダたちがなかなか戻らず、時間が経つとともにエスカレートして行った。ようやく午後の五時近くになって、トリゲイロを連れた二人のカマラダはキャンプに戻って来た。

カーミットのペットを探すために、まる一日が費やされたのだ。カマラダたちにしてみればは、いったい、犬を探すためにこんな犠牲を払いながら、人殺しとはいえ、ひとりの人間を、無惨な死をとげると分かりきって森に置き去るとは、なんという人種なのだに違いない。シェリーはひたすら、貴重な時間の恐ろしい無駄使いだと主張し、しかも、アメリカ人らがさして急いではいないという間違った印象をロンドンに与えると考えた。

「これで、悪い先例を作ってしまったから、ロンドンも嬉々として、測量のために隊を止めるに違いない」と、彼はその日記にいまいまし気に書き連ねた。

しかし、その日の終わり近くになって、この遅延はかなりの朗報をもたらすこととなった。トリゲイロを探しに行った二人を待っている間、ルイス・コレイアは、一艘の丸太船をかって、キャンプとは反対側の岸辺を下りながら釣りをしていた。岸に沿って船を流していた時、彼は、ベジュカの蔦が、明らかにナイフか斧で切られているのを目撃した。

鉄製の道具が使われたということは、その蔦を切ったのが原住民ではなくゴム採取者であることを示し、しかも、コレイアには、その誰かが船に座して、もしくは立って作業をしたことが明瞭だったのだ。これまでの長い道のりを、原住民以外には誰にも出くわさずに来た隊員たちは、この川の両岸に住む原住民が「カヌー乗り」ではないことを知っていたから、これはもう、ゴム採取者が川をここまで船で上がって来たとしか考えられないのだった。

「謎の川」に一か月半前に丸太船を降ろして以来というもの、これが外界の人間の残した形跡を目撃した最初であった。これは希望のしるしである。救済が、手の届くところまで来ているというしるしだったのだ。

PART 6

解放

Chapter 28
ゴム採取者

ナイフで切られた蔦を発見したことが、生きてレインフォレストを出られるかもしれない、という望みを男たちの胸に新たにさせたのは事実だが、それは当座の安心感には繋がらなかった。それどころか、この発見は、これから入り込む地域に潜む新しい危険を提示していた。地図にもない辺境の地は、アマゾンの荒々しい開拓者の領域だからである。

開拓者のアマゾン侵入は、そのやり方が地域の秩序や平穏からはほど遠いもので、貧困の底辺にいるセリンゲイロスと呼ばれるゴム採取者らが無法地帯を作ったようなものだった。「謎の川」を深くこの辺りまで上って来たゴム採取者は、おそらく単独で、危険に怯えながら行動しているに相違ない。その上、彼らの小屋に川上の方角から近づくということそのものが、隊にとっては大きな危険を意味していた。セリンゲイロスは、川上から近づくものは敵対的な原住民のみだと見なしており、すぐさま防衛の手段に出ることは間違いないからだ。

セリンゲイロスは、結果論的にいえば、ブラジル内陸部の本当の意味での開拓者だった。

一九〇八年にヘンリー・フォードがモデルTを世に送り込んだ時、世界中のすべてのゴムはアマゾンで抽出されていた。自動車の爆発的な人気と、それに伴う飽きることのないゴム需要は、カリフォルニアのゴールドラッシュにも匹敵するほどの狂乱を南米に引き起こした。前述のH・M・トムリンソンは、その著書「海とジャングル」で、一九一〇年のブラジル人には、その豊かなレインフォレストを見ても、ゴムしか目に入らなかったと嘆いている。

「これほどの豊かさを秘めた土地にありながら、まるで神のお布令《ふれ》でもあるかのように、たった一種類の木の液にここまで執着するとは、まったく冒瀆的行為だ。川を行く船の乗客はすべてゴム採取者、積み荷はゴム、会話の内容もすべてゴムだ」

ルーズベルトが南米に降り立つ二年前、彼の友人で、アメリカの誇る自然科学者のジョン・ミューアがアマゾンを旅した時にも、人々のゴムへの狂ったような渇望には驚愕したものだ。彼は、「このゴム騒動のウィルダネスに、何千何万もの人々が、老いも若きも宝探しに集まって、マラリア熱や耐え難い暑さも何のその。狂気半分、面白半分の体《てい》だ」と書き記している。

ルーズベルトがアマゾンに着いた頃には、ゴム騒動の物騒さはまだ残っていたものの、一攫《いっかく》千金の夢は消え去っていた。一九一二年に、アマゾンはゴム市場の絶対権を失い、ゴムブームの底が抜けてしまったのだ。なんと、その年から三六年をさかのぼった年、ヘンリー・ウィッカムというイギリス人が、パラゴムノキという最も一般的なアマゾンゴムの種を、密かにブラジル国外に持ち出していたのだ。

これらの種は、ロンドンのロイヤル植物園に植えられ、培養されて苗木《なえ》になると、常夏のマレーシアに植えられた。マレーシアでは、ゴムの木は自然界の敵からも遠く離れ、きれいな列に植えられた。南米に多い胴枯れ病の心配もなく、すくすくと育って行った。マレーシアの労働力は安いばかりでなく、あり余るほど確保でき、秩序正しくまとめあげるのにも困らなかった。極東へのゴムの木の移植は大成功で、一九一三年までには、マレーシアとセイロンは、アマゾンと対等の量のゴムを生産していたのである。

南米では、時間のかかる研究の費用が高くつくことと、労働力の確保の難しさのために、ゴムの木の栽培を試みようとする動きは皆無に等しかった。事業としての組織化がまったくなされていないために、ブラジルのゴム採取にあたる労働者は、ゴムの木がある場所に移動して生活しなくてはならなかった。まだ切り込みが入れられていない木を探してその所有権を取り、まわりの小さな土地をも我がものと主張するため、彼らはどんどん内陸部へと進んで行くのだった。ルーズベルト隊が「謎の川」を下り始める頃には、セリンゲイロスは、アマゾンのウィルダネスと文明社会の交差点となって移動を進めている最中だった。

しかし、アマゾンを開拓するのは、アメリカの西部を開拓するよりも危険な仕事だった。困難で孤独なばかりでなく、ほとんど不可能ともいえる大仕事だった。人間ひとりでは、掘っ立て小屋と畑を作れるだけのちっぽけな土地を切り開く程度しかできない。死亡率も極めて高かった。ルーズベルト隊が出発以降直面して来た困難や危険は、セリンゲイロスにとっての日常だったのだ。当然のことながら、このように悲惨なゴム採取業に就く者は、他に食べる道のない者ばかりである。ルーズベルトは、そんな男たちを想像するに、「これらの本当の意味での開拓者は、社会生活にも興味を持たず、どんな贅沢も初歩的な文明の快適さも知らなければ、その必要も感じない」人種であろうと考えた。なにしろ、来る日も来る日も、ジャングルの中でたった一人で生活しなければならないのである。

セリンゲイロスの一日は夜明け前に始まった。炭坑労働者が使うようなヘッドランプを頭に着け、湾曲した鋭いナイフを持って、地球の内臓部へと切り進んで行くのだ。生い茂ったレインフォレストをかき分けながら、彼らに見えるものといえば、ヘッドランプが照らす一メートルばかりの前方半円だけで、あとは後ろも横も真っ暗闇である。日の高い日中でも、これらのゴム採取者が切り開いたトレールは、暗くて見分けがつきにくい。まして夜が明ける前には、ヘッドライトがちらつく他には何も見えず、従って、どんな危険が頭上や足元、そして空中にまで待ち受けているか分からない。

こうして、午前一〇時頃までには、平均的なゴム採取者ならば、一五〇から一八〇のゴムの木に切り込みを入れ、その白いドロドロした液体を受けるための亜鉛製のボウルを設置していた。そして、午後には、灼熱のジャングルの中を、来た道を引き返して溜まったゴム液を採集しなければならない。夕方になって小屋に戻った時には、さらに熱く厳しい仕事が待ち受けている。燃えるヤシの実から立ち登る油っぽい煙に向いながら、熱い火煙にかけた荒削りの木製の串にゴム液を垂らし、何度も何度も串を回転させて、ゴムが徐々に平均的に固まるのを待つのである。市場に出せる三〇キロから七〇キロのゴムの塊を作るには、この無慈悲な重労働が、実に何週間も続くのだ。

この辛酸を極めるセリンゲイロスの生き様も然ることながら、同じくらい悲惨なのは、これほどにまでして得たそのわずかな土地や財産が、何の前触れもなく奪われる可能性があるという事実である。そもそも彼らには、その土地に居座ったというだけの曖昧な権利しかない訳で、より財力や方便もある採取者に、せっかく苦労して築き上げたゴムの収入源や家を、そっくり奪われる危険に常に晒されていたのだ。もちろん、セリンゲイロス自身も、それこそ何万年もの間そこに住みついていた原住民から、その土地を奪うことに何ら罪悪感は感じなかった。それを言うならば、ロンドン以外の当時のブラジル人すべてが、アマゾンの原住民に高価な土地への権利があるなどとは、まったく考えてはいなかったのである。

＊＊＊

四月一一日の〝ナイフで切られた蔦〟の発見で湧き立った男たちの興奮は、セリンゲイロスの気配もないまま日が経つに連れ、ますます強い期待感へと高まって行ったが、その間も隊は次々と襲う急流と闘わなければならなかった。もう急流とは遭遇しないだろうという観測は、実に甘かったのである。こうして四月一五日になり、ルーズベルトをして吉日だと喜ばせるような幸運が再び舞い降りた。その日の朝、カヌーを川に降ろして二時間半ほど下った頃、男たちはくいに打ちつけられた板切れを川の左岸に見つけた。興奮で目眩《めまい》さえ覚えながら、彼らは急いで岸に船を着けて調べ始めた。すると間もなく、反対側の岸にも同じものがあることに気付き、そのどちらにも〝J・A〟というイニシャルの焼き印を見つけたのだ。

一時間後、今度は家を見つけた。それはヤシの藁葺《わらぶ》きで出来たとても簡素な家で、その隣りにはゴムを燻《いぶ》すための小屋が建っており、上流で見た原住民の家とは明らかに違っていた。それは、男たちの目には、外界からの使者そのものだった。

「この粗末な文明の駐屯小屋を目にした時、我々のカヌーから歓喜の叫び声が上がった」と、シェリーはその興奮ぶりを書いている。

家は、ジョアキム・アントニオというセリンゲイロスのもので、先に見つけた板のイニシャルの人物であり、家屋の所持品から推定すると、彼には妻と子供がいた。しかし、実に残念なことに、その家はすでに使われておらず、捨て去られたようだった。男たちがアントニオに対面したかったのはいうまでもないが、住人の許可なしには、保管されていた彼らの食料に触れてはならないというロンドンの命令も、大変辛いものだった。

「カマラダには食料が何よりも必要だったが、芋ひとつとして手にはしなかった」と、シェリーは記録している。

そこから、さらに一・六キロ余り下ると、今度は一艘のカヌーが、早い水に翻弄される枝のように流されながら前方に現れた。これを見て、四艘の小艦隊は興奮のるつぼに巻き込まれたが、カヌーに乗っていたセリンゲイロスの胸に湧いたものは興奮などではなかった。不気味に上手から現れたカヌーの行列が自分に近づくのを見て、「謎の川」の岸に一人で住んでいた老いた黒人、レイモンド・ジョゼ・マルケスは、船を返らせ、一目散に岸の方へ漕ぎ出した。

それを見たロンドンは、座席から飛び上がり、帽子を頭からひったくり取ると旗のように振り回して、原住民ではないので何も心配は要らない、と大声で叫んだ。嬉しいことに、マルケスは、岸へ上がってもジャングルの中には走り去らなかった。その代わりに、岸に突っ立って、ロンドンの叫び声を聴き取ろうとした。その後、彼はまたカヌーに戻り、ゆっくりとその奇妙な小艦隊の方へ漕ぎ出したのである。近くまで来ると、彼はロンドンに、どれほど恐ろしい思いで岸まで引き返したかを切々と訴えた。

「彼には、我々の来た方角から、まさか文明人が船で下って来るとは信じ難かったのである」と、のちにロンドンは書いている。

マルケスがロンドンらを指して「文明人」と呼んだことが示すように、彼らの位置は、まだまだ開拓された村からは遠いことが分かった。ウィルダネスで長年を過ごしたことのない者には、ロンドンらの姿は人間とも判別し得なかったことだろう。もう何週間も、ビスケット一枚と小さな魚の切り身で命をつないで来た彼らは、頬もこけ、やせ細っていた。着た切り雀になって、身に着けているものといえば、そこら中が破れ、さらけ出た肌はケガや痣《あざ》だらけで、陽焼けし、虫さされの痕《あと》に覆われていた。彼らは汚れ切っていて、病気と恐怖で瞳孔が開き、かろうじて生きているという状態だった。

＊　＊　＊

この頃には、ルーズベルトの症状は重く、カヌーの上で座っていることさえ出来なかった。しかし、だからといって、ベッドに横になることも出来ない。四艘の丸太舟は、人と荷物でびっしりと詰まり、どこにも病床をのべる場所がなかったのだ。前大統領は、何列かの食料缶の上に泥のこびりついたキャンバス地を敷き、その上でなんとかバランスを保っていた。キャンバス地は、ルーズベルトを熱帯の太陽から護るための陽避けに使えば良かったのだが、カマラダたちには、その狭いスペースで、うまく陽避《よ》けを建てることが出来なかった。彼らにできたのは、ルーズベルトの重いボロボロのヘルメットを顔の上に置いて陽避け代わりにすることだけで、ルーズベルトには暑く息苦しくても我慢してもらう他になかった。

ルーズベルトの痛みは激しく、彼も医師も、早急に救助の手を得なければ命がないことが分かっていた。三月二三日に急流で岩に引っ掛かったカヌーを解こうとして足に怪我を負って以来、ルーズベルトの傷には、死に繋がるかもしれないバクテリアが繁殖していた。それは、熱帯の温かく湿った環境を好んで増え続ける連中だ。レインフォレスト以上に完璧な繁殖環境はないのである。

岩場でルーズベルトの足の皮膚が裂けた時、外界のバクテリアに対する身体の防衛網が破れた訳で、カジャゼイラ医師には、代わりの防衛処置を施す術《すべ》がなかった。バクテリアは素早く繁殖し、四月の初めには、ルーズベルトは危険な状態に落ち入った。彼の太ももの内側の傷は、その周りが赤く腫れ上がって熱を持ち、膿が深く溜まっていた。血圧は下がり、心臓の鼓動は早くなった。体温が急激に上がって、汗にまみれながら震え出した時には、それがマラリアのせいなのか、化膿が進んだ傷のせいなのか、分からないことさえあった。

カジャゼイラ医師は、ルーズベルトに母親のようにぴったりと寄り添い、熱を測ったり、洗浄したり、包帯を変えたり、キニーネを注射したりして看病した。しかし、医師には、悪化する化膿をどうすることも出来なかった。苦痛を緩和する薬は投与されたが、状態は日々悪化する一方で、周囲の心配は深刻さを増した。もし、このまま放置したり、間違った治療が施された場合には、バクテリアの感染は敗血症に発展して死を招くかもしれない。最良の防衛策は抗生物質の使用だが、最初に登場した抗生物質であるペニシリンでさえも、このあと一四年を待たなければ発見されず、薬品として広く使われるようになったのは第二次世界大戦の頃である。

カジャゼイラ医師は、ルーズベルトの足を手術したがったが、ルーズベルト自身は乗り気がしなかった。彼は、カジャゼイラが麻酔を使えないことを心配したのではなく——ルーズベルトは、その左足を一二年前に手術した時、麻酔処置を断った——、手術がバクテリアやその媒体となる昆虫の充満する環境で施されることを憂慮したのである。

「当然のことながら、ルーズベルト大佐は手術を延期することを望まれ、そのような措置を取る前に回復することを願われた。我々は同意したが、願わしい回復が可能性の薄いものだと伝えざるを得なかった」と、医師は記録している。

＊＊＊

レイモンド・ジョゼ・マルケスがそのカヌーを漕いで来た時、ルーズベルトの病状はかなり重く、起き上がって彼と対面することも出来なかった。ボロをまとい、病に伏して、粗末な丸太船に横たわった男の姿を見た年老いたセリンゲイロスは、彼がアメリカの大統領だったと聞かされた時、畏れと驚きを隠せなかった。信じがたい面持ちで、彼はロンドンに、「あ、あの方は、本当に大統領ですか？」と尋ねた。ロンドンは、今はそうではないが、かつては大統領だった、と答えた。マルケスはうなずいて、「一度王者であったお方は、永劫に偉大であります」と答えた。

川沿いのゴム採取者の中でも最も貧しかったマルケスは、飢えている隊員に分け与えられる食料を持ち合わせなかったものの、ひとつの価値あるアドバイスをくれた。ゴム採取者たちの植民した村に近づく時、彼らに友好を示すために、銃を三発続けて撃ち、そのあと竹製のラッパを吹くと良いと言って、そのラッパを進呈してくれた。

「謎の川」沿いに住むセリンゲイロスは、ルーズベルト隊のメンバーよりは、わずかながらも原住民との接触があったが、彼らの感じている原住民への恐怖は極めて不合理なものだった。大抵の場合、シンタ・ラルガは入植者たちに姿を見せず、ちらほらと場所を変えて見え隠れする程度だった。しかし、一度だけ、彼らは川沿いに住むゴム採取者の前に姿を現したことがあり、それが実に惨憺たる結果を招いたのだ。マノエロ・ヴィエイラという名の、マルケスのすぐ下流に住むセリンゲイロスは、近づいて来た原住民を見て恐怖に凍り付き、銃を雨のように撃ちまくった。そのすぐあと、原住民は、親切で陽気なヴィエイラに毒矢を放つことで報復したのである。大きな事件はこれだけで終わった。しかし、入植者たちは、その後の比較的平穏な日々にも、決して安心して生活することが出来なかったのである。

「我々の到来がもたらせたパニックを見ても、これらの人々が、どれほど神経質になっているかがはっきりと分かる。いつ、戦闘的な原住民が森から飛び出して攻撃して来るのかと、恐怖にいつも苛《さいな》まれているのだ」と、ロンドンは同情した。

ルーズベルト隊は、マルケスをあとにして川の旅を続けたが、男たちは皆、今にも遭遇するであろう入植者たちを想像し、神経を高ぶらせてぴりぴりしていた。雨は再び降り始め、彼らの丸太船の底を泥水で浸し、横たわるルーズベルトはびしょ濡れになった。丸太船の側面を叩《たた》く水や、黒い水を押す漕ぎ手が時おり出す唸り声など、単調な川下りの音を耳にしていた彼は、突然、四艘の船に上がった興奮の叫び声に起こされた。男たちは、川沿いにもう一件の家を見つけ、今度は、人がいるのを確認したのだ。船の上からも小屋に煙が上がるのが見え、二人の小さな子供が外で遊んでいた。ロンドンが銃と竹製のラッパを取り上げようとした矢先、子供たちは遊びから顔を上げて隊の接近を見ると、家へ駆け込んで行った。そしてすぐに、母親を連れてまた飛び出て来たのである。この機を逃すまいと、母親たちがパニックする前に名乗り出るため、ロンドンは空砲を三発空に向って撃ち上げ、年取ったセリンゲイロスがくれたラッパを思い切り吹いた。「残念なことに」と、ロンドンは書いた。「この処置は、願わしい効果を見せてくれなかった」

セリンゲイロスがシンタ・ラルガに抱いていた恐怖心はあまりにも深く、二人の子供の母親がカヌー上の疲れ切って衰弱した男たちを見た時、それが世にも凶暴な原住民だと見間違えたばかりか、銃声やラッパ音を、彼らの闘いの叫びが森中に響き渡ったと勘違いしたのである。恐怖に駆られ、母親は子供たちを両腕にすくい上げると、すぐさま下流に向けて、その夫がいるはずの隣家へと一目散に駆け出した。恐ろしさと雨に視界も判断力もさえぎられ、つまづきながらも川沿いの泥路を走ったが、川に流れ込む小川で足を取られて転んでしまった。船上の男たちは、絶望的な思いでそれを見ていたが、彼らが誤解を解こうとする呼び声は、さらに彼女のパニックを増大させた。「彼女は、ドロドロになって立ち上がり、また気が狂ったように走り出して、ついに目的の隣家へ辿《たど》り着いたかと思うと、そこで気絶してしまった」と、ロンドンの記録は語る。

母親は、正気を取り戻すなり、夫のオノラトに、彼らの家が原住民の攻撃に遭ったと伝えた。これまで恐れ続けて来た襲撃がついに到来したと思ったオノラトは、間髪を入れず行動に移った。彼と三人の隣人たちは武器を取り、カヌーに飛び乗って、流血の争いを覚悟しながら上流へと漕ぎ出した。雨はまだ降り続け、陽は沈みかけていたが、家が近づくに連れて、妻が夕食の用意のために起こした焚き火が見え始め、戸口の横に男たちが立っているのが見えた。彼と他の三人の男は、暗い水の上を静かに岸へと渡った。泥と半分腐敗しかけた落ち葉の重なる岸に降り立ち、鬱蒼と茂る木の陰に身を潜めて、攻撃のチャンスを窺おうとした。

ところが、我が家を襲った男たちの顔を焚き木の火がちらちらと照らすのを見たオノラトは、何かがおかしいことに気が付いた。そこにいる男たちは、どう見ても原住民ではない。茂みの陰から銃撃する代わりに、まずは調べてみようというオノラトの判断が、その夜、多くの男たちの命を救ったことになった。おそるおそる家に近づいたオノラトは、その簡素な家に、セオドア・ルーズベルトと、ブラジルの誇る探検家がくつろぎ、他の飢えた男たちが、妻が起こした火の上で夕食を作っているのを見たのだった。

彼らの最初の対面は危うく大惨事となるところだったが、オノラト一家とその隣人たちは、結果的に隊にとっての大きな救いとなった。ルーズベルトは、突然の予期せぬ客への彼らの温かい歓迎に大いに喜び、感動した。そして、レイモンド・マルケスが請け合ったように、彼らは隊に食料と大きな二艘の船を売ってくれると約束し、ガイドの手配までしてくれた。また、オノラトは、彼らの現在位置を正確に教えてくれたのだ。アリプアーナ川の西側の支流である「謎の川」は、セリンゲイロスにはカスターニャ川として知られているらしかった。カスターニャとは、ポルトガル語でブラジルナッツを意味した。皮肉にも、隊が川の上流で食料として必死になって探しまわったナッツのことである。この時期においても、この川は、その流域に入植した者や原住民を除いては、誰にも知られていない川だったので、川の名前などは呼び名でしかなかった。

「ラインやエルベ川の上流に比例する大きさの川を旅しながら、その川がどんな地理学者にも知られていないというのは、実に信じがたい驚きだった。しかし、どんな文明人も下ったことのない川なのだから、当然と言えばそうなのだろう」と、ルーズベルトは改めて驚愕したのだった。

オノラト一家は男たちに、一晩その家に泊まって行くようにと勧めた。アントニオ・コレイアがカーミットにささやいたように、それは夢のような招待だった。

「山や急流の音の代わりに、普通の男や女の声を聞きながら、屋根の下で眠れるなんて……」

それは、これまでの日々からは完全に欠如していたものだが、これからもまだ手に届き得ない生活だった。オノラトの簡素な家の周りで、母鶏のまわりをひよこたちがちょこちょこと飛び回り、地面をつついてエサを食べるさまを見て、シェリーの胸には湧き上る想いがあった。

「なんと可愛いのだろう！　本当に家に帰りたくなった」と、その夜の日記に記した。

何週間ぶりに口にした人間らしい食事のあと、外に座ってくつろぎながら、シェリーとカーミットは、川からの脱出の糸口を掴めた喜びを祝うために、例のウィスキーの残りを分かち合った。アルコールが喉元を浸して、胸に温かい心地良さを広げるのを確かめながら、二人は暗い南の空を見上げて、瞬《またた》く星々の中に懐かしい北斗七星を見た。

「確かに北半球で見たのとは逆さまだったが、なんと美しかったことか」と、シェリーは日記に書き込んだ。

男たちはゴム採集者たちの温かい歓迎を受け、文明社会に残して来た愛するものに再会出来る希望を新たにしていた訳だが、彼らには「謎の川」を生きて出られる幸運の理由について、実はその半分も理解出来ていなかったのだ。急流やレインフォレストに立ち向かった彼らの筆舌に尽くし難い努力も然ることながら、彼らは、そのサバイバルを可能にした最大の理由に気付いていなかった。それは、シンタ・ラルガが彼らを見逃してくれたという事実である。

遠征隊が川の旅を開始した瞬間から、彼らの存在は、「謎の川」沿いをその領域とする排他的なシンタ・ラルガの共同社会では、絶え間ない論議の的だったのである。彼らは遠征隊の奇妙な道具類や服装に驚き、好奇心を煽られ、怖さから魅惑まで、様々な感情を掻き立てられていた。シンタ・ラルガがその気になれば、遠征隊を壊滅出来たことは疑う余地がない。その未開さとは裏腹に、原住民の武器は目を見張るほどに高度な殺人道具で、音もなく速やかに殺す技術は、何千年もの経験に磨き上げられたものだ。もし毒矢でルーズベルト隊を全滅させることが出来なかったとしても、シンタ・ラルガの兵士は誰も、こん棒で撲殺することにかけては生涯を通してのベテランである。残りの隊員を、その方法で片付けることはなんでもないことだ。

＊＊＊

遠征隊の男たちは、近代的な銃砲で武装していたが、シンタ・ラルガが好む真夜中の攻撃では、真っ暗なジャングルの中で、音もなく忍び寄る攻撃者を狙うことはもちろん、見つけることも出来なかっただろう。彼らが「謎の川」にカヌーを降ろしたその時から、隊は何度も原住民の存在のしるしに行き当たって来た。無人の村に遭遇したり、彼らのつけた道しるべを見つけたり、ロボを射止めた弓矢も手にし、その声まで聞いて来た。しかし、一度たりともその姿を拝むことは出来なかったのだ。

レインフォレストの他の動物と同じように、シンタ・ラルガは、それこそ数えきれないほどの世代を通して、周囲の自然の混沌の中に姿を消す魔術を磨き上げて来たのである。彼らにとって、相手の視界から消え去ることはサバイバルの重要なツールであり、その技術は丹念に磨き上げられて来た。確かな勝利を見極めた時にだけ、彼らはその姿を現す。予測出来ない強力な敵を相手にする時、姿を消せる能力は単に有利なだけでなく、生死を分けるのである。視界に身を晒した一瞬の隙は死に繋がり、その残酷な瞬時の死の寸前に被害者の目に入るものは、シンタ・ラルガの鮮やかな色彩の羽飾りと闘いのボディー塗料だけである。

しかし、隊にとって極めて恐ろしかったシンタ・ラルガの不可視化の習性は、すべてのレインフォレストの生き物に共通する保守性に根付くもので、新しく計り知れない敵や事態に向う時には、誰もが最初に得ようとする能力だといえる。すべてのジャングルの生き物のサバイバル本能は、攻撃ではなく、逃げることと身を隠すことで、シンタ・ラルガとてその例外ではない。不気味な遠征隊と闘うことの不確かな結末を熟考すれば、闘いで姿を見せて村全体を危険に陥れるのは、リスクが高すぎると判断したのである。特に、この遠征隊はいかなる敵対性も見せず、どんどん川を下って行くばかりだった。ロンドンが機会あるごとにその友好の気持ちを込めて置いて行った贈り物の類いも、男たちの無害さを彼らに約束する手助けとなったに違いない。

ルーズベルトたちの「謎の川」の旅の最初から、原住民の集落の中では、攻撃と殺戮を主張する長老グループと、隊が挑発的な行動を見せずに彼らの領域を通り過ぎるのを確かめようとするグループとに、深く分裂していた。すべての戦闘は全員の合意の元にのみ決定されるという彼らの伝統があってこそ、この論争は細い糸のような可能性を秘めて続き、ルーズベルトらの命はその糸にぶら下がることになったのだ。

「謎の川」の上の黒く澄み渡る空を眺め、帰途を示す輝かしい星に感嘆しながら、男たちは、いったい誰がレインフォレストからの安全な脱出を許してくれたかを知るよしもなかった。垂れ下がる蔦に覆われた高木が取り囲む小さな木製の小屋で男たちが眠りに落ちる頃、裸体を色付け、硬い木の皮を腹に巻いて、毒矢を備えたシンタ・ラルガたちは、来た時と同じように、音もなく陰も落とさずに歩き去ったのである。時間を越えたサバイバルへの法則に従って、彼らはその素早い素足を暗い森の奥へと運んで行った。彼らなりの理由と判断に則って、侵入者たちを見逃すことにしたのである。

Chapter 29
二棹の旗

隊をもてなしてくれたセリンゲイロスによると、「謎の川」がアリプアーナ川に流れ込む地点までは、まだ一五日ほどもかかるということだった。その地点には、ピリネウス中佐が救助隊とともに待機しているはずなのである。この一か月半の難を極める未開の川での苦労を思うと、セリンゲイロスの領地を二週間ほど旅することは、気は焦《あせ》っても、比較にならないほど楽な旅である。食べ物が見つけられなかったり、カヌーを急流で失ったりすれば、ゴム採取者から必要に応じて買うことが出来るのだ。しかし、彼らの手に届かないものは病院で、ルーズベルトの重い症状はとても一五日間の旅に耐え得るものではなかった。

実際、驚くべくして未だ健康体だった不死身のロンドンは別として、隊員は誰もが病気に苦しんでいた。シェリーとリラは赤痢に苦しみ、カーミットは次々と襲うマラリアと闘っていた。カマラダたちの半分はマラリア熱に冒され、もう働くことも出来なかった。かろうじて働ける者も、生色なくのろのろと仕事をした。

ほんの一握りの者だけが、本来の体力と道徳的な精神を維持していたと、ルーズベルトは書いている。恐怖や病気や飢えは、普段の生活ならどんな場合にでも取らないような行動に男たちを駆り立てた。彼らの仲間を、その理由が何であれ、無惨に死ぬと分かっているジャングルに置き去った。仲間のカマラダの食料を奪い取ったりもした。少しでも口の足しになる物を求めてジャングルを走り回った。そのすぐ二日前にも、狩猟中に見つけた未知の木の実を貪《むさぼ》り食ったカマラダたちが、ひどい腹痛に苦しんだばかりだ。

こうした隊員の心身の衰えと比べても、ルーズベルトの状態は誰よりも重症であることは、本人も認めざるを得なかった。彼は、息子のためにも懸命に生きようと闘ったが、自身の症状の重さを幻想で惑わすことはなく、彼の命を助けるために隊員の命を危険にさらしてはならないという信念も曲げるものではなかった。「もし私が死ぬのなら、それは良い。私に残された命は誰よりも短いのだから、順序からいえば私が先に行くべきなのだから」と、彼はカジャゼイラに話したものだ。

そのルーズベルトも、激痛が増して症状の悪化が目に余った四月一六日、ついにカジャゼイラ医師による手術に同意した。彼は、シェリーと息子のカーミットに次いで、この医師を信頼していたのである。手術室は、河岸の泥の上だった。簡素極まりない手術道具で、麻酔もなく、医師はルーズベルトの太ももの傷に深くメスを入れ、膿瘍に溜まった異臭を発する膿と血液との混合をこそぎ出した。その異臭に惹き付けられて集まるブヨや黒ハエの群れをたたき落としながら、医師は傷にドレインを差し込んだが、ルーズベルトは一声も発せず、痛みを訴えることもなかった。

「父の勇敢さは感動的で、誰もが生涯忘れ得ないものだった」と、カーミットはのちに語っている。

＊　＊　＊

その後、日一日と経つごとに、彼らの状況はわずかずつ改善されて、隊員の士気と続行の意志を少しずつでも高めていった。葉巻をくゆらす浅黒い肌の妻とたくさんの子供を持つ寛大な心根のバルバソというセリンゲイロスに遭ったことも、その幸運のひとつだった。彼は、自分たちの貧困にもかかわらず、隊にアヒルと鶏とキャッサバ、そして米を三キロ近くも与え、いっさいの支払いを断った。そして、明らかに最も大切な財産であるはずの船も貸し与え、その代わりにカマラダの作った粗末な丸太船を預かった。二日後、隊はもう一人のセリンゲイロスに遭い、彼の船と隊の二艘の丸太船とを交換することが出来た。

地元のゴム採取者に案内され、新しいカヌーに乗って、食料も充分に積み込んだルーズベルト隊が、これから切に必要なのはスピードだった。カジャゼイラ医師がひとまず安堵の一息をついたように、ルーズベルトの膿瘍を切開する手術は成功し、足の痛みは和らいだものの、彼の症状は未だ安心出来なかった。バクテリアの感染は広がり、今度はその右の臀《でん》部に新しい膿瘍が現れた。

「新しい膿瘍が出来ないよう、応急処置であれ出来るだけの手は尽くしたが、駄目だった」と、カジャゼイラ医師は残念がった。

ルーズベルトのトレードマークである肉付きの良い頬も、樽のような胸板も、空気を抜いた風船のようにしぼみ、その体力を剥奪したばかりか、何年も老けさせてしまったようだった。何か月もの苦行と饑餓の末、隊がやっと充分な食料を得られる地点に達したというのに、ルーズベルトはほとんど食べることに興味を示さなかった。

「本当に少ししか食べないし、痩せてしまって、衣服が大きな袋に見える」と、シェリーは心配で苛立った。ルーズベルトは、高原の旅から三か月で、実に彼の体重の四分の一の二五キロを落としたのである。

アメリカ人司令官とは正反対に、隊員は、手に出来るありとあらゆる食料に貪りついた。彼らは、川沿いのみすぼらしい店を見つけても歓喜し、おおかた空っぽの棚にわずかに並んでいる品が一年も前に仕入れられたと分かっていても、一向に気にかけなかった。バカげた価格を払いながら、男たちは砂糖やコンデンスミルクと行った贅沢品を買い込んだ。何人かのカマラダは、コンデンスミルクの缶を開けて、とろとろと口に流し込みながら全部を飲み干した。

「この〝豊かなる地〟で、カマラダたちは食べ過ぎ、ある者は以前よりも具合が悪くなった」と、ルーズベルトは自身の病床で書いた。

ルーズベルトが自ら興味を示した食品は卵だけで、四月二三日の夜、隊が駐屯した薄暗い小屋で、彼は生卵を飲んだ。

「豚や鶏や犬が棲み家としていて、その小屋は恐ろしく汚かった」と、シェリーはいまいまし気に記録している。しかし、たとえ動物と一緒でも、屋根の下で眠ることが出来るのは、土砂降りに降られながら眠るよりは遥かに良かった。しかも、ルーズベルトが栄養のあるものを食べてくれたのは、どんな代償でも払いたいほど嬉しかった。何か月もその父を心配して過ごして来たカーミットは、これだけの苦難を越えてここまで辿り着いたのに、もしや父親を生きたまま連れ帰れないのではないかという怖れに苛《さいな》まれていた。

ルーズベルトの容態への心労は、翌日、かなりの距離に渡る厳しい急流にさしかかった時、それぞれの男たちの胸に高まった。セリンゲイロスにはカルパナンとして知られるこれらの滝の連続は、半ダースほどの急流で始まり、案内人にも隊を助ける術《すべ》がないのだ。男たちは、これまで何度も繰り返して来たように、ゆっくりと慎重を極めながら進まなければならない。そして、それは少なくとも二週間を要するだろう。

彼らには、そのような長期の難行が、とても今のルーズベルトには果たせないことが痛いほど明らかだった。彼よりずっと若い者でさえ、カルパナンを渡ろうとして命を落とし、未だその川底に眠っているのだと言う。隊員たちにとっては、まだ「謎の川」を征服し終えた訳ではないのだという、酔いが覚めるような現実を突きつけられた思いだった。しかし、隊員たちには、過去にこの滝に至った男たちと同じように、ぶつかって行く以外に方法がない。その向こうに待ち構えているのは、死か救済のどちらかである。

＊＊＊

急流の上手には、ジョゼ・カリペという男が所有する店があり、シェリーがその男を形容して「ゴム採取者たちの王者」と言ったように、「謎の川」沿いを統治している風の男だった。カリペも、はじめは底辺の採取者として出発したが、人一倍働き、かなり危ない橋も渡ったらしく、今では皆から「パトラオ」、即ちボスと呼ばれていた。このあたりの採取者のほとんどは、道具や食料と交換にカリペにゴムを渡し、彼に雇われているような具合だった。

カリペこそ、この時ルーズベルト隊が必要とする男だった。ルーズベルトは、すぐさまこのブラジル人に同類を感じ、「クールで怖いもの知らずで、雄牛のように真っ茶色な男だ」と形容している。彼は、ひどい貧困から身を立ち上げ、人の上に立つ地位とそれなりの財力を築いた、いわば「叩き上げ」の人間で、ジャングルの危険にも勇気と威勢を持って立ち向かい、その行動の動機は違っても、ロンドンにも似通った無敵ぶりを感じさせる男だった。

カリペは、遠征隊がカルパナンを乗り越えようとしていることを知り、ルーズベルトの容態を見て、それでは自分が隊を滝の麓まで安全にリードしようと提案した。隊は喜んで彼の申し出を受け、さらに嬉しいことには、最後の丸太船をカリペの高性能なカヌーと交換できたのである。こうして、新しく手中にした軽い三艘の船に乗り、カリペの案内に従って、男たちはたったの一日半で急流の麓《ふもと》まで到達することが出来た。この急流のうち、川を下って移動出来る範囲は、カリペが苦もなく安全な水路へとリードした。急流や滝が船では通過し得ないところは、すでに深いジャングルに切り開かれているトレールに隊を案内してくれた。

カルパナンの滝は、何か所かの難しい運搬を隊に強い、もう少しで新しい船のひとつを川に奪われそうにもなった。しかし、最も残念だったのは、最後になって、隊の一員を失ってしまったことだ。カーミットの犬、トリゲイロである。カーミットが急流に向けて忙しく船を準備している作業中に、トリゲイロは森の中に迷い込んで行ったのである。旅がもう少しで集結する時点まで来て可愛い犬を失ったことは、カーミットにはことさら辛かった。しかし、今や時間との闘いとなった旅で、なんとか父親の命を助けようとするカーミットにとって、ルーズベルトをマナオスに連れ込むこと以外には、何も構ってはおれなかった。

＊＊＊

四月二六日の午後、遠征隊は森が浸水している地域を通り越した。暗く濁った川は、まだ雨期の豪雨で膨《ふく》れ上がり、大きな木の幹を浸して渦を巻き、それらの木々が連立する小さな島を呑み込んでいた。

遠くを見晴らせるところに出て、男たちは突然、きれいに整列するテントの群を河岸に見たのである。そこに、他の六人の男たちと立っているのは、なんと六週間前にアリプアーナ川との合流地点に救済キャンプを張っていたピリネウス中佐だった。彼らは、それ以来、毎日が毎週となる日々を、増大する川の水に不安を重ねるようにして送りながら、帰還する気配もない遠征隊を待っていたのだった。

船上の男たちと川岸の男たちがついにお互いを確認した時、歓喜の怒号が森中に響き渡り、ライフルの音が木々の葉を震わせた。間に合わせのテントの下で寝ていたルーズベルトは、震える腕を立てて身を起こしながら、救助隊の姿を見た。そして、青い空にはためく二棹《さお》の旗も目に入った。一棹は、ロンドンの愛する緑とゴールドと青のブラジル共和国の旗。そして、その隣りに流れるもう一棹は、これまでのルーズベルトの人生を形どり、未だその前途が彼を翻弄する、アメリカ合衆国の星条旗だった。

エピローグ

一九一四年、五月一九日の午後、「謎の川」での遠征隊とピリネウス中佐との感動の再会から三週間ののち、ルーズベルトは蒸気船、エイダン号に乗って、多くの旗がはためくニューヨーク港に凱旋《がいせん》入港した。デッキの手すりから身を乗り出し、そのトレードマークの歯並びを満面に見せた笑顔で、大きなパナマ帽を元気良く振るルーズベルトを迎えて、港のすべての船が、歓喜に満ちた長い警笛を三度ずつ港中に轟《とどろ》かせた。

ルーズベルトの帰還は、彼の妻や子供たちをはじめとして、彼の軌跡を何十年と追い続けるジャーナリストらにとっても本当に嬉しい出来事だったが、やつれて痩せこけ、杖――ルーズベルトはふざけて、遊び道具の棒ぎれだと言ったが――に寄りかかっている姿は、見る者に衝撃を与えた。ルーズベルトは、ある記者の表現のとおり、「古い旅行鞄の革のように茶色く」陽焼けし、その熱帯焼けの下の肌は若さを失って、代わりに加わった深いシワが幾重にも刻み込まれていた。

セオドア・ルーズベルトは、八か月前にニューヨークを後にした時と、肉体的には同じ男ではなかった。ジー・パラナ川の旅で危険や食料不足を経験していたレオ・ミラーでさえ、マナオスでルーズベルトを見た時には慄然《りつぜん》とし、「なんと、司令官はご自身の影帽子のようになってしまわれた」

と、その驚きを記している。マナオスから東海岸のパラ州までの移動では、ルーズベルトは救急車で蒸気船まで運ばれ、船上には担架で運び込まれた。彼は、船室のベッドに横たわり、ささやく程度にしか話すことも出来ず、食事ものどを通らなかった。ようやく四日目になって、彼はデッキを少しばかり歩けるようになったが、パラに到着しても、支えられながら船のタラップを降りた。

ニューヨークへ向かうエイダン号に乗船してからは、ルーズベルトの食欲は目に見えて回復し、読書も出来るようになった。バルバドスのブリッジタウンからニューヨークまでの一週間で、アマゾンで落とした五五キロの体重のうちの半分を取り戻し、何十冊という本も読んだ。しかし、ニューヨーク港に出迎えに来た人々には、ルーズベルトの闘志は未だ盛んであるものの、いつものみなぎるようなバイタリティーが失われていることが明らかであった。船の舷門《げんもん》を渡るのに、長男のセオドア・ジュニアが父親に手を貸そうとすると、「大丈夫だ、自分で歩ける」とぴしゃりと言い放ったが、周りの者は誰も、心もとないルーズベルトの足取りが心配で、手を出してしまうのだった。「昇降階段を、ビッコを引きながら下りる様子を見ていると、大佐の通り抜けて来た苦難がいかなるものであったかが理解出来た」と、ニューヨーク・サン紙の記者は書いた。

ルーズベルトの友人たちも、彼が二度とこのような旅には出ないだろうとささやいて、うなずき合っていた。

＊＊＊

ルーズベルトは、その病の当面の苦痛から抜け出すと、探検の体験談をしきりに皆に話したがったが、その目覚ましい達成は人々の予想を遥かに超えていたため、賞賛どころか、疑惑と不信をもって迎えられたのには大いに憤慨した。すでに、彼がマナオスの病院を出る前に、世界で名だたる地理学の権威たちが、彼が制覇した川への疑問を明らかにしていた。

その中でも、真っ先に疑惑の種を植え付けたのは、英国の有名な王立地理学会の前会長、クレメンツ・マーカム卿で、南極にロバート・スコットを送り込んだことで知られる人物だった。南米をその専門分野とするマーカム卿は、南米大陸をくまなく旅しており、ルーズベルトの探検遠征を「確かにストーリーとしては面白いよね」と、半ば嘲笑的に言った。「そもそも、ルーズベルト大佐が一六〇〇キロ近い川を新しく発見するなんて、ちょっと信じられないね」と、ニューヨーク・ワールド社の記者にも語っていた。

マーカム卿ほど大物ではないが、有名度においては勝るとも劣らない探検家のヘンリー・サヴェージ・ランドーは、もっと露骨に意地悪くルーズベルトを攻撃した。彼自身、地図にないブラジルのウィルダネスを何千キロと旅したことを自慢にしており——ただし、これにはロンドンが大いに異論を唱えている——、ルーズベルトを〝ほら吹き〟だとし、ランドー自身の探検談と疑わしいほどにそっくりだと指摘した。

「どうも、ルーズベルト氏は私の旅の主要部をコピーしたように思える。ケガにしたところで、私の負ったものと症状までそっくりで、しかも同じ足なのだ。有名な探検家がそれほど有名でない探検家の本を詳しく読んで自分のものにしてしまうのは、実によくあることなのだ。ルーズベルト大佐の自然科学的な達成についてはコメントは入れないが、私に言わせてもらえば、この遠征には大いに笑ってしまった。少し常識のあるものなら、誰もが私と同じように笑うだろう」と、手ひどく嘲《あざけ》った。

ルーズベルトが、彼の遠征への疑惑と攻撃を初めて知ったのは、バルバドスにいる時だった。腹を立てた彼は、船がニューヨークに着く頃には、これらの中傷を浴びせる者と真っ向から対決する決心を固めていた。何人かのアメリカ人地理学者や記者たちは、すぐさまルーズベルトの援護射撃にまわり、特にニューヨーク・ワールド紙の社会欄などは、「ルーズベルト大佐が一六〇〇キロだと言ったら、絶対に一六〇〇キロなのだ。戦争になったとしても、一キロでも譲るものではない」と書き立てた。しかし、ルーズベルトは、自分の戦争は自分で闘う男だった。マーカム卿への返答として、彼はニューヨーク・タイムス紙に、次のように語った。

「マーカム卿は、知らずして、私の遠征に最高の賞賛を捧げてくれたことになる。もし『謎の川』の探検が取るに足りないものだったら、彼はわざわざ攻撃したりはしないだろうから」

それに比べて、ランドーに対しては、「まったく取り上げるにも値しないニセ者だ」と、あたまから相手にしなかった。

これら、ルーズベルトの探検そのものばかりか、彼の人格に対しても浴びせられた攻撃の数々は、五月二六日に国立地理学会で催されることとなった彼の講演会への人々の興味と興奮を、ますます高める結果となった。学会は、大変な苦労をして、当時ワシントンD.C.では最も大きな会場だったコンヴェンション・ホールを、ルーズベルトの「謎の川」遠征の最初の講義会場として借り上げた。ベルの父親が所有するニュー・ウィラード・ホテルで夕食会が持たれた後、ルーズベルトはリムジンで会場へ向った。そのリムジンのサイドボード（クラシックカーの両サイドにある踏み板）には、当時北極へ最初に到達したとされていたロバート・ピアリー司令官が立ち乗りし、車窓から頭を入れて中のルーズベルトと話していた。

こうして、ルーズベルトは、一〇分遅れで八時半に会場に到着した。その姿を認めた入り口の案内人は、白いハンカチを講堂内に向けて振り、講演者の到着を告げた。会場の聴衆は総立ちになり、雷のような拍手と喝采が湧いた。この会場は、ワシントンではただひとつ、学会が招待した五〇〇〇人を収容出来る施設だったが、贅沢からはほど遠い建物だった。階下は、膨大な数の小売業者が占める市場で、会場内は暗く、空調も悪かった。しかも、この日はことさら気温が高く、悪評高いワシントンの夏日としても際立って蒸し暑かった。各国の大使や最高裁の判事、ウィルソン大統領の内閣閣僚など、ルーズベルトのサークルの要人が加わっていた聴衆は、階下から上がってくる肉や野菜のすえた匂いが充満する会場で、辛抱強く抗議の始まるのを待った。

それらの人々の中には、ジョージ・シェリー、レオ・ミラー、アンソニー・フィアラ、そして、ザーム神父も混じっていた。旅の終結後、ルーズベルトは、彼らに出来る限りの支援の手を差し伸べていた。カマラダたちには、エイダン号の自室に呼んで、それぞれを英雄と称して敬礼し、別れのしるしに純金のコインを二つずつ与えた。ロンドン大佐への賞賛は、行く先々で謳《うた》い上げ、当時の四代探検家のひとりと名指して讃え続けた。ミラーとシェリーには、それぞれ次の遠征費用にと一〇〇〇ドルずつを与え、さらに基金を募ることを約束した。自尊心を大いに傷つけられたであろうザーム神父には、国立地理学会の会長に願い出て、公演中に神父をルーズベルトの隣りの特別席に功労者として据えて貰った。

壇上に現れたやつれたルーズベルトを目にした途端、聴衆は、彼が未だ遠征の苦から回復しきっていないのだと、驚きと同情を持って察知した。ある記者のレポートには、その夜のルーズベルトが「驚くほどに疲れて見え、手は冷たく、冷や汗に湿り、声は弱々しかった」とある。さらに、その記者は、「氏の笑顔は強いられた感じがして、体力ではなく意志の力によって支えられているという印象を受けた」と続けている。しかし、ルーズベルトは、彼の立場では当然といえる怒りにも支えられていたのだ。彼は、なんとしてでも、たとえそれが健康に災いしようとも、遠征の真実を伝えたかったのである。聴衆の中の記者たちに向って、注意深くノートを取るようにと前置きすると、厳しい調子で話し出した。

「私が科学的精密さを持って言葉を選んでいることに、まず注意を払って頂きたい。私が、地図に記入しろと言ったのは、正しくその言葉の通りを意味したのだ。『謎の川』は、どの地図にも載っていない、然るゆえに、載せなければならないのだ」

この演説は、ルーズベルトを中傷する者たちを黙らせた。会場の居心地の悪さや、ルーズベルトの声が弱過ぎて聴き取りにくかったにもかかわらず——前方の席にいた者でも聴き取りにくかった——一時間半の演説の間に、誰ひとりとして席を立つ者はいなかった。翌日のニューヨーク・イブニング・ジャーナル紙は、「今や、『謎の川』についての疑惑は晴れたと言える。ルーズベルト大佐は、はっきりと『謎の川』を南米の地図に書き込んだ訳だ」と報道した。

マーカムからランドー、そしてせせら笑う大勢の新聞記者など、ヨーロッパ勢の懐疑派に反逆する機会は、六月の中頃、カーミットの結婚式に参列するために渡欧した際に訪れ、ロンドンの王立地理学会で演説することとなった。嬉しいことに、ロンドン市民は、ルーズベルトが真実を証明したいと熱望するのと同じくらい熱心に彼の主張を聴きたがっていた。通常、せいぜい八〇〇人収容が限度のバーリントン・ガーデンの正面玄関の外には、五〇〇〇人あまりの男女が集まり、すでに一〇〇〇人が詰め込まれているホール内へ入ろうと押し合っていた。王立地理学会の終身会員らは——いつもは、彼らには講演会での席が約束されている——入場を断られて激怒し、中にはその場で退会を宣言する者もいたほどだった。熱心な女性運動家は、新聞記者のコートにしっかりとしがみついて入場しようとした。あまりの苛立ちでわっと泣き出す男性もいたのである。王立地理学会の顧問で、壇上のルーズベルトの隣りの名誉席に座るはずのアールグレイ伯爵までが、——ちょうど、ルーズベルトの妹のコリーンが、マディソン・スクエア・ガーデンでそうだったように——石の壁をよじ登って入場するというありさまだった。

ホールの全席は埋め尽くされ、通路は学会関係者と顧問、そしてその妻たちが立ったまま聴講することになった。

「どの席も通路も埋め尽くされ、天井桟敷《さじき》は身動きがつかないほど混み合い、ステージの下にも入り口付近にも人々が座り込み、全く隙間のない状態だった。集まった人々は誰も、ルーズベルト氏の講演をなんとか聴きたい一心だった」と、ロンドンのタイムス紙の記者は書いた。

開会の挨拶を述べた王立地理学会の会長、ダグラス・フレッシュフィールドは、挨拶の最後を、病気を理由に不参加だったルーズベルト隊の最も厳しい批評家、クレメンス・マーカム卿からの手紙を朗読することで締めくくったが、それは間接的ではあるが、すでに敗北をはっきりと認めた手紙だった。ルーズベルトは、病原菌を運ぶ昆虫や人食い魚の逸話を、そのトレードマークでもある高いピッチの笑い声を交えてユーモラスに語り、聴衆を爆笑と感嘆の渦に巻き込んで、その講演を終えた。彼は、ほとんどイギリス中を魅了してしまったのだ。

＊＊＊

ルーズベルトは再び勝利を治めた。彼は敵に手厳しい反撃を加え、彼の率いた遠征の成果を証明し、自身の名誉を回復した。しかし、彼には、今ひとつ執拗な敵が残っていた。「謎の川」で彼を死の瀬戸際まで追いやった高熱と感染症は、未だ、彼の酷使された老いゆく身体から離れようとしなかったのである。カーミットとベルの結婚式に向う途中、フランスに船で到着した時には足取りも軽く、「生まれてこのかた、こんなに快調だったことはない」とまで豪語していた。ところが、ヨーロッパを離れる頃になると、彼の体調は再び崩れ、高熱を出すようになり、周りも不調を認めざるを得なかった。

アメリカに戻るとルーズベルトはすぐに仕事に戻り、何通もの書簡や記事を書き、ウィルソン政権を攻撃し、沈みかけている革新党のためにあちこちを演説して廻った。彼が二〜三年前に確立したばかりの革新党は、もうこの頃には青息吐息だった。リテラリー・ダイジェスト誌などは、「革新党の残党を見つけたければ、ルーズベルトは探検家や発見者としての新しい才能を駆使しないと駄目だろう」と、皮肉たっぷりに書いた。革新党の熱烈な党員は、彼らには輝かしい未来があるとして、共和党からの強力な融合の要求をはねつけて来た。しかし、一九一六年にはいよいよ最後を迎え、ほとんどの党員は、静かに共和党に吸収されて行った。

アマゾンからの帰国の翌年には、ルーズベルトの飽くなき野望は、政治から軍事へと再び転換し、四半世紀前に西米戦争で有名なラフ・ライダー騎兵隊を引き連れて大活躍したように、第一次世界大戦の最中のヨーロッパに向けた部隊を組織しようとした。しかし、ウィルソン大統領は、——単にルーズベルトがそのような役目にそぐわないと判断したのか、それとも、彼の政治的ライバルが、またしてもヒーローとなって凱旋し、一九二〇年の大統領選挙で不敗の敵となることを恐れたのか——彼の参戦を許さなかった。無念のルーズベルトのせめてもの慰めは、四人の健康な息子たちが参戦出来ることで、必要とあらば、国のために死ねることだった。父親の大志と教えに心酔していた四人は、競って戦争の前線に出ようとした。そして、四人とも、みごとに勇敢な士官として闘った。三人は負傷し、エディスに可愛がられた末息子のクエンティンは戦死した。

〝クエネキン〟の愛称で愛しみ育てたクエンティンの死は、ルーズベルトを悲しみの底に突き落とした。息子の戦死の知らせがサガモア・ヒルに届いた何か月も後、ある友人は、厩《うまや》でルーズベルトが彼の愛馬の首にすがりついてすすり泣いているのを見たと言う。戦場での死は、ルーズベルトが常に彼自身の最後として思い描いていたのであり、息子たちに望むはずもなく、自身がクエンティンを戦いへと追いやる役目を担い、結果的に死なせてしまったという思いは、彼を限りなく苦しめた。戦闘で死んだり、遠征先の辺境の川で死ぬのではなく、かつて〝ラフ・ライダー〟として武勇を馳せたルーズベルトは、この時、栄光から遠く、ゆっくり静かな死へと近づいていた。それは、彼を敬い慕う者にとっては、いかにも早すぎる死だった。一九一七年の初頭、ルーズベルトの健康は、最後の下降線を描き始めた。二月に、マンハッタンのルーズベルト病院に入院した彼は、その病状をカーミットに書き送っている。

「厄介な症状は、ブラジルの古傷が原因だ。発熱と膿瘍がまたしても再来して、手術を余儀なくされた」

一九一八年の一〇月、ルーズベルトは六〇歳になった。病に冒され、焦燥し、クエンティンの死に心を裂かれていても、彼は闘い続け、彼の人生を常に襲い続けた苦しみや悲しみに降伏することはなかった。

「若者がその人生の花盛りに、黄金色の朝に死んでしまうと、残された者にとっては苦しみしかない。しかし、それに叩《たた》きのめされて泣いていたところで何も変わらないのだから、それほど情けなく馬鹿げたことはないのだ」と、病床から妹のコリーンに書き送っている。

一一月に再び入院した頃には、歩くことも出来なければ、立つことさえ困難だった。一生、車椅子の生活になるかもしれないと告げられた時には、少しの間考えてから、「構わないさ、それでも仕事はできるから」と答えた。

ルーズベルトは、クリスマスの日にサガモア・ヒルに戻った。そして、一月六日の早朝、ルーズベルトは、かつて賑やかだった二階の子供部屋に設えられたベッドに眠っていた。その横の椅子で眠りこけていた彼の長年の忠実な近侍、ジェームス・エイモスは、四時に突然のもの音に目を覚ます。もの音は、ルーズベルトの低くしわがれた、首を絞められたような荒い息づかいだった。エイモスは、看護婦を起こしに飛んで行き、さらにエディスに変事を知らせに走った。しかし、エディスが部屋に駆けつけた時には、ルーズベルトはすでに息絶えていたのである。

ルーズベルトが長い人生を捧げ、そのバイタリティーで奮い立たせて来たアメリカにとって、未だ第一次世界大戦の余震の残る中、ルーズベルトの死は驚愕と痛恨を持って受け止められた。翌朝の新聞は、長い訃報記事と、前大統領の鼻眼鏡と大きな歯並びの笑顔の写真で埋められた。しかし、それを読んでも、ほとんどのアメリカ人には信じがたく、ルーズベルトのような男が死ぬはずがない、という思いに縛られた。ジョン・バローズは、悲しみに満ちた国民に語りかけ、旧友ルーズベルトの思い出を記事に書き残している。

「私の人生の中で、セオドア・ルーズベルトの死に面した今ほど、人の死を受け入れがたかったことはない。彼の棺を覆うビロードが、永久に空を覆ってしまったかのようだ。彼を失ったアメリカは暗い帳《とばり》に覆われ、ひどく寒々しい。彼のような人物を、再び見ることがあろうとは思えない」

＊　＊　＊

一九一四年の春に「謎の川」を下った男たちのうち、最初に死んだのはルーズベルトではなかった。探検遠征を終えた日からちょうど三年ののち、ロンドンの忠実な部下であり長年の友人だったジョアン・サルスティアノ・リラは、ルーズベルトとロンドンが高原の旅を始めるためにタピラポアンまで蒸気船を走らせたセポトゥバ川で、測量中に溺れて死亡した。急流が彼を死へ押し流す中、彼のとった最後の行動は、次の測量士のためを思って測量帳を川岸に投げ上げたことだった。それはまさしく、偉大な仕事のためには命を惜しむな、と教えたロンドンへの最後の贈り物だった。

一方、アマゾン探検の発案者であったにもかかわらず、遠征隊から退けられる羽目となったザーム神父は、旅と辺境地について書き続けたが、彼が望んでいたような名声にはついに届くことがなかった。ザームの名前を世に知らしめた出来事としては、神父よりもその弟のアルバートに功があり、歴史を書き換えようとした悪評高い計画の一役を買ったことがその理由だった。スミソニアン財団の航空研究所長だったアルバートは、財団の前団長のサミュエル・ラングレーが、ライト兄弟の有名な一九〇三年の飛行より前に飛行機を飛ばしていたと主張するもくろみの主要人物となった。この主張は、世界中に物議をかもし、――現在では廃された説だが――ライト兄弟を激憤させ、一九二八年には、オーヴィル・ライトがその処女飛行の機体をアメリカ国内に展示することを拒否し、ロンドンの科学博物館に寄贈してしまった。

のちにスミソニアン財団がザームの主張を撤回して初めて、一九四八年に飛行機はアメリカに戻された。ザーム神父自身は、新しい旅の本を書くためにドイツに旅行中、病に倒れ、七〇歳でその人生の幕を閉じた。遺体はアメリカに送り返されてノートルダムに埋葬され、大学内には彼の名前を担った建物が残されている。

何度も死に直面し、危険と冒険に満ちた生涯を送ったジョージ・シェリーは、その後、愛するバーモント州の農園で家族と長いリタイヤ生活を送り、ベッドの上で安らかな死を迎えた。ルーズベルトとの遠征を終えたシェリーは、その後も自然科学者としてのフィールドワークを数年間続け、通算で一〇万羽以上の鳥の標本を集めた。しかし、家族の待つロッキー・デル農園への思いは深く、ある日を境に放浪生活を打ち切った。彼の農園を横切る川でブルック鱒を釣るのが大好きで、毎日を、蜂の世話をしたり、彼を〝世界で一番大きな男〟だと思い込んでいる孫たちと遊んで過ごした。一九四八年、シェリーはロッキー・デルで生涯を終えた。八三歳だった。

ルーズベルト隊の中では、シェリーよりも長生きした者はひとりだけだった。好んで選んだ道とはいえ、絶え間ない苦行と危険に晒されたにもかかわらず、カンディード・ロンドンは九二歳まで生きた。ルーズベルトよりも三二年の長生きである。ロンドンの敷いた電信線は、遠征を終えて一年と経たない一九一五年、一月一日に晴れて開通式に漕ぎ着けた。しかし、その電信線は、その建立に費やした年月よりもずっと短期間の間に、無益な物となってしまう。電信線が使われ始めたその年、無線電信の技術がブラジルにもたらされ、ロンドンとその兵が地図にもないブラジルの内陸に一三〇〇キロにも渡って張り巡らした銅線は、無用の長物と化してしまったのだ。

ルーズベルトと同じように、ロンドンも英雄として探検遠征から帰還し、そのまま生涯を英雄として生きた。遠征直後には、カメラマンや新聞記者に追い回され、ブラジルの大統領から招待を受け、政治家として立候補することをさかんに勧められた（彼は、何度勧められても断った）。軍では、はじめ准将に引き上げられ、ずっとのちには元帥に任官した。一九二〇年にブラジルへ旅行してロンドンに会ったアルバート・アインシュタインは、彼をノーベル平和賞に推薦し、一九五六年には、ブラジル政府が、二四万三五〇〇平方キロメートルという膨大な領域を（イギリスの国土がそっくり二つ入る大きさである）、彼を讃えて「ロンドニア」と名付けた。

二年後の一九五八年、一月一九日、未開のアマゾンに入り込んで誰よりも広範囲な領土を地図に書き込み、過疎地に住む多くの原住民と初めての交渉を結んだ男、カンディード・マリアノ・ダ・シルバ・ロンドンは、リオ・デ・ジャネイロの自宅のベッドで息を引きとった。

ロンドンは、今もブラジルの誇る英雄であり、彼のアマゾン原住民に捧げた努力は、近代の原住民保護機構である国立原住民財団〝ＦＵＮＡＩ〟として生きて続けている。しかし、ロンドンが愛する原住民のためにこれほど尽くしたにもかかわらず、内陸部に向って彼が切り開いた道は、ゴム景気がもたらせたのと同じくらいの残酷な打撃を原住民の生活に与える通路となってしまった。

ロンドンの晩年期、一九五〇年代には、ロンドンが電信線を引くために通した路は、BR−364と呼ばれる道路となった。この道路を通って、牧畜業者や金鉱発掘者やゴム採取業者、そして様々な探検家の類いが内陸部へ入り込み、原住民を攻撃してその土地を奪い去ってしまった。一八八九年にロンドンが軍事学校にいた頃には一〇〇万人いたブラジルの原住民は、六九年後に彼が死んだ年には二〇万人しか生存していなかったのである。

「謎の川」の探検の最も若い隊員だったカーミット・ルーズベルトは、その父親の偉業を受け継いで二〇世紀を邁進して行くものと、誰もが予想して疑わなかった。ところが、あれほどの聡明さと勇気、そしてルーズベルト家の男ならではのエネルギーを持ち合わせていながら、何故か彼はそうした周りの期待に答えることが出来ず、自身の理想にも遠く届き得なかったのである。実際、彼の死はあまりにも悲劇的で、家族がただひとつの慰めとしたのは、その死を父が生きて直視せずに済んだことだった。

彼の生活が崩れ始めたのは、新妻と南米に戻ってすぐだった。アルゼンチンのナショナル・シティーバンクで仕事を得たが、未開な原住民地域で鉄道を引いたり橋を架けたりすることは彼の冒険心を満足させてくれても、ブエノスアイレスの銀行の仕事はそうはいかなかった。かつてそのリーダーシップ能力と鍛錬で父親を感心させ、前途洋々だった若いカーミットは、月日が過ぎるに連れて、妻と、彼女との間に生まれたカーミット・ジュニアに興味を注ぐだけの、疲れた男になって行った。

一〇一九年、一月六日、当時ドイツに駐屯していた占領軍にいたカーミットは、第一次世界大戦で重傷を負って自宅療養していた弟のアーチーからの電報を受け取った。電報にはただ一行、「年老いたライオンは死んだ」と打たれていた。父、ルーズベルトは、それぞれの子供たちの心に大きな場所を占めていたが、ことにカーミットにとっては、英気と正義の源だった。父なくしては、彼は迷い子同然だったのだ。翌日、彼が母に送った手紙には、「僕の人生の底が抜けてしまった……」とあり、その絶望感の深さが窺えた。

ルーズベルトの弟のエリオットが父親の死に計り知れず打ちのめされたように、カーミットにも彼の父親の死は破壊的な打撃だった。ロマン主義的嗜好《しこう》に傾く彼の静かな内向性は、伯父エリオットの若年期と似ていなくもないが、成人後の二人の酷似度には、悲劇的であると同時に目を見張るものがある。エリオットと同様に、カーミットも、社会にしっかりと根を降ろすことが出来なかった。その夢想的な冒険や理想をしばしでも棚に上げて、父親がしたように、実社会での責任を取って行くことが出来なかったのである。

また、彼の不孝な伯父と同じように、カーミットは、実社会との摩擦を軽減するために、どんどんアルコールに依存して行った。兄のテッドともよく飲んだが、彼にはテッドのような抑制がなく、飲み出すと止めることが出来なかった。一九二〇年代に入り、南極を越える飛行に成功したリチャード・バード提督の祝賀パーティーに参列したカーミットは、正体もなく酔っぱらい、翌日、クラブの隅で倒れているのを発見された。弟のアーチーは、ちょうど半世紀前にセオドアが弟を無理やりフランスの療養所に入れたように、カーミットをその意志に反してまでサナトリウムに入れなければならなかった。

「謎の川」での苦難の連続さえも支えた彼のベルへの大いなる愛でさえ、他のすべてのことと同じように、彼の無責任さと裏切りによって徐々に崩れ去って行った。ベルは野心的な社交家で、カーミットの夢見がちな目標のない人生とは噛み合ず、二人には焦燥感と悲しみが募る一方だった。その上、一九三〇年代の経済恐慌期には、カーミットがベルの相続した多額の遺産を投資して失い、オイスターベイの家も人に貸し、家に伝わった宝石類まで売ることになった。

しかし、プライドが高く美しいベルにとって何よりも辛かったことは、カーミットのおおっぴらな浮気だったかもしれない。彼は、悪びれもせず、妻子ばかりか父親の名前を汚すことにもお構いなしの体で、浮気な生活を送り続けた。傷つき侮辱されたベルは、それでも諦めることはなかった。

カーミットが女友達とどこかへ姿を消してしまったある日、ベルは当時大統領だった義理の従兄弟、フランクリン・ルーズベルトに、ＦＢＩを使って夫を捜してくれるようにと頼んだ。そして一九四一年、パールハーバーを攻撃されて、大統領が第二次世界大戦への参加を決定すると、ベルはカーミットを軍隊で使って欲しいと要望したのだ。

フランクリン・ルーズベルト大統領は、カーミットをアラスカへ送った。これが、カーミットの最後の冒険遠征となった。彼は、当時五二歳。「謎の川」を共に下ろうとした時の父親の年齢よりもわずかに三歳若かったが、彼の身体は長年の放蕩ですでにぼろぼろで、地元のレストランに座りこんでワインを飲んでいるしかなさそうだった。それでも、彼は、パイロットたちを説得してアリューシャン列島の日本軍の爆撃遠征に同乗させたり、アラスカのツンドラ軍を結成したムクック・マーストン少佐と行動を共にしたりした。

一九四三年、六月三日、マーストン少佐とリチャードソン要塞の見回りを済ませたあと、カーミットはマーストンを見て、基地に帰ったらどうするのかと尋ねた。マーストンが、就寝するつもりだと答えると、カーミットは、人生を棒に振った悔恨に押しつぶされそうになりながら、「君のように僕も眠ってみたい」と答えた。彼は、自分の部屋に戻ると、英国軍に所属していた時に携帯していた拳銃を取り出した。「謎の川」の岸辺で、父親を自裁させまいと、肉体的精神的巧緻のきわみを尽くした旅から三〇年、カーミットは病み、疲れ果て、悲しくも孤独で、自分を救う術《すべ》を持たないほど弱っていた。冷たく、ずっしりと重い拳銃を、その腫れ上がった手に感じながら、彼は銃口を顎の下に付け、引き金を引いた。

＊　＊　＊

ルーズベルトの「謎の川」の旅から一〇年ほどの間に、彼の達成した探検ルートをなぞろうとする者が何組かいた。彼の帰還のすぐあと、二組の遠征隊がアマゾンへと出発した。一組は、原住民を恐れて引き返してしまった。もう一組は、川にカヌーを降ろすとすぐに行方不明となり、その隊員は一人残らず跡形もなく消えてしまった。彼らは全員が、ルーズベルトたちに陰のようにつきまとっていた原住民に殺されたものと推測された。ようやく一九二六年になって、ジョージ・ミラー・ディオットというアメリカ人の隊長に率いられた遠征隊が、再び「謎の川」を下ることに成功した。ディオットは帰還して、川が正しくルーズベルトの叙述通りだったと報告した。

何十年も経つうちに、シンタ・ラルガは外来者への敵対度を増して行った。一九五〇年代に入ると、彼らは、ゴム採取者や金鉱堀り、電信局周辺の入植者などを攻撃するようになった。当初これらの攻撃は、金属の道具類を奪い取るのが目的だった。しかし、時間が経つに連れ、ロンドンの電信線沿いに敷かれたBR-364という道路を通って、何百人という金鉱堀りや探検家の類いが入り込み、彼らが原住民を忌み嫌って、殺せる限りを殺そうとしはじめた。シンタ・ラルガの外来者への攻撃も防衛戦に変り、ひいては絶滅への必死の抵抗となって行った。この頃になると、外界からの入植者の数は増える一方だった。彼らは原住民をその場で撃ち殺し、空からダイナマイトを落として村を吹っ飛ばし、毒入りの食料を原住民のトレールに仕掛けた。原住民たちは入植者の領地を攻撃し、毒矢を浴びせかけ、死体を傷めつけたりして反逆した。

ルーズベルト・ロンドン科学遠征隊から半世紀以上を経た一九六〇年代の終わりになって、「謎の川」沿いに住む原住民は、初めて外の世界との正式なコンタクトを持った。セルタニスタスと呼ばれるFUNAI――ロンドンの掲げた理想に従い、アマゾンの原住民を宥《なだ》めるために手を差し伸べる団体――の団員は、何年も原住民と平和的な接触を試みていたが、時すでに遅しの感があった。

原住民は、彼らの部族外の者、特に白人は信用せず、敵視していたのだ。セルタニスタスらの接近は、いつも決まって追い返された。部族の女子供を隠して、明らかに不信の姿勢を見せ、セルタニスタスらが贈り物として置いた人形は、必ず無惨に傷つけられて返された。

「人形の頭は、木の枝にぶら下がり、胴体は矢で射抜かれて、トレールの淵に放り出されていた」と、セルタニスタスを追跡取材していた記者は記録している。

講和への歩みは遅く、どちら側も多大な恐怖心を孕みながら進んだが、ついに直接対話する機会が到来した。その時には、お互いの感情は高揚し、二つの世界がぶつかり合う重い空気が充満した。この歴史的な接触は、贈り物を手渡しで交換するという形をとり、橋の架けようがないと思われた敵対状態に終止符を打った。武器をいっさい持たない一人のセルタニスタが、その命を賭して、殺されるかもしれない部落へ向ったのだが、その時の模様は、翌年、ナショナル・ジオグラフィック誌に詳しく載せられた。贈り物を置く場所としてセルタニスタスがジャングルを伐《き》り開いてつくった当座の小さな空き地に、ほとんど全裸の原住民兵士とブラジル政府の使いであるセルタニスタが、どちらも恐怖に満ちた面持ちで、鉈《なた》とヤシの葉で作った頭飾りとを交換したのである。

声もない静寂の中で取り交わされた贈り物のあと、森に潜んでいつでも攻撃出来るように待機していた五〇人の原住民の矢を弓から外す音が、一斉に森中に響いた。

ナショナル・ジオグラフィック誌の記事は「こうして、地球上の最後の石器時代人は、月へ飛行することの出来る人種の新世界へ、その第一歩を恐る恐る踏み出したのである」と、この記念すべき出来事を報告した。

＊＊＊

ルーズベルト・ロンドン科学遠征隊がその旅を終えて以来、「謎の川」沿いのレインフォレストでは、おびただしい数の戦《いくさ》が闘われて来た。何百万もの生物が生まれ、そして死んで行った。彼らは数を増やし、防衛し、養い、子孫を残すために闘い続けて来た。種族によっては、より強力で狡猾な生存能力を得て進化して行ったし、また息絶えて絶滅する種もあった。アマゾンのこの地域は、部外者には一見、何の変化も感じられないかもしれないが、繊細なバランスを保ちながら常に進化していた。そうした熱帯のレインフォレストでは、実は、変らずにとどまっているものなど存在しないのである。

遠征隊の男たちが木切れで作った標識を河岸に打ち込んだ瞬間から、アマゾンはそれの破壊にとりかかった。雨はその粗末な木片をふやかし、歪めた。シロアリは、柔らかい部分を食べて行った。動物や原住民は、生活に利用するために運び去った。地面にはびこる複雑怪奇なキノコ菌類も、倒れた標識を攻撃して、隙なく編まれたジャングルの生命線に取り込んで行った。シンプリシオを追悼して男たちが彼の溺れた滝のそばに建てた簡素な碑も、間もなく朽ち果て、パイションの墓に掲げた十字架とて同じことだった。勇敢な兵士の遺骨でさえ、浅い墓場から掘り起こされて食い荒らされたに違いない。

ルーズベルトが高熱で汗まみれになり、身体を震わせながら横たわっていた簡易ベッドが、枯れ葉が薄く重なる地面に作った跡などは、一雨ではかなく消え去った訳だが、その時に彼が息子や友に懇願した通りに置き去られて自殺していたならば、彼の遺骸もまた、「謎の川」のそばに散らばって、ジャングルの生命を維持するために利用されて行ったに違いない。

しかし、アマゾンが遠征隊の軌跡を跡形もなく消し去ってしまっても、レインフォレストと荒れ狂う川、そして彼らをそこに導いた前大統領は、生き残った者たちの心に忘れ得ない刻印を残した。一九一九年の三月一日、ルーズベルトの死から二か月が過ぎようとした時、科学遠征に寄与するニューヨークの探検家の集い、エキスプローラーズ・クラブは、アムステルダム通りのクラブハウスで、前大統領であり同士の探検家であったルーズベルトを悼む会を開いた。伝説的な探検家のロバート・ピアリーやロアルド・アムンゼンを含むクラブ会員たちは、ジョージ・シェリーを講演者として招いた。

豪華で堅苦しいクラブよりも南米の辺境のレインフォレストの方が性に合うシェリーは、六年前にルーズベルトから探検遠征に招かれた時と同じように、不承不承《ふしょうぶしょう》の体《てい》でその招待を受けた。彼は、ブラックタイの集まりに場違いな思いを禁じ得ず、ニューヨークの裕福で権勢的な男たちを前に、満足の行く話が出来るものか自信がなかった。

彼のなめし革のような肌の無骨な外見は、会場の真っ白なリネンや銀食器や磨き抜かれたマホガニーのインテリアとは対照的だったが、シェリーは壇上に上がり、そのアドベンチャーに満ちた人生の逸話で聴く者を大いに楽しませた。ところが、話がセオドア・ルーズベルトにさしかかると、彼の物腰が目に見えて変化し、初めは〝王侯貴族とのキャンプ旅行〟はご免だと思った男が、「謎の川」での生存を賭けた闘いと、それを共にしたことで育んだ前大統領への思いの深さに、言葉を失って戸惑っていた。

シロクマの剥製や原住民の槍など、世界中から持ち帰られた勝利品の数々が見下ろす壮麗なクラブの大広間で、年を重ねつつある自然科学者は、遠いジャングルで人間の忍耐力の限界をきわめながら培った友情の思い出に、しばし我を忘れた。

「私は、いつも不思議に思っていた。私はルーズベルト大佐を知る機会を得て、しかもとても親密にお互いを知るようになって、いったい誰がこの人を慕わずにおれるだろうか、敬愛せずにおれるだろうかと、心から思ったものです」と、シェリーは静かな口調で切り出した。

政府や社交界の有力者たちは、彼が言葉をかみしめるように続けるのを見ながら、そのざらついた手で騎兵馬を走らせ、銃を持って闘い、自然界の最も稀な動生物を丹念に採集した男の目から、涙が流れているのを知った。

「私がベネズエラのラ・グアイラの領事館に居合わせた時、ルーズベルト大佐の死の知らせが領事に届けられました。領事は、一言も言わずに、その紙片を私に渡しました。……それを読んだ時……」と、彼はようやく声を押し出した。「……涙が出て、止まりませんでした、ちょうど今の私のように……」

訳者あとがき

アメリカの二六代目の大統領であるセオドア・ルーズベルトは、日本歴で言えば幕末に生まれ、ちょうど日露戦争の前後七年余に渡り任務に就き、国民に大変愛されたリーダーでした。実際、日露戦争後の日本とロシアの講和に力を尽くしたことは、彼の国際的な功績の一つとされ、ノーベル平和賞を受賞しています。『大統領の冒険』は、ルーズベルトが第三期目の大統領選に挑戦して敗退したところから始まり、ブラジルの博物館からの招待をきっかけに、アマゾンの未開の川の探検へ乗り出す過程を綴った物語です。

『大統領の冒険』の翻訳では、ルーズベルトを取り巻く二〇世紀初頭のアメリカ社会、アマゾンの歴史と驚くべき自然、探検を共にする主人公たちが織りなす人間ドラマに、心を踊らせずにはいられませんでした。毎日、訳出のためコンピューターに向かうと、スクリーンに吸い込まれるようにして「ザ・リバー・オブ・ダウト」(本書原題)に降り立ち、我を忘れて数時間を過ごしました。何よりも、ルーズベルトの人間としての熱い魅力が、冷めがちな現代人の私には抗し難く、物語の中に引きずり込まれて行きました。また、繊細で向こう見ずな彼の息子のカーミット、ブラジル社会の底辺から這い上がって英雄に上り詰めたロンドン大佐、アマゾンで人生の大半を過ごした自然科学者のシェリーなど、ルーズベルトの周りを固めるキャラクターが色彩豊かです。

裕福な上流家庭に育ったとはいえ、少年期には重い喘息と戦い続け、成人してからも、初産直後の愛妻と腸チフスを病んだ母を同じ日に亡くすなど、苦難に見舞われるルーズベルトですが、それを乗り越えていく姿には感動を禁じ得ません。日本の幕末から明治にかけての人物然り、この時代を生きた人々の、石を積み重ねた要塞のような人間像には、改めて人の可能性を思い知らされ、勇気づけられます。

本書で作家デビューしたキャンディス・ミラードさんは、世界三六カ国で出版されているナショナル・ジオグラフィック誌の編集者、記者だったというだけあって、アマゾンの自然や成り立ちについての解説が実に充実しています。読みながら、なるほどと感心させられる内容が豊富で、歴史や科学面での徹底したリサーチには、脱帽あるのみです。

広い年齢層が楽しめる本なので、是非多くの方々に読んでいただけたらと、心から願っています。

著者

Candice Millard

キャンディス・ミラード

1968年生まれ。アメリカのジャーナリスト、著述家。カンサス州のベイカー大学とテキサス州のベイラー大学に学ぶ。ナショナル・ジオグラフィック誌の記者・編集者を務めた後、著述活動に専念する。本書に続き、2011年には“Destiny of Republic”を発表し、ベストセラーとなっている。2001年にテクノロジー出版社主マーク・ウーリグ氏と結婚。現在、カンサス州在住。3児の母。

訳者

Kazuyo Friedlander

カズヨ・フリードランダー

1957年生まれ。神戸市出身。甲南女子学園、関西学院大学を経て、20歳にて渡米、ミルズカレッジ、CCACで学んだのち、日本とアメリカのビジネス・リエゾンとしてフリーランス業に就く。主な分野は食品・飲食、雑貨、アウトドア、アート業界。2001年に中国の孤児を養女を迎え、現在は、夫のダニエル・フリードランダーと、年間の大半をニュージーランドの農場で過ごす。本拠地はサンフランシスコ。

The River of Doubt
Theodore Roosevelt's Darkest Journey
by Candice Millard

大統領の冒険
ルーズベルト、アマゾン奥地への旅

2016年4月10日　初版発行

著者
キャンディス・ミラード

訳者
カズヨ・フリードランダー

発行者
赤津孝夫

発行所
株式会社 エイアンドエフ
〒160-0022　東京都新宿区新宿6丁目27番地56号　新宿スクエア
出版部 電話 03-6233-7787

装幀
芦澤泰偉＋五十嵐 徹

本文デザイン
五十嵐 徹

編集参与
澤村修治

印刷・製本
三永印刷株式会社

プリンティングディレクター
佐藤雅洋

Published by A&F Corporation
Printed in Japan
ISBN978-4-9907065-3-1 C0098